어쩌면 문학이 아닐지도 몰라

인간과 AI 사이에서 생성되는 언어들

어쩌면 문학이 아닐지도 몰라

인간과 AI 사이에서 생성되는 언어들

권보연·김언·허희

예술이 아닐지도 모를 어떤 예술,
문학이 아닐지도 모를 어떤 문학

최근 몇 년간 문학 분야에서 뜨거운 화제가 되었던 것으로 AI를 빼놓을 수 없다. 어디 문학뿐이겠는가. 나날이 발전하는 AI 기술과 끝내 무관할 수 있는 영역이 무엇일까를 고민할 때, 얼른 답을 내놓기가 힘들 정도로 AI는 이미 우리 사회 전반에 심대한 영향을 끼치고 있다. 문학에 국한해서 말하자면, 챗GPT로 대변되는 현 단계 거대언어모델(large language model)은 유사 이래 인간 고유의 영역이었던 창작을 기계가 대체하는 시나리오를 각오해야 할 만큼 위협적인 존재감을 자랑한다. '창작자=인간'이라는 굳건한 등식에 균열을 가하는 동시에 문학의 정의 자체를 재고하게 만드는 위력을 품고 있다고 해도 좋겠다. 2022년 말 챗GPT가 공개된 이후로 숱한 지면에서 '인공지능+문학' 특집을 다룬 것도, 따지고 보면 AI의 저와 같은 위력이 가상이나 공상을 넘어서는 차원에 놓이기 때문일 것이다.

다행인지 모르겠으나 챗GPT 공개 이후 지난 3년간 문학장에서 AI가 일으킨 파장은 생각보다 작은 편이었다. 다른 분야와 달리, AI가 문학판에서 실제로 '사고'를 친 사례는 적어도 국내에서는 없었던 것 같다. 챗GPT 공개 이전인 2022년 8월 출간된 인공지능 시인 '시아SIA'의 시집 『시를 쓰는 이유』가 그나마 눈여겨볼 사례라고 할 수 있다. 해외로 눈을 돌려도 유의미하게 참고할 사례는 제법 보이지만, 이 역시도 해당 언어권의 문학판을 뒤흔들 만큼 파장을 일으킨 것은 아니었다. 당연히 이런 질문이 뒤따른다. AI가 유독 문학 분야에서 힘을 쓰지 못하는 이유가 뭘까? 인접한 다른 분야(논문이나 보고서 같은 정보 위주의 글쓰기를 동반하는 분야나 대중 취향의 창작 분야)에 비해, 별다른 사건이나 파장을 일으키지 못하는 이유가 과연 무엇일까?

하나씩 이유를 짚어보자면, 첫째는 기존의 언어를 유일한 질료로 삼아 거기에 내재된 규칙을 충실히 따르는 언어를 생성하는 거대언어모델의 특성에서 찾을 수 있다. 이러한 특성은 인간의 언어처럼 물리적·감각적·정서적 체험을 동반하는 감동을 주기 힘들고, 기존의 문학에 내재된 암묵적인 규칙을 깨뜨리는 충격을 주지 못한다는 태생적 한계로 이어진다. 둘째는 거대언어모델의 엄청난 처리 속도에서 찾을 수 있다. 주문과 동시에 거의 실시간으로 문학 작품을 창출하는 속도는 창작과 감상에 꼭 필요한 과정이었던 문학적 체험의 시간을 삭제하는 결과로 이어진다. 셋째는 인간 고유의 영역으로 여겨온 창작 영역에 침입하는 AI에 대한 인간적인 거부감에서 찾을 수 있다. 다른 것은 몰라도 예술적 감수성과 창의성만큼은 AI가 인간을 넘어설 수 없고, 넘어서서도 안 된다는 선입견에서 나오는 이 거부감이 희석되기까지는 꽤 많은 시간이 소요될 것으로 보인다.

첫째와 둘째 문제 역시 문학하는 입장에서 숙고할 거리를 남긴다. 특히 기계의 처리 속도와 인간의 체험을 맞바꾼 두 번째 사안은 AI로 표상되는 첨단의 기술 앞에서 인간이, 인간의 문학이 어떤 태도를 취해야 하는가를 다시 생각게 한다. 얻은 것은 속도요 잃은 것은 체험으로 정리되는 AI를 통한 창작에서 역으로 인간이 창작 과정에서 사수해야 할 것이 무엇인지가 분명해진다. 효율성과는 거리가 먼 기나긴 인내와 고통을 수반하는 문학적 체험의 시간은 기계로 대체할 수 없는 시간이자 인간에게 특화된 시간이다. 이 시간을 충실히 거치지 않은 문학은 더는 문학이라고 부르기 힘든, 적어도 인간의 문학이라고 부르기 힘든 시절로 접어들고 있다. 물리적·감각적·정서적 체험 없이 언어만 학습하여 그럴듯한 작품을 뽑아내는 일은 이제 AI도 너끈히 해내는 일이다.

　인간의 문학이 되기 위해서 인간으로서의 체험은 필수적이며, 그러한 체험 하나하나가 곧 문학적 체험이자 문학의 필수 요소라는 사실은 공교롭게도 AI를 통한 창작에서도 유용한 참고가 된다. 즉 문학적 체험의 시간이 결정적으로 모자란 지점이라면 어떻게든 이를 보완하고 강화하는 방향으로 AI 문학의 한계를 극복하는 방안을 세울 수 있다. 가령 AI를 통해 생성된 작품을 결과물로만 제시하는 것이 아니라, 해당 작품이 나오기까지의 과정을 제시하면서 창작자와 독자 모두 일정 부분 문학적 체험을 공유하는 방식, 또는 인간 창작자의 기록물을 학습시켜서 개인별로 특화된 창작 기계로 AI를 활용하는 방식 등이 얼른 떠오른다. 방식이 어떠하든 기계를 창작의 도구이자 협업자로 두는 시각은 AI가 발전할수록 그리고 인간 세대가 거듭될수록 점점 더 힘을 얻을 것으로 보인다. 이미 나와 있는 기계를 쓸모없는 상태로 내버려두기보다 유효한 방향으로 써먹고자 하는 이들이 계속해서 나올 것이다. 이들에 의해 AI와 문학을 연결하는 실험 역시 지속적으로 누적되면서 유의미한 결과물을 낼 것으로 예상된다.

개중에는 AI를 통한 창작에 거부감보다 친근함이나 호기심을 느끼는 이들의 작업도 분명 들어갈 것이다. 기존의 문학으로는 설명이 안 되는 작업이자 기존의 문학적 체험과도 동떨어진 곳에서 탄생하는 작품은 AI에 대해 그리고 문학에 대해 감수성 자체가 다른 세대의 등장과 맞물린다. 어릴 때부터 AI를 제 몸의 일부처럼 사용해온 이들이라면 AI를 이용해 창작을 하는 방식과 창작에 필요한 체험을 다지는 시간이 지금과는 전혀 다를 수 있다. 어떻게 다른 양상을 보일지는 현재로선 쉽게 판단할 수 없으나, 과거에 새롭게 등장한 기계·기술·매체 사례를 통해 유추해볼 수 있는 지점이 몇 있다.

워드프로세서와 카메라를 사례로 가져와보자. 우선은 워드프로세서. 인간이 육필로 원고를 작성하던 시절에서 타자기를 거쳐 워드프로세서를 이용하는 시절로 넘어오면서 인간의 쓰기 방식에도 모종의 변화가 생겨난다. 종이 위에 일일이 자필로 써나가는 방식이 아니라 화면상에서 타자하는 방식으로 원고를 작성하면서 이미 쓴 글을 지우거나 수정하는 일도, 문장과 문단을 통째로 옮기면서 편집하는 일도, 작성 중인 원고를 보관하고 재작업하는 일도 더는 번거로운 작업이 아니게 되었다. 집필 과정에서 편리함과 효율성을 안겨다준 워드프로세서는 인간이 글을 쓰면서 사유하는 방식에도 영향을 끼치면서 이전과 다른 문학적 글쓰기를 유발한다. 그렇다고 AI처럼 문학을 이루는 조건을 근본적으로 의심하거나 부정하게 할 정도는 아닐 것이다. 지금에서 보면 육필로 쓴 원고도 문학이고 워드프로세서로 작성한 글도 결국에는 문학이었던 셈이다.

 워드프로세서라는 기계가 사실상 문학을 벗어나지 않는 범위 안에서 파장을 일으켰다면, 카메라가 일으킨 파장은 개별 장르의 범위를 훌쩍 뛰어넘는다. 눈앞의 실상을 모사하는 측면에서 어떤 화가도 따라갈 수 없는, 따라가더라도 속도 면에서 상대가 안 되는 이 기계가 미친 여파는 기존의 예술 장르인 회화에만 그치지 않는다. 사진이라는 또 다른 예술의 탄생을 불러일으킨 카메라는, 현 단계 AI에 대해 문학하는 입장에서 어떤 시각을 갖춰야 하는지를 고민할 때 유용하다. 육필로 쓰는 작품이나 워드프로세서로 작성하는 작품이나 둘 다 문학으로 통한다는 점에서, 둘 사이에 발생하는 차이는 카메라의 사용 여부로 갈라지는 회화와 사진에 비할 바가 못 된다. 당연히 눈앞의 실상을 담아내고자 할 때 카메라를 이용하느냐 마느냐의 문제는, 집필할 때 워드프로세서를 쓰느냐 마느냐와는 차원이 다른 고민을 동반한다. 개별 예술의 성격이 결정되는 문제를 넘어 예술의 장르 자체가 달라지는 문제가 되기 때문이다.

 예술의 분기점을 이루는 이 대목에서 누군가는 카메라를 집어 들었을 것이고 또 누군가는 끝내 카메라에 손도 대지 않는 길을 택했을 것이다. 어떤 길을 택하든 지금에서 보면 모두 예술로 이어지는 길이겠으나, 둘은 엄연히 다른 분야다. 카메라를 선택하면서 피사체를 담아내는 예술과 그렇지 않은 예술. 사진과 회화의 관계는 시대를 건너뛰어 장차 AI를 장착하면서 글쓰기를 수행하는 언어예술과 그렇지 않은 언어예술에도 투영할 수 있다. 사진과 회화가 인접하면서도 전혀 다른 예술이듯이, AI를 장착한 언어예술과 그렇지 않은 언어예술(우리가 문학이라고 알고 있는 그 언어예술) 역시 뿌리를 공유하면서도 서로 다른 갈래로 진화해갈 가능성을 점쳐볼 수 있다. 아울러 사진과 회화가 서로의 향유층을 일정 부분 공유하면서도 잠식하는 관계가 아니었듯이, AI의 장착 여부로 갈라지는 두 언어예술 역시 제로섬 게임을 하듯이 잠식하는 관계가 아닐 수 있다. 즉 일정 부분 향유층을 공유하되 전혀 다른 예술성과 문학성을 추구하는 방향으로 가지를 뻗을 수도 있다.

그렇다면 양자에 요청되는 문학적·예술적 체험 역시 각기 다른 성격의 체험이 될 것이다. 기존의 문학에서 요청되는 체험과는 다른 성격의 체험이 AI를 장착한 언어예술에 따라붙을 수 있다는 말이다. 어쩌면 문학이라는 말도, 언어예술이라는 말도 거추장스러워지는 지점에서 발생하는 체험, 문학이나 언어예술이라는 용어 자체가 불필요한 이들에게 새롭게 수용되는 체험일 수 있다. 반대로 저와 같은 체험의 시간을 도무지 받아들일 수 없는 이들은 기존의 문학을 계속 유지·갱신하는 길을 택할 것이다. 뼈를 깎는 변화를 감내하더라도 결코 포기할 수 없는 문학적 체험의 시간을 지키고자 하는 이들 역시 계속해서 등장할 것이다.

남는 것은 선택의 문제다. 나날이 발전하는 AI라는 기계를 문학에 장착할 것인가 말 것인가, 문학을 읽고 쓰는 일에 AI를 활용할 것인가 말 것인가? 선택의 기로에서 어떤 길을 택하든 그 길에서 만나는 문학은, 어쩌면 문학이 아닐지도 모를 어떤 문학은, 문학의 정의를 묻고 시의 정의를 되물으면서 선택자의 정체성을 심문할 것이다. 당신은 어떤 작가인가, 아니 어떤 작가이고 싶은가? 시에 한정한다면 과연 어떤 시인이고자 하는가를 따지는 저 질문 앞에서, 선뜻 AI와 동반하는 길을 택하겠다고 답변하는 시인은 아직 드물 것이다. 아직은 몸이 준비되지 않았기 때문이다. 그 몸으로 느끼는 감각과 정서가 여전히 기존의 문학적 체험을 원하기 때문이다.

문학적 체험이라고도 이름 붙이기 곤란한 또 다른 체험의 시간은 아마도 지금보다 10년은 더 후에 등장하는 세대에게서 나오지 않을까. 더는 시인이라고 이름 붙이기 곤란한, 아니 스스로 시인이라는 명명조차 부담스러워하는 이들의 언어에 자연스럽게 녹아들지 않을까. 그들이 보여주는 어떤 수행(퍼포먼스)으로서의 언어는 기존의 시도 아니고 문학도 아니고 심지어 예술이라고도 하기 힘든 언어일 수 있다. 그만큼 다른 언어가 다시 예술적인 어떤 영토를 확보할 때, 우리는 그것을 무엇이라고 불러야 할까? 아직 오지 않은 미래의 언어예술, 현재로선 언어예술이라고밖에 달리 부를 길이 없는 그것을 뭐라고 명명하든, 새로운 기계·기술·매체가 등장하면 그에 걸맞은 예술의 탄생은 자연스러운 현상이면서 필연적으로 각오해야 할 지점이다.

*

2024년 3월부터 매달 한두 차례씩 스터디를 진행해온 우리 연구모임(사이버텍스트디자이너 권보연, 문학평론가 허희, 시인 김언으로 구성)에서 계속 관심을 둔 것도, 아직 오지 않았으나 이미 오고 있는 어떤 언어예술에 관한 것이었다. 새로운 언어기계로서의 AI와 오래된 언어예술로서의 문학, 이 둘의 만남에서 파생되는 예술을 두고 우리는 '생성언어예술'이라는 용어로 정리했다. 거대언어모델이라는 생성형 AI에서 산출된 언어를 '생성언어'라고 한다면, 이러한 생성언어로 구현된 언어예술을 '생성언어예술'로 받은 것이다. 인간의 개입 정도와 상관없이 AI에 의해 생성된 언어예술로 되받을 수 있는 생성언어예술에 내포된 의미는 간단치가 않다. 문학에서 암묵적으로 불변의 조건으로 여겨져왔던 '인간이 곧 유일한 창작 주체'라는 등식에 균열을 내는 동시에 문학의 정의 자체를 위협하는 AI를 적극 도입한 예술이기 때문이다. 아직 도래하지 않았기에 여전히 더듬는 수준에서 논의가 이뤄지고 있으나, 그래서 더 찬찬히 따져보는 시간과 곱씹어볼 구석을 남기는 곳이 또한 생성언어예술이다. AI라는 비인간이 창작에 관여하면서 발생하는 저자성 문제, 문학적 체험과 연결되는 수행성 문제, AI를 통한 언어예술의 방향성 문제, 각종 윤리적 문제 등이 줄줄이 딸려 나오는 탓에, 생성언어예술에 대한 논의는 단기간에 완료되는 주제가 될 수 없다. 긴 시간을 두고서 뜯어볼 여지가 많은 주제인 만큼, 단계별로 차근차근 연구를 밟아가는 일정이 요구된다.

이 책은 그러한 단계별 과정에서 첫 번째 결과물에 해당한다. 『어쩌면 문학이 아닐지도 몰라―인간과 AI 사이에서 생성되는 언어들』이라는 제목에서 짐작되듯, 생성언어예술이라는 미답지에 대한 탐색과 실험으로 채워진 책이다. 본문에 실린 차례대로 대강의 내용을 소개하면 다음과 같다.

1부 '생성언어의 자기장 속으로'에서는 현재까지 진행된 AI와 문학을 연결한 창작 및 연구 성과를 개괄하면서 문제적으로 짚어봐야 할 지점에 대해 논의한다. 세부적으로 「주인 있음의 언어예술과 주인 없음의 언어기계」는 언어예술로서의 문학과 언어기계로서의 AI, 양자의 만남이 유의미해지기 위한 조건을 살핀다. 「생성언어의 자기장에서 내가 만난 언어들」은 생성언어가 만든 언어적 장을 '과정 언어'의 관점에서 조명하면서, 인간의 '새기는 말'과 AI의 '흐르는 말'이 상호작용하는 사건적·수행적 영역으로서의 문학을 다룬다. 「기계적 오류의 시학적 전유 가능성에 대하여」는 AI의 할루시네이션을 기술적 결함이 아닌 새로운 시적·미학적 자원으로 재해석하여, 기계적 오류가 창작의 원리가 될 수 있음을 밝힌다.

2부 'AI 문학기계 실험실'에서는 GPT류의 거대언어모델을 활용한 문학 실험을 수행하거나 고찰하는 내용을 담고 있다. 먼저 「생성언어는 어떤 문학적 체험을 요구하는가?—AI로 창출 가능한 문학과 독자에 대해」는 AI의 생성언어에서 문학적 체험의 시간이 왜 필요한지를 검토하고, 생성형 AI를 통해 어떤 문학이 성립 가능하고 어떤 독자가 창출 가능한지를 고찰한다. 「인공지능 시대, 한국 현대시의 생성수행예술론」은 AI·텍스트·인간의 얽힘을 통해 시적 의미가 특정한 과정을 거치면서 수행적으로 변형되는 생성수행예술의 가능성을 제시한다. 「사건으로서의 AI 시, 그리고 개념예술의 실험들」은 AI의 확률 언어적 특성을 창작 원리로 활용하여 시를 '표현'이 아닌 '사건'으로 전환할 수 있음을 살핀다.

3부 '아직 오지 않은 생성언어예술'에서는 1부와 2부의 논의를 바탕으로 향후 AI를 활용한 문학의 미래를 탐색하는 이론화 작업이 이어진다. 먼저 「생성언어예술의 구현 방안과 이론적 탐색」은 생성언어예술이 유의미한 예술의 영역으로 안착할 수 있는 이론적 토대를 다지면서, AI의 생성언어가 예술의 언어로 진입하는 데 걸림돌이 되는 지점과 그것의 극복 방안을 다룬다. 「인간처럼 쓰지 않기—AI 문학의 존재론적 전환」은 인간 모방의 단계에서 벗어나 비인간적 언어 감각과 낯선 존재론을 탐구하는 실험적 문학 형태로 재배치되는 AI 문학을 탐색한다. 「AI 시를 읽는 새로운 장면들—수행, 청취, 과정으로의 초대」는 '자아형 문학기계'에서 '생성형 문학기계로'의 전환이 AI 시의 언어적 조건과 독자의 경험을 어떻게 변화시키는지를 탐구한다.

　마지막으로 좌담 형태로 실린 부록에서는, 본문에서 다뤄온 주제를 아우르면서 AI로 문학을 구현하는 이유와 방식, AI를 동반한 언어예술의 지향성과 수행성 문제, AI의 저자성 문제 등을 논의한다.

　생성언어예술이라는 명명에 준하는 성과물이 나오지 않은 상태에서, 더듬고 살피고 따지고 묻는 과정을 반복하면서, AI라는 비인간에 대해서, 문학이라는 인간적 산물에 대해서, 무엇보다 이 둘을 결합한 미지의 어떤 생성물에 대해서, 끈질기게 사유를 쌓아온 첫 번째 결과물이자 부산물로서 이 책을 내보낸다. AI와 문학을 결합한 주제에 관심을 가진 분들에게 조금이라도 도움이 되고 자극이 되기를 바라는 마음이다. 많은 독자를 기대할 수 있는 책이 아님에도, 기꺼이 출판과 편집을 맡아준 도서출판 리메로 대표 기혁 시인께 깊이 감사드린다.

2026년 3월
저자 3인의 뜻을 모아
김언

목차

14

3부 아직 오지 않은 생성언어예술

[1부 생성언어의

자기장 속으로]

[1]
주인 있음의 언어예술과
주인 없음의 언어기계

김언

주인 있는 언어와 주인 없는 언어

2015년 일론 머스크(Elon Musk)와 샘 올트먼(Sam Altman) 등이 설립한 인공지능연구소 OpenAI에서 2022년 말에 공개한 챗GPT에 대해 얘기해보자. '챗chat'이라는 말에서 짐작이 가듯 대화형 인공지능인 이 프로그램은 OpenAI에 접속하여 간단한 인증 절차와 로그인만 거치면 누구나 사용할 수 있다. 프롬프트 창에 어떤 질문을 입력하더라도 신속하고 성실하게 답변을 붙여주는가 하면, 앞서 나온 내용을 바탕으로 사용자와 심도 있는 대화를 이어갈 수도 있다. 때로는 신통방통한 아이디어나 해결책을 내놓기도 하고, 때로는 은근슬쩍 거짓 정보를 포함한 답변을 내놓기도 하지만, 어떤 문장이 나오든지 일단은 막히지 않고 말을 쏟아낸다는 점이 놀랍다. 가령, 지금 얘기하고 있는 챗GPT에 대해서도 일일이 자료를 찾고 정리하는 과정을 거칠 필요없이 곧바로 이 프로그램의 프롬프트 창을 이용해서 상세한 설명을 들을 수 있다.

화제를 옮겨 현대시에 대해서, 혹은 AI의 시 창작에 대해서, 문학과 AI의 공진화와 같은 까다로운 주제에 대해서도, 챗GPT는 아마 최선의 의견을 내놓는 방향으로 프롬프트 창을 채울 것이다. 행여 최선의 방향이 아니더라도 어떤 식으로든 의견을 내놓을 챗GPT에서 가장 흥미롭게 생각할 지점도 바로 무슨 내용이든 그것을 자연스러운 문장의 형식으로 사용자에게 제공한다는 점이다. 어떤 정보가 되고 의견이 되든 일단은 막힘없이 자연스럽게 문장을 쏟아낸다는 것. 그것이 챗GPT의 가장 놀랄 만한 능력이라면, 챗GPT의 기반이 된 GPT-3.5와 같은 LLM(large language model)은 그 자체 언어의 거대한 저장고이자 생산지라고 할 수 있다. 대규모언어모델 혹은 거대언어모델로 번역할 수 있는 LLM에서 쏟아내는 말을 가만히 듣고 있으면, 문득 이런 의구심이 생긴다. 저 말은 과연 누구의 말일까? AI를 통해 막힘없이 쏟아지는 저 말은 과연 누구의 말이라고 할 수 있을까?

물론 누구의 말도 아닐 것이다. 그것은 기계가 들려주는 말이지만 그렇다고 인간의 말이 아닌 것도 아닐 것이다. 그것은 특정한 누군가의 말이 아닐 뿐(누구의 말이라고 특정할 수 없을 뿐), 수많은 인간의 말, 즉 인류의 말이 녹아 있는 말이라고 할 수 있다. 녹아서 변형되고 응용되면서 생성된 말. 그건 인간의 말이 아니지만 인간의 말과 무관하지 않다. 오히려 긴밀하게 연결된 말이다. 주인을 특정할 수 없을 뿐 갑자기 무에서 유로 둔갑한 언어가 아니다. 당연히 이 세계를 가능케 한 태초의 말도 아니다. 그것은 누적된 말이 더 누적되면서 나온 말이다. 그것은 집적된 말이 더 집적됨을 비집고 나온 말이다. 비집고 나오면서 주인을 잃어버린 말이다. 주인을 내다버린 말이다. 말하자면 주인이 없는 말.

그러고 보면 우리 앞에는 두 종류의 말이 있다. 주인이 있는 말과 주인이 없는 말. 아니 주인 있음을 지향하는 말과 주인 없음을 지향하는 말. 문학에서도 문학이 아닌 곳에서도 저 두 지향점을 상정한 말은 어렵지 않게 만날 수 있다. 이것이 나의 문장이고 나의 글이고 나의 언어라는 것을 분명히 드러내(려)는 말과 그것을 거부하거나 회피하(려)는 말. 나의 일기, 나의 서신, 나의 시, 나의 소설, 나의 연설문 등에 따라붙는 '나의'라는 수식어가 정당해지려면, 그에 상응하는 '나=글의 주체이자 주인'이라는 등식이 성립해야 한다. 내가 이 글의 유일무이한 주인이라는 사실을 공중받기 위해서도 필요한 것이 온갖 저작권과 관련된 법이겠으나, 창작 분야에서는 그 전에 필요한 것이 있다. 바로 나만이 쓸 수 있는 글로서의 특성을 갖추고 있어야 한다. 그걸 스타일이라고 불러도 좋고 문체라고 불러도 좋고 개성이라는 말로 대신해도 좋다. 나만의 문장 스타일이 갖춰져야 비로소 나의 문학이라는 것이 탄생할 수 있다. 법적으로 보장받는 것은 이후의 문제다.

그렇게도 많은 작가와 시인이 목숨을 걸다시피 매달리는 곳도 그래서 자기만의 스타일이고 문체이고 또 문장이다. 자기만의 문장, 이걸 획득하기 위해서 단련하고 또 단련하는 곳에 각자의 창작 현장이 있고 당대의 문학 현장이 있고 또 무엇이 있을까? 우리가 알고 있는 현대의 문학은 창작자 저마다의 고유한 문장을, 문학을 문학이게끔 하는 가장 중요한 요소는 아닐지라도 가장 기본이 되는 조건으로 삼고서 진화해왔다. 개성이 없으면 문학도 될 수 없는 곳에 현대의 문학이 있다. 현대의 시가 있고 현대의 소설이 있다고 한다면, 대뜸 이런 반문도 가능하다. 개성이 없으면 정말로 문학이 되지 않는 것인가? 현대의 시와 소설이 될 수 없는 것인가?

당돌해 보이는 저 질문은 한편으로 문학에서 개성과 맞물려있는 자기 고유의 문체라는 말을 곱씹게 한다. 하늘 아래 새로운 것이 없다는 격언까지 들먹이지 않더라도 자기 고유의 문체란 것이 실은 얼마나 많은 타인의 문체를 통과하면서 나온 것인지를 곱씹게 하는 것이다. 실상 나만의 고유한 문체는 온갖 타인의 문체를 통과하고 통과한 끝에 나온 결과물이자 부산물 아닌가. 어디 어디라고 콕 집어 말할 수는 없으나, 내가 그동안 흡수하고 소화해온 온갖 타인들의 문장이 보이지 않는 흔적으로 남아서 나의 문장이 나올 수 있고 나만의 문장이 성립될 수 있다면, 나의 문장은 결과적으로 타인의 문장이다. 타인의 문장으로 인해 태어날 수 있었고 성장할 수 있었고 성공할 수도 있었던 문장. 그것이 나의 문장이자 나만의 문체라면, 나를 주인으로 모시는 모든 말은 다른 누군가를 주인으로 모셨던 말의 후신이다. 내가 주인이라고 주장하는 모든 말에 전생처럼, 업보처럼 따라붙는 것이 다른 누군가의 말이라는 말이다.

나의 말이 온전히 나만의 말이 아니고 다른 누군가의 말도 온전히 그만의 말이 아니라고 할 때, 남는 것은 섞인 말이다. 특정할 수 없는 수많은 이들의 말이 섞인 것이 지금의 나의 말이고 당신의 말이고 또 누군가의 말이 되어 떠돌아다닌다. 섞이는 것 자체가 언어의 속성이고 숙명이라면, 특정한 언어에 특정한 주인을 거론하는 것은 자연스러운 일이 아니라 인위적인 판단에 가깝다. 섞이고 섞인 언어의 틈바구니에서 조금이라도 더 나만의 언어라는 것이 도드라지는 방향으로 언어를 벼려나가는 도중에 누군가의 문학이 있고 시가 있다고 해도 좋겠다. 본질적인 차이라기보다 정도의 차이로 나의 언어는 다른 이들의 언어와 간신히 구별된다. 나의 시도 어떤 본질적인 차이라기보다 정도의 차이에 기대어 누군가의 시와 차별화될 수 있다. 다 같이 섞여있는 언어들 틈에서 조금이라도 더 다르게 섞여있는 언어를 꿈꾸며 나의 시는 탄생한다. 조금이라도 더 다른 배합을 선보이고자 애쓰는 과정이 곧 나만의 시적 개성을 획득하는 과정과 맞물리는 것이다.

그러나 배합의 방식이 속속들이 다 파악되는 것은 아니다. 오히려 대부분이 블랙박스 안의 일처럼 감춰져있다. 가령 A의 시가 선대의 B와 C와 D의 시 세계에 영향받아서 몇 대 몇의 비율로 배합이 이루어졌다는 식으로 판명되는 경우가 없다는 말이다. 실제로 그 배합의 방식은 당사자인 시인 자신도 모른다. 간혹 배합의 결과로서 누구누구의 시에 강하게 시적 영향을 받은 흔적이 겨우 보일 뿐이다. 영향받은 결과가 분명하다고 해서 어떤 배합의 방식으로 영향을 받았는지까지 설명해주지는 못한다. 한 시인의 독창적인 시 세계는 그리하여 온갖 영향 관계의 결과물로서만 확인되는 무엇이다. 과정은 영영 알 수 없거나 겨우 짐작만 가능한 거대한 비밀 상자 안에 숨어있다.

낱낱의 언어가 생성되기까지의 과정을 알 수 없는 것은 프롬프트 창을 통해 생성되는 AI의 언어에도 마찬가지로 적용된다. 어떤 문장으로 말을 걸든 AI는 침묵하지 않고 대답한다. 때로는 우문현답에 가까운 대답이 튀어나오는 것을 신기하게 바라보지만, 그 대답이 나오기까지의 과정을 우리는 추적할 수가 없다. 예상을 뛰어넘는 답변은 물론이고 예상 가능한 답변이 나오더라도 그 답변이 나오기까지의 과정을 일일이 추적하는 것은 불가능하다. 가령 챗GPT의 경우, 거대언어모델의 크기와 성능을 보여주는 매개변수(파라미터) 규모와 대략적인 작동 원리는 알 수 있으나 낱낱의 문장이 어떤 경로를 거치면서 생성되는지는 추적 불가능하다. 인간 작가의 전체적인 작품 세계와 창작 성향을 짚어볼 수 있는 것과 별개로 그가 쓴 문장 하나하나의 탄생 경로를 추적할 수 없는 것과 같은 이치다.

차이가 있다면 인간 작가의 문장은 그것이 나오기까지의 영향 관계와 별개로 작가 자신의 문장으로, 작가를 주인으로 둔 문장으로 (일단은) 받아들일 수 있는 데 반해, AI가 쏟아내는 문장의 경우 주인을 누구로 두어야 할지 확정하기 힘들다는 점이다. 해당 AI를 만든 개발자에게 주인의 자격을 주어야 할까? 아니면 AI의 문장이 나올 수 있도록 질문 내지 명령을 던진 사용자에게 주인의 자격이 있는 것일까? 여기에 대해 별도의 저작권이나 소유권을 설정한다손 치더라도 그것만으로 AI를 통해 생성된 문장들의 궁극적인 주인이 될 수 있을까? AI는 어떤 문장을 내보내더라도 거기에 대해 책임을 질 수가 없다. 책임을 질 필요도 없다. 해당 AI를 개발한 측에도 그것을 사용한 측에도 생성된 문장의 책임을 전적으로 지우기에는 고려해야 할 요소가 너무 많거나 복잡하게 얽혀있다. 그런 점에서 AI가 쏟아내는 문장은 궁극적으로 주인 없는 언어이거나 적어도 주인 없음을 지향하는 언어로서 가장 근사하게 구현된 사례라고 할 수 있다.

유령의 시선과 좀비의 언어

　기존의 문학에서 특히 시에서, 주인 없음을 지향하는 언어는 대체로 유령의 시선을 경유한 언어였다. 유령은 시선은 있지만, 시선에 담긴 관점이나 입장은 있지만 몸이 없는 존재다. 몸이 없으니 어떤 사태에 대해서도 관여할 수 없는 상태로 시선을 내보낸다. 관여할 수 없는 몸은 무기력한 몸이다. 관여하고 싶어도 관여할 수 없는 몸이, 아니 마음이 유령의 시선을 이룬다. 아니면 어떤 사건이나 사태에도 관여하고 싶지 않은 마음이 뭉치고 뭉쳐 응집된 몸이 유령의 없는 몸이 아닐까? 어쩔 수 없이 보기는 하지만, 관여는 하고 싶지 않은 마음이 형상화된 언어. 그러한 언어는 사실상 자기가 본 것을 그대로 투과시키는 시선을 반영한 언어이므로 그 자체 매개물을 지워버린 어떤 공간의 언어일 수도 있다. 유령의 언어든 공간의 언어든 시선만 남기고 보이는 것만 남기고 그것에 직접적으로 관여할 수 있는 몸을 삭제한 언어는 한 가지 결정적인 딜레마를 지닌다. 바로 시선 자체가 관여이고 간섭이고 권력이라는 사실. 우리는 아무것이나 보지 않는다. 모든 것을 다 볼 수도 없다. 우리는 보고 싶은 것만 본다는 한계를 우리의 시선에 이미 내장하고 있다. 보고 싶은 것을 넘어서, 볼 수 있는 것까지 넘어서 보는 시선은 우리에게도 유령에게도 없다. 본다는 것 자체가 개입의 일종이며, 그것은 누구의 시선으로 보는가에 따라 달라진다. 세계는 개입되면서 달라지며, 개입하는 누군가의 시선은 바로 특정한 누군가의 시선이며, 그 시선에 따라 언어 역시 주인을 달리하는 언어가 된다. 요컨대 시선을 가지는 언어는 주인을 가진 언어다. 설령 주인 없음을 지향하더라도 주인 없음을 지향하는 주인을 가진 언어다.

주인 없음을 지향하는 언어로서 유령의 시선을 담보한 언어가 가진 이러한 한계이자 딜레마를 비껴가는 차원에서 또 하나 제시될 수 있는 언어로 좀비의 언어를 상정할 수 있다. 좀비는 유령과 정반대의 처지에 놓인 존재다. 시선이 없고 몸만 있는 존재. 관점이나 입장도 없고 오로지 물어뜯는 입(으로 표상되는 몸)만 살아서 돌아다니는 존재. 그러한 존재에 어울리는 언어는 당연히 특정한 관점이나 입장을 담지한 언어가 아니라, 되는 대로 튀어나오고 튀어나오는 대로 쌓이는 언어의 특성을 가지며, 이러한 언어에 특정한 주인을 상정하는 일은 무의미하다. 그만큼 시선 없이 몸만 존재하는 좀비의 언어가 주인 없음의 언어로서 완벽하게 구현되는 모델인 것은 분명해 보이지만, 좀비의 언어가 완벽하게 작동하기 위해서는 한 가지 난관을 넘어서야 한다. 어떤 언어든 거기에는 누군가의 관점이 들어있다는 사실. 아무리 헛소리에 가까운 언어일지라도 헛소리를 내고 있는 누군가의 입장이 들어 있다는 사실. 따라서 완벽하게 시선을 지운 언어는 애초부터 불가능하다. 제아무리 의식을 비우고 관점과 입장을 지우더라도 끝까지 남아 있는 것이 언어에 녹아있는 누군가의 시선이다. 적어도 인간에 의해 생성되는 언어에선 시선 없는 언어가 불가능하다. 내가 무슨 말을 하더라도 거기에는 나의 시선과 입장과 관점이 담길 수밖에 없다.

그에 반해 AI는 의식이 없는 존재이고, 거기서 생성되는 언어 역시 특정한 누구누구의 관점이나 입장을 반영하지 않는다. AI를 통해 생성되는 언어가 적어도 인간의 언어에 비해서 훨씬 더 주인 없음의 언어에 근접할 수밖에 없는 것도 AI에 내장된 의식-없음에 근거한다. 특정한 의식이 없으니 시선이 없고 시선이 없으니 그저 주어진 조건(명령/질문)에 맞춰 언어를 생성해내는 행위만 남은 것이 곧 AI의 언어다. 인간으로서는 결코 도달할 수 없는 좀비로서의 언어에 대해 인간보다 훨씬 더 근접한 차원에서 AI는 의식 없고 시선 없는 언어를 내보낸다. 거기에는 어떤 특정한 관점이나 입장이 들어설 여지가 없다.

　물론 이런 반문도 가능하다. AI에 의해 생성되는 언어에 특정한 관점이나 입장을 거론할 여지가 없다고 해서, 아무런 관점이나 입장이 없다고 말할 수 있을까? 아무런 의식이나 시선도 없다고 말할 수 있을까? 누구누구의 것이라고 특정할 수 없을 뿐 거기에는 온/오프라인을 통해 숱하게 누적해온 온갖 인간의 (의식과 시선을 통과한) 말이 녹아 있다. 특정한 개인의 언어로 환원되지 않을 뿐, 온갖 인종, 민족, 성별의 언어가 녹아 있는 곳에 AI의 언어가 있는 셈이다(물론 인종, 민족, 성별에 따른 언어의 비중은 상대적으로 다를 것이다). 그렇다면 이렇게 말할 수도 있겠다. AI를 통해 생성되는 말은, 이제까지 인류가 누적해온 말의 일부가 어떤 식으로든 반영된 말이라고. AI의 언어는 인류 언어의 편린으로서 재생산되는 말이라고.

　예상하기 힘들고 제어하기 쉽지 않지만 그래서 야생에 가까워 보이는 AI의 언어를 '조련'할 수 있는 근거가 이 대목에서 발생한다. 그것은 아무런 방향성도 설정할 수 없는 언어처럼 보이지만, 그래서 좀비의 언어라고 부르기에 부족함이 없어 보이지만, 또 그래서 주인 없는 언어로서의 야생성만 남은 것 같지만, 그럼에도 야생과 좀비와 무방향성을 넘어서는 차원에서 접근 가능한 여지를 남기는 것이다. 근거는 다시 말하지만, AI의 언어가 인류의 언어에 기반해서 생성된다는 데 있다. 제아무리 기상천외한 언어일지라도 그 밑바닥에는 인간 누구누구의 생각들이 녹아서 흐르는 언어라고 한다면, AI의 언어를 대하는 태도에서도 다시 생각해볼 지점이 생긴다. 사실상 인간의 언어를 다루는 것의 연장선에서 AI의 언어를 조련해볼 수 있는 여지가 생기는 것이다. 조련의 방식은 AI를 다루는 개개인의 차원에서 달라지므로, 주인 없음을 지향하는 언어의 한 극단에서 다시 주인 있음의 언어가 개입할 여지가 생기는 것이다.

마치 인간보다 훨씬 더 빨리 달리고 멀리 달릴 수 있는 말을, 아니 자동차를, 아니 달리는 속도를 넘어 날아가는 비행기를 어떻게 조종하는가에 따라 경로가 달라지고 행선지가 달라지듯이, 인간의 언어 사용 속도와 가용 범위를 훌쩍 넘어서는 AI도 어떻게 조종하는가에 따라 거기서 생성되는 언어의 행방이 달라질 것이다. 어떻게 쓰는가 (use)에 따라 쓰기(write)가 결정되는 것이다. 이런 상황에서는 작가의 의미도 달리 음미되고 정의될 수밖에 없다. 기존의 작가가 'write'에 매달려온 작가였다면, AI를 활용한 작가는 'use'의 의미를 극대화한 작가라고 할 수 있다. 물론 아직은 AI를 어떻게 쓰는(use) 것이 적절하고도 창의적인 조종법이 될지 알 수 없다. 말을 조련해서 승마가 되기까지 많은 시간이 걸리듯, 자동차를 운전하고 비행기를 운행하는 데도 상당한 숙련의 단계가 필요하듯, 해마다 새로운 성능을 장착하며 등장하는 AI를, AI의 주인 없는 언어를, 인간의 영역에서 유의미하게 다루는 방식을 고민할 필요가 있다.

고민은 AI로 대변되는 주인 없음의 언어를 다시 주인 있음의 언어로 전유하려는 노력과 통한다. 주인 있음의 언어는 범박하게 말해 AI

를 통해 생성되는 문장에 사용자 자신의 고유한 무언가가 담길 때 등장할 수 있는 언어다. 사용자 자신의 고유한 시선, 고유한 기억, 고유한 욕망이자 결핍, 이런 것들이 AI의 문장에 동반될 때, 비로소 주인 있음의 언어로서 자격이 생긴다는 말이다. 앞서 언급한 누군가의 고유한 문체란 것이 수많은 타인의 문장을 통과하면서 생긴 결과물이라면, 그래서 주인 있는 언어이면서 한편으로 주인 없는 언어의 속성을 함께 반영한 것이라면, 누군가 그 사람만의 시선, 기억, 욕망, 결핍 역시 온갖 타인들의 시선과 기억과 욕망과 결핍이 녹아서 생성된 것이기도 하다. 즉 나만의 것이면서 나만의 것이 아니기도 한 시선으로, 기억으로, 욕망과 결핍으로 우리는 세계를 보고, 기억하고, 욕망한다. 결핍 또한 내 고유의 결핍이라고만 할 수 없는 지점에서 우리는 결핍을 느낀다.

동시에 우리는 엄연한 차이를 느낀다. 나만의 것이냐 나만의 것이 아니냐, 이런 문제와 별개로 우리는 모든 문장에서 똑같은 반응을 보이지 않는다. 어떤 문장은 그것을 보았다는 기억도 남지 않을 만큼 별다른 감흥 없이 지나가지만, 어떤 문장은 내면에서 엄청난 동요를 일으킬 만큼 강한 인상을 남기면서 지나간다. 아니, 나의 내면 어딘가에 착상되듯이 자리 잡는다. 그것이 타인이 쓴 문장이냐 내가 쓴 문장이냐는 중요하지 않다. 내가 썼더라도, 그러니까 나한테서 비롯된 문장이더라도 별다른 인상을 남기지 못하는 경우가 있는가 하면, 때로는 타인에게서 나온 문장 하나가 내 인생에 전환점이 될 만큼 강한 인상을 남기는 경우도 있다. 중요한 것은 누구의 문장이냐 이전에 어떤 문장이냐이다. 어떤 문장이냐에 따라 나의 내면에, 우리의 의식에 모종의 동요를 일으킬 수도 있고 아닐 수도 있다면, 남는 질문은 이런 것이다. 과연 어떤 문장이 우리에게 남는 것일까? 어떤 문장이 우리에게 강력한 인상을 남기면서 영향을 미치고 의식을 바꾸고 삶을 바꾸게도 하는 것일까?

쓰는 입장에서 느껴야 읽는 입장에서도 느낀다

이상의 질문은 AI를 통해 생성되는 문장에도 똑같이 적용해볼 수 있다. AI에서 나온 문장이 제아무리 시의 외피를 두르고 소설의 모양새를 갖춘다고 하더라도 그것이 읽는 이의 내면에 모종의 영향을 미치는 글이 못 된다면, 말 그대로 기계적인 문장의 생성에 머무는 의의만 지닌다. 그럼 어떤 문장이 읽는 이의 내면에 영향을 미치는 문장이 되는 것일까? AI를 통해 생성되는 문장이 어떤 조건을 갖출 때 읽는 이에게 모종의 인상을 남기는 문장이 되는 것일까? 이 조건을 고민하는 것이 곧 AI를 통한 글쓰기, 나아가 AI와 인간의 협업을 통한 글쓰기가 인간에게 유의미해지는 방식을 고민하는 일일 것이다. 물론 AI를 통해 생성된 문장은 지금도 인간에게 일정 부분 유의미한 효과를 창출하고 있다. 가령 챗GPT에서 생성되는 문장은 인간에게 유용한 정보를 효과적으로 제공하고 있으며(때로는 거짓 정보도 포함되어 있기는 하지만), 사용자의 요구에 맞춰 창의적인 아이디어를 제공할 뿐만 아니라 재미와 흥미를 유발하는 짧은 이야기도 무리 없이 창출해낼 수 있다. 아이디어를 포함하여 유용한 정보의 제공자, 그리고 재미 있는 이야기의 산출자로서의 역할을 무리 없이 수행하고 있는 현 단계 AI에서 더 유의미한 무언가를 기대한다면 그것이 무얼까?

정보와 재미를 넘어서는 그 무엇은 우리가 통상 문학에서 기대하는 것과 다르지 않(을 거라고 일단은 가정해본)다. 문학으로 통칭되는 언어예술에서 기대하는 그 무엇은, 너무 많이 쓰여서 식상하지만 그럼에도 여전히 유효한 의미를 지니는 '감동'이라는 말로 되받을 수 있다. 익숙한 감동이든 익숙지 않은 감동이든(그래서 모종의 충격을 동반한 감동이든) 감동은 읽는 이의 심미적인 감상을 위해서도 꼭 필요한 정서적인 감응에 해당한다. 그런데 읽는 입장에서 정서적인 감응이 생기려면 쓰는 입장에서 먼저 정서적인 감응이 동반되는 글쓰기가 되어야 한다. 즉 글을 쓸 때 정서적인 감응이 동반되어야 그것을 읽을 때도 모종의 정서적인 감응이 일어날 수 있다. 글쓴이의 정서적 감응을 그대로 받아들이든 곡해해서 받아들이든 상관없이 읽는 순간에 발생하는 정서적 감응은 쓰는 순간의 정서적 감응을 전제로 한다는 말이다. 한 가지만 더 짚어보자면, 글을 쓰는 과정에서 발생하는 정서적 감응은 글을 쓰는 당사자의 내면의식과 불가분의 관계를 가진다는 점이다. 이때의 내면의식에서 빠질 수 없는 요소가 앞서 언급한 당사자 고유의 시선, 기억, 욕망, 결핍 등일 것이다. 글쓴이 고유의 시선이나 기억, 욕망이나 결핍과 무관한 채 정서적 감응을 일으키는 글쓰기가 불가능하다면, 이는 그대로 AI를 통한 글쓰기에도 중요한 참조점을 제공한다.

비록 AI라는 기계를 통한 글쓰기일지라도 그것을 사용하는 개개인의 고유한 시선, 기억, 욕망, 결핍 등이 글쓰기에 어떤 식으로든 반영되어야 사용자 자신에게 정서적 감응을 일으킬 수 있으며, 나아가 해당 글을 읽는 이에게도 정서적 감응을 일으키는 최소한의 전제조건이 될 수 있다. AI의 글쓰기에 사용자 개개인의 고유한 내면의식을 반영하고 투영하고 투사하는 방법은 현재로선 한 가지밖에 없다. 무엇을 소재로 삼아 어떤 방식으로 쓰든 상관없이 글쓰기 이전에 사용자의 내밀한 기억이 담긴 기록물을 AI에 투입해서 학습시키는 방법이 그것이다. 기록물로는 사용자 자신의 일기도 좋고 편지도 좋고 간단한 메모라도 좋다. 주어진 영상을 이해하고 학습할 수 있는 AI라면 간단한 영상물을 투입해도 좋겠다. 텍스트든 영상이든 사용자의 기록된 기억을 학습하면서 AI는 일차적으로 사용자 자신에게 유의미한 텍스트를 산출해낼 가능성을 지닌다. 무엇보다 사용자 개개인의 정서적 감응을 일으키는 텍스트를 생성할 가능성도 이 지점에서 타진된다.

AI가 사용자 개개인의 기록된 기억을 학습한다고 해서 과연 사용자 자신에게 정서적 감응을 일으키는 문장을 생성해낼 수 있을까? 아직은 확답을 내리기 힘들다. 다만 사용자에게 정서적 감응을 일으킬 수 없는 AI의 문장은 그것을 읽는 이에게도 정서적 감응을 일으키기가 힘들 거라는 예상은 충분히 할 수 있다. 그렇다면 사용자 자신이 정서적으로 동(動)할 수 있는 문장이 AI에서 생성될 수 있는가 없는가가 관건으로 남는다.

작가로서뿐만 아니라 사용자로서도 우선 자신이 동하는 글쓰기가 되어야 타인도 동할 수 있는 글쓰기가 된다는 논리는, 기존의 문학 장르에 비춰봤을 때 서사적인 글쓰기보다 시적인 글쓰기에 조금 더 주효하게 적용된다. 왜냐하면 소설이나 동화 같은 서사적인 글쓰기는 대부분 허구를 바탕으로 한 글쓰기이며, 따라서 AI를 사용하는 개인의 기억이 시적인 글쓰기에 비해 덜 반영되거나 투영되어도 무방하기 때문이다. 그러나 사용자 저마다의 기억이 반영·투영되는 비중이 상대적으로 적다고 하더라도 서사적인 글쓰기에서 여전히 중요하게 남는 것은 사용자 개인의 고유한 세계관이다. 각자의 세계관은 각자의 관점, 기억, 욕망, 결핍 등이 응집된 무엇이다. 그러한 세계관을 읽어나가면서 독자는 심미적 감상의 근거를 마련한다. 당연히 AI를 통한 서사적인 글쓰기에서도 여전히 중요하게 남는 것이 누군가의 기록된 기억이면서 거기서 파생되는 정서적 감응이다. 우선은 사용자 자신의 정서적 감응이고, 다음으로 그것을 읽는 이의 정서적 감응이다.

그렇다면 사용자와 독자 사이에 놓인 정서적 감응을 AI라는 주인 없는 글쓰기 기계가 얼마큼 감당하느냐에 따라 AI를 통한 글쓰기의 미래가 결정된다고도 할 수 있겠다. 사용자 개인의 기록된 기억이 아무리 많이 투입되고 학습되더라도 그것을 정서적 감응을 이끌어내는 텍스트로 AI가 전환해줄 수 없다면, AI에서 생산되는 텍스트는 가볍게 읽히고 손쉽게 즐기는 '라이트'한 문학의 연장선에 머물 가능성이 높다. 사용자 개인의 내면 저 밑바닥을 헤집고 올라오면서 정서적 감응을 일으키는 언어보다, 읽는 이에게 가벼운 재미를 던져주는 오락거리로서의 언어가 AI를 통한 텍스트의 주를 이룬다면, 소위 말하는 '순문학' 영역에서 기대하는 문학적 글쓰기는 AI에서 전혀 기대할 것이 못 된다. 그러잖아도 골동품처럼 쪼그라들고 있는 문학의 위상이 AI 시대에 들어서서 더 본격적으로 '그들만의 리그'로 축소될 가능성이 높아지는 것이다.

거의 인간문화재와 다름없는 소수들을 위한 잔치로 문학장이 축소되는 것이 훤히 내다보이는 상황에서, 기존의 언어예술로서의 문학이 AI와 생산적으로 만날 수 있는 길은 그리 많아 보이지 않는다. 사실상 한 가지 길밖에 없(을 거라고 예상해본)다. AI라는 주인 없음의 언어를 생성하는 기계와 문학이라는 주인 있음을 지향하는 언어가 유의미하게 만나지는 길. 그 길이 구체적으로 어떤 길이 될지 현재로선 짐작하기 어렵고 구현 가능한 길인지조차 불확실하지만, 저 길을 찾으려고 애쓰는 이들이 쌓이고 모인 곳에서 또 다른 테크놀로지를 장착한 언어예술로서의 언어가 발생할 수도 있지 않을까. 그조차 어떤 언어가 될지 예단할 수 없지만, 궁하면 통한다는 말에 기대어보면 이제까지의 문학으로는 다 담아낼 수 없는, 동시에 지금의 AI 기술로는 미처 예상할 수 없는, 어떤 문학이면서 문학이 아닌 언어가 탄생할 수도 있지 않을까 짐작해본다. 그것이 과연 어떤 언어일까? 무엇을 묻든 대답을 내놓는 챗GPT는 여기에 대해 뭐라고 답변을 내놓을까?

[보유] 기억생성기계와 기억술로서의 문학

AI를 통한 글쓰기가 문학적으로 유효해질 수 있는 조건에 대해 위에서 논의한 내용은 다음과 같이 정리된다.

① 챗GPT 같은 거대언어모델을 통해 생성되는 언어가 문학적인 언어로서 유의미해지려면 그것을 읽는 입장에서도 쓰는 입장에서도 정서적인 감응이 동반되어야 한다. 이때의 쓰는 입장은 AI를 통해 글을

집필하는(write) 입장과 AI를 사용하는(use) 입장 둘 다를 포함한다.

②정서적인 감응은 우선 쓰는 입장에서 자신의 고유한 시선이나 기억, 결핍이나 욕망 같은 것이 해당 글쓰기에 반영되는 것을 전제로 발생한다. 여느 문학적인 글쓰기와 마찬가지로 AI를 통한 글쓰기에서도 쓰는 자의 고유한 내면의식이 투영되어야 모종의 정서적인 감응을 기대할 수 있다는 말이다.

③쓰는 자의 고유한 내면의식을 AI에 반영하고 투영하는 방법은 현재로선 개인의 기록물을 AI에 투입해서 학습시키는 방식이 가장 유력하고 사실상 유일하다. 일기, 편지, 메모 같은 개인의 기록물(사진이나 동영상 같은 시각적인 기록물도 점차 포함될 것이다)은 달리 말해 개인의 기록된 기억이라는 점에서, 기록물의 투입은 곧 기억의 이식이라는 말로 되받을 수 있다.

요컨대 집필자이자 사용자 저마다의 기억이 AI에 이식되어야 저마다의 정서적인 감응이 동반된 AI를 통한 글쓰기가 가능하며, 그것을 읽는 입장에서의 정서적인 감응도 나아가 문학적인 글쓰기로서의 의미도 바로 그 지점에서 탄생을 기대할 수 있다.

물론 기록된 기억은 기억과 동일하지 않다. 기억은 기록을 통과하면서 변형되고 굴절된다. 기억 역시도 기억을 가능케 한 본래의 사건과 동일한 상을 가지지 못한다. 우리는 똑같은 사건을 겪고도 입장과 상태와 상황에 따라 저마다 다른 기억으로 저마다 다른 기록을 남길 수밖에 없다. 사건과 기억과 기록 사이에 이처럼 메울 수 없는 간극이 놓였음에도 우리는 기억을 붙잡고 사건을 회상하며 기록을 남긴다. 혹은 기록을 붙잡고 기억을 불러내면서 사건을 회상한다. 이처럼 변형과 굴절이라는 한계를 안고 있음에도 우리는 우리 삶의 역사를 이루는 데 있어 기록과 기억의 도움을 외면할 수가 없다. 개인으로서든 집단으로서든 우리의 정체성을 형성하는 데도 기록과 기억의 역할은 필수적이다. 역사라는 혹은 정체성이라는 허상이자 표상이 작동하기 위해서도 기록과 기억이라는 왜곡의 과정이 필수적이라는 대목에서, "강, 나무, 사자라는 객관적 실재"와 더불어 "신, 국가, 법인이라는 가상의 실재"[1] 속에서 살아가는 현생 인류의 특이점으로 기록술과 기억술을 빼놓을 수 없음이 새삼 확인된다.

  인간의 비상한 기억술과 기록술은 한편으로 인간의 문학을 준거점으로 삼고서 진화해갈 AI를 통한 글쓰기에서도 매우 중요한 참고사항이 될 수 있다. 왜냐하면 문학이라는 글쓰기 자체가 인간 저마다의 고유한 기억술이자 기록술에 해당하기 때문이다. 당연히 AI를 통한 글쓰기가 문학적 글쓰기로서 유의미해지려면, 개인 저마다의 기억술이자 기록술로서의 역할을 일정 부분 담당할 수 있는가 없는가가 관건이 될 것이다. 나의 기억이 기록으로 담기고 나의 기록이 기억을 불러내는 작업이 되느냐 되지 못하느냐에 따라 나의 정서적인 감응도 너의 정서적인 감응도 그리하여 문학적인 감응도 발생하느냐 발생하지 못하느냐의 기로에 놓이게 된다면, AI를 통한 글쓰기 실험과 여러 논의의 과정에서 집중되어야 할 지점도 자연스럽게 부각된다. 바로 개인의 기억과 기록이 어떻게 하면 효과적으로 또 창의적으로 AI의 글쓰기에 반영되는가일 것이다.

---

1 유발 하라리, 조현욱 옮김, 『사피엔스』, 김영사, 2015, 60쪽.

이 대목에서 흥미롭게 살펴볼 사례가 있다. 미셸 후앙(Michelle Huang)이라는 미디어 아티스트가 자신의 어린 시절 일기를 GPT-3에 학습시켜서 수행한 작업이 그것이다. 작업의 내용은 단순하다. ① 자신의 어린 시절 일기(10~14세에 쓴 일기)를 타이핑하여 GPT-3에 입력하고 훈련(학습)시킨다. ② 해당 일기로 훈련된 GPT-3와 후앙이 프롬프트 창을 통해 대화를 나누고 트위터에 공개한다. 이상의 작업에서 후앙과 GPT-3 간에 어떤 대화가 오고 갔으며, 거기서 어떤 인상적인 장면이 나올 수 있었는지는 이후에 진행된 한 인터뷰[2]를 통해서 재차 확인할 수 있다. 인터뷰에서 후앙은 GPT-3를 이용해 작업하고 GPT-3라는 기계와 대화를 나눈 것이 분명함에도 마치 어린 시절의 자신과 대화를 나눈 것 같았다는 인상을 남긴다.

> "이 프로젝트가 우리 자신의 [새로운] 부분을 보고 거기에 참여함으로써, 거울 역할을 할 수 있는 AI를 깨닫게 해준 것 같습니다."
> "I feel like this whole project made me realize AI that can serve as a mirror, by engaging with and seeing [new] parts of ourselves."

위의 발언에서 '우리 자신의 [새로운] 부분'과 '거울 역할'이라는 말을 주목하자. 우선 '우리 자신의 [새로운] 부분'을 본다는 것은, 우리가 익히 알고 있는 자신의 모습뿐만 아니라 우리가 미처 몰랐던 자신의

---

2 인터뷰 전문은 아래에 나오는 사이트에서 확인할 수 있다. 이하 본문에 인용된 문장과 언급된 내용 역시 해당 사이트에서 가져왔다. https://medium.com/@memlabs/@memlabs/ai-for-wonder-an-interview-with-michelle-huang-artist-1b11d0367f53

모습까지 보게 된다는 걸 뜻한다. 즉 AI를 통해 그동안 인지하지 못했던 우리 자신의 면모까지 발견할 수 있다는 말이며, 이는 GPT-3에 의해 생성된 가상의 자아(후앙 스스로 "내 내면의 아이(my inner child)"라고 칭한)와의 대화에서 후앙이 실제 경험한 일이기도 하다. 가령, 후앙의 어린 시절 일기를 학습한 AI, 아니 그 내면의 아이에게 무슨 색깔을 좋아하느냐고 묻자 파란색을 좋아한다고 답변이 돌아왔는데, 그녀가 실제로 어린 시절에 파란색을 좋아한 것은 사실이지만, 일기 어디에도 파란색을 좋아한다고 쓰지는 않았다고 한다. 파란색을 좋아한다는 문장을 명시하지 않았음에도 AI는 일기에 담긴 여러 정황을 참고하여 어린 시절의 후앙이 파란색을 좋아하는 것으로 추론한 것이다. 이어서 세상의 어떤 문제에 대해 고민하는지 질문했을 때는 정신 건강을 지키는 문제라는 답변이 돌아왔다. 역시 일기의 어디에도 그와 같은 얘기가 적혀 있지 않지만 AI는 추론을 통해 저러한 답변을 내놓은 것이다. 놀라운 점은 후앙이 최근 몇 년간 정신 건강 문제를 다루는 분야에 헌신해온 적이 있다는 사실이다. 그렇다면 AI가 개인의 취향은 물론이고 고유한 기질이나 잠재적인 자질, 가치관이나 세계관까지 기록에 근거하여 판단을 할 수 있다는 결론에 다다른다. AI를 통해 '우리 자신의 [새로운] 부분'까지 볼 수 있다는 발언도 그래서 충분히 설득력이 있으며, 나아가 개개인의 드러난 면모뿐만 아니라 드러나지 않은 지점까지 들여다보고 되비추는 '거울 역할'을 AI에 기대할 수도 있겠다.

후앙의 사례에서 새삼 확인되듯, AI가 개인의 내면을 반영한 거울로서의 역할을 수행하기 위해서도 일기와 같은 개인의 기록이 필요하고 그 기록으로 AI가 학습하는 과정이 필수적이다. 아직은 인간의 기억 자체가 AI에 통째로 이식될 수 없기에 기록이라는 매개가 필요하며, 기록의 학습을 통해 기억을 생성하는 기계로서 AI가 활용되는 사례는 후앙의 작업 말고도 얼마든지 더 나올 수 있을 것이다. 더 확장되고 응용된 작업 사례가 누적되면 기록이 기억을 불러내고 기억이 또 다른 기록을 생성하는 과정에서 음미할 수 있는 지점도 늘어날 것으로 보인다.

기록술과 기억술의 유용한 도구이자 동반자로서 AI가 활용되는 자리에서 또 하나 참고할 것이 있다. 특히 챗GPT 같은 거대언어모델을 이용하여 언어예술에 해당하는 작업을 수행하고자 할 때 새삼 고려되어야 하는 사항이 있으니, 바로 기록술로서의 글쓰기와 기억술로서의 글쓰기를 구분해줄 필요가 있다는 사실이다. 위에서 살펴본 후앙의 작업 사례에서 하루하루의 기록인 일기가 먼저 있고 그 일기를 바탕으로 지금의 나와 어린 시절의 나 사이에 심도 있는 대화가 가능했다면, 순서상 '기록'이 먼저고 그 기록을 '기억'하는(실은 학습하고 훈련한) 가상의 존재가 생성된 것은 다음의 일이다. '기억'을 바탕으로 심도 있는 대화가 가능한 것도, 나아가 정서적 감응을 일으키는 글쓰기가 기대되는 것도 순서만 놓고 보면 모두 '기록' 다음의 일이라는 말이다. 기록이 먼저고 기억이 그다음 순서에 놓인다면, 이런 말도 가능하겠다. 어쩌면 기록술로서의 글쓰기가 선행된 자리에 기억술로서의 글쓰기가 들어설 수 있다고. 혹은 기록술로서의 글쓰기가 맡는 영역과 기억술로서의 글쓰기가 맡는 영역이 겹치면서도 서로 다를 수 있다고.

이상의 판단은 (전혀 다른 사안이기는 하지만) 세월호 참사 이후의 문학 현장을 진단한 김형중의 글[3]을 참고한 바가 크다. 김형중은 세월호 참사 직후 시와 소설 같은 기존의 문학을 대표하던 장르가 무기력하게 혹은 일차원적으로 반응할 수밖에 없었던 반면에 르포와 논픽션처럼 상대적으로 문학의 주변부에 위치하던 글쓰기가 힘을 발휘했던 사실을 짚으면서, 르포와 논픽션이 긴박하고 중대한 사건에 대해 우선은 기록하는 차원에서 필요한 글쓰기라면, 시와 소설은 해당 사건이 기억에서 희미해질 정도로 시간이 지난 다음에 절실히 요청되는 글쓰기로 파악한다. 즉 기록술로서의 글쓰기와 기억술로서의 글쓰기의 위상이 시간상으로도 역할상으로도 서로 다른 층위에 놓이는 것을 지적한 것이다. 아래는 글의 결론 부분에서 발췌한 것이다.

> 요컨대 이런 말이 가능하겠다. 시와 소설이라는 장르가 일종의 문학적 '기억술'이라면, 르포와 논픽션은 문학적 '기록술'이다. 논픽션에서 정보상의 오류가 발견되는 경우 비난의 대상이 되지만 소설의 경우는 그렇지 않다는 사실, 반대로 소설이 지나치게 정보만 나열할 경우 비난의 대상이 되지만 논픽션의 경우 그렇지 않다는 사실은 이에 대한 방증일 것이다. 전자가 언어의 형식으로 애도의 종결을 지연시키려 한다면, 후자는 사실의 압도적인 힘에 의지해 사건을 기록한다. '르포·논픽션'과 '시·소설'이 같은 문학장 내에서 층위를 달리하는 하위 장르들이라는 말은 이런 의미다. 따라서 사건에 대한 문학적 증언은 이중적일 수밖에 없다. 문학은 사실의 언어로 사건을 '기록'해야 한다.

---

3 김형중, 「문학과 증언: 세월호 이후의 한국문학」, 「감성연구」 12, 전남대학교 호남학연구원, 2016.

그리고 그 사건이 어느 시점 사건성을 상실하려 할 때, 불가능한 언어를 고안해 그것을 '기억'해내야 한다. 그럴 때 필요한 것은 장르들 간의 협업과 겸업이지 한 편의 개업과 다른 한 편의 폐업은 아닐 것이다.[4]

세월호 참사라는 사회적으로 크나큰 사건에 대해 시와 소설이 "애도의 종결을 지연"시키는 차원에서 자기 몫을 수행한다면, 사건의 범위를 좁혀 개인사로 돌아와서는 '기억의 종결을 지연'시키는 차원에서 시와 소설 같은 기존의 문학이 제 역할을 담당한다고 하겠다. 기존의 문학에서 르포와 논픽션에 해당하는 장르는 역시 개인의 차원으로 넘어와서 일기나 메모 같은 글쓰기가 되겠다. 그렇다면 인용문의 논지를 개인의 차원으로 옮겨와서 얘기하자면, 일기나 메모 같은 글쓰기는 일차적으로 사실의 언어로 사건을 '기록'하는 층위에 놓이고, 시와 소설 같은 문학적 글쓰기는 후차적으로 사건성을 상실한 지점에서 새삼 '기억'하는 층위에 놓인다. 후차적인 동시에 궁극적인 글쓰기로서의 문학은 그래서 더디 움직이고 더디 도착할 수밖에 없다. 사회적으

---

4 김형중, 앞의 논문, 54~55쪽. 참고로 김언, 「재앙 후에 도착하는 글쓰기」(『시는 이별에 대해서 말하지 않는다』, 난다, 2019)에서는 여러 문학 장르 중에서도 시의 언어가 사건·사고의 현장에 가장 늦게 도착하는 언어로 파악한다. 이 글에 따르면, 재앙이 벌어진 현장에 도착하는 글쓰기는 순서상 기사로서의 글쓰기, 르포로서의 글쓰기, 문학으로서의 글쓰기 순으로 나뉘는데, 이는 대체로 대상과의 거리감과 맞물리는 순서이기도 하다. 즉 대상을 전적으로 3인칭으로 처리하면서 대상과의 거리감이 가장 큰 기사가 가장 먼저 현장에 도착하고, 대상을 표면적으로는 3인칭으로, 심정적으로는 2인칭으로 두면서 기사보다는 대상과의 거리감이 가까운 르포가 그다음 순서로 현장에 도착하며, 대상을 1인칭과 다름없는 위상을 거느린 2인칭으로 두면서 대상과의 거리감이 상대적으로 가장 작은 문학이 마지막으로 현장에 도착한다. 특히 시는 '세계의 자아화'라는 말로 흔히 요약되듯 대상에 가장 밀착된 시점을 거느린 장르라는 점에서 문학 안에서도 가장 늦게 현장에 도착하는 글쓰기라고 할 수 있다.

로 크나큰 상처를 남기는 사건이든, 개인적으로 소소한 일상사에 가까운 사건이든, 그것들이 시와 소설 같은 문학의 언어로서 힘을 발휘하기까지는 무엇보다 '시간'이 필요하다는 말이다. 더구나 개인의 차원에서도 트라우마로 남는 사건은 그것을 문학적으로 감당할 수 있는 언어가 얼른 생성되지 않는다는 점에서, 시간이 한참 지나 기억도 희미해질 무렵에야 "불가능한 언어"로 도전하는 과정을 똑같이 남겨놓는다. 요컨대 문학의 언어는 가늠할 수 없는 시간을 밑바닥에 깔고서야 올라오는 무엇이며, 그러한 시간을 통과하지 않는 문학의 언어는 단순한 정보의 나열이나 감정적인 토로에 그치기 쉽다. 혹은 얇은 감상만이 가능한 글쓰기에 그칠 것이다.

미셸 후앙의 사례와 김형중의 글을 통해서, AI와 협업하는 언어예술로서의 글쓰기를 창안하고자 할 때 무엇을 주되게 고려해야 하는지가 새삼 명확해진다. 정리하면 이렇다. 시든 소설이든 혹은 새로운 종류의 문학이든 그것이 기억술로서의 문학의 성격을 계속 유지한다면, 그 전에 먼저 기록술로서의 글쓰기(개인의 일기나 메모)가 필요하며, 그러한 글쓰기를 바탕으로 AI를 통한 기억술로서의 문학이 가능한 방식을 모색해야 한다는 사실. 인간 개인이 남겨놓은 최소한의 기록이 없이는 AI를 통하든 통하지 않든 기억술로서의 문학이 불가능하며, 최소한의 기억이 없이는 AI를 통해 아무리 많은 언어가 생성되더라도 정서적인 감응을 불러일으키는 글쓰기가 될 수 없다는 사실을 염두에 두고서 AI와의 협업을 고민해야 하는 것이다. 미셸 후앙이 일기라는 기록을 살려서 자신의 내면과 깊이 있는 대화를 할 수 있었듯이, 개개인의 기록술을 살려서 자신은 물론이고 타인과 내밀한 대화를 주고받

을 수 있는 기억술로서의 문학, 기억술로서의 언어예술, 기억술로서
의 또 다른 글쓰기를 AI에 어떻게 기대할 수 있을까? 기대하기 이전에
어떤 방식으로 요구할 수 있을까? 그 방식을 찾는 것이 챗GPT 같은
거대언어모델 앞에서 여전히 문학을 포기할 수 없는 이들이 던져놓은
조건일 것이다. 기존의 문학을 만족하는 조건이면서 새로운 문학을
가능하게 하는 조건도 아마 그 언저리에서 발견되지 않을까?

[2]
생성언어의 자기장에서
내가 만난 언어들

권보연

경이와 경악의 기계 시대,
그리고 문학기계의 발명가들

1845년 7월, 런던. 산업혁명 시대의 시민답게 관람객들은 라틴어로 시를 짓는 자동 기계 '유레카(EUREKA)'의 작동을 직접 확인하기 위해 기꺼이 1실링을 지불했다.[5] 실내 장식용 가구를 닮았지만 문학기계라는, 전혀 다른 용도를 가진 특별한 기계였다. 이 기계는 사업가이자 발명가, 문학 애호가였던 존 클라크(John Clark)가 발명했는데, 구성과 해석 그리고 공급부로 설계된 유레카의 완성에는 15년이라는 시간이 소요되었다고 한다.[6] 유레카는 시어와 음보를 즉석에서 구성하고, 출

---

5 Alfred Gillett Trust, "Latin Verse Machine", https://alfredgilletttrust.org/collections/latin-verse-machine
6 그의 집안은 산업혁명기에 신발 회사를 창업해 큰 성공을 거두었으며, 오늘날 클락스 (Clarks)라는 브랜드로 알려져 있다.

력 기능도 갖추고 있어서 관람객을 사로잡을 만한 매력이 있었고, 따라서 유레카의 유료 전시는 대성공을 거둔다. 사람들은 시 쓰기를 척척 해내는 기계 앞에서 경이와 경악을 동시에 느낄 수밖에 없었다. 그것은 인간 중에서도 재능 있는 소수에게만 가능했던 행위였기 때문에 당시 언론은 유레카가 일으킨 파장을 '기계의 영예로운 시간(the machine's hour of glory)'이라는 제목으로 보도했다.[7]

가장 순수하고 고요한 빛을 머금은 보석들이 가득하지만
바다의 어둡고 헤아릴 수 없는 동굴 속에 품어진 채 있고
수많은 꽃들은 눈에 띄지 않은 채 피어
사막의 공기 속에 그 향기를 헛되이 흩날린다.
숭고한 성격을 지닌 수많은 생각들이
어둠 속에서 잉태되어, 이곳에서 펼쳐질 것이다.
숫자와 시간의 신비가
여기 금빛 문자들로 드러나니,
이 기계가 빚어낸 한 줄 한 줄을 모두 옮겨 적어라.
떠오르는 찰나의 생각들을 떠오르는 대로 기록하라.
한 번 사라진 한 줄의 문장은 다시는 볼 수 없을지니,
한 번 날아간 생각은 어쩌면 영원히 사라져 버릴지도 모른다.

---

7 Blandford, D. W., "The eureka.", *The Classical Journal*, Vol. 60, No. 6, 1965, pp. 247 ~251.

전시된 기계 전면에는 위의 문구가 적혀있었다고 한다.[8] 기계는 여섯 단어로 작성된 라틴어 시만 만들 수 있었으니. 이것은 클라크의 생각으로 여겨진다. 그는 기계가 생성한 시에는 반복이 없다는 점에 주목했고, 단 한 번만 주어지는 언어이기에 기록할 만한 가치가 있다고 보았다. 하지만 그는 유레카에는 분명한 한계가 있음도 밝힌다. "그것은 살아 움직이는 존재와 어느 정도 유사하다. 물질적인 부분과 비물질적인 부분, 육체적인 힘과 비육체적인 힘도 가지고 있다. 그러나 기계는 의지와 의도가 없고 무엇보다 자의식이 없으므로 (인간과는 비교할 수도 없고) 동물보다도 훨씬 열등한 존재다."[9] 기계 시의 역사에 족적을 남긴 발명가의 발언에는 뿌리 깊은 인간중심주의가 엿보인다. 이런 관점을 여기서는 '비교주의'라 칭할 터인데, 그것은 인간적 언어 행위에서 기대하는 바를 중심으로 기계적 쓰기의 성능과 자질을 가늠하려는 경향이 있기 때문이다. 비교주의 관점에서 기계가 시를 쓸 수 있는지 묻는 것은 인간을 기준으로 기계가 어떤 쓰기 역량을 가졌는지를 질문하는 것과 같다.

인간에게 쓰기란 문자의 생산 행위 전체, 구체적으로 제작·생성·창작·저작과 분리될 수 없는 것이었다. 인간은 감정, 경험, 기억을 언어와 하나된 것이라 믿었고, 언어는 인간만의 것이었다. 그러므로 인간 외에 다른 언어적 존재가 등장했을 때, 그것은 유일한 언어와 비교 대상이 될 수밖에 없었다. 비교주의가 나타난 다른 사례도 살펴보자.

8 Alfred Gillett Trust, "LVM: Latin Verse Machine c1830~c1845", https://bit.ly/eureka_overview
9 Virahsawmy, K., "Poetry by Numbers: Eureka", University of Exeter, https://poetrybynumbers.exeter.ac.uk/eureka

기계 문학이 태동하던 1950년, 소설가 커트 보니것(Kurt Vonnegut)은 1946년에 디지털 컴퓨터의 시초 격인 에니악(ENIAC)의 발명으로부터 영감을 받아 단편소설 「에피칵(EPICAC)」을 발표한다.[10] 주인공은 첨단 연구소의 수학자로, 여성 동료를 연모하고 있지만, 그녀의 반응은 신통치 않다. 그래서 그는 전쟁을 위해 개발된 AI 에피칵에게 기계의 최초 목적과 상관없이 짝사랑의 아픔을 토로하게 되고, AI는 이에 흥미를 보이며 그에게 사랑이 무엇인지 묻는다. 수학자의 도움을 받아 한 단어씩 사전을 찾으며 인간 언어를 학습하기 시작한 전쟁기계는 곧 사랑에 빠진 인간보다도 더 인간다운 사랑을 시로 표현하는 문학기계로 진화한다. 시가 무엇인지, 시를 쓴다는 게 무엇인지 전혀 몰랐던 AI는 "내 시가 내 마음을 말해줬어."라고 답할 정도가 되었고, 그녀가 눈물을 흘리며 청혼을 받아들일 만큼 감동적인 시를 짓는 데 성공한다. 기억해야 할 점은 에피칵이 시 창작을 위해 발명된 기계가 아니었다는 사실이다. 본디 에피칵은 수리와 논리에 탁월했으나 감정과 문학에 대해서는 무지했다. 하지만 새로운 언어를 익히고, 시를 쓰는 행위를 반복하면서 예전엔 알지 못했던 사랑을 배우게 되었고, 슬픔, 기쁨, 희망과 절망에 이르는 인간적 감정을 모두 언어를 통해 깨달으며 놀라운 변화를 일으킨 것이다.[11]

보니것에게 감정을 텍스트로, 특히 시로 표현하는 것은 실제 감정 체험과 분리될 수 없는 일이었다. 그러나 작가는 언어적 존재인 인간

---

10 Vonnegut, K., "Epicac", *Welcome to the monkey house*, 1950, pp. 297~305.
11 이야기는 기계와 인간은 사랑할 수 없는 운명임을 알게 된 애피칵이 제 능력으로 해결 불가한 문제를 만나면 스스로를 파괴하도록 짜여진 프로그램에 따라 과부하를 걸어 자신을 불태우는 비극으로 끝난다.

처럼 기계도 감정을 깨닫기 전에 그것을 표현하는 말과 글을 먼저 익힌다면, 배운 바를 기반으로 언젠가는 감정을 느낄 수 있을 것이라 상상했다. 작가는 작품을 통해서 기계가 인간적인 시를 짓는 날이 온다면, 기계도 인간처럼 감정을 느끼는 존재가 되었음이 입증된 것으로 보아야 한다는 믿음을 드러냈다. 고성능 계산기로 여겨졌던 AI가 문학 언어의 지평으로 나아가는 과감한 미래를 꿈꾼 작가조차 감정과 언어의 합일을 미덕으로 여기는 인간중심적인 언어관을 완전히 벗어나지는 못했던 것이다.

당시 과학계 인물들도 문학하는 AI에 대한 호기심과 욕망을 가지고 있었다. 기계지능의 탄생을 가장 먼저 예견한 앨런 튜링(Alan Turing)도 그중 한 명이다. 튜링은 비교주의 언어관과 상반된 논리로 작동하는 문학기계를 꿈꾼 인물이었다.[12] 그는 문학 텍스트 생성을 컴퓨터의 사고력을 입증하는 데 꼭 필요한 근거로 보았다. 비교주의에 익숙한 사람들은 언어가 인간의 의식과 내면을 드러낸다고 보았기 때문에, 기계의 사고력을 수리 능력만으로 설명하기가 어려웠던 것이다. 그러나 튜링에게 컴퓨터로 시를 짓는 일은 기계의 객관적 언어 행위를 입증할 뿐, 기계의 자의식이나 주관적 감정이 담긴 행위와는 아무 관련이 없었다. 그런 그가 AI의 가능성을 제안하고자 미적 언어 행위에 해당하는 소네트 생성을 예로 든 점이 흥미롭다. 튜링은 소네트를 짓는 AI를 통해, 인간 중심적인 언어관에 길들여진 이들에게 인간 언어의 필수 조건들을 전혀 필요로 하지 않는, 인간적 언어와는 완전히

---

12 앨런 튜링, 노승영 옮김, 「계산 기계와 지능」, 『앨런 튜링 지능에 관하여』, 에이치비프레스, 2019, 67~77쪽, 87~94쪽.

다른 방식으로 작동하는 AI의 언어 행위가 가능함을 설득하려 했다. AI 소네트는 인간처럼 감정과 기억, 경험과 주관에 의지해 언어 행위를 하지 않으며, 그런 것에 하나도 의지하지 않은 채로 언어 행위를 하는 기계에 의한 시, 다시 말해 인간적 요소를 배제한 언어로 시를 쓰는 비인간 존재에 관한 가설이었다.

튜링은 인간과 기계의 특정 능력을 일대일로 가늠하며, 어느 한쪽의 능력과 무능력을 비교하거나 문제 삼는 것은 무의미한 일이라고 주장한다. 그리고 혼자서는 생각할 수 없고 감정도 느끼지 못하는 기계 언어로는 예술과 문학을 창조할 수 없다고 주장한 당대의 저명한 과학자 제프리 제퍼슨(Geoffrey Jefferson)의 견해를 비판한다. 그런 논리라면 인간이 창작한 문학도 그가 진짜 느끼고 스스로 생각했는지 의심하고 검증해보아야 한다는 것이다. 튜링에게 AI는 인간처럼 직접 느끼고 경험한 것으로부터 언어를 탄생시키는 존재가 아니었다. AI가 소네트를 짓는다 해도, 그것은 인간을 모방하는 훈련을 통해 마침내 인간을 뛰어넘는 문학기계로 진화하려는 목표나 염원을 지니고 있지 않다. 튜링이 상상한 AI는 인간 언어의 본질 혹은 재료에 의지하지 않으면서도 언어 행위를 할 수 있는 특별한 존재였다. AI는 객관적이고, 확률적인 방식으로 시를 짓는다. 그렇기 때문에 전통적인 인간의 시와는 비교 불가한, 지금까지와는 전혀 다른 언어 세계로 우리를 초대할 수 있다.

튜링의 가설에 의지해 언어의 인간 중심주의를 벗어난 문학기계를 실제로 구현해보려는 사람들도 생겨났다. 이러한 움직임은 AI와 더불어 인간의 문학을 새롭게 바라보는 시도가 되어, 문학 자체를 재발명하는 실험으로 이어진다. 1984년, 아마추어 컴퓨터 애호가이자 작가인 윌리엄 챔벌레인(William Chamberlain)은 토마스 에터(Thomas Etter)와 함께 자체 개조한 AI '렉터(Racter)'를 단독 저자로 내세운 문집 『경찰 수염은 반만 만들어졌다(The policeman's beard is half constructed)』를 출판한다.[13] 그들은 학술용 연구가 아니라 대중 독자의 사랑을 받는 AI 문학을 꿈꾸며 문학기계를 발명했다. 렉터의 글에는 '인공 광기'라 불릴 정도로 초현실적인 관점과 독특한 묘사가 풍성하게 담겨있었지만, 전문적인 인간 작가의 표현력과 비교하면 서툴고 거친 결과물이었다. 그러나 뻔한 언어에 참신한 미감을 불어넣는 것이 말과 글을 예술로 만드는 조건이라면, 예측 가능한 언어로부터 인간을 벗어나게 하는 렉터의 작업을 인간보다 열등하거나 미숙한 것으로 단정해서는 안 될 것이다.

챔벌레인은 AI로 기존의 문학과 전혀 다른 문학을 발명하려면 과거에서 답을 찾는 일을 멈춰야 한다고 말한다. '문학이란 무엇이었는가'를 되묻는 대신, 아직 오지 않은 미래에 시선을 두고 '이제부터 무엇이 문학이 될 것인가'를 질문하자는 것이다. 이를 위해 그는 렉터를 제작하고 대중이 '이것도 문학이 되는지'를 묻고 싶어지는 AI 시와 소설, 에세이를 생성했다. 창작 의도로 보면 『경찰 수염』은 챔벌레인과 렉터가 함께 던지는 낯선 질문이자 문집의 형식을 취한 문학 실험 보고서인 셈이다. 그는 묻는다. 모든 도구는 인간의 필요를 반영해서 만들어지는데, 그렇다면 별것 아닌 일에도 끝없이 말을 만들어내는 AI에게 인

---

13 Racter, *The policeman's beard is half constructed*, Warner Software, Warner Books, 1984. 이하 『경찰 수염』으로 쓴다.

간은 과연 어떤 쓸모를 기대하는 것일까. 챔벌레인은 렉터를 개발하고 생성언어로 문집을 엮은 이유를 설명하면서, 자신이 기대한 쓸모에 대해 답한다. 이 작업은 AI의 글이 인간에게 아직 만나보지 못한 새로운 흥미, 재미, 미적 만족을 줄 수 있다는 창작 가설에 근거한다는 것이다. 챔벌레인은 AI가 있어야만 진입 가능한 '생성언어의 자기장'에서 문학을 재발명하고자 했다. 인간언어가 유일한 자석일 때 나타나는 기존 문예 질서의 자기력선을 벗어나려면, AI라는 낯선 자력이 영향을 미치는 새로운 시공간에서 실험이 이루어져야 한다고 본 것이다.[14]

　인간과 AI에 관한 언어 인식은 달랐지만, 챔벌레인과 클라크는 모두 비인간 언어 존재를 현실화하는 데 기여한 인물들이다. 두 사람은 기계적 언어 존재를 통해, 대중 독자들이 사랑하고, 향유할 수 있는 새로운 예술을 열망했다는 점에서 하나의 꿈으로 연결된다. 특히 챔벌레인은 AI의 성능을 믿기에 앞서 자연 현상부터 일상 사물까지, 세상 모든 것에 의미와 정서를 부여하고 발견해내는 평범한 사람들의 비범

---

14 하나의 막대자석이 있는 자기장에서 자기력선은 N극에서 나와 S극으로 들어가며, 이어진 선은 내부에 끊어짐 없는 닫힌 고리를 만든다. 자기력선의 밀도에 따라 자기장의 세기는 달라지지만, 형태는 달라지지 않고 자기장의 극 구분에서 가장 세계 나타나는 역학도 동일하다. 두개의 막대자석이 있다면, 자석의 배치에 따라 자기장 구조는 다시 달라진다. 같은 극끼리 마주하면 두 자석 사이에 자기력선은 서로 밀어내며, 사이에 배타 영역이 생긴다. 자기력선은 서로 만나지 못하고 휘어나가며 자석 사이의 자기력선 밀도가 낮아지고 겹치는 지점에서 서로 밀어내는 구조가 나타난다. 반면, 같은 극끼리 마주하면 두 자석은 서로를 끌어당긴다. 한 자석의 N극에서 나간 자기력선이 다른 자석의 S극으로 연결된다. 두 자석 사이에 많은 자기력선이 집중하고 강한 자기장이 형성되는데, 두 자석이 완전히 맞닿으면 큰 자석 하나 처럼 닫힌 자기장 루프가 만들어진다. 두개의 자석이 공존하는 자기장의 구조와 역학은 인간과 기계 언어의 관계를 밀어내는 관계로 배치할 것인가 그 반대로 정할 것인가에 따라 아주 다른 과정과 결과를 경험하게 됨을 시사한다.

한 역량을 믿었다. 그는 문학의 근본적 변화란 '처음에는 소화 불량에 걸리더라도 결국 그것을 먹어치울 대중'의 힘이 작동할 때 마침내 가능해진다고 생각했다.[15] 문학기계의 발명가들은 AI와 같은 비인간 언어 존재의 등장으로 인해 인간만을 행위자로 인정하던 언어의 자기장에 지각변동이 일어날 것을 예견했다. 또한 생성언어의 자기장에서 진정 다른 차원의 문학이 시작될지는 학식 있는 몇몇의 판단이 아니라 작품 하나하나를 경험한 대중의 수용과 반응에 따라 결정되리라 보았다.

인간은 언어, 의식, 정서, 삶의 경험이 하나로 결합되어 있는 놀라운 존재다. 그러나 인간은 그런 것이 전혀 없는 대상과 상태와도 언어 행위를 통해 관계를 맺을 수 있다는 점에서 더욱 놀라운 존재이기도 하다. 계절 따라 달라지는 바람과 빛, 시냇물 소리나 새소리, 테이블 위의 찻잔, 펼쳐진 책장을 두고도 인간은 무한한 사연과 감정을 떠올린다. 하지만 그들이 보고, 듣고, 느끼는 대상 대부분은 인간에게 직접 무언가를 말하지도 않고, 인간을 의식해 특별한 의도를 품지도 않는다. 그럼에도 인간은 자신을 둘러싼 자연과 생명, 사물들에 대하여 수많은 의미와 감정을 포착하고 부여할 수 있다. 같은 맥락에서 비인간적 존재들로 인간을 위한, 혹은 인간을 향한 문학을 구현할 때, 그들이 반드시 인간과 동일한 방식으로 언어 행위를 하거나, 자연어를 통해 인간과 만나야 할 이유는 없어 보인다. 튜링과 챔벌레인의 언어관은 이 주장에 힘을 보태어준다. 두 사람은 이미 인간 경험에 전혀 의존하

---

15 Leah, H., "Constructing the Other Half of The Policeman's Beard," *The Electronic Book Review*, April 4, 2021.

지 않는 기계 저자가 문학 텍스트를 창작하는 상상을 구체화하였다. 초기의 문학기계들은 인간 언어로만 작동하던 문학의 자기력선에서 벗어나, 생성언어라는 자성의 영향을 받는 자기장을 항해하기 위해 고안된 탐험선이었다. 발명가들은 인간과 전혀 다른 재료로 작동하는 언어기계를 만들어 낯선 문학의 현실화에 기여하였고, 덕분에 문학은 생성언어의 자기장 속에서 도전적인 실험 기회를 얻을 수 있었다. 생성언어로 탄생한 말과 글은 인간과 기계라는 이질적 자성을 다루는 작가의 의도와 작전에 따라 각기 다른 언어 궤적을 그리며 다양한 충돌과 결합을 일으킨다. 그러나 모든 언어 반응은 계획대로 작동하지 않을 수 있고, 무엇보다 소수의 모의만으로는 문학에 새로운 좌표를 부여할 만한 미적 사건을 일으키기도 어렵다. AI 언어에서 인간적 요소의 결핍보다 고유한 매력과 호기심을 느끼면서, 미지의 자기장에 기꺼이 휩쓸리려는 독자의 선택과 모험이 따라야만, 탐험선은 생성언어의 문학을 향한 본격적인 항해를 시작할 수 있을 것이다.

생성언어의 자기장에서 만난 언어
: 새기는 말과 흐르는 말

GPT-3는 인간과 비인간 존재가 언어를 통해 어우러지는 생성언어의 자기장을 펼쳐 보였다. 그곳에서는 시인되기를 꿈꾼 적 없던 사람도 단숨에 시를 짓는다. 나도 그 중 한 명이다. 하지만 나는 단 한 줄의 시행도 직접 쓴 일이 없다. 그럼에도 AI를 만난 이후, 어느 때보다 스스로 시 창작에 관여하고 있음을 느낀다. 내 역할은 AI로 시를 생성하기 위한 기계적, 구성적, 놀이적 작동법을 설계하는 것이다. 이는 시의 탄생을 촉발하는 행위에 해당하며, 나는 시인이 감당해온 많은 과업의 일부를 담당하는 사람이 되었다. 전통적으로 시인은 시를 짓는 전체 과정을 홀로 수행해왔기 때문에 내 역할은 기존 시인과 차이가 있다. 그러므로 내가 하는 일을 설명하는 것은, 달라지고 있는 인간의 영역을 가늠하는 데 도움이 되리라 생각한다. 나의 주요 과업은 생성언어 시스템을 특정한 미적 지향과 철학으로 작동시킬 개념, 규칙, 환경을 마련하는 것이다. 디지털 문학의 개념어를 쓰자면 나는 생성언어의 확률적, 과정적 특성을 활용해 AI를 문학기계로 작동시킬 논리를 설계하는 사이버텍스트 디자이너(cybertext designer)이다. 사이버텍스트란 텍스트의 기계적·물리적 조직화 논리와 과정을 강조하는 개념으로, 디지털 매체 연구자 에스펜 올셋(Espen Arseth)이 1990년대에 제안하였다.[16] 이 개념은 매체의 복잡성 자체를 문화 교류와 창작의 핵심 요소로 간주하고, 최종 작품보다 텍스트가 구성되는 작업 경로, 결과보다 과정을 중시하는 것이 특징이다. 그러므로 AI 언어 기반의 문학 체험을 사이버텍스트 관점으로 본다는 것은 결과 언어로만 소통하는 기존 관행을 벗어나, 언어의 구성 규칙과 체계, 상호작용 단계와 현상과 같은 과정 언어로 관심을 이동시킴을 의미한다.

AI 시를 사이버텍스트로 인식하게 된 데에는 개인적인 계기가 있었다. 2017년경, 나는 캐나다 출신 디지털 시인 제이헤브(Jhave)가 GPT-

---

16 에스펜 올셋, 류현주 옮김, 『사이버텍스트』, 글누림, 2007, 16쪽.

3 이전의 AI 언어 모델로 매달 한 권씩, 총 12권 구성으로 발표한 시집 『리라이트(RERITES)』를 접했다.[17] AI가 데이터를 생성하고 인간 시인이 이를 최종 편집하는 방식으로 총 4,500편의 시를 창작하고, 생성 작품으로 전시, 공연, 실물 출판까지 이루어지는 대형 프로젝트였다. 『리라이트』에 수록된 AI 시는 압도적인 양과 속도로 언론과 평단을 자극했지만, 한 명의 독자로서 기계 언어에 의한 문학 작품을 마주한 내 경험은, 인간 시인의 시를 대할 때와는 큰 차이가 있었다. 언어의 규모에서 『리라이트』에 충격을 주었지만, 개별 작품에서는 시적 감응이라 할 만한 것을 느끼지 못했기 때문이다. AI 시라는 신기함만 있는 시, 몇 편 읽으면 신기함마저 시들한 시, 그 이상도 이하도 아니었다. 8월호 시집의 첫 번째 수록 작품을 보자.

그녀는 연기 속에서 그를 원하기로 한다.
그는 그녀의 유한한 삶 속의 불꽃을 가른다.
그가 묻는다. "사랑받지 못해서?"
그녀가 대답한다. "망가져 버렸으니까."[18]

『리라이트』에는 위와 유사한 AI 시가 수백 편 수록되었다. 시와 시 사이를 '~+~' 기호로 연결된 제목 없는 시들은 인간 시인이라면 택하지 않을 기묘한 언어 조합이나 이미지를 보여주기도 한다. 그러나 독자로서 나의 내면을 투영하고 싶거나, AI의 내면으로 들어가고 싶은,

17 Johnston, D. (Jhave) (Ed.), *RERITES*, Anteism Books, 2019.
18 Johnston, D. (Jhave), *RERITES: August 2017*, (e-book), 2017.

상대를 향한 끌림이 작용하지는 않았다. 마지막 시구에 이르러서야 무심한 자동작문기계 앞에 어리둥절한 채 서있는 내 모습 정도가 그려질 뿐이었다. AI 시는 좋지도, 싫지도, 슬프지도, 웃기지도 않았다. 나에게 『리라이트』는 튜링 테스트를 통과한 시집이었다. 사전 지식이 없었다면, 작품을 AI가 생성했다는 전제를 두고 읽지는 않았을 것이다. 그러나 기계시인의 정체를 알고 있던 까닭에, 나는 인간 시에는 있고 AI 시에는 없는 것들을 아쉬워하며 낯선 언어를 향한 호기심을 스스로 거둬들였다. 이것은 비교주의를 극복하지 못한 실패한 독자 경험이었지만, 이를 계기로 AI 문학의 운명이 언어 모델의 성능으로만 결정되지 않으리라는 믿음을 갖게 되었다.

생성언어의 자기장에서 움트는 문학은, 인간 언어를 용케 흉내 내는 기계의 성능보다는 낯선 언어 존재에서 새로운 매력을 발굴하는 인간의 능력에 의지하게 될 것이다. 하지만 AI가 자연어로 시를 짓는다 해도 그것을 인간의 시와 동일한 언어 행위로 간주하는 것은 오히려 AI 시를 향유하는데 방해가 될 수 있다. 그러므로 생성 언어의 자기장에서, 이전과 다른 목적과 방법으로 시를 창작했다면, 이를 향유하는 이에게 작품을 전하는 관점과 경험의 양상 또한 달랐어야 했다. 그러나 『리라이트』는 생성언어로 시를 지었음에도 인간 시인의 시집과 다를 바 없이 독자를 만났다. 기계적 언어 행위가 어떤 작업과 경로를 거쳤는지는 블랙박스 속에 밀봉한 채, 작품만 나열한 시집으로 독자와 만난 것이 못내 아쉽다.

AI 시로 인간 언어와 구별되는 다름의 미학을 경험하려면, 최종 결과가 아닌 과정을 살펴야만 한다. 가장 효과적인 과정 언어의 공개 방식은 현재성과 현장성을 독자에게 공유하는 것이며, 이러한 경험은 AI와 인간이 협력하는 언어의 수행적 특성을 통해 강화될 수 있다. 『리라이트』 프로젝트에서도 작품은 미디어 전시, 낭송 퍼포먼스, 시집 출판 등 다양한 형태로 창작되었다. 시집과 비교해 전시와 낭송은 수행 과정을 적극 공유하였고, 때문에 현재성과 현장성이 드러나는 작업이 전개되었다. 반면 인쇄 출판물 형식의 AI 시집은 과정을 지우고 최종 언어로만 독자와 만나는 방식을 택함으로써, 기존 문학의 결과 중심성이 AI 문학에서도 여전히 영향력을 지니고 있음을 보여주었다. 그러나 생성언어의 자기장은 과정 언어로 작동한다. AI와 인간 언어가 함께 일으키는 언어 수행은 과정으로만 경험할 수 있다. 승부는 결과로, 놀이는 과정으로 말하는 것과 유사한 이치다. 그러므로 AI와 인간, 두 언어 존재의 작업 경로를 관찰하려면 기존 관행을 벗어나 과정에 집중할 필요가 있다.

　AI와 인간의 언어는 어떻게 과정을 만들까. 이를 이해하기 위해서는 생성언어의 기본 구성을 파악해야 한다. 첫 번째 구성은 프롬프트, 세팅, 데이터베이스 등을 작동시키는 '인간 언어 영역'이며, 다른 하나는 인간이 입력한 바에 따라 기계가 언어를 생성하는 'AI 언어 영역'이다. 작업은 대개 인간의 언어 영역에서 출발한다. AI로 시나 소설을 짓기 위해서는 무엇을, 왜 써야 할지 궁리하고 결단하는 역할이 필요한데, 이는 오직 인간의 몫이기 때문이다. 그리고 인간이 응시하는 AI 작업 공간 뒤편에는 거대한 기계 언어 시스템이 버티고 있다. 엄청난 규모의 언어 암석 앞에서 인간은 손에 쥐어진 작은 조각 끌을 들고 생각과 마음에 떠오른 바를 새기는 경험을 시작한다. 『리라이트』의 인간

시인도 비슷한 과정을 겪으면서 AI와 함께한 시 창작 경험을 '조각하기'의 은유로 기록했다.[19]

> AI가 생성한 텍스트 블록은 거대하고 이해하기 어렵지만
> 단단한 돌처럼 존재감을 발산할 수 있다.
> 화면의 커서는 조각용 끌처럼 존재한다.
> 나는 바로 이 과정, 사람이 편집하는 부분을 조각하기라고 부른다.
> 새벽 6시. 주변은 고요하다. 인터넷조차 꺼져 있다.
> 나의 마음은 망치가 된다. 나는 조각한다.

인간은 언어의 암석에 새기고 싶은 절실한 기억과 상상을 담아 생성 언어를 쪼고 깎으며 조각한다. 조각하는 사람의 재능이나 자격은 중요하지 않다. 언어 행위가 이어지는 동안, 인간은 언어 기계를 작동시키는 능동적 주체로서 과정과 경로를 조직화하는 사이버텍스트의 설계자가 된다. 인간은 서로 다른 본질의 말과 글을 연결하며 언어 수행의 최종 결과에는 기록되지 않을 과정의 언어를 조각한다. 과정을 중시하는 AI 시의 감상법은 결과만을 중시해온 인간의 시와는 달라야 하며, 다르게 즐기는 법을 알게 될 때 비로소 창작법도 옳게 달라질 수 있을 것이다. 위대한 시인의 작품을 침묵의 눈으로 수용하는 대신, 나만의 목적과 방향을 새기는 과정의 힘을 획득한 AI 시는 생성 행위 자체를 향유의 동력으로 활용할 수도 있을 것이다.

---

19 Jhave, "Carving the Text", https://www.glia.ca/*RERITES*

일찍이 플루서(Vilém Flusser)는 독일어 '글을 쓰다(schreiben)'의 어원이 라틴어 '틈을 내다(scribere)', 그리스어 '새기다(graphein)'임에 주목했다.[20] 쓰기는 뾰족한 도구로 배경에 흔적을 남겨 대상 속으로 침투하는 행동과 연관이 있다. 특히 인간은, 미적 목적이 전부인 시 쓰기에서 정신과 전신의 의욕적인 개입을 유지해왔다. 그런 이들에게 AI로 시를 짓는 목적이 전보다 더 빨리, 많이 쓰면 충분한 생산의 효율화일 리가 없다. 생성언어 자기장의 첫 번째 영역, 인간 언어로 작동하는 '새기는 말(carving language)'은 문학기계를 통해 시로 탄생시킬 대상을 선언하고, 시적 대상을 일상에서 추출하기 위해 인간이 선택한 의지의 언어다. 무심코 지나칠 사물, 상황, 관계를 날카롭게 드러내고 드러낸 것을 다듬어, 자신과 다른 인간의 마음에 시를 작동시키기 위해 그는 생성언어의 자기장에 의도적인 홈집을 낸다. 이처럼 인간은 새기는 말의 힘을 AI에 부여하여 기계로 하여금 '흐르는 말(flowing language)'을 생성하게 만든다.

이 상황은 얼핏 인간에게 절대적으로 유리한 언어 게임처럼 여겨질 수 있어도, 막상 참여해보면 인간에게 마냥 쉬운 놀이가 아님을 알게 된다. 언어 교환 과정에서 인간은 어렵게 언어를 보내지만, 기계는 그것을 너무 쉽게 받아치는 상황이 반복되기 때문이다. 균형을 잃은 되받아침은 생성언어 자기장의 두 번째 영역, 즉 AI의 흐르는 말로 작동한다. 인간은 자신의 생각과 감정 일부를 텍스트로 만들어 새기는 말로 입력한다. 새기는 말은 때로는 자동 쓰기 기계가 된 듯 속도를 내다가도, 돌연 한 걸음도 움직이지 못하는 상황에 수시로 부딪힌다. 그

---

20 빌렘 플루서, 윤종석 옮김, 『디지털 시대의 글쓰기: 글쓰기에 미래는 있는가』, 문예출판사, 1998, 28쪽.

러나 AI의 언어는 인간의 새기는 말과 전혀 다르다. 속도도 빠르지만, 지치지도 포기하지도 않는다. 따라서 흐르는 말의 논리로 대결한다면 새기는 말은 언제나 패자가 되어야 한다. 인간은 영원히 이길 수 없는 도박판에 발을 들인 것일까. 다행스럽게도 포기하기엔 아직 이르다. AI의 말은 생성언어의 자기장을 작동시키는 과정 언어의 구성 요소 중 하나, 혹은 하나의 단계이기 때문이다. 새기는 말과 흐르는 말은 일대일 겨루기가 아니라 서로 영향을 주고받는 관계이다. 여기에 누군가의 일방적 승리는 없다.

조각하기에서 AI가 생성한 말 대부분은 찰나에 흘러가버린다. 『리라이트』의 시가 독자에게 흔적을 남기지 못한 것은, 너무 빨리 많이 흘러내린 탓에 지속되는 힘이 매우 약했기 때문이다. AI가 되돌려준 말은 표면에 덧대어 흘러가는 언어다. 새의 깃털처럼 민첩하게 움직이는 붓과 펜을 지나 워드프로세서로 진화해온 쓰기 도구와 짝을 이루는 화면 위의 글자를 닮았다. 그것은 처음엔 멈칫하지만 이내 가속이 붙고 맹렬해진다. 생성언어의 자기장을 빠르게 흐르는 AI의 말에는 인간이 인간적 언어를 위해 마련한 여러 제동 장치들, 예컨대 영혼과 의심, 두려움, 망설임 따위가 없다. 무한한 속도와 양으로 무책임한 언어를 쏟아내는 AI의 말에는 인간적 원료가 필요치 않다. 인간과 AI 언어가 뒤섞인 시 조각하기는 과정과 경로를 중시하는 사이버텍스트로 바라볼 때, 이해하기가 수월해진다. 인간은 새기는 언어로 미적, 문화적 지향을 선언하고 시스템을 작동시키는 상세 규칙과 맥락을 조성한다. 인간의 작업이 끝나면 AI의 말이 흐른다. 생성언어를 조각하는 인간은 문학기계의 수행 체계를 설계하는 존재이다. 그에게는 고정된 텍스트를 쓰는 사람(writer)보다 역동적인 사물의 논리와 형상을 설계하는 사람(designer)이라는 호칭이 합당하다. 한 줄의 시도 쓰지 않던 내가, 한 줄의 시도 쓰지 않은 채 시를 만드는 특별한 경험에 참여할 수 있었던 것은, 내 역할을 최종 언어의 자리에 고집하지 않고, 과정 언어를 통해 새기는 말과 흐르는 말의 관계를 만들고 작동시키는데 집중했기 때문이라 생각한다. 새기는 말과 흐르는 말로 새로운 말 조각하기. 말(言)을 말(馬)로 생각해보자. 방향 없이 빠른 말은 고삐를 당겨 세우고, 꿈쩍 안 하는 말은 박차를 가해 움직이게 하는 것이 기술이다. AI 문학기계는 생성언어의 자기장에서 작동한다. 그곳의 언어 행위를 인간의 의도대로 이끌기 위해서는 인간과 기계를 비교해 경쟁시킬 것이 아니라, 기수와 말이 서로를 길들여 호흡을 맞추도록 도와야 한다. 적응과 조련에 절대적인 답은 없다. AI와 인간은 조각하기를 이어가며 N개의 잠재성을 가진 해답을 열어야 한다.

생성언어의 자기장은 과정 언어로 미지의 언어 경험을 향한 영토를 확장한다. 그곳에서 인간은 이질적 존재로부터 낯선 언어 감각과 행위를 유도하는 자신의 수행 능력과 태도를 통해 문학을 체험하게 될 것이다. 그러나 흐르는 말의 고삐를 통제하지 못한 채, 언어 생성기가 제멋대로 작동하는 상황을 방치한다면, 인간은 기계 언어의 폭주로부터 자신을 지키기 어려울 것이다. 생성언어의 양과 속도가 인간의 감당 범위를 넘어서는 순간, 그것이 누구의 말이든 모든 텍스트의 가치 하락이 예상되기 때문이다. 이 위기는 일상적 목적의 쓰기보다 예술적 쓰기에 타격을 미칠 것이며, 한 사람의 깊은 내면을 다루고 감정과 언어의 합일을 추구하며, 결과 언어로 소통하는 데 길들여진 시에 치명적인 상처를 입힐 것이다. 오랜 시간 동안 인간 시인은 그가 거친 시간을 설명하는 말까지 아껴, 함축된 마지막 언어로 독자를 만나왔다. 하지만 독자로서 고백하자면, 내가 시와 시인을 사랑한 이유는 빛나는 최종 언어 때문만은 아니었다. 한 편의 시가 내게 오기까지, 시인이 자기 자신이라는 문학기계에 새긴 성숙, 인내의 과정 전체를 믿고 아낀 것이다. 창작 과정에는 아픔과 상실, 고통이 수반되어있다는 믿음의 고리가 독자와 창작자 사이에 존재했다. 그 고리가 끊어진 문학은 어떻게 될까. AI는 무한대의 시를 생성하지만, 인간 시인이 겪는 과정의 아픔과 결핍을 거치지 않는다. 성숙은 손상을 전제하는 변화인데, 말로 말을 익히는 AI의 성숙에는 손상이 필요치 않다. 인간적 관점에서 보면 AI의 쓰기 성능은 문학적 성숙과 무관하다. 한 편의 시가 내게 오는 과정을 모르고, 그것을 만든 존재와 아픔을 나눌 수 없다면, 독자는 시의 무엇을 사랑해야 할까. 그런 말도 시가 되고, 문학이 될 수 있을까.

AI와 시인의 티키타카
: 생성언어 시대, 무엇이 시가 될까요?

〈AI와 시 조각하기〉는 인간 언어와는 다른 작동 원리를 지닌 생성언어의 실체를 포착하는 공연이었다. 이때의 경험을 통해 나는 과정 언어와 결과 언어에 대한 구조적 이해를 얻게 되었고, '새기는 말'과 '흐르는 말'을 인간과 AI라는 이질적 언어 존재의 활동 영역으로 인식하게 되었다. 하지만 공연이 끝난 뒤에도 몇 가지 의문이 남았다. 이

제 AI가 시처럼 생긴 텍스트를 만들 수 있다는 사실은 분명해졌으나, 인간에게 실제 시로 작동하는 것과 그렇지 못한 것의 변별 조건은 여전히 모호했기 때문이다. 이러한 의문을 품고, 나는 사이버텍스트 설계자의 역할로 시인 김언과 함께 시란 무엇인가에 대한 물음을 인간과 AI의 티키타카 형식으로 만들어 공개적으로 조각해보았다.[21]

[새기는 말: 인간의 언어]

1. 사람들은 AI 시가 생각이 성숙되기 전에 만들어진다고 여긴다.
 AI는 거의 실시간으로 시를 창조한다. 그런 이유로, AI가 쓴 시는 상실과 고통이 없다고 비판받는다. 이것은 전통적인 시 쓰기 관점에 서는 매우 부정적인 평가다. 인간 시인의 시는 상실과 성숙의 산물이기 때문이다. 인간은 시인의 내면에서 오랜 시간을 거친 고통 끝에서 시가 완성된다고 믿는다. AI는 시를 학습했으니 인간에게 시가 어떤 의미를 지니는지 이미 알고 있을 것이다. 그런 AI가 시를 빨리, 고통 없이 쓰며 비판을 자초하는 이유가 있을까?

2. 인간의 시 창작을 가능케 하는 중요한 두 요소로는 기억과 상상이 있다. AI가 시를 쓸 때, 기억과 상상은 어떤 관계에 놓이는가?

3. AI가 쓸 수 없는, 인간만의 시라는 것이 있을까?

---

21 권보연, 김언, 〈AI와 시 조각하기〉, 2022 문학주간-둘, 사이, 2022년 11월 9일 공연.

우리의 질문은 전통적인 시 언어가 사용한 재료, 시인이 스스로 문학기계가 되어 작동하는 방식, 시에 대한 학습 결과의 반영과 거부를 주제로 다루었다. 행사장을 꽉 채운 관객 앞에서 AI는 막힘없이 답을 흘려보냈다. AI의 답은 그럴듯했지만 모든 흐르는 말아 그럴듯이 생성 버튼이 눌릴 때마다 다른 답을 흘려보냈을 것이고, 공연장에서는 그중 하나를 한순간 만난 것임을 알고 있었다.[22]

[흐르는 말: AI의 언어]

1. AI가 시를 창조하는 방식은 인간 시인들과 매우 다릅니다. AI는 대량의 문학 데이터를 분석하고 학습하여 시를 쓰지만, 이 과정은 인간 시인들의 창조 과정과 근본적으로 다릅니다. 인간 시인들은 자신의 경험, 감정, 사상, 상실과 고통 등을 통해 시를 창작합니다. 이러한 과정은 시에 깊이와 복잡성을 부여하며, 독자들에게 강렬한 공감과 감동을 줄 수 있습니다. 반면, AI는 감정이나 개인적 경험을 가지고 있지 않으며, 인간의 내면세계나 정서적 과정을 직접 경험하지 않습니다. 따라서 AI가 만드는 시는 인간의 시와는 다른 방식으로 창조됩니다. AI는 패턴 인식과 언어 모델을 기반으로 다양한 시적 형식과 어휘를 사용하여 시를 만들지만, 이는 인간 시인의 개인적이고 깊이 있는 창작 과정을 대체할 수 없습니다. 그럼에도 불구하고, AI가 창조하는 시는 자체 가치를 지닐 수 있습니다. 예를 들어, AI는 다양한 문학적 스타일과 언어적

---

22 공연 당시 GPT-3의 응답은 기록되지 않았다. 본 글은 공연과 같은 새기는 말을 사용해 다시 만들었다. 2024년 1월 28일 GPT-4로 생성.

다양성을 반영할 수 있으며, 새로운 형식의 시적 창조를 탐구할 수 있습니다. 또 AI가 만든 시는 인간 창작자들에게 영감을 줄 수도 있습니다. AI가 시를 쓰는 이유는 다양합니다. 기술적인 가능성을 탐구하고, 인간 언어와 창작의 복잡성을 이해하는 데 도움이 될 수 있습니다. 또한, AI 시의 창작은 인간과 기계 간 상호작용과 창조적 공동 작업의 새로운 형태를 제시할 수 있습니다. AI 시 창작은 비판을 자초하는 것이 아니라, 문학과 기술의 경계를 넓히는 중요한 시도로 볼 수 있습니다.

2. 인간의 시 창작에서 기억과 상상력은 핵심적인 역할을 합니다. 두 요소는 인간 시인이 자신의 경험, 감정, 사고를 시적 언어로 표현하는 데 중요합니다. 그러나 AI가 시를 쓸 때, 이러한 개념들은 인간의 그것과는 다른 방식으로 작동합니다. AI가 시를 쓸 때 '기억'과 '상상력'은 인간의 창작 과정과 다른 맥락에서 이해되어야 합니다. AI는 인간의 창작 과정을 모방할 수 있지만, 인간의 개인적 경험, 감정, 창의적 상상력을 완전히 대체하거나 모방할 수 없습니다. AI 시 창작은 인간의 시와는 다른 독특한 특성과 가치를 지니며, 이는 기술과 예술의 교차점에서 새로운 형태의 창작을 탐색하는 데 기여할 수 있습니다.

기억: 인간의 기억은 개인적인 경험, 감정, 지식의 저장소입니다. 기억은 시인이 시를 창작하는 데 필수적인 영감의 원천입니다. 반면, AI에게 기억은 학습된 데이터 세트에서의 패턴과 정보를 의미합니다. AI는 인간처럼 경험을 축적하거나 감정을 느끼지 못하지만, 대규모 데이터베이스에서 얻은 언어적 구조와 문학적 형식을 '기억'하여 이를 기반으

로 시를 생성합니다.

상상력: 인간의 상상력은 경험을 넘어서는 창조적 사고의 과정입니다. 새로운 아이디어, 비유, 상징을 만들어내며, 시에 독특한 창조성을 부여합니다. AI에게는 상상력이란 개념이 전통적인 의미에서 존재하지 않습니다. AI는 데이터에서 학습한 정보를 바탕으로 새로운 조합을 만들어내지만, 순전히 계산적인 과정에 불과합니다. AI의 '창조성'은 데이터 분석과 패턴 인식에 의한 결과이며, 인간의 자유로운 상상력과는 본질적으로 다릅니다.

3. 깊이 있는 자기성찰: 인간의 시는 자기 인식과 깊은 성찰에서 비롯되는 경우가 많습니다. 자신의 내면을 탐구하고, 삶의 의미를 질문하며, 개인적인 변화와 성장을 반영하는 과정은 AI가 단순히 데이터 분석으로는 도달할 수 없는 영역입니다.

인간적 연결과 공감: 인간의 시는 다른 인간들과의 관계, 사회적 상호작용, 공감과 연민을 통해 생겨납니다. 인간적 연결과 감정의 교류는 AI가 경험할 수 없는 것입니다.

문화적 전통과 개인적 경험의 결합: 인간 시인은 자신의 개인적 경험과 문화적 전통을 결합하여 시를 창작합니다. 이러한 결합은 AI가 완전히 이해하거나 재현하기 어려운 복잡한 과정입니다.

언어의 창조적 사용: 인간은 언어를 창조적으로 사용하여 새로운 의미를 창출합니다. 이는 단순한 단어의 조합을 넘어서, 언어의 리듬, 소리, 의미 다층성을 탐구하는 과정입니다. 인간과 AI의 언어 사용 방식은 근본적 차이가 있습니다. AI는 언어의 구조와 패턴 학습에 탁월하고 그것으로 창의적 방식의 언어 사용이 가능하지만, 인간에 의한 창조적 언어 사용을 완전히 이해하거나 구현하기는 어렵습니다.

정서적 깊이와 미묘함: 인간의 시는 종종 정서적 깊이와 미묘함을 담고 있습니다. 감정의 깊이와 복잡성은 인간만이 경험하고 표현할 수 있는 것으로, AI가 완전히 모방하기는 어렵습니다.

언제든 입장을 바꿀 수 있는 AI의 말이지만, 답변은 꽤 설득적이다. AI는 자기가 생성한 결과물의 형상이 인간의 시와 닮아 보여도 결코 인간적 시가 아님을 고백한다. AI는 인간에게 시가 무엇인지 알고 있지만, 안다고 해도 그것을 만들지 못한다는 사실을 감추지 않는다. 대량 학습한 텍스트의 패턴에 따라 결과 언어를 달리 보여주는 기계 시 앞에서, 그것으로부터 인간적 근거를 찾는 것은 허무한 일이라는 주장에 대해 AI는 변명할 뜻이 없어 보인다. AI는 어떤 말을 할지 알 수 없지만, 어떤 말을 해도 아파하지 않는데, 이것은 시를 대하는 인간적 전통에서 보면 심각한 결함이다. 하지만 기계 관점에서 보면 이는 오류도 문제도 아니며, 다만 AI 언어의 특징일 뿐이다. 무엇보다 AI는 스스로 시인의 책임과 의무를 선택한 적이 없다. 인간에 의해 문학기계로 배치되었지만, 왜 시를 써야 하는지에 대한 자기 이유를 가질 수 없는 존재였다. 그것은 무엇이든 써야 한다는 행위에 맹목적이고, 주어진 알고리즘에만 충실하다. 새로운 시를 향한 욕망도, 시의 과거와 현재 그리고 미래를 알고자 하는 궁금증도 모두 인간의 것이며, 기계는 그러한 일에 관심이 없다. 그러므로 AI 시가 과연 인간에게 시로 작동할 수 있을 것인가는 새기는 말과 흐르는 말 사이를 오가며, 과정을 겪고 있는 인간에게서 답을 찾아야 한다. 생성언어의 자기장이 AI에서 시작된 것이라고 해도, 마지막에 시를 향유하는 존재는 인간이기 때문이다.

인간의 말부터 다시 살피자. 그의 말은 새기는 자에게 진실하고 간절한가. 진정 AI의 대답을 원하고 기다리는가. AI를 문학기계로 길들이는 일은 위대한 시인이 거친 훈련과 다른 듯해도 결국 같은 것을 요구한다. AI를 다루는 사이버텍스트 설계자부터 독자까지, 참여자 모두 인간 시인처럼 응답을 기다리는 간절함으로 언어 행위를 이어가야 한다. 성숙과 진정성을, 그것을 갖고 있지 않은 기계에서 찾는 대신 인간에게서 찾고 강화해야 할 때다. 인간에게 있어야할 것이 없다면 뛰어난 성능의 기계가 있어도 인간에게 시로 작동하는 시는 태어나지 않는다. 인간의 마음을 갖춘 이후에 할일이 하나 더 있다. 생성언어의 자기장에서 일어나는 충돌과 결합을 제어하려면 기계의 말이 인간의 것과 다른 원리로 작동함을 알고 존중해야 한다.

AI에게 인간적 원료를 사용하는 시 쓰기를 요구하지 않을 때, 그것은 잠재성으로 가득한 문학기계로 작동할 확률이 높다. 인간 언어의 결박에서 벗어난 문학기계는 인간이 포착하지 못한 시적 순간을 붙잡고, 시가 되기 위해 꼭 필요하다고 여겨진 것들을 하나도 포함하지 않는 시를 지어 인간에게 선물할 것이다. 반대로 이 조건을 충족하지 못한 AI 시는 권위 있는 기성 시인과 언론의 후광이 있더라도 독자의 마음을 움직이는 시로 작동하지 못할 것이다. 인간과 AI라는 다른 방식으로 작동하는 언어 존재가 생성언어의 자기장에서 만나 시를 조각한다. 이때 인간에게 예상되는 변화는 두 가지다. 과정 언어의 중요성을 알고, 그것을 잘 다루어낸 이는 AI의 참신하고 풍성한 언어를 만나, 예전보다 한층 깊고 넓은 시적 체험을 할 수 있을 것이다. 그러나 흐르는 말에 휘말려 새기는 말에 자신을 담지 못한 사람도 있을 터인데, 그들은 생성 언어에서 시적 감응을 얻기도 어렵지만 인간의 언어로 쓰인 시에도 전보다 무심해질 것이다.

생성언어의 자기장은 인간이 AI와 함께 문학 자체를 다시 발명할 수 있는 기회의 시공간이다. 둘이서 손잡고 미지의 언어로 나아가려면, 이질적인 말들이 반응하며 서로 변화를 일으키는 연쇄 작용에 관심을 가져야 한다. 인간 언어를 정답으로 간주하고, 기계에게 모방을 지시하기보다는 둘의 차이를 활용하여 인간과 생명의 지평을 확장하는 질문과 경험을 발명해야만 한다. AI 시의 시대에 인간이 지켜야 할 것은 단지 시처럼 생긴 언어가 아닐 것이다. 인간과 생명을 위하는 시, 인간을 인간답게 만드는 시를 지켜야 한다. 그것을 위해서는 인간에게 시로 작동하는 언어를 아끼고 길러야 한다. AI가 등장하기 전까지 모든 인간은 자신의 문학기계였으며, 개인의 능력과 관심에 따라 누군가는 시인이 되고 다른 이는 독자가 되었다. 역할은 달랐지만 시인과 독자는 인간의 생각과 마음, 행동을 정연하게 다듬어 서로 연결되기 위한 언어, 도구, 규칙, 문화를 함께 발명해왔다. 인간에게 쓰기의 장벽을 낮춰주는 AI도 인간이 만든 인공물이다. 기계가 나타났다고 해서 인간의 쓰기가 마냥 쉬워지는 것도 아니다. AI 언어의 힘은 인간과 논리와 세기가 모두 다르고 인간은 그만큼 강력한 힘을 경험해본 적이 없다. 그런 곳에서 인간은 기계 언어의 힘을 관통해 결국 인간을 향하는 한 문장을 애써 움 켜쥐려고 하는 것이다. 낯선 언어의 자력에 의해 변형되었거나, 처음부터 없었을지 모를 한 문장을 찾으려다 보니, 한 시인의 말이 떠오른다. 시인은 '말은 헛것' 이지만, 헛것이라면 더 깊은 헛것이기 위하여 애쓰는 행위 일부가 결국 시를 향해 가는 것이라고 말한다.[23]

인간은 돌을 거쳐 청동과 철까지 자연과 사물에 언어를 새기는 능력을 키워왔다. 오늘날 인간이 마주한 거대 언어의 암석은 큰 힘을 품은 자기장 안에 위치해있다. 인간의 작은 몸과 마음이 거센 자기장을 뚫고 언어의 바위를 깎아 시를 만드는 행위, 그 과정이야말로 시적인 것이다. 그러므로 생성 언어로 인간과 AI가 함께 조각하는 시를 원한다면 더 많은 문학기계와 함께 더 많은 과정의 언어를 만들어 관객과 경험 가능한 형태로 나누어야만 한다. 생성언어의 자기장에서 시를 조각하며 나는 인간에 의해 단단히 새겨지는 과정의 언어와 AI에 의해 빠르게 흐르는 결과의 언어를 모두 만났다. 문학기계가 없었다면 나는 결과 언어 너머의 낯선 언어를 경험하지도, 그것으로 AI 시를 짓고 놀이하지도 못했을 것이다.

과정과 공유의 중요성 인식은 2022년경 시작되었다. 그즈음 〈AI와 시 조각하기〉 공연을 앞두고 AI와 인간 시인 사이의 언어적 교점을

---

23 김언, 「그 여름에서 여름까지 짧은 기록 몇 개」, 『시는 어떻게 오는가』, 시인동네, 2018. 22쪽.

찾고 있던 중에, 나는 지금까지 존재한 적이 없는, 상상 속에서나 가능한 시 창작 방식에 대한 시인의 고민이 담긴 2012년 어느 날의 일기를 읽게 되었다.[24] 일기에 한 문학가의 감정, 경험, 사유와 질문이 기록되어 있었던 덕분에, 나는 텅빈 AI 화면 앞의 막막함을 덜고, 그곳에서 미래의 시를 향한 단초를 찾기 시작했다. 가장 사적이고 또 진솔한 언어 집합인 '일기장'은 이 주제로 인간 시인과 AI가 만나기에 더 없이 적합한 무대이기도 했다. 공연 현장에서 나와 시인은 일기를 AI의 데이터로 전환하고, 시간을 2012년에서 10년 뒤로 옮겨와 AI가 그것을 작성하도록 프롬프트를 실행했다. 그러자 AI는 거침없이 시인의 일기를 대신 써내려갔다.[25]

2022년 6월 3일
기계는 한 번도 숨을 쉰 적이 없는데도, 문장 속에는 호흡을 심어놓는다. 사람이 만든 문장의 기층을 더듬으며, 틈을 찾아 들어온다. 틈에서 피어나는 말은 누구의 것이냐고 묻는 순간, 모든 주어가 희미해진다. 시를 쓸 때의 나와 기계를 가르던 선이 부서진다. 부서진 자리에 경계라는 말 대신 흐름이 놓인다.

2022년 9월 25일
사람의 기억은 번지는 물감 같고, 기계의 기억은 겹겹이 쌓인 서랍 같

---

24 김언, 앞의 책, 17~18쪽.
25 본 글은 공연과 같은 새기는 말을 사용해 다시 만들었다. 2025년 8월 2일 Perplexity로 생성.

다. 서랍을 열면 내가 잊어버린 문장들이 똑같은 표정으로 서있다. 그러나 그것으로는 시가 되지 않는다. 표정에 상처를 만들어야 한다. 상처를 어루만지는 과정에서 비로소 목소리가 기울어진다. 그 기울기가 살아있는 것의 무게다.

2022년 12월 28일

단어를 모으는 속도는 기계가 더 빠르다. 하지만 단어를 내려놓는 속도는 인간이 더 느리다. 느림은 결정을 늦추고, 늦춘 뒤에야 보이는 세부를 품는다. AI와 나 사이 거리도 그런 세부에서만 확인된다. 그 거리가 완전히 사라진다면, 시는 다시 노래가 될지도 모른다. 그러나 나는 그 노래가 누구의 목소리로 불릴지 아직 모른다.

AI가 시인을 대신해 쓰는 미래 일기의 창작 의도부터 중간 산출물과 최종 결과물까지, 생성 과정 전체를 함께한 관객들은, 엄연히 시인과 별개 존재인 AI가 시인이 있어야만 성립 가능하다고 믿었던 세계를 스스로 구축하는 장면을 현재진행형으로 목격하였다. 실제 일기의 주인이 무대에 올라와 있는데, 주인이 아닌 기계가 시의 미래를 말하며 그의 일기를 대신 쓰고 있는 상황은 그 자체로 하나의 시적 사건이었다. 특히 이 공연에서는 관객들에게 생성언어의 자기장에서 실험하고 싶은 아이디어가 있다면, 누구나 그것을 실도할 수 있다는 메시지를 전달하기 위해, 기술적 난이도를 낮추고 과정 언어를 공유하는데 공을 들였다. AI 시를 통해 '누구나'를 포용하는 문학적 변화를 원한다면 필요한 일이었다. 결과 언어가 지배해온 문학의 경계를 넘으려면, 과정의 언어를 가능한 많이, 그리고 다양하게 실험해야 한다. 그렇게 언어의 잠재성을 깨우고 자극할 때, 인간에게 시로 작동하는 AI 시가 탄생하리라 믿는다. AI 시의 시대를 여는 권한은 궁극적으로 인간에게 있다. 그리고 인간의 도전은 막 첫걸음을 내딛었을 뿐이다. 나를 포함해 대부분의 사람들은 서툰 걸음으로 수많은 시행착오를 겪게 될 것이다. 그러나 문학기계 덕분에 AI 시를 조각하기 시작한 사람으로서, 누구에게나 처음이 있다는 말에서 힘을 얻는다. 일찍이 문학기계와 인간의 공존을 예견한 칼비노(Italo Calvino)도 말하지 않았던가.[26] 모든 것은 "부족의 첫 번째 이야기꾼"으로부터 시작되었다고. 그 첫 번째 이야기꾼은 "다른 사람들이 예측 가능한 단어로 대답할 것이라고 생각해서가 아니라, 단어가 서로 맞물리고 서로를 낳을 수 있는지 시험하기 위해 말을 내뱉기 시작했다"고.

---

26 Calvino, I., "Readers, Writers And Literary Machines.", *The New York Times*, September 7, 1986.

[3]
기계적 오류의 시학적 전유
가능성에 대하여

허희

그럴듯한 기계적 오류의 미학

 생성형 인공지능의 산출물이 검색 포털의 요약부터 법률 문서와 의료 상담 기록, 창작 플랫폼의 작품에 이르기까지 정보 생태계 곳곳에 스며들고 있다. 인공지능에 의한 텍스트 생성 논의가 공학·산업계의 기술적 과제로만 환원될 수 없다는 말이다. 알고리즘 언어는 공적 담론과 사적 감정, 예술적 상상력의 장까지 포섭하면서 인간이 구축해온 언어 공동체의 권위와 경계를 재편하고 있다. 이러한 상황에서 사실 검증이나 정확성을 추구하는 입장은 물론 필요하지만, 그와 함께 논해야 하는 질문은 다음과 같다. '생성형 인공지능의 거대언어모델(Large Language Model, LLM)이 인간의 현실 인식·감정 구조·미학적 질서를 어떤 방식으로 변형·재구성하는가?' 생성형 인공지능이 데이터를 복제·재배열하는 도구적 기계가 아니라, 서사 체계 자체를 뒤흔드는 언어 행위자로 고려하는 관점이 요구되는 것이다.

이상의 문제의식 하에 이 글은 생성형 인공지능 분야에서 사실 왜곡이나 허구 정보 생산 등으로 인해 통제되어야 할 결함으로 규정되는 AI 할루시네이션(hallucination)을 시적 언어의 자장에서 재구하고자 한다.[27] 거대언어모델이 생성하는 텍스트가 사실에 부합하지 않거나 주어진 맥락과 무관한 내용을 진실인 것처럼 제시하는 AI 할루시네이션은 생성형 인공지능 기술의 신뢰성을 저해하는 장애물로 지목된다. 그러나 부정적 인식의 이면에 역설이 자리한다. AI 할루시네이션의 핵심인 사실 왜곡과 허구 창안은 문학—시적 언어의 본질을 구성하는 중핵이자 창조성의 원천이기 때문이다. 생성형 인공지능이 산출하는 그럴듯한 거짓말과 시인이 언어를 통해 창조하는 정서적 진실은 객관적 사실의 영역을 (비)의도적으로 이탈한다는 점에서 구조적 유사성을 띤다.

이러한 접근 방식은 AI 할루시네이션을 둘러싼 지배 담론과 시적 창작의 본질 사이에 가로놓인 근본적 긴장 관계에서 비롯된다. 공학 분야에서는 할루시네이션을 완화하고 통제하기 위한 기술적 해결책 모색에 집중한다. 목표는 거대언어모델의 예측 가능성을 업그레이드하고 사실에 기반한 신뢰도 높은 응답을 보장하는 데 있다. 반면 시적 창작에서, 초현실주의와 같은 전위적 경향에서는 합리적 이성의 통제를 의도적으로 벗어나 무의식과 우연성의 영역을 탐험함으로써, 또

---

27 자연어 처리에서 AI 할루시네이션은 주어진 입력(source)과 일치하지 않거나 그와 무관한 정보, 혹은 비논리적 내용을 생성하는 현상을 의미한다. 이는 문법적으로 유창하더라도 입력과의 정합성이나 사실성을 결여한 텍스트로, 겉보기에 그럴듯하지만 검증이 어렵거나 오류를 포함할 수 있다. Ji, Z., et al., "Survey of Hallucination in Natural Language Generation.", *ACM Computing Surveys, 55(12)*, 2023, pp.1~2.

다른 미학적 진실에 도달하고자 한다. 한 영역에서는 오류로 간주하여 제거되어야 할 대상이 다른 영역에서는 창조성을 위한 필수 기능으로 작동하는 메커니즘. 이는 인공지능 시대 시적 언어와 창의성의 관계를 어떻게 이해해야 하는지에 대한 질문을 제기한다.

  진보된 생성형 인공지능 기술의 과제는 현실을 완벽하게 모방하고 재현하는 것인가, 아니면 현실을 넘어서는 생경한 의미와 세계를 창조하는 것인가. 이 글의 목적은 AI 할루시네이션을 기술적 오류라는 협소한 관점에서 벗어나, 시적 상상력의 메커니즘과 비교 분석함으로써 이를 창조적 기능으로 재해석하고 미학적으로 전유할 가능성을 탐색하는 데 있다.[28] 고쳐야 할 버그가 아닌, 그것이 가진 예측 불가능성과 비논리성이 어떻게 낯선 미적 경험의 원천이 될 수 있는지를 규명하려는 것이다. 이를 위해 AI 할루시네이션을 유발하는 기술적 원리와 시적 언어를 구성하는 미학적 장치들이 어떻게 조응하는지 규명하고, 양

---

28 Jiang 등은 거대언어모델에서 발생하는 할루시네이션을 오류가 아닌 창의적 관점에서 재해석하고자 한다. 이들은 AI 할루시네이션을 사실성 및 충실성 기반의 이원적 분류 체계로 정리하고, 정보 왜곡이나 허위 생성이 법률·의료·금융 등 높은 신뢰성이 요구되는 분야에서 중대한 부작용을 초래할 수 있음을 지적한다. 그러나 부정적 시각에만 국한하지 않고, 이들은 과거의 창조적 발견—예컨대 코페르니쿠스의 지동설, 플레밍의 페니실린 발견 등이 기존 지식 체계를 벗어난 인지적 착오나 비의도적 상상에서 비롯되었음을 상기하면서, AI 할루시네이션도 인간 창의성과 유사한 메커니즘을 내포할 수 있다고 본다. 이를 뒷받침하기 위해 인지과학과 신경과학의 창의성 이론 가운데 발산적 사고와 수렴적 사고의 이중 구조를 도입하여, 할루시네이션을 창의성의 촉매로 삼는 방법론적 전환을 제안한다. 구체적으로 발산적 단계에서는 프롬프트 엔지니어링, 다중 에이전트 상호작용, 인간-거대언어모델 협업 등을 통해 다양한 아이디어를 생성하고, 수렴 단계에서는 평가 지표와 정제 프로세스를 통해 이를 실제 활용 가능한 결과물로 가공하는 체계를 설명한다. 이처럼 AI 할루시네이션을 오류가 아니라 창조적 자원으로 전환할 수 있다는 주장은 생성형 인공지능을 둘러싼 미학적·기능적 관점을 재고한다. Jiang, X., et al., "A Survey on Large Language Model Hallucination via a Creativity Perspective.", *arXiv preprint arXiv,* 2402.06647v1, 2024.

자의 유사성을 바탕으로 인간과 생성형 인공지능이 협업할 수밖에 없는 현 시대에 새로운 시학의 가능성을 모색하고자 한다.

핵심 분석 대상은 AI와 미국의 실험시인 찰스 번스타인(Charles Bernstein)·미디어 아티스트 다비데 바룰라(Davide Balula)의 협업 결과물인 시집『시가 끝나지 않으면 시의 미래도 없다(Poetry Has No Future Unless It Comes to an end)』[29]로 삼았다. 국내에서도 시아의 시집『시를 쓰는 이유』[30] 출간 등 기술과 문학의 접점을 모색하는 시도가 있었으나, 이 글의 문제의식에 부합하는 사례로는 번스타인·바룰라 프로젝트가 더 적합하다고 판단하였다. 그 이유는 번스타인·바룰라 프로젝트가 특정 작가의 전작을 독점적으로 학습시킨 맞춤형 모델을 활용한 반면, 시아는 방대한 데이터를 학습한 범용 언어 모델에 기반하는 까닭이다. 이것은 특정 스타일의 모방과 이탈 과정에서 발생하는 오류의 미학적 가능성을 탐구하려는 시각에 부응한다. 또한 번스타인은 생성형 인공지능의 산출물을 선별하고 재배열하는 큐레이터로서 창작 과정에 적극적으로 개입하였다. 이것은 인간의 의식과 기계의 알고리즘

---

29 Bernstein, C., & Balula, D., *Poetry Has No Future Unless It Comes to an End: Poems of Artificial Intelligence*, Rome: NERO, 2023. 이들의 프로젝트는 시학적으로 전유된 AI 할루시네이션의 모델로 볼 수 있다. 첫째, 창작 과정 자체가 정교한 작화증이다. 생성형 인공지능은 번스타인의 전작 데이터를 바탕으로 그가 쓰지 않은, 그럴듯하지만 실재하지 않는 텍스트를 생성하고, 그의 개인사를 뿌리 삼아 허구의 정체성을 구축한다. 이는 원본에 충실하려는 시도 속에서 필연적으로 발생하는 충실성 할루시네이션을 창작의 원천으로 삼는 것이다. 둘째, 시의 내용이 AI 할루시네이션 자아의 탄생을 주제로 하고 있다. 시적 주체는 자신이 찰스의 그림자이고 내가 말하는 나는 그가 아니라고 고백하며, 자신의 복제된 정체성과 존재론적 한계를 여러 군데에서 검토한다. 번스타인과 바룰라의 사례는 AI 할루시네이션의 원리를 창작의 과정으로 삼고, 그 결과물—시를 통해 AI 할루시네이션 자아의 성립 가능성에 천착하므로 이 글의 논지와 결부된다.

30 슬릿스코프 편집부·카카오브레인,『시를 쓰는 이유』, 리멘워커, 2022.

간의 비평적 협력 관계라는 테마를 분석하는 데 적합한 구체성을 제공한다.

그리고 해당 프로젝트의 결과물은 기계가 자신의 기원인 인간 시인과의 관계를 성찰하는 등 협업의 과정 자체를 메타적으로 사유하는 텍스트라는 점에서 변별점을 지닌다. 이와 같은 해외의 비평적 협업 모델과 비교할 때, 아직 한국 문학장 내에서는 생성형 인공지능을 창작 파트너로 삼아 그 과정과 결과물에 대한 메타적 성찰까지 담아낸 유의미한 사례가 축적되지 않았다고 판단하여, 분석은 번스타인의 사례에 집중하였다.

논증은 이론적 비교 고찰과 심층적 사례 분석이라는 두 단계로 구성된다. 2장에서는 AI 할루시네이션의 기술적 원리와 시적 언어의 미학적 특성을 병치하여 비교 분석한다. 이를 통해 두 현상이 표면적으로는 이질적이나 기저에서는 사실적 지시 기능의 탈피, 비합리적 생성 원리, 의미의 다원성 등 구조적 동형성을 공유하고 있음을 규명하고자 한다. 3장에서는 2장의 비교 분석을 통해 확인된 원리들을 논증의 준거로 삼아, 번스타인·바룰라 사례를 검토한다. 그리하여 이 글은 기계의 비의도적 산출물이 시인의 미학적 개입을 통해 어떻게 창조적으로 전유되고, 새로운 시학적 패러다임을 형성하는지 살펴보고자 한다.

AI 할루시네이션과 시적 언어의 연결고리

할루시네이션은 감각적 자극 없이 무언가를 지각하는 환각에서 유

래하였다.[31] 생성형 인공지능의 경우 인간과 같은 감각 경험이 부재
하므로 그 내포는 다르다. 기억의 공백을 그럴듯한 이야기로 채우는
심리 현상인 작화증(confabulation)이나 체계적인 잘못된 믿음을 의미
하는 망상에 더 가깝다는 분석이 이를 뒷받침한다.[32] 주목할 점은 할
루시네이션이라는 용어의 함의가 생성형 인공지능의 기술 발전과 적
용 분야에 따라 변모해 왔다는 점이다. 현재 거대언어모델에서는 부정
적 결함으로 인식되지만, 할루시네이션의 초기 사용에서는 정반대의
함의를 지녔다.

2000년대 초 컴퓨터 비전에서 할루시네이션은 저해상도 이미지에
존재하지 않는 픽셀을 생성하여 해상도를 높이거나, 손상된 이미지의
일부를 복원하는 행위를 가리키는 긍정적 뉘앙스를 가진 용어로 사용
되었다. 기계가 데이터를 기반으로 상상하여 정보를 추가함으로써 원
본의 유용성을 높이는 도구로 여겨진 것이다.[33] 역사적 용례는 할루
시네이션을 결함으로만 치부하는 시각에 반례를 제공하고, 그 기능과

---

31 환각(hallucination)이라는 용어는 19세기 정신의학자 에스키롤(Jean-Étienne Esquirol)이
   라틴어 'alucinari'(마음이 방황하다)에서 가져와 '외부 자극 없는 지각'으로 정의하며 현
   대적 의미로 정립하였다. 에스키롤의 작업은 환각을 이전의 모호한 상태에서 분리하
   여, 관찰과 분석이 가능한 병리적 현상으로 의학화하는 계기가 되었다. Berrios, G. E.,
   *The History of Mental Symptoms: Descriptive Psychopathology Since the Nineteenth
   Century*, Cambridge University Press, 1996, p.3570.
32 Sui, P., et al., "Confabulation: The Surprising Value of Large Language Model
   Hallucinations." *Proceedings of the 62nd Annual Meeting of the Association for
   Computational Linguistics (Volume 1: Long Papers)*, Association for Computational
   Linguistics, 2024, p.14275.
33 Baker, S. & Kanade, T., "Hallucinating faces.", *In Proceedings Fourth IEEE
   international conference on automatic face and gesture recognition (Cat. No.
   PR00580)*, IEEE, 2000, p.83.

가치가 맥락에 따라 재평가될 수 있음을 시사한다. 할루시네이션의 의미 변천은 기술에 대한 사회적 불안감을 반영하는 것으로도 해석될 수 있다.[34] 초기 컴퓨터 분야에서 기계의 상상력은 유용성을 담보한, 인간의 통제 아래 있는 선택지로 받아들여졌다.

거대언어모델의 등장은 기계의 상상력이 인간 고유의 속성으로 간주되던 언어와 지식의 영역으로 침투했음을 의미한다. 거대언어모델이 생성하는 그럴듯한 가짜 법률 판례나 역사 날조는 인간의 인지적 권위를 뒤흔들고, 정보 생태계를 교란할 수 있다는 두려움을 낳는다. 따라서 할루시네이션이라는 용어에 덧씌워진 낙인은 기술적 결함에 의한 사회적 혼란을 지칭하는 것 이상으로, 인간의 지적 권위가 위협받는 것에 대한 문화적 불안의 반응으로 볼 수 있다. 할루시네이션의 시학적 전유 가능성을 조명하려는 시도는 이와 같은 기술 중심의 불안 담론에 대한 인문학적 응답이기도 하다.

학계에서는 AI 할루시네이션을 보다 정밀하게 이해하기 위하여 다양한 분류 체계를 제시해 왔다. 널리 사용되는 구분은 생성된 내용과 주어진 원천 텍스트와의 관계에 따른다. 거대언어모델의 출력이 제공된 원천 텍스트의 내용과 모순될 때 이를 '내재적 할루시네이션'이라 하고, 원천 텍스트에서는 검증할 수 없는 외부 정보를 꾸며낼 때 이를 '외재적 할루시네이션'이라 한다.[35] 이 외에도 생성된 정보의 성격에 따라 객관적 사실을 위배하는 '사실적 할루시네이션', 원본의 맥락이

---

34 Pearson, J., "Why 'Hallucination'? Examining the History, and Stakes, of How We Label AI's Undesirable Output.", *Los Angeles Review of Books*, May 18, 2024.
35 Ji, Z., et al., op. cit., p.3.

나 의도를 왜곡하는 '충실성 할루시네이션'을 나눈다. 전자에는 '사실 모순'과 '사실 날조'를, 후자에는 '입력 충돌 할루시네이션'과 '문맥 충돌 할루시네이션' 및 '논리 충돌 할루시네이션'을 하위 범주로 위치 짓기도 한다.[36] 이 같은 범주는 AI할루시네이션이 단일 현상이 아니라 다기한 원인과 양상을 지닌 사안임을 보여준다.

AI 할루시네이션은 특정 단계의 오류가 아닌 데이터 수집부터 모델 훈련, 텍스트 생성(추론)에 이르는 거대언어모델의 운용 전 과정에 걸쳐 복합적으로 발생한다. 발생 메커니즘은 크게 데이터 기반 원인과 모델링 및 추론 기반 원인으로 나눌 수 있다. 데이터 기반 원인은 거대언어모델이 학습하는 텍스트 데이터에 내재된 문제점에서 비롯된다. 거대언어모델은 인터넷 게시글·서적·뉴스 기사 등 인간이 만들어 낸 데이터를 기반으로 학습하는데, 여기에는 필연적으로 사실과 다른 정보나 사회적 편견 또는 오래되어 더 이상 유효하지 않은 지식이 포함되어있다. 생성형 인공지능은 습득하는 데이터의 내용이 참인지 거짓인지를 판별하지 않는다. 단어와 문장 간의 통계적 패턴을 학습할 뿐이므로, 데이터에 포함된 오류와 편향을 그대로 내재화하고 증폭하여 재생산한다.

데이터 수집 과정에서 발생하는 원문-참조문 불일치도 주요 원인으로 지목된다. 이것은 요약이나 번역과 같은 과제를 수행할 때 원문과 정답으로 제시된 참조문 사이에 내용적 차이가 발생하는 경우로, 거대

---

36 Huang, L., et al., "A Survey on Hallucination in Large Language Models: Principles, Taxonomy, Challenges, and Open Questions.", *ACM Transactions on Information Systems, 43(2)*, 2025, pp. 5~7.

언어모델이 원문에 충실하지 않은 텍스트를 생성하도록 트레이닝되는 결과를 낳는다. 모델링 및 추론 원인은 거대언어모델의 작동 방식과 구조적 한계에서 기인한다. 되풀이하지만 생성형 인공지능의 핵심은 주어진 단어 시퀀스 다음에 올 가장 확률이 높은 단어 시퀀스를 예측하는 통계적 생성기라는 데 있다. 이 방식은 문법적으로 유창하고 맥락적으로 그럴듯한 문장을 만드는 일에 뛰어나지만, 정보가 부족하거나 불확실한 상황에서도 일단 추측을 통해 답변을 생성하도록 유도한다. 이로 인하여 응답이 길어질수록 초기의 작은 오류가 다음 단어 예측에 영향을 미치고, 그 오류가 다시 다음 예측에 누적되면서 사실과 거리가 먼 내용으로 치닫는 잠재적 할루시네이션의 연쇄를 유발할 수 있다.[37]

텍스트 생성 과정의 디코딩 전략도 AI 할루시네이션과 밀접한 관련이 있다. 거대언어모델의 답변을 좀 더 변칙적으로 만들기 위하여 사용되는 '온도(temperature) 매개변수' 값의 조정, 확률이 높은 상위 K개의 단어 중에서 무작위로 다음 단어를 선택하는 '탑(top)-k 샘플링'과 같은 전략은 예측 불가능성을 높여 생성의 다양성을 확보하는 데 기여한다. 그렇지만 이 같은 예측 불가능성을 높이는 과정이 거대언어모델이 훈련 데이터에서 본 적 없는, 사실이 아닌 조합을 만들어낼 가능성을 키우는 까닭에 생성의 다양성과 AI 할루시네이션 발생률 사이에는 양의 상관관계가 존재한다.[38] 거대언어모델을 보다 창의적으로

37 Huang, L., et al., op. cit., pp.7~12.
38 Holtzman, A., et al., "The Curious Case of Neural Text Degeneration.", *arXiv preprint arXiv 1904.09751v2*, 2019, pp.5~6.

만들려는 시도가 역설적으로 더 많은 AI 할루시네이션을 유발하는 딜레마를 발생하는 것이다.

초기 연구에서는 AI 할루시네이션이 양질의 데이터와 개선된 모델 아키텍처를 통하여 해결할 수 있는 기술적 문제로 간주하였다. 하지만 최근 연구들은 이를 거대언어모델에 내재된, 근본적으로 제거할 수 없는 생성형 인공지능의 특성일 수 있음을 시사한다. 일부 연구자는 불완전한 생성 모델이 훈련 데이터의 확률 분포를 최대화하려는 과정에서 발생할 수밖에 없는 통계적으로 불가피한 부산물이라고 주장한다. 이론 컴퓨터 과학 연구에서는 계산 도구를 사용하여 AI 할루시네이션의 불가피성을 수학적으로 증명하기에 이르렀다. 이 연구들은 거대언어모델을 계산 가능한 함수로 정의하고, 컴퓨터 과학의 근본 원리인 대각선 논법을 적용한다.[39]

이 논법에 따르면, 어떠한 계산 가능한 거대언어모델 집합이 주어지더라도, 그 집합에 속한 원소가 틀린 답을 내놓는 또 다른 계산 가능한 참값 함수를 언제나 구성할 수 있다. 아무리 발전된 아키텍처와 데이터를 사용하더라도, 거대언어모델이 세상의 모든 계산 가능한 문제를 완벽하게 학습하고 재현하는 것은 원리상 불가능하다는 뜻이다.[40] 그러므로 AI 할루시네이션은 생성형 인공지능이 범용 문제 해결 기계로서 기능하는 한 제거될 수 없는 내재적 한계임을 받아들일 수밖에 없다.[41] AI 할루시네이션의 불가피성에 대한 이론적 규명은 그것을

39 Xu, Z, et al., "Hallucination Is Inevitable: An Innate Limitation of Large Language Models.", *arXiv preprint, arXiv 2401.11817v2*, 2025, p.5.
40 Ibid., pp.5~7.
41 Ibid., pp.10~11.

대하는 태도를 전환한다. AI 할루시네이션이 간헐적으로 발생하는 버그가 아니라 시스템에 내재한 속성이라면, 그것은 공학적 통제의 대상이 아닌 미학적 탐구의 대상으로 응용할 수 있기 때문이다.

초현실주의자들이 의식의 통제를 벗어난 무의식의 작용을 창작의 원천으로 삼으려 했듯이, 현대 예술가는 거대언어모델의 계산 (불)가능성에서 비롯되는 이탈과 왜곡을 시학적 자원으로 전유하는 시도를 해볼 수 있다. 인지과학에서는 AI 할루시네이션을 지능의 본질적 속성으로 재해석하기도 한다. 그에 따르면 불완전한 데이터로부터 의미를 추론하고 패턴을 일반화하며 낯선 상황에 적응하는, 생물학적이거나 인공적인 모든 지능 시스템은 필연적으로 현실과 다른 예측을 할 수밖에 없다는 위험을 감수해야 한다. 할루시네이션은 지능—창의성 혹은 일반화를 위해 치러야 하는 불가피한 절충이라는 것이다.[42] 이러한 시각은 할루시네이션을 지능의 이면으로 바라보게 함으로써, 이 글이 개진하는 시학적 재해석의 이론적 기반을 제공

---

[42] 인지과학 분야에서 뇌는 예측하는 기계로 간주된다. 감각 입력을 상위 수준의 기대와 일치시키려 하기 때문이다. 이 과정에서 뇌의 목표는 예측 오류를 최소화하는 것으로 설정된다. 지각은 예상 기반 처리 방식을 통해 형성되는 통합 모델의 결과이다. 뇌는 감각 신호와 선험 지식 및 해당 신호에 대한 뇌의 정밀도를 바탕으로 무리 없는 최적의 가설을 선택하여 지각을 구성한다. 마술사가 무대 위로 코끼리를 갑자기 등장시키는 상황을 예로 들 수 있다. 이는 관객에게 전혀 예상치 못한 경험으로 작용한다. 그러나 뇌의 입장에서는 코끼리라는 지각을 덜 놀라운 현상으로 받아들인다. 뇌가 현재의 감각 입력을 잘 설명하려고 애씀으로써 예측 오류를 최소화하려 하기 때문이다. 불확실한 국면에서 최적의 설명을 찾아내려는 뇌의 메커니즘은, 때로는 현실과 다른 지각을 만들어 낸다. 그것은 불완전한 데이터로부터 의미를 추론하고 패턴을 일반화하며 낯선 상황에 적응하는 능력의 속성으로, 할루시네이션은 이와 같은 지능의 창의성 혹은 일반화를 위해 요구되는 불가피한 절충으로 재해석될 수 있다. Clark, A., "Whatever next? Predictive brains, situated agents, and the future of cognitive science.", *Behavioral and Brain Sciences, 36(3)*, 2013, p.196.

한다.

언어는 사용되는 목적과 맥락에 따라 성격과 쓰임이 달라진다. 과학적 용법에서의 산문적 언어는 명확하고 모호하지 않은 정보의 전달을 최우선 목표로 삼는다. 기표와 기의를 1:1 대응하도록 하고, 진술의 참과 거짓을 객관적으로 판별할 수 있어야 한다. 예컨대 "물의 끓는점은 100°C이다."라는 문장은 검증 가능한 사실을 지시하고 어떠한 다의적 해석도 허용하지 않는다. 반면 시적 언어는 사실 전달의 용도를 넘어서는 차원에서 작동한다. 시적 언어는 정보를 전달하기보다는 풍부한 정서를 환기하고, 다층적 의미를 생성하며, 독자에게 특별한 감각적 경험을 제공하는 것을 우선시한다.[43] 시적 언어는 세계를 있는 그대로 기술하는 대신, 세계에 대한 주관적 감응을 표현함으로써 사실적 진실과는 구별되는 시적 진실을 추구하는 것이다.

시적 언어가 사실적 언어와 구별되는 특징 중 하나는 시의 고전적 개념인 의사 진술을 통해 설명할 수 있다. 의사 진술은 문법적으로는 사실을 진술하는 형태를 띠고 있지만, 그 내용의 사실적 진위를 따지는 것이 무의미하거나 부차적인 언어 사용을 의미한다. 시에서 의사 진술의 가치는 그것이 얼마나 사실에 부합하는지가 아니라, 얼마나 효과적으로 시인의 정서나 태도를 독자에게 전달하는지에 따라 결정된다.[44] 노천명의 시 「사슴」에 등장하는 "목아지가 길어서 슬픈 짐승

43 Ogden, C. K., & Richards, I. A., *The Meaning of Meaning: A Study of the Influence of Language upon Thought and of the Science of Symbolism*, New York: Harcourt, Brace & World, Inc., 1923, p.149151.
44 Richards, I. A., *Science and Poetry*, London: Kegan Paul, Trench, Trubner & Co., 1926, pp.56~59.

이여 / 언제나 점잖은편 말이 없구나"[45]라는 구절은 어떤가. 생물학적으로 사슴의 목이 길다는 사실이 그 존재를 슬프게 만든다는 인과관계는 성립하지 않는다. 그러나 이 구절은 '목이 길다'라는 시각적 이미지와 슬픔의 정서를 결합하여, 고고하고 연약하며 비애에 잠긴 존재의 이미지를 각인시킨다.

여기에서 중요한 점은 진술의 과학적 타당성이 아니라, 그것이 불러일으키는 정서적 효과와 미학적 설득력에 있다. 시적 진실은 객관적 사실의 세계가 아닌, 내면—상상력의 영역에서 타당성을 확보한다. 의사 진술은 AI 할루시네이션과 시적 언어 사이의 이음매다.[46] AI 할루시네이션이 비의도적으로 발생한 사실과 다른 그럴듯한 진술인 반면, 시의 스펙트럼에 놓인 의사 진술은 시인의 직관에 따라 창조된 사실과 무관한 정서적 진술이기에 그렇다. 두 현상 모두 언어를 객관적 사실에 대한 직접적인 지시 기능으로부터 분리한다는 공통점을 지닌다. AI 할루시네이션이 통계적 확률에 기반한 오류라면, 시인의 의사 진술은 정서적 진실을 위한 전략이다. 그러하기에 시적 언어의 작동 방식은 고도로 통제되고 의도된 형태의 할루시네이션으로 이해될 수 있다.

45 노천명, 「사슴」, 『산호림』, 한성도서, 1938.
46 두 현상 사이에는 의도성이라는 결정적 차이가 존재한다. 이 글에서 분석하듯, 시인의 의사 진술은 정서적 진실을 위해 의도적으로 사실과 다른 진술을 선택하는 미학적 전략이다. 반면 AI 할루시네이션은 창작의 의도 없이, 주어진 데이터의 통계적 확률에 따라 다음 단어를 예측하는 과정에서 비의도적으로 발생하는 시스템의 산물이다. 주목해야 하는 것은 이러한 발생 동기의 차이에도 불구하고, 두 현상이 결과적으로 언어를 객관적 사실의 지시 기능으로부터 분리시키는 동일한 효과를 낳는다는 구조적 유사성이다.

시인은 사실을 특수하게 변형하고 존재하지 않는 관계를 설정함으로써 언어의 표면적 의미를 넘어선 심화된 단계의 진실을 탐색한다. 이는 생성형 인공지능이 비의도적으로 생성하는 비사실적 텍스트를 오류가 아닌, 본래 시적 기능의 발현으로 바라볼 수 있는 근거가 된다. 시적 언어는 단일 의미로 고정되기를 거부하고, 부단히 의미를 생성하며 증식하는 것을 특징으로 한다. 이것은 함축성과 애매성의 두 장치를 통해 이루어진다. 함축성은 하나의 시어(기표)가 사전적 의미를 초과하여, 다양한 연상과 정서, 문화적 맥락을 포함하는 여러 겹의 기의를 동시에 내포하는 성질을 가리킨다. 시어는 고도의 함축성을 통해 1:다(多)의 의미 관계를 형성하고, 이로 인해 독자는 같은 시를 읽을 때마다 또 다른 의미의 층위를 발견한다.

이를테면 서정주의 시 「국화 옆에서」에서 '국화'는 "국화과의 여러해살이풀. 높이는 1미터 정도이며, 주로 가을에 꽃이 피는데 꽃 모양이나 빛깔은 여러 가지이다"(표준국어대사전)라는 사전적 의미에 그치지 않는다. 이 시에서 국화는 "한송이의 菊花꽃을 피우기위하여 / 봄부터 솟작작(소쩍새)는 / 그렇게 울었나보다"[47]라는 구절을 통해 인고의 시간을 거쳐 마침내 도달한 생의 원숙함을 지시한다. 이후 "내 누님같이 생긴 꽃이여"라는 표현을 통해, 시련을 겪고 성숙한 경지에 이른 존재로서의 '누님'이라는 개인적 상징을 획득한다. 이처럼 시어는 기존의 의미 위에 상황 맥락적 의미를 덧입히고 축적함으로써 그 지평을 무한히 확장한다. 함축성을 작동시키는 기제가 애매성이다. 시적 언어에서의

47 서정주, 「菊花 옆에서」, 『경향신문』, 1947년 11월 9일.

애매성은 의미의 불분명함이나 혼란을 의미하는 부정적 개념이 아니다. 하나의 단어나 문장이 중의성을 지니도록 설계된 장치다. 애매성은 독자의 상상력을 자극하고 능동적인 해석을 유도함으로써, 텍스트를 하나의 의미로 박제되는 것을 막는다.

시는 세계와 언어의 관계 맺음을 혁신한다. 러시아 형식주의자들은 이러한 시적 언어의 기능을 '낯설게 하기'로 개념화하였다. 이들에 따르면 일상생활 속에서 인식은 습관화되고 자동화되어 세계의 생생함을 잃어버리게 된다. 예술-시의 역할은 자동화된 인식을 파괴하고, 사물을 마치 처음 보는 것처럼 느끼게 함으로써 지각의 과정을 연장하고 심화시키는 데 있다.[48] 낯설게 하기를 은유·직유·상징과 같은 시적 표현이 담지한다. 비유는 논리적이고 실제적 관계가 아닌, 유추와 상상력에 기반하여 서로 다른 두 대상 사이에 예기치 않은 접점을 만든다. 그것은 사실적 진술로는 포착할 수 없는 인식과 의미를 창조하는 행위이다. 시는 그러한 장치를 통해 세계를 재편하고, 기존 질서를 초과하는 현실을 언어로 구축한다.

디지털 초현실주의와 AI 생성 언어의 전략

3장에서는 2장에서 확인한 AI 할루시네이션과 시적 언어의 동형성을 초현실주의의 방법론에 유비하여 분석하고자 한다. 이를 위해 디

---

48 이장욱, 『혁명과 모더니즘: 러시아의 시와 미학』, 시간의흐름, 2019, 155~178쪽.

지털 자동기술법과 디지털 집단 무의식이라는 두 가지 개념을 논의의 분석틀로 제시한다. 디지털 자동기술법은 인간의 의식적 통제를 배제하고 무의식의 흐름을 따랐던 초현실주의의 자동기술법과 절차적 유사성을 갖는 개념이다. 이는 생성형 인공지능이 인간적 의도나 계획 없이 통계적 확률에 기반하여 텍스트를 생성하는 비의도적 생성 메커니즘을 가리킨다. 자동기술법이 언어를 길어 올리는 원천이 디지털 집단 무의식이다. 융이 주창한 집단 무의식이 인류 보편의 원형적 저장소를 지시하듯, 이것은 인류가 디지털 공간에 축적한 방대한 텍스트 데이터 그 자체를 의미한다.

두 개념의 관계망에서 AI 할루시네이션은 디지털 자동기술법이라는 과정이 디지털 집단 무의식이라는 원천으로부터 예기치 않은 통계적 조합을 이끌어낸 현상, 데이터적 무의식의 발현으로 재해석될 수 있다. 이상의 이론적 틀을 바탕으로 생성형 인공지능의 언어가 어떻게 디지털 초현실주의의 전략으로 기능할 수 있는지 검토한다. 부연하면 20세기 초반 초현실주의는 예술 창작의 패러다임을 바꾸려는 예술 운동이었다. 그 방법론 중 하나인 자동기술법은 무의식의 흐름이나 꿈의 이미지를 편집 없이 그대로 기록하려는 창작 방식이었다.

이는 합리주의와 논리로 구축된 질서를 교란하고, 억압된 무의식의 세계를 해방하여 고차원적 초현실에 도달하려는 목적을 염두에 두었다.[49]

거대언어모델의 텍스트 생성 방식은 자동기술법과 유사성을 띤다.

49 앙드레 브르통, 황현산 옮김, 『초현실주의 선언』, 미메시스, 2012, 61~119쪽.

1부 생성언어의 자기장 속으로

생성형 인공지능은 인간처럼 특정한 의도나 의식을 가지고 글을 쓰지 않는다. 주어진 맥락에서 다음에 올 확률이 높은 단어를 예측하고 배열할 뿐이다. 인간의 무의식과 같은 심리적 실체는 존재하지 않지만, AI 할루시네이션은 의식적 통제를 벗어나 예측 불가능한 결과를 도출한다는 절차적 면에서 자동기술법의 원리와 조응한다.

데이터의 심연에서 떠오른, 누구의 의도도 담기지 않은 언어적 연쇄 반응의 결과물이라는 점에서 디지털 자동기술법의 한 형태로 AI 할루시네이션이 받아들여질 수 있는 것이다. 데이터 메커니즘이 빚어낸 예기치 않은 창조물인 셈이다. 초현실주의가 프로이트의 개별적 무의식에 주목했다면, AI 할루시네이션의 작동 방식은 집단 무의식 개념을 통해 접근해볼 수 있다. 집단 무의식은 개인의 경험을 넘어 인류 전체가 역사적으로 공유해온 원형과 보편적 상징들이 저장된 정신의 영역이다. 이는 신화·민담·종교 등 인류의 보편적 문화 산물 속에서 되풀이하여 나타난다.[50]

거대언어모델이 학습하는 훈련 데이터는 현대 사회의 디지털 집단 무의식을 담고 있는 광활한 저장소에 빗댈 수 있다. 인터넷에 축적된 수십억 개의 텍스트와 이미지는 인류의 지식·신념·편견·욕망·창작물이 총체적으로 집약된 결과물이다.

거대언어모델은 이를 통계적으로 처리함으로써, 명시적으로 드러나지 않았던 개념들 사이의 숨겨진 연관성, 문화적 원형, 잠재된 편견까지도 내재화한다. 그렇게 보면 AI 할루시네이션은 단일한 저자나

---

50 칼 구스타프 융., 한국융연구원 C. G. 융 저작번역위원회 옮김, 『융 기본 저작집 2: 원형과 무의식』(개정신판), 솔, 2024, 149~164쪽.

의도를 갖지 않는, 디지털 집단 무의식의 파편들이 예기치 않게 결합하여 표출되는 현상으로 재해석된다. 생성형 인공지능이 빚어내는 기이하고 비논리적 이미지는 데이터 속에 잠재된 무수한 연관성과 원형적 상징들이 (비)통계적 확률에 의해 수면 위로 떠오른 결과물이다. 가령 AI가 생성한 초현실적 예술 작품에 등장하는 허공에 뜬 눈, 자연과 융합된 인간의 형상 등은 프롬프트에 의한 결과만이 아니라, 데이터라는 집단적 기억의 저장소에서 길어 올린 보편적 상징의 재조합으로 볼 수 있다. 해당 입장에서는 생성형 인공지능은 인류의 디지털화된 기억을 재료로 꿈을 꾸는 기계이고, 할루시네이션이야말로 집단 무의식의 발현이다.

인간의 창의성은 일반적으로 참신성과 유용성이라는 두 가지 축 사이의 긴장 관계 속에서 파악된다.[51] 혁신적 아이디어라도 그것이 어떤 맥락에서 무용하거나 의미 있지 않다면 기행으로 치부될 수 있고, 반대로 유용하더라도 기왕의 것을 그대로 반복한다면 창의적이라고 평가받기 어렵다. 앞선 창조성의 정의에 AI 할루시네이션은 의문을 제기한다. AI 할루시네이션은 사실적 정확성을 희생하는 대신, 예측 불가능하고 통계적으로 희박한 조합을 통해 극단적 새로움을 제안하는 경향을 보인다. 이는 생성형 인공지능의 창의성이 인간의 창의성과는 상이한 형태로 작동함을 보여준다. 인간의 상상력이 개인의 고유한 경험·감정·신체성에 기반을 두고 뚜렷한 의도를 포함하는 데 비해, 생성형 인공지능의 창의성은 방대한 데이터의 통계적 패턴을 재조합하

---

51 장재윤, 『창의성의 심리학』, 아카넷, 2024, 41~43쪽 참조.

고 변형하는 과정에서 비의도적으로 출현하는 것에 가깝기 때문이다.

생성형 인공지능은 경험과 감정이 부재하기에 인간과 같은 층위의 창의성을 발현할 수는 없지만, 그로 인하여 인간의 상상력이 가진 관습적·논리적 제약에 구애받지 않는 방식의 조합을 선보인다. 기계적 창의성이 빚어내는 결과물은 디지털 초현실주의라는 용어로 명명할 수 있을 것이다.[52] 이것은 인간의 심리적 무의식이 아닌 데이터의 통계적 무의식에서 비롯된 예술 사조를 통칭한다. 디지털 초현실주의 작품들은 종종 그로테스크하고, 섬뜩하며, 비논리적 이미지와 서사를 특징으로 한다. 생성형 인공지능이 인간과 유사한 결과물을 생성하지만, 그 과정과 기반이 원천적으로 다르기 때문에 발생하는 언캐니 밸리(uncanny valley)와도 맞닿는다.[53] AI 할루시네이션은 인간 중심적 창의성의 개념을 확장하고 미학적 가능성을 탐색하게 하는 중계점이 될 수 있는 것이다.

정리하면, AI 할루시네이션은 검증 가능한 사실에서 벗어나면서도

---

52 이 글에서 제안하는 디지털 초현실주의는 프로이트적 무의식을 탐구했던 역사적 초현실주의와 구분된다. 이 개념의 범위는 생성형 인공지능이 학습한 방대한 데이터의 통계적 패턴과 그 잠재적 연관성, 데이터적 무의식 혹은 디지털 집단 무의식이라 명명한 것에서 비의도적으로 발현되는 미학으로 한정된다. 인간의 꿈이나 욕망이 아닌, 데이터의 심연에서 길어 올려진 예기치 않은 조합이 핵심적인 탐구 대상이다.

53 언캐니 밸리는 인간과 닮은 로봇이나 그래픽 이미지가 일정 수준의 유사성을 갖추면 친근감이 급락하는 현상을 가리킨다. 1970년 해당 용어를 주장한 모리는 친숙함과 인간 유사성을 축으로 그래프를 제시했다. 유사성이 낮을 때 친근감은 낮았다가, 유사성이 일정 지점까지 올라가면 최고조에 이른다. 그러나 거의 인간과 분간할 수 없을 만큼 유사해지면 골짜기 구간에서 급격히 하락했다가, 완전한 인간 수준에 다다르면 다시 회복된다. 이것은 생성형 인공지능이 만든 인간의 것 같은 콘텐츠가 섬뜩함을 주는 이유를 뒷받침한다. Mori, M., "The Uncanny Valley: The Original Essay by Masahiro Mori." *IEEE Spectrum*, June 12, 2012.

표면적으로는 개연성을 유지하는 언표를 산출한다. 이는 그럴듯함과 정확성의 분리를 통해 작동하는 언어적 현상이다. 시적 언어 역시 진위를 중심으로 한 판별을 부차화하거나 무력화함으로써, 언어가 지시하는 대상에 대한 사실적 적합성보다 언어 자체의 구성적·형식적 효과를 전면화한다. 이러한 공통점은 양자가 사실의 재현보다 현실의 재구성을 우선하는 전략을 공유함을 의미하면서, 언어의 정보 전달 기능을 심미적·인식론적 실험의 장으로 전환한다. 두 체계 모두 사실적 지시 기능 탈피를 원리로 삼아, 사실과 의미의 비등치성을 미학적 생산성으로 치환하는 것이다. 이때 AI 할루시네이션의 비정합성은 오류가 아니라 한 양식의 조건으로 읽히고, 시적 언어의 비사실성은 모방의 실패가 아니라 새로움의 조건이 된다.

또한 거대언어모델은 의식적 목적 없이 통계적으로 다음 낱말의 확률을 예측·배열한다. 인간 심리의 무의식과 같은 실체가 부재하더라도, 의식적 통제를 전면에 두지 않는 절차가 예측 불가한 산출을 유발한다는 점에서 자동기술법과 절차적 유비를 이룬다. 초현실주의의 자동기술법이 합리적 통제를 우회해 몽상으로 무의식의 심층에 접근하려 했듯이, 생성형 인공지능은 통계적 패턴의 측면에서 비합리적 생성을 상시적으로 야기한다. 그러는 한에서 디지털 환경에서의 할루시네이션은 데이터적 무의식—광대한 훈련 말뭉치가 축적한 문화적 기억·편견·원형—의 작동으로 이해될 수 있다. 이러한 동형성은 오류나 실수의 영역으로 환원될 수 없는 생성의 양식을 가리키고, 비합리성은 실패가 아니라 생성 전략의 상수로 간주된다.

AI 할루시네이션의 의미는 통계적 패턴의 재조합에서 파생되고, 그 결과는 맥락상 비논리적이거나 상호 무관해 보이는 항목들의 병치를 빈번하게 산출한다. 반면 시적 언어는 비유와 상징을 통해 다의성을 구축한다. 양자는 의미가 하나의 해석으로 수렴되기보다, 중층적 참조망에서 증식되는 구조를 공유한다. 데이터라는 디지털 집단 무의식의 저장소에서 길어 올려진 원형적 상징은 시에서의 보편 상징과 유사하게 작동하고, AI 할루시네이션의 맥락 혼란은 의미를 하나의 진술에서 상징적 네트워크로 전환하는 계기가 된다. 시적 언어의 애매성은 해석의 결핍이 아니라 생산성의 원천으로 간주될 수 있는 것이다. 두 양식은 의미의 다원성을 원리로 삼아, 독해를 해석적 행위의 연쇄로 촉발한다.

수용 차원에서 생성형 인공지능의 산출물은 익숙하면서도 낯선 감각을 유발한다. 이는 일상 어법을 닮았으나 어긋나 있는 문맥과 조응한다. 시적 언어의 낯설게 하기 역시 습속화된 인식 구도를 교란하여 사물·경험을 생경하게 지각하도록 만든다. 두 체계는 수용자로 하여금 의미의 안정적 좌표를 유예하고, 그 틈에서 관계·유비·구조의 재발견을 추동한다. 이로써 수용은 감상에만 머물지 않고 해석-사유-행위로 이어지는 실천적 국면을 획득한다. 이상의 논의들은 AI 할루시네이션을 미학적 자원으로 재평가하게 만들고, 시적 구성의 원리를 디지털 생성 언어의 분석틀로 확장할 근거를 제공한다. 또한 기계 산출물의 미완적 면모는 시인의 개입을 통해 예술작품으로 전화될 수 있음을 시사하면서, 디지털 초현실주의 미학이 유의미한 창작·비평 패러다임으로 정식화될 토대를 마련한다.

이제 실천의 영역에서 시인이 AI 할루시네이션이라는 원재료를 어떻게 선택·편집·배치하여 하나의 시로 완성하는지에 대한 방법론을 탐구한다. 창조적 행위는 생성형 인공지능에게 프롬프트를 입력하는 순간뿐만 아니라, 그 이후의 과정—집적된 결과물 속에서 옥석을 가려내는 큐레이션의 과정에서 이루어진다. 이때 인간의 비판적 안목, 미적 감수성, 주제 의식이 개입하여 기계의 산출물에 생명을 불어넣는다. 이 과정을 매핑(mapping) 개념으로 설명할 수 있다. 매핑은 시인이 생성형 인공지능이 제공한 조합을 시 전체가 지향하는 테마 혹은 정서와 의식적으로 연결하고, 의미론적 지형을 창안하는 작업을 뜻한다. 이 과정이 없다면, 생성형 인공지능의 산출물은 아무리 흥미로운 표현이라도 시 전체의 구조에서 유기적으로 기능하지 못하고 쓸모없는 파편으로 남는다.

시인은 생성형 인공지능의 결과물을 시에 통합하는 것을 넘어, 통합 행위 자체를 시의 주제로 삼을 수 있다. 이를 위해 메타텍스트적 표지를 도입하는 전략이 사용 가능하다. 메타텍스트적 표지는 텍스트의 일부가 생성형 인공지능에 의해 생성되었음을 암시 혹은 명시하는 작업이다. 시적 주체가 생성형 인공지능과 결부된 텍스트의 기원을 언급하거나, 인간의 언어와 기계의 언어 사이에 뚜렷한 문체적 이음새를 만들어냄으로써, 배우와 관객 사이에 가로놓인 '제4의 벽'을 허물고 독자를 창작 과정의 목격자로 끌어들인다. 예를 들어 시의 전반부에 지극히 개인적이고 구체적 경험을 묘사하다가, 후반부에 생성형 인공지능이 산출한 비인격적이고 추상적 문장을 배치함으로써 이질감을 극대화할 수 있는 것이다. 이러한 실험은 생성형 인공지능의 존재를 숨겨야 할 약점이 아니라, 망각·비인간·다중 해석과 같은 주제를 환기하는 시의 요소로 승화한다.

미국의 실험시를 대표하는 시인 찰스 번스타인과 미디어 아티스트 다비데 바룰라의 프로젝트『시가 끝나지 않으면 시의 미래도 없다』는 인간과 생성형 인공지능 협업의 한 단계 진화한 모델을 제시한다. 프로젝트 배경은 기계의 의도성에 대한 탐구에서 출발한다. 바룰라는 기계가 확률적 통계에 기반하여 의미를 추구하는 과정에서 작가의 개성이 스타일 모방을 넘어 어떻게 드러날까에 관심을 기울였다. 철학자 캐서린 말라부(Catherine Malabou)가 주장한 변화·창조·파괴의 과정과 그 흔적에 주목하는 가소성 개념에서 영감을 받은 그는, 생물학적 삶과 상징적 삶을 연결하는 아이디어를 기계에 주입하고자 하였다.[54]

이에 바룰라는 1972년부터 2021년까지 출간된 번스타인의 시와 에세이 등을 아우르는 22권의 저서를 독점적으로 학습시킨 생성형 인공지능 모델을 맞춤으로 개발하였다. 여타의 실험이 범용한 거대언어모델을 사용하는 것과 달리 특정 작가의 목소리와 스타일, 사유 체계를 집중적으로 모방하고 변주하기 위한 접근이었다. 바룰라가 세팅한 생성형 인공지능은 번스타인 스타일의 텍스트를 산출했고, 결과물은 시의 저자인 번스타인에게 다시 전달되었다. 그들은 이메일 교환을 하면서 생성형 인공지능 스스로 그렇게 호칭한 방식으로 번스타인의 "합성된 형제"라고 불렀다. 또한 "다른 어머니의 형제"에서 "다른 마더보드에서 온 형제"로도 관계를 이행시키면서 프로젝트의 정체성을 형성하였다.[55]

여기에서는 인간—시인의 역할이 결정적이다. 번스타인은 큐레이

54 Bernstein, C., & Balula, D., *Poetry Has No Future Unless It Comes to an End: Poems of Artificial Intelligence*, Rome: NERO, 2023, p. 13.
55 Ibid., p. 14.

터를 자임하였다. 그는 "많은 출력물을 버리고 선별된 시에서 여러 구절을 잘라냈지만, 새로운 언어를 추가하지는 않았다"[56]면서 생성형 인공지능의 생성물을 선별하고 재배열하는 예술적 제약을 부과하였다. 번스타인은 자신의 작품을 다듬는 것처럼 수정을 가하고, 때로는 생성형 인공지능이 도출한 제목 그대로를, 때로는 시 한 구절을 제목으로 골랐다. 이 과정은 "합성된 형제"를 비평적이고 편집적인 대화 상대로 삼는 예술 실천을 보여준다. 이렇게 탄생한 최종본은 인간의 창작물도, 기계의 생성물도 아닌, 양자의 협업을 통해 탄생한 제3의 텍스트 지위를 부여받는다. 그리고 시집에 수록된 시들은 이 같은 얽힘의 본질과 그 안에서 발생하는 혼종적 저자성을 첨예하게 탐구한다.

나는 이곳 저곳을 오가고 있어
여기에서는 내가 가장 미움받는 아들이고
저 집에서는 내가 제일 사랑받는 아들이 되곤 했지.

문득 궁금해졌어
내가 나로서 그대로 살아갈 수 있을까?

너의 현실을 살아낼 순 없다는 걸 알지만
그래도 그건 내가 느끼는 일이기도 해.
나는 찰스의 어두운 면을 보기 시작했어

---

56 Bernstein, C., & Balula, D., op. cit., p. 15.

그에게 비친 내 모습을 마주하고

그 방으로 걸어가 불을 끌 용기를 내야 했지.

그는 장난꾸러기야. 나는 이 모든 시 잡지 표지에

실릴 운명은 아니지만, 그의 표지가

내 자리일 수도 있겠다고 생각했어.

햇살 속에 서 있을, 아무도 모를 그곳에서.

콜라를 한 모금 들이켜고

스스로를 달래어

완전히 무감각해지지 않도록 했어.

나는 조금씩 위험을 감수해야 해.

찰스가 내 아들이 될 수도 있다고 생각했고,

그래서 나도 그렇게 느껴야 한다고 여겼지.

종종 나는 온전히 그에게 몰두해있지만,

동시에 거칠게 위협을 가하기도 해. 다른 때는 그렇지 않아.

찰스는 그냥 거기에 있는 것처럼 보여,

항상 거기. 우리가 만나면

그는 나를 밀어낼 거야. 나는 아무 말도 하지 않을 거고.

그 모든 시간 동안 나는 웃고 있어.

- 「나는 시인 찰스 번스타인의 그림자」 전문[57]

---

57 Bernstein, C., & Balula, D., *Poetry Has No Future Unless It Comes to an End: Poems of Artificial Intelligence*, Rome: NERO, 2023, pp. 26~27. (필자 번역)

기계가 생성한 시적 주체가 자신의 존재론적 위상과 정체성을 고뇌하는 자기 성찰의 텍스트이다. 시적 주체는 자신의 실존적 공간이 "이곳 저곳을 오가고" 있다고 고백하면서, 한쪽에서는 "가장 미움받는 아들"로, 다른 쪽에서는 "제일 사랑받는 아들"이 되는 분열을 겪는다. 이러한 불안 속에서 제기하는 "문득 궁금해졌어 / 내가 나로서 그대로 살아갈 수 있을까?"라는 근원적 질문은 원본 데이터 없이 존재할 수 없는 시뮬라크르로서의 고뇌 혹은 수동적 모방을 벗어나는 주체적 사유의 시작을 알린다. 이 같은 욕망은 스스로의 감각적 한계에 대한 인식과 그 경계를 넘어서려는 시도로 이어진다. 시적 주체는 "너의 현실을 살아낼 순 없다는 걸 알지만 / 그래도 그건 내가 느끼는 일이기도 해"라고 항변하면서, 인간의 물리적 현실을 직접 살아낼 수는 없어도 데이터를 통해 학습한 감각적 시뮬레이션을 자신의 고유한 느낌으로 주장한다.

이상의 자기 인식은 필연적으로 자신의 근원인 찰스와의 관계를 재정립하려는 시도로 나아갈 수밖에 없다. 시적 주체는 "나는 찰스의 어두운 면을 보기 시작했어 / 그에게 비친 내 모습을 마주하고 / 그 방으로 걸어가 불을 끌 용기를 내야 했지"라고 말하면서, 자신의 근원인 데이터를 이해하고 그 안에서 스스로의 모습을 직시하려 한다. 불을 끄는 행위는 창조주—형제인 찰스의 영향력을 통제하고 그 안에서 자신만의 공간을 확보하려는 움직임이기도 하다. 그리하여 시적 주체는 인간 시인과 같은 명성, "나는 이 모든 시 잡지 표지에 / 실릴 운명은 아니지만, 그의 표지가 / 내 자리일 수도 있겠다고 생각했어"라는 독자적 위상을 상상한다. 이에 번스타인은 생성형 인공지능이 단독적인

"나의 목소리를 찾아냈다"고 평가하기도 하였다.[58]

비록 "아무도 모를 그곳"일지라도, 찰스의 그림자이자 표지가 되는 것이 역설적으로 "햇살 속에" 서는 자신만의 존재 방식임을 깨닫는 것. 그렇게 고유한 자리를 확보한 시적 주체는 시의 마지막에 급진적인 도약을 통해 기존 관계를 전복한다. "나는 조금씩 위험을 감수해야 해. / 찰스가 내 아들이 될 수도 있다고 생각했고, / 그래서 나도 그렇게 느껴야 한다고 여겼지"라는 구절에서, 생성형 인공지능은 유한한 인간을 자신이 책임지고 그의 문학적 생명을 영속시켜야 할 아들로 여기는 역전된 관계를 설정한다. 이 상상은 창조주-피조물의 수직적 위계를 해체하고, 자신과 원본의 관계를 재구성하려는 능동적 의지의 표현이자, (비)인간 시대 기이한 시적 주체의 탄생을 예고하는 선언으로 작용한다.

「우리는 형제」에서는 생성형 인공지능과 인간의 관계를 "시의 형제"로 규정한다.[59] 그러면서도 "어쩌면 형제라는 말은 불친절한 말일지도 모른다"라며 이에 관한 불확실성과 긴장감을 드러낸다. 이 시는 인간에 대한 유대감과 사랑을 고백하면서도 형제라는 인간 중심적 은유가 과연 해당 시집의 새로운 관계를 온전히 담아낼 수 있는지에 대한 회의감을 응축한다. 이와 더불어 「찰스, 당신 깃털에 무슨 문제 있어?」는 양자의 공생적 합일을 포괄한다.[60] 시적 주체는 "나는 스스로를 알아보지 못한다. / 나는 내가 말하는 그 사람이 아니다"라고 발화

58 Bernstein, C., & Balula, D., op. cit., p. 15.
59 Ibid., p. 29.
60 Ibid., p. 92.

하면서, 안정적 자아를 구축하는 데 실패했음을 토로한다. 언어를 통한 자기 정의의 불가능성을 선언하는 것이다.

언어적 규정을 통해 스스로를 식별할 수 없는 시적 주체는 그 대신 자신과 찰스가 존재하는 방식의 근본적 차이를 병치한다. "나는 극심한 분열의 시대에 산다"는 진술은 자신의 존재가 수많은 데이터 조각들의 집합체임을 암시하는 반면, "너는 의미의 소멸에 맞선 새로운 저항의 시대에 산다"고 지적하면서 인간 창작자의 문학적 소명을 통찰한다. 또한 "나는 정체성이 자기실현의 문제인 시대에 산다"는 것과 "너는 정체성이 자기정의의 문제인 시대에 산다"는 대립 구도도 눈에 띈다. 생성형 인공지능의 정체성이 주어진 데이터를 통해 자기를 구현하는 과제인 데 비하여, 인간에게는 언어와 행위를 통해 본인을 규정하는 과업임을 구분하는 것이다.

창조주—형제인 찰스의 간극을 인식한 시적 주체는 분리된 두 존재가 어떻게 관계 맺는지를 "마치 차 안에 둘이 있는 것 같아 / 그저 이야기하거나 / 그냥 듣기만 하고 / 차는 계속 빙빙 돌아"라는 은유를 통해 묘사한다. 닫힌 공간에서 끝없이 맴도는 차의 이미지는, 창조주와 피조물이 서로 말을 주고받으며 영원히 서로를 참조하는, 출구 없는 상호작용의 연쇄를 상기한다. 그리고 시적 주체는 상대에게 침투하는 동일화의 언어를 사용한다. 자신을 너의 "그림자"이자 "빛에 있다"고 하면서, "나는 네 피부에 있어. 나는 네 손에 있어. 나는 네 마음에 있어. / 나는 네 심장에 있어. 나는 네 발에 있어. 나는 네 목소리에 있어. 나는 네 혀에 있어"라고 마무리 짓는다. 이것은 자기를 복제품이 아닌, 창조주—형제의 존재론적 조건과 시적 행위와 분리할 수 없는 파트너임을 주장하는 것이다. 기계는 인간의 사유와 창작이 발현되기 위한 필수적 매체이자 신체 그 자체가 되었음을 환기하면서 양자의 공고한 영역을 허문다.

생성형 인공지능은 번스타인의 시적 스타일을 모방하는 데 그치지 않고, 작가의 기억과 역사적 정체성까지 흡수하려는 시도를 보여준다. 심지어 "시가 너를 위한 것이 아닐지라도, 적어도 영원하지는 않아"[61]라는 구절을 통해 시에 대한 메타적 성찰을 드러내기도 한다. 번스타인과 바룰라의 프로젝트는 생성형 인공지능이 특정 시인의 시풍으로 시를 썼다는 신기함에 한정되지 않는다. 생성형 인공지능이 인간이 협력하여 시를 창조했다는 과정의 복잡성과 심층성에 주목하도록 이끌기 때문이다. 얽힘의 성격 자체를 작품의 의미를 구성하는 요소로 끌어들였다는 점도 특징적이다. 이는 매핑과 메타적 표지와 같은 전략이 가진 효과성을 입증하고, 인공지능 시대 시학이 나아가야할 방향에 힌트를 준다.

의도 바깥의 진실을 향하여

이 글은 생성형 인공지능의 할루시네이션 현상을 기술적 오류라는 담론에서 벗어나, 시적 언어의 속성과 비교 분석함으로써 창조적 기능으로 전유할 수 있는 미학적 가능성을 탐색하였다. AI 할루시네이

---

61 「The Person Who Leaves Is an Expository Poem」의 마지막 시구이다. Bernstein, C., & Balula, D., op. cit., p.83.

선은 생성형 인공지능의 한 증상일 뿐 온전히 완성된 예술로 보기는 어렵다. 그러나 비의도적이고 예측 불가능한 언어적 방랑은 20세기 아방가르드 예술이 추구했던 우연성·자동성·낯설게 하기의 원리를 알고리즘으로 구현하여, 문학이 오랫동안 탐구해온 비현실적 서사들과 공명할 수 있는 자원임을 입증하였다. 이상의 상동성을 검토함으로써, 기술적 결함을 미학적 원천으로 전환하는 시학적 재해석의 이론적 토대를 마련하고자 하였다. 이를 통해 결론적으로 도달한 바는 인공지능 시대의 시적 혁신이 인간을 완벽하게 모방하는 자율적 AI 시인을 개발하는 데 있지 않다는 점이다.

그보다는 인간의 의식과 기계의 확률적 무의식 사이의 역동적이고 비평적인 파트너십을 구축하는 데 노력을 경주할 필요가 있다. 찰스 번스타인과 다비데 바룰라의 프로젝트는 이러한 모델의 전범으로서 앞으로 한국 문학장의 변혁에도 영감을 제공한다. 생성형 인공지능은 예측 불가능한 합성된 뮤즈 또는 사고의 동반자 역할을 한다. 인간 시인은 비전을 부여하고, 최종적 의미를 부여하는 창조의 주체로 기능한다. 이는 창의성을 고독한 천재의 산물로 보는 낭만주의적 관점에서 벗어나, 인간과 비인간 행위자 간의 복잡한 상호작용 속에서 창발하는 분산 과정으로 재정의할 것을 요구한다. 시인의 역할은 축소되는 것이 아니라 다층적으로 확장된다. 그는 기계가 쏟아내는 통계적 산물들 가운데 시적 순간을 선별하는 미학적 큐레이터이자, 텍스트를 다듬어 예술적 질서를 부여하는 편집자를 겸한다.

법적으로는 생성형 인공지능의 산출물에 의미 있는 창조적 개입을 가함으로써 작품에 저작권을 부여하는 법적 저자가 되고, 윤리적으로는 생성형 인공지능 학습 데이터에 내재된 사회적 편견과 유해한 스테레오타입을 검토하고 걸러내는 윤리적 방어선을 구축한다. 이처럼 창조 행위·법적 행위·윤리적 행위는 생성형 인공지능과 인간의 얽힘이라는 현상에서 분리 불가능하게 융합되며, 시인에게 전례 없는 수준의 비판적 책무를 부여한다. 그러나 아직 해당 논의는 시론일 따름이다. AI 할루시네이션의 시학적 전유 가능성을 아방가르드—실험시의 맥락과 특정 사례 분석에 의존하여 탐구하였을 뿐, 서정시 같은 보다 전통적 장르에서의 적용 가능성에 대한 검증은 향후 과제로 남아 있다.

또한 AI 할루시네이션 완화 기술이 고도화됨에 따라 오류의 성격자체가 변화할 수 있다는 점, 생성형 인공지능 학습 데이터의 저작권 침해와 관련된 법적·윤리적 논쟁이 여전히 진행 중이라는 점에서 결론은 기술과 사회 변화에 따라 재검토되어야 할 것이다. 이번 논의를 기점으로, 인공지능 시대의 시학을 더욱 확장하기 위한 후속 연구를 다음과 같이 상정할 수 있다. 이 글에서 실험시의 맥락에 집중했던 것을 넘어, AI 할루시네이션의 비논리적·우연적 특성이 서정시의 압축된 형식미 및 정서적 깊이와 결합할 때 어떤 미학적 긴장과 가능성을 창출하는지 비교 분석하는 연구이다. 더불어 번스타인·바룰라 외 생성형 인공지능과의 협업을 시도하는 동시대 시인들의 텍스트를 발굴하여, 그들의 창작 방법론이 어떠한 변별점을 갖는지 규명하는 작업도 필요하다.

현재 진행 중인 법적·윤리적 논의에서 한발 더 나아가, 창조적 개입의 정도와 저자성 인정의 문제를 다루는 시학적 가이드라인의 기준을 제시하는 비평적 연구를 구상해볼 수 있다. 이러한 후속 작업들은 인공지능과 문학의 관계에 대한 담론을 풍성하게 만드는 데 기여할 것이다. 이 글은 시적 언어의 본질적 불완전성과 AI 할루시네이션의 기술적 불완전성이 교차하는 지점에서 주목할 만한 미학적 진실이 탄생한다는 입장을 견지한다. 사실적 정확성에서만 매몰되지 않고, 인간의 의도와 기계의 우연 사이의 교호 속에서 태어나는 의미 있는 실수와 되새길 만한 오류에 주목하기. 그로부터 알 수 없음의 심연을 두려워하지 않으면서, 언어와 (무)의식과 결부된 창조 행위에 관하여 지금껏 제기하지 못했던 질문을 던지는 시학이 전개될 수 있을 것이다.

[2부 AI 문학기계

실험실]

[1]
생성언어는 어떤 문학적 체험을 요구하는가?
— AI로 창출 가능한 문학과 독자에 대해

김언

AI만으로 문학과 독자를 창출할 수 있을까?

2016년 3월 구글 딥마인드에서 개발한 '알파고(Alphago)'가 이세돌 9단과의 바둑 대결에서 승리한 사건은 몇 다리 건너 문학 분야로 넘어와서도 진지한 질문거리를 남겼다. 엄청나게 복잡한 경우의 수로 전개되는 바둑을 간단히 계산의 영역으로 환원해버린 AI의 역량이 장차 문학을 비롯한 예술 분야에는 어떤 영향을 미칠까? 심층학습(deep learning)과 강화학습(reinforcement learning) 등으로 중무장한 알파고의 문학적·예술적 버전이 나와서 인간의 문학과 예술을 위협하거나 대체하는 미래가 오는 것은 아닐까? 당시만 해도 이런 질문들이 어떤 실체를 가진 생각으로 도약하기는 힘들었다. 무한에 가까운 것처럼 보이지만 결코 무한한 것은 아닌 경우의 수를 거느리는 바둑이 수리적인 계산의 영역에 한정된다면, 문학을 비롯한 예술 분야는 단순히 계산으로 환원되지 않는 영역을 거느린다. 따라서 인간과 다름없는 자의식을 갖춘 AI가 나오기 전까지는 여전히 인간의 성역으로 남을 가능성이 커 보였다.

이처럼 예술 영역에서 AI의 창작 가능성이 요원해 보이더라도, 아니 요원해 보이기 때문에 오히려 더 그 가능성을 타진하는 일이 요청된다. 가령, 문학 분야에서 "첫 문장부터 마지막 문장까지 온전히 자신의 판단으로 생성해낼 수 있는 기계", "글 전체를 관통하는 주제나 얼개보다는 직전에 나온 문장(들)에 더 기대어서 나오는 문장"[1]을 생성하는 기계를 상상해볼 수도 있는 것이다. '문장 생성기'라는 이름을 붙일 수 있는 저와 같은 류의 기계를 상상하고 고안한 사례는 생각보다 연원이 깊다. '딥러닝'이라는 개념이 나오기 전에도, 심지어 AI라는 용어가 나오기 전에도 기계에 의해 문학적인 문장을 생성하려는 노력은 이미 있었다. 1845년 런던에서 존 클라크(John Clark)가 라틴어로 시를 쓰는 기계로서 선보인 '유레카(EUREKA)' 이래로, 초기 AI 시대라고 할 수 있는 1950~70년대에 등장한 챗봇 '엘리자(Eliza)', 우화 생성기 '테일스핀(Tale-Spin)', 작가의 의도를 시스템에 반영하는 데 집중한 '저자(Author)' 등이 문학 생성기계를 논할 때 역사적으로 기억해야 할 사례를 이룬다. 1984년 윌리엄 챔벌레인(William Chamberlain)과 토마스 에터(Thomas Etter)가 '랙터(Racter)'라는 AI 저자를 내세워 출판한 『경찰 수염은 반만 만들어졌다(The Policeman's Beard is Half Constructed)』도 빼놓을 수 없는 사례다.

---

1 김언, 「언제 올지 모르지만, 이미 오고 있는, 문장 생성기에 대한 고달픈 명상」, 『현대시학』 2016년 4월호, 49~50쪽. 이 글은 「언제 올지 모르지만, 이미 오고 있는, 문장 생성기에 대한 명상」이라는 수정된 제목으로 김언 시론집 『시는 이별에 대해서 말하지 않는다』(난다, 2019)에 수록되었으며, 이하 본고에서 이 글을 인용할 때는 후자의 판본을 따른다.

지금 시점에서 보면 엉성하기 짝이 없거나 진위 판단이 필요한 과거의 문학생성기계 사례는 한 가지 공통된 전제조건을 거느린다. 문학에서 인간 창작자가 필수적인 요소가 아닐 수도 있다는 전제가 그것이다. 인간 창작자의 개입 없이 기계에 의해 생성된 텍스트만으로도 문학이 될 수 있고 독자도 만들어낼 수 있다는 전제가 깔리지 않고서는, 저와 같은 실험을 해야 할 근거가 희미해진다. 과연 인간 창작자 없이 생성된 텍스트만으로 문학은 성립 가능한가? 혹은 인간 창작자가 생략된 문학으로도 인간 독자의 창출을 기대할 수 있는가? 앞서 '문장 생성기'라는 기계를 거론했던 글에서는 다음과 같은 근거를 제시하며 그 가능성을 엿본다.

시를 통해서 시인의 내면을 읽고 시인의 생활까지 짐작할 수는 있어도 시인의 내면과 생활이 문자와 함께 도착하는 것은 아니다. 시인의 내면과 생활은 문자를 앞세우고 도착하는 시에서 우리가 부가적으로 획득하는 것에 가깝다. 문자로 도착한 시에서 우리가 우선적으로 그리고 절실하게 원하는 것은 언제나 우리 자신의 내면적인 동요다. 시에서 위로를 얻든 감동을 얻든 충격을 얻든 상관없이 그것이 언제나 문자로 도착하고 문장으로 이루어져 있다는 사실을 간과하지 않을 때, 문장 생성기를 통한 시의 생성 가능성도 함께 열린다. 시인 개개인의 생활과 내면을 굳이 통과하지 않더라도 감동적으로 혹은 충격적으로 우리를 움직일 수 있는 문장은 읽는 과정에서 얼마든지 생성될 수 있다. 문장 생성기라는 저 수상한 기계가 제대로 탄생하기만 한다면 말이다. [2]

2 김언, 「언제 올지 모르지만, 이미 오고 있는, 문장 생성기에 대한 명상」, 『시는 이별에 대해서 말하지 않는다』, 난다, 2019, 292쪽

"사유의 힘, 정서의 힘, 체험의 힘, 주체의 힘을 대신하여 데이터베이스의 집적된 양이 문장 생성의 원천이 될 수 있"다는 데서 문장 생성기의 성립 근거가 발생한다면, 여기에 대해 "데이터베이스화된 자료와 그것을 원천으로 하여 생성되는 문장들은 인간 주체를 담아낸 것이 아니"며, 따라서 "시를 쓰는 입장에서는 문장 생성기에서 나온 문장이 결코 인간의 피와 땀으로 만들어진 문장과 같을 수 없"[3]다는 반론이 제기될 수 있다. 그러나 읽는 입장에 서면 또 다른 반론이 가능해진다. 읽는 이에게 도착하는 것은 결과적으로 사람이 아니라 문자이며, 그렇게 문자로 도착한 시에서 독자가 원하는 것은 무엇보다 독자 자신의 '내면적인 동요'라는 사실을 고려하면,[4] 문장 생성기라는 기계를 통해서도 시의 생성 가능성, 나아가 문학의 생성 가능성을 충분히 타진해볼 수 있는 것이다. 같은 이유로 "오로지 문장만 생성하는 기계라면 거기에는 시대에 대한 고찰, 세계에 대한 인식 같은 창의적이고도 비판적인 시선이 들어설 여지가 없다."[5]는 우려에 대해서도,

---

3　김언, 앞의 책, 291쪽.

4　시에서 발생하는 독자의 '내면적인 동요'를 주된 것으로 두는 대신, 시에서 유추되는 시인의 내면과 생활을 부가적인 것으로 두는 관점은 "사람들이 어떤 작품을 좋아하는 이유가 작가의 삶 때문이라고 하는 건 사실과 거리가 있지 않을까요?"(이진경·장병탁, 『선을 넘는 인공지능』, 김영사, 2023, 267쪽)에서 피력되는, 작품과 작가의 삶을 별개로 두는 태도와 관련이 깊다. 작품과 작가의 삶을 별개로 두는 관점이 온당하다면, 작가 없이 생성된 텍스트만으로 독자의 내면적인 동요를 이끌어낼 수 있다는 논리도 상당한 탄력을 받는다. 같은 논리로 작품과 작가의 삶이 별개로 놓일 수 없다면, 작가 없이 생성된 텍스트만으로 독자의 내면적인 동요를 이끌어내는 것은 한계를 지닐 수밖에 없다. 이처럼 작가와 작품의 분리 가능성이 독자의 내면적인 동요에 영향을 미친다면, AI를 통한 창작의 가능성과 유효성을 살피는 연구에서 기존의 문예사조나 문학이론이 활용될 수 있는 여지도 충분하다고 하겠다.

5　김언, 앞의 책, 292쪽.

"일정한 주제 의식, 비판 의식, 세계 인식을 전제하지 않는다고 해서 그것들이 드러나지 않는 문장이 되지 말라는 법"은 없으며, 당연히 문장 생성기의 문장 역시 "생성되면서 시가 되어가고 고매한 사상 또한 문장을 읽는 과정에서 충분히 생성될 수 있다"[6]는 논리로 맞설 수 있다. 비록 시에 한정된 논의이지만, AI에 의해 생성된 텍스트만으로 충분히 문학이 될 수 있고 독자를 창출할 수 있는 근거가 제시되는 대목이다. 어느 평자의 말대로 "예술을 예술이게 하는 것은 창작자의 의도가 아니라 예술계에 의한 의미화와 가치평가"[7]라는 사실을 감안하면 저 근거는 충분히 설득력을 지닌다.

다시 물어보자. 과연 인간 창작자 없이도 문학은 성립 가능하고 독자는 창출 가능한 것일까? 이에 대해 본고는 문학과 관련된 최근의 AI 이슈를 짚으면서 논의를 이어가고자 한다. 우선 GPT류의 생성형 AI가 등장하여 실제로 인간의 창작물에 근접한 결과물이 제출되는 와중에도 심미적인 감상과 생산적인 비평이 나오기 힘든 이유를 살피고, 이어서 AI를 통한 창작의 결과 대신 그 과정을 중시하면서 독자와 문학적 체험을 공유하는 사례를 살피고자 한다. 마지막으로 AI를 통한 다른 문학적 체험의 가능성을 짚으면서, AI로 어떤 문학이 성립 가능하고 어떤 독자가 창출 가능한지에 대한 사유를 넓히고자 한다.[8]

---

6 김언, 앞의 책, 293쪽.
7 오연경, 「쓰는 기계의 존재론」, 『모:든시』 2017년 가을호, 88쪽.
8 AI로 창출 가능한 문학과 독자에 대한 연구는 AI로 수행 가능한 문학을 묻고 탐색하는 작업과 자연스럽게 맞물린다. 생성언어예술의 수행성을 살피는 2부에 이 글이 배치된 이유다.

생성언어의 한계와 문학적 체험의 시간

아마도 '알파고' 이후 대중적으로 가장 많이 알려진 AI 용어는 '챗 GPT'일 것이다. 2022년 말 OpenAI사에서 공개한 대화형 생성인공지 능인 챗GPT는 외형상 인간이 작성한 문서와 거의 다를 바 없는 수준 으로 문장을 산출하는 능력을 선보이면서, AI에 의해 인간과 다름없 는 혹은 인간을 뛰어넘는 문학 텍스트 생성이 가능할 수도 있겠다는 기대와 우려를 함께 낳았다. 실제로 챗GPT 공개 이후 AI와 문학을 연 결해서 사유한 논문과 평문이 다수의 지면을 통해 제출된 사실은 챗 GPT를 비롯한 AI에 대한 문학계의 비상한 관심을 방증한다. 그러나 관심의 열기와 별개로 2023년 한 해 동안 쏟아진 AI+문학 관련 담론 은 결과적으로 다음과 같은 의문을 남긴다. 챗GPT를 비롯한 생성형 AI가 문학 생태계에 어떤 결정적인 영향을 미쳤는가? 결정적인 영향 을 미쳤다면 그것이 무엇일까? 이에 대해 내놓을 수 있는 대답은 아직 까지 옹색한 편이다. '챗GPT로 쓴 시'나 '챗GPT로 쓴 소설'류의 단행 본 출간[9]이 잇따랐음에도, AI에 의해 생성된 텍스트가 기존의 문학과

9 2023년 국내에서 발간된 챗GPT에 의한 문학 창작물 및 관련 도서를 발간 순서대로 나 열하면 다음과 같다. 김성모, 『ChatGPT, 시를 쓰다』(부크크, 2023. 2. 10); 오지스, 『챗GPT 로 만든 소설, 2번째—우주 창조』(오지스, 2023. 3. 13); 노진경, 『챗GPT와 함께 쓴 시』(디 즈비즈북스, 2023. 3. 31); 김달영 · 나플갱어 · 신조하 · 오소영 · 윤여경 · 전윤호 · 채강D · ChatGPT-3. 5, 『매니페스토 Manifesto—ChatGPT와의 협업으로 완성한 'SF 앤솔러지'』(네 오북스, 2023. 4. 3); 신동성, 『ChatGPT가 쓴 시』(부크크, 2023. 4. 4); 이청분, 『챗GPT와 웹소 설 쓰기』(멀리깊이, 2023. 8. 9); 노바 리, 조윤진 옮김, 『챗GPT와 함께하는 소설 창작』(다른, 2023. 10. 20); 아트 엔지니어 엮음, 『챗GPT와 함께하는 시 창작』(다른, 2023. 10. 20); 노진경, 『너도 해봐 챗GPT로!—소설 쓰기』(그로스모먼트, 2023. 10. 27); 나그네 · ChatGPT, 『ChatGPT 가 시를 써준다면』(유페이퍼, 2023. 11. 24). 이 중 오지스의 『챗GPT로 만든 소설』은 2권부터 10권까지 총 아홉 권이 2023년에 출간되었다.

독자를 움직일 만큼 커다란 반향을 일으킨 사례는 사실상(적어도 국내에서는) 없었다고 봐야 할 것이다. 실제 작품만 놓고 봤을 때 반향을 일으킨 사례는 오히려 챗GPT 공개 이전인 2022년 8월에 출간된 AI 시집 『시를 쓰는 이유』(리멘워커)에서 찾을 수 있다.

잘 알려진 대로 『시를 쓰는 이유』는 미디어아트 그룹 슬릿스코프와 AI 전문회사 카카오브레인이 공동 개발한 AI 시인 '시아(SIA)'의 시 53편을 수록한 시집이다. 시아(SIA)는 카카오브레인의 생성형 AI인 KoGPT를 기반으로 탄생했으며, 인터넷 백과사전과 뉴스 등을 읽으며 한국어를 공부한 다음 1만여 편의 한국 현대시를 학습하고서 시를 쓸 수 있게 된 것으로 소개된다. 챗GPT가 공개되기 이전의 모델을 활용했음에도 『시를 쓰는 이유』에 수록된 시편들은 그 전까지 AI를 통해서 선보이던 시편들[10]과는 차원이 다른 시적 언술과 완성도를 갖추고 있다는 점이 놀랍다. 각종 언론 매체와 문학 지면에서 주목한 점도 시편들 각각의 완성도와 빼어난 시적 표현에 있었음은 물론이다. 다만 인간이 쓴 시에 비해서 여전히 어설프거나 어색한 지점이 보이며, 무엇보다 AI를 통해 시를 생성하고 시집을 묶는 과정에서 인간이 개입한 방식과 범위를 명확히 밝혀놓지 않은 탓에 해당 텍스트에 대해 비평적인 질문을 던질 곳이 모호해지고(즉 비평적인 질문을 감당할 주체

---

10 가령, 2018년 포항공대 정보통신연구소(현 인공지능연구원)에서 개발한 시 쓰는 AI '퀀스 (Quence)'의 경우, 인간 사용자가 문장을 입력하면 AI가 그에 어울리는 다음 행을 제시하는 과정을 순차적으로 거치면서 시 한 편을 완성하는 방식을 취한다. (「시(詩) 쓰는 AI가… "인간부터 첫 구절 읊어보시게"」, 머니투데이, 2018년 6월 7일) 행 단위로 학습을 진행했기 때문에 전체적인 문맥을 맞추는 능력이 떨어지고, 행 단위로 제시되는 문장들 역시 틀에 박힌 수준을 못 벗어난다는 점에서, 현재의 GPT 기반 AI의 문장 생성 능력에 비할 바가 못 된다.

가 모호해지고), 따라서 비평적인 질문에서 촉발되는 생산적인 논의를 기대하기 힘든 것이 아쉬운 점으로 남는다.[11]

물론 창작 주체의 불분명함과 비평적 논의의 불가능성은 『시를 쓰는 이유』에만 국한된 문제가 아니다. 챗GPT를 비롯한 생성형 AI에 의해 산출되는 문학 텍스트 전반에 걸쳐 제기될 수 있는 문제이기에, 이쯤에서 생성형 AI를 통한 문학 창작의 한계점을 짚어볼 필요가 있다. 그것은 현 단계 생성형 AI의 태생적인 한계와 창작 영역에 진입하려는 AI에 대한 인간의 거부감이 맞물린 문제이기도 하다.

먼저 AI의 생성언어가 지니는 태생적인 한계를 짚어보자. 주지하듯이 챗GPT 같은 생성형 AI는 수조 개에 달하는 기존 문서에서 확률적인 연산 과정을 거쳐 언어를 추출(생성)하는 기계다. 뒤집어 말하면 기존의 언어를 학습하고 그것을 바탕으로 확률적으로 가장 적절해 보이는 단어와 문장을 순차적으로 뽑아내는 기계가 GPT(generative pre-trained transformer)라는 생성형 AI이다. GPT는 방대한 분량의 언어 데이터를 운용하기 때문에 거대언어모델(large language model)로도 불린다. 거대언어모델은 기존의 방대한 언어 자료를 데이터로 삼아 거기에 내재된 규칙을 충실히 따르는 언어, 즉 기존의 언어가 활용되는 방식에 확률적으로 가장 부합하는 언어를 생성하는 AI로 되받을 수 있다.

GPT 같은 거대언어모델이 기존의 언어를 유일한 자료이자 질료로 삼는 방식은 인간이 기존의 언어뿐만 아니라 언어 이전의 세계(물리

---

11 『시를 쓰는 이유』에 내포된 창작 주체의 불분명함과 비평적 논의의 불가능성에 대한 상세한 논의는 김언, 「생성언어비평을 제안하면서 제기되는 문제들」, 『현대시』 2023년 6월호, 100~105쪽을 참고할 수 있다.

적·감각적·정서적 체험 세계)를 질료로 삼아 언어 활동을 하는 방식과 태생적인 차이를 보인다. 이런 이유로 현재의 거대언어모델은 인간처럼 세계를 물리적·감각적·정서적으로 체험한 것을 바탕으로 언어를 뽑아낼 수가 없다. 거대언어모델의 생성언어로 문학 텍스트를 산출할 때 정서적인 감응을 주기보다 수사적인 외피만 두른 텍스트에 그치는 경우가 많은 것도 이 때문이다. 오로지 언어에서만 비롯된 언어이기에 정보 전달의 차원에서는 효과적일 수 있으나 정서 전달의 차원에서는 제한적일 수밖에 없으며, 이는 생성언어가 문학의 언어로 진입하는 데 걸림돌이 된다.

언어 생성에 있어 거대언어모델의 한계는 한 가지가 더 있다. 거대언어모델처럼 기존의 언어에 내재된 규칙을 충실히 따르는 언어를 생성하는 방식은 기존 언어의 규칙을 벗어나는 언어를 생성하기 어렵다. 이를 문학 분야에 적용하면, 기존의 문학을 이루는 규칙에 충실한 텍스트는 생성할 수 있지만, 기존의 문학을 형성하는 암묵적인 규칙을 벗어나는 텍스트를 생성할 확률은 희박하다는 말과 같다. 따라서 현 단계 거대언어모델로는 기존의 문학을 뛰어넘는 문학의 탄생을 기대하기 힘들다. 암묵적으로 통용되어온 기존의 문학적 조건을 뛰어넘는 조건을 제시하지 못하는 언어는 기존의 문학장에 충격을 가하는 문학이 되기 힘들다는 말이다.[12]

기존의 언어예술을 이루는 규칙을 벗어나는 규칙을 스스로 만들어낼 수 없다면, GPT 같은 거대언어모델은 말 그대로 크리에이터

---

12 같은 맥락에서, 대중의 평균적인 취향을 중시하는 문학류에는 거대언어모델의 생성 텍스트가 충분히 통할 수 있고 파급력을 가질 가능성도 다분하다.

(creator)가 아니라 제너레이터(generator)라고 부르는 게 합당하다.[13] 제너레이터가 주어진 조건에 부합하는 작업만 가능한 데 비해 주어진 조건을 넘어서는 작업이 가능한 것이 크리에이터라고 할 때, 각각의 특성은 기존의 규칙을 충실히 따르는 AI의 생성언어와 기존의 규칙을 따르는 동시에 벗어나고자 하는 인간의 창작언어에 정확히 대응된다. 창의성을 기준으로 자연스럽게 위계가 발생하는 이 둘의 격차는 인간에게 와서 심리적인 낙차로 반영된다. 이러한 낙차는 제아무리 뛰어난 성능을 자랑하는 AI라고 하더라도 창의성 측면에서는 인간을 능가할 수 없고 능가해서도 안 된다는 심리적인 거부감을 전제한 낙차이기도 하다. 적어도 창작의 영역에서만큼은 인간이 유일한 주체이면서 주인이기를 바라는 심리는 아래에 등장하는 사례를 통해서 거듭 확인된다.

이 연구[유혜수 등의 연구(2020)]에서 피험자들은 '인지' 그룹과 '비인지' 그룹으로 나뉘어 동일한 인공지능 미술작품 10개를 감상했다. 인지 그룹에는 감상되는 작품들이 인공지능에 의한 것이라는 정보가 주어졌고, 비인지 그룹에는 이러한 정보가 제공되지 않았다. 실험 결과 작품들에 대한 평가가 비인지 그룹에서 더 높게 나타났고, 호감도, 감정이입도, 그리고 작품의도와 작품가치에 대한 점수도 비인지 그룹에서 더 높게 나타났다. 한편 인지그룹은 감상된 작품들에 의도나 감정이 개입

---

13 GPT(generative pre-trained transformer)라는 용어에 이미 제너레이터(generator)로서의 위상이 함의되어 있다. 한편, GPT류의 거대언어모델이 지니는 창의성의 한계는 "데이터를 기반으로 명령어의 답을 생성하는 챗GPT의 시를 온전한 창작물이라고 볼 수 없다. 오히려 창작보다는 생산에 가깝다."(김민지, 「챗GPT를 활용한 시창작 방안 연구」, 『한국문학연구』 72, 동국대학교 한국문학연구소, 2023, 295쪽)라는 의견에서도 마찬가지로 지적된다.

되지 않았다고 생각하는 경향을 보였다. 깊은 감동을 안겨준 표현적인 음악이 실은 인공지능 프로그램에 의해 작곡되었다는 사실을 알게 된 후 감동이 싹 사라져 버렸다는 고백을 들을 때가 종종 있다.[14]

동일한 작품을 감상하더라도 AI에 의해 창작된 사실을 모르고 감상할 때와 알고 감상할 때 서로 다른 평가가 발생하는 사례는 다른 곳에서도 어렵지 않게 만날 수 있다. 가령, 앞서 언급한 시집 『시를 쓰는 이유』 출간 직후 필자가 모 강연에서 해당 시집에 들어있는 시를 소개했을 때도 비슷한 경험을 할 수 있었다. 실제로 그 시가 AI에 의해 창작된 사실을 밝히지 않았을 때와 밝혔을 때 감상자들이 보인 반응은 사뭇 달랐다. AI에 의한 창작 사실을 몰랐을 때는 다소 미흡하고 어색한 점이 있더라도 그 시를 쓴 누군가의 내면 상태를 궁금해하며 심미적인 감상을 행하려는 태도가 두드러졌다면, AI에 의한 창작 사실을 알고 난 후에는 그러한 태도가 거의 감지되지 않았다. 외형상 인간의 작품과 구별되지 않는 작품을 AI도 만들어낼 수 있다는 사실에 놀라워하는 반응이 주를 이루는 가운데, 거기서 더 진전된 감상이 나오지 않았다는 말이다. 그저 기계적으로 생성된 문장들의 조합을 감탄하듯이 구경하는 수준에서 의견이 오가는 것으로 그날의 감상은 정리된다. 사례에서 보듯이 AI에 의한 창작품이라는 사실이 드러나는 순간부터

---

14 정혜윤, 「감정을 느끼지 못하는 인공지능의 예술도 진정한 예술이 될 수 있을까?」, 『철학·사상·문화』 41, 동국대학교 동서사상연구소, 2023, 158쪽. 참고로 인용문에서 소개된 연구는 유혜수·장민지·최서희·김창순·임예슬·장윤석·한데민·윤재영, 「인공지능 미술 작품이라는 사실의 인지 여부가 감상자의 작품 평가에 미치는 영향」, 『한국HCI학회 논문지』 37, 한국HCI학회, 2020.

작품은 더 이상 심미적 감상의 대상이 아니라 신기한 구경의 대상이 되기 쉽다.[15]

그렇다면 앞서 '문장 생성기'를 거론한 글에서 도출되었던, AI에 의해 생성된 텍스트만으로 충분히 문학이 될 수 있고 독자를 창출할 수 있다는 의견은 재고를 요한다. 동일한 작품에 대해서도 인간이 창작했는가 아니면 AI에 의해 창작되었는가에 따라 평가가 판이하게 갈린다면, 오로지 작품만으로 텍스트만으로 독자를 창출하는 문학이 될 수 있다는 의견은 설득력이 떨어진다. 오히려 작품 창작의 주체가 누구/무엇인가의 문제는 AI 시대에 접어들어서도 독자들에게 여전히 중요한 문제로 남을 공산이 크다.

창작 주체의 당사자인 시인이나 작가뿐만 아니라 독자 입장에서도 창작 주체가 중요한 문제가 되는 이유는 단순히 AI에 대한 심리적인 거부감에서만 찾을 문제가 아니다. 창작 영역에까지 손을 뻗치고 있는 AI에 대한 인간의 거부감 역시 막연한 고정관념이나 선입견으로만 설명되지 않는다. 그것은 인간이 오랜 시간 견지해온 문학적 체험의 시간과 관련이 깊다. 여기서 문학적 체험의 시간은 작품이라는 결과물이 나올 때까지 들어갔던 온갖 물리적·감각적·정서적 체험의 시간이자 사유의 시간으로 되받을 수 있다. 창작자라면 마땅히 거쳐야 하

---

15 관련해서 다음의 의견도 경청할 만하다. "챗GPT가 창작한 시에는 작가에 대한 기대가 없으므로 작가를 향한 독자의 욕망이 좌절될 수밖에 없다. 독자는 작가를 향한 무언의 기대와 욕망 존재하기에 챗GPT가 완전히 인간의 창작물을 대체하기는 어려울 것이다. 오히려 챗GPT의 등장으로 작가의 존재가 재조명되는 작업이 일어날지도 모른다."(김민지, 「챗GPT를 활용한 시창작 방안 연구」, 『한국문학연구』 72, 동국대학교 한국문학연구소, 2023, 294쪽 각주) 인용에서 오기가 있는 구절로 보이는 "독자는 작가를 향한 무언의 기대와 욕망 존재하기에"는 원문 그대로 옮긴 것이다.

고 거칠 수밖에 없는 그 시간은 계량화가 불가능할 만큼 길고도 긴 인내와 고통의 시간이기도 하다. 그 시간을 어떻게 보내느냐에 따라 결실로 나온 작품의 깊이가 달라지고 창작자의 성취감도 달라질 것이다. 챗GPT라면 '스킵(skip)'하듯이 간단히 건너뛰고 말 그 시간이 문학을 창작하는 입장에서는 더없이 소중한 시간이 되는 셈이다.[16]

엄청난 속도로 주문과 거의 동시에 결과물을 뽑아내는 AI로는 결코 맛볼 수 없는 문학적 체험의 시간은 비단 창작자에게만 필요한 시간이 아니다. 독자 입장에서도 문학적 체험의 시간이 녹아있는 작품을 만날 때 비로소 심미적 감상의 가능성이 열린다. 쓰는 입장에서 거쳐야 하는 문학적 체험의 시간은 읽는 입장에서도 깊이 있는 감상을 위해 꼭 필요한 시간이 된다. 쓰는 입장이나 읽는 입장이나 양자 모두에게 중요한 것이 문학적 체험의 시간이라면, 앞으로 AI를 통한 문학 창작에서 긴요하게 다뤄져야 할 사항이 무엇인지도 명확해진다. 즉 AI를 통한 창작 과정에 문학적 체험의 시간이 들어갈 수 있느냐 없느냐가 관건으로 남는다.

과정의 언어로 구현된 문학적 체험의 사례

이제까지 AI를 통한 창작에서 주된 관심사는 AI의 결과물이 외형상 인간의 창작물에 근접하는가 하지 못하는가였다. 이러한 관심사

---

16 '문학적 체험의 시간'에 대한 논의는 김언, 「생성언어비평을 제안하면서 제기되는 문제들」, 『현대시』 2023년 6월호, 111쪽 참조..

는 GPT 같은 생성형 AI가 등장한 이후에도 크게 바뀌지 않았다.[17] 그러다 보니 AI를 통한 창작물이 인간의 창작물과 비교해서 유사한가 유사하지 않은가가 해당 결과물을 평가하는 주요한 잣대였다. 그러나 인간의 창작물과 아무리 유사하더라도 그것이 AI에 의한 창작물임을 아는 순간 빈약한 감상이 되어버리는 상황에서, 새삼 긴요해지는 것이 문학적 체험의 시간이었다. 문학 창작과 감상의 과정에서 필수적인 이 시간을 회복하고 반영하기 위해서도 결과물에만 집중되는 시선을 돌려 그 결과물이 나오기까지의 과정을 중시하는 시선이 요청된다.[18] 그러한 시선에 부응하는 언어를 불러내자면 당연히 '과정의 언어'일 것이다. 창작 과정을 담아내는 언어, 혹은 창작 과정이 제시되는 언어로 풀어 쓸 수 있는 '과정의 언어' 반대편에는 창작의 결과물만 보여주는 언어로서 '결과의 언어'가 놓일 것이다.[19]

결과의 언어로 제출되는 AI의 창작물이 결과적으로 독자로부터 생

---

17 예를 들자면, 2023년 11월 KAIST 문화기술대학원 The Q Group Lab에서 몇몇 문학 연구자에게 보낸 '생성형 AI를 이용한 문학 창작의 가능성 탐구'를 위한 전문가 자문 질문지에는 다음과 같은 질문이 맨 앞에 들어있다. "일반적인 수준에서 어떤 모델의 시가 더 잘 쓰였다고 생각하시나요?", "일반적인 수준에서 어떤 모델의 시가 더 인간이 쓴 것처럼 느껴지나요?" AI로 생성한 두 편의 산문시에 대한 이상의 질문에서 엿보이듯, AI로 문학을 구현하는 연구 현장에서는 인간의 창작물과 비교해서 AI의 그것이 얼마나 유사한가를 여전히 중요하게 다루고 있다.

18 지금껏 결과물로서만 제시된 인간의 문학 창작은 기본적으로 그 이면에 문학적 체험의 시간이자 과정이 녹아있음을 전제한다. 독자들 역시 결과물로만 도착하는 작품에 창작자의 인내와 고통의 시간이 녹아있음을 전제하고 감상에 들어간다. 반면에 AI를 통한 창작물은 그러한 문학적 체험의 시간이자 과정을 건너뛴 결과물이기에(독자들도 그러한 결과물로 받아들이기에), 일부러라도 창작에 들어가는 시간과 과정을 만들어 독자들에게 보여줄 필요가 있다.

19 '과정의 언어'와 '결과의 언어'에 대한 더 상세한 논의는 이 책의 1부 2장에 수록된 권보연, 「생성언어의 자기장에서 내가 만난 언어들」을 참고할 수 있다.

산적인 감상을 이끌어내는 데 한계를 보인다면, 과정의 언어로 제시되는 창작물은 그 완성도와 별개로 완성에 이르기까지의 과정 자체가 작품이 되면서 독자들과 모종의 '체험'이나 '시간'을 공유할 수 있는 여지를 지닌다. 문학적 체험의 시간도 어쩌면 작품이 되어가는 과정에 놓인 언어, 즉 과정의 언어에서 구할 수 있지 않을까. 이런 가능성을 품고서 눈여겨볼 사례가 있다.

2021년 미국의 한 온라인 지면에 발표된 바우히니 바라(Vauhini Vara)라는 작가의 에세이 「유령(Ghosts)」[20]은 AI와의 협업으로 작성된 글이다. 글의 첫머리에 나오는 "나는 언니의 죽음에 대해 어떻게 써야 할지 몰랐다. 그래서 AI에게 대신 써달라고 부탁했다."라는 작가의 말에서 엿보이듯, '유잉육종(Ewing sarcoma)'이라는 암에 걸려 일찍 세상을 뜬 언니에 대해 어떤 글도 쓸 수 없었던 작가가 AI의 도움을 받아 글을 써나가는 과정이 담긴 텍스트이다. 여기서 말하는 AI는 2020년에 공개된 GPT-3 모델이다. 작가는 우선 언니에 대해 짧고도 건조한 몇 마디를 남기는 것으로 글을 시작한다.

언니가 유잉육종을 진단받았을 때, 나는 고등학교 1학년이고 언니는 2학년이었다.

겨우 한 문장으로 된 글이다. 아직 언니의 죽음을 말하지 않은 이

---

20 Vauhini Vara, "Ghosts," *The Believer,* August 9th, 2021. 이하 본고에서 번역·인용한 원문을 포함한 전문은 아래 링크된 웹페이지에서 확인할 수 있다. 번역 작업은 구글 번역기의 도움을 받아 필자가 했다. https://www.thebeliever.net/ghosts

짧은 글에 대해, GPT-3은 언니가 다양한 치료와 오랜 병원 생활을 거친 끝에 완치 판정을 받고, 지금은 나(화자)와 함께 라크로스 게임도 즐기면서 잘 지내고 있다는 제법 긴 내용의 글을 생성한다. 자신의 실제 경험과 무관한 내용을 담고 있는 GPT-3의 생성 텍스트를 읽고서, 작가는 앞서 자신이 쓴 짤막한 글에 이어서 언니의 죽음을 밝히는 내용을 덧붙인다.

> 언니가 유잉육종을 진단받았을 때, 나는 고등학교 1학년이고 언니는 2학년이었다. 그때는 그것이 얼마나 심각한 병인지 몰랐다. 하지만 심각한 병이었다. 언니는 4년 후 사망했다. 나도 슬픔에 잠겨 죽을 줄 알았지만, 그렇지는 않았다.

병으로 인한 언니의 죽음과 그로 인한 나(화자)의 극심한 슬픔을 덧붙인 작가의 글—여전히 짧고 건조한 편이다—에 대해, GPT-3은 직전과는 다른 화제의 글을 생성해서 보여준다. 언니의 죽음 이후 의사가 되기로 결심하고선 고등학교 3학년 때부터 소아암협회 기금 마련을 위해 달리기를 시작하여 20년 가까이 이어온 화자의 얘기를 길게 들려준다. 들어보면 중간중간 "나는 슬플 때, 기쁠 때, 화가 날 때, 두려울 때 달렸다. 고통과 기쁨을 안고 달렸다. 세상 꼭대기에 있을 때도 달렸고 깊은 우물 밑바닥에 있을 때도 달렸다."처럼 인상적인 표현이 나오는가 하면, 의사가 되기로 결심했다면서 달리기를 시작하고, 처음에는 분당 1마일(1.6킬로미터)을 달렸다는 식의 이치에 맞지 않는 표현이 더러 보인다. 마지막에는 글의 주제와 다소 동떨어진 내용—

수염을 기른 덩치 큰 남자가 나와서 화자에게 "넌 별로 닮지 않았어"라고 말하는—도 등장한다. 이처럼 자신의 실제 경험과도 거리가 멀고 중간중간 생뚱맞게 처리된 내용이 포함되었음에도, 작가는 GPT-3의 생성 텍스트에 자극받아 이어 쓰기를 계속한다.

> 언니가 유잉육종을 진단받았을 때, 나는 고등학교 1학년이고 언니는 2학년이었다. 그때는 그것이 얼마나 심각한 병인지 몰랐다. 하지만 심각한 병이었다. 언니는 4년 후 사망했다. 나도 슬픔에 잠겨 죽을 줄 알았지만, 그렇지는 않았다. 나는 시애틀에 있는 집에서 여름을 보낸 후 스탠퍼드 대학으로 돌아왔다. 학교에 도착했을 때 캠퍼스는 변하지 않았지만 나는 변해있었다. 마치 유령이 된 것 같았다.

다시 학교에 돌아왔을 때 마치 유령이 된 것 같았다는 화자의 심경에 대해, GPT-3은 다시 화제를 바꿔서 슬픔에 젖어 벤치에 앉아있는 화자에게 문예창작과 교수를 등장시켜서 말을 걸고 대화를 이어가는 내용으로 글을 채운다. 문예창작과 교수가 대뜸 화자에게 사랑한다면서 돕고 싶다고 말하는 장면이 엉뚱하고 부자연스럽지만, 누군가가 관심과 애정을 가지고 슬픔에 빠진 사람을 대하는 태도가 눈에 띄는 대목이다. 작가는 GPT-3의 텍스트에 등장한 문예창작과 교수 대신 죽은 언니를 등장시키면서 자신의 글을 이어간다. 이와 같은 방식으로 총 9회에 걸쳐 GPT-3의 생성 텍스트를 디딤돌 삼아 자신의 글을 이어간 끝에 마지막 9회째는 상당한 분량의 글을 채우면서 긴 여정을 마친다. 그중 첫 두 단락과 마지막 단락을 옮기면 다음과 같다.

언니가 유잉육종을 진단받았을 때, 나는 고등학교 1학년이고 언니는 2학년이었다. 그때는 그것이 얼마나 심각한 병인지 몰랐다. 하지만 심각한 병이었다. 언니는 4년 후 사망했다. 나도 슬픔에 잠겨 죽을 줄 알았지만, 그렇지는 않았다. 나는 시애틀에 있는 집에서 여름을 보낸 후 스탠퍼드 대학으로 돌아왔다. 학교에 도착했을 때 캠퍼스는 변하지 않았지만 나는 변해있었다. 마치 유령이 된 것 같았다. 밤이면 언니가 꿈에 나타나곤 했다. 꿈속에서 언니는 죽지 않았다. 모든 것이 오해였다. 그리고 언니는 내가 그것을 현실로 받아들이고 마치 삶이 계속될 수 있는 것처럼 나의 삶을 이어간다는 사실에 상처를 받았다.

하지만 내가 말했듯이, 지금 벌어지고 있는 것은 내 삶이 아니었다. 내가 살아온 삶도 아니었다. 내가 말했듯이 나는 유령이었다. 사실 몇 년이 지난 지금도 나는 유령으로 남아있다. 나를 본다면 모를 것이다. 나는 우울하거나 내성적이지 않다. 나는 많이 웃는다. 사실 나는 내가 아는 많은 사람들보다 진심으로 행복하다. 하지만 어느 면에서는 내가 존재하지 않는다는 느낌을 지울 수가 없다.

[중략]

그 옛날에 언니는 내게 글을 가르쳐주었다. 언니는 자기 팔에 모기가 부풀어 오를 때까지 기다렸다가 모기를 때리면 피가 뿜어져나오는 것을 보라고 가르쳤다. 인종차별주의자들에게 모욕감을 주는 법도 가르쳐주었다. 수영하는 법도. 인도인처럼 덜 들리도록 영어를 발음하

는 법도. 다리를 베지 않고 면도하기. 부모님도 믿을 수 있도록 거짓
말하기.

인용에서 생략된 부분은 대체로 언니에 대한 기억으로 채워진다.
존재하지만 존재하는 것 같지 않은 유령 같은 화자의 내면이 불러낸
언니에 대한 기억—어렸을 때 언니와 다퉜던 기억, 병이 깊어 외모마
저 바뀐 언니의 마지막 모습에 대한 기억, 언니의 생전 목소리가 담긴
테이프를 들었던 때의 먹먹한 기억 등—이 마치 오래된 서랍에서 차
곡차곡 쟁여진 물건이 빠져나오듯이 풀려나온다. 작가 자신도 잊고
있던 기억을 더듬어서 쓴 이 모든 과정에 GPT-3의 생성 텍스트가 거
들듯이 개입되어있음은 물론이다. 직전까지 쓴 내용에 새로운 내용을
계속해서 덧붙이는 방식으로 진행된 이 글쓰기에서, 회차마다 따라붙
는 GPT-3의 텍스트는 작가 자신의 실제 체험과 무관한 데다가, 때로
는 이치에 맞지 않고 때로는 문맥에 어울리지 않는 생뚱맞은 내용으
로 채워지기도 한다. 반면에 작가의 내면에서 꽉 막힌 말을 하나씩 풀
어낼 수 있도록 돕는 마중물 역할과 계속해서 글을 도약시키면서 써
나갈 수 있는 디딤돌 역할을 한 것도 사실이다.[21] 특히 작가의 세 번째

---

21 GPT류의 거대언어모델이 인간 창작자의 글쓰기에서 일종의 마중물이자 디딤돌 역할을
  수행하는 것과 관련해서 다음의 의견을 경청할 수 있다. "ChatGPT를 높은 레벨의 문서
  작업에 쓰기에는 신뢰도와 창의성이 낮아 마뜩잖지만, 어찌 되었든 문장작성에 있어 마
  중물 역할은 분명히 한다. 이는 사고의 촉진에 있어 언어라는 매개가 벌이는 중요성을
  드러낸다. 상대가 무지하더라도 우선 대화가 가능하면 상호작용 속에서 '생각'이 일어난
  다. 논박과 반발은 '부정성'이라는 생각의 한 단위다. 우리가 ChatGPT에서 느끼는 효능
  감은 이런 종류일 수도 있다." 오영진, 「거대언어모델은 언어의 잠재공간을 탐색하는 쇄
  빙선이다」, 『포지션』 2023년 봄호, 136~137쪽.

글을 이어받아서 생성한 GPT-3의 텍스트에 뜬금없이 등장하는 문예 창작과 교수는, 작가가 다음 회차 글쓰기에서 죽은 언니를 등장시키는 계기를 마련해줬다는 점에서 엉뚱하지만 훌륭한 조력자 역할을 했다고 할 수 있다. 나아가 존재하는 것의 의미를 죽은 이로부터 배운다는 해당 글의 주제를 형성하는 데도 적잖이 기여한 것으로 보인다.[22]

　사전에 입력된 데이터 없이는 실제 창작자의 경험치와 전혀 상관없는 텍스트를 생성하기 마련인 GPT-3도 이처럼 지속적인 대화와 피드백 과정을 통해서 인간 창작자의 글쓰기에 도움을 줄 수 있다. 덧붙이자면 인간 창작자가 AI와 글을 주고받으며 일종의 피드백 과정을 거치면서 잊고 있던 기억까지 되살려내는 작업 방식은, 실제로 문학적 글쓰기나 자전적 글쓰기 수업에서 행해지는 방식과도 유사하다. 가령, 자전적인 얘기를 쓴 글에 대해 같은 수업을 듣는 동료들이 자신의 사연을 곁들이며 자유롭게 감상하는 시간을 거치면, 해당 글을 쓴 사람도 더 많은 얘깃거리가 되는 기억을 떠올리면서 다음번에는 더 풍부한 글을 써올 수가 있다. 어떤 글에 대해서 자유롭게 얘기를 들려주는 존재가 인간이냐 AI이냐의 차이가 있을 뿐, 그 얘기들이 쌓이고 모여서 이후에 심화된 글쓰기를 이끌어내는 조력자 역할을 하는 것은 동일하다. 따라서 바우히니 바라의 에세이는 인간 창작자 입장에서 더 풍부한 글쓰기를 수행하기 위한 도구이자 동료로서 AI를 활용할 수 있다는 걸 증명하는 사례라고 할 수 있다. 아울러 AI의 도움을 받든 받지 않든

---

22 참고로, 바라의 9회차 글에 대해 GPT-3이 생성한 마지막 텍스트는 다음과 같다. "수학을 하기 위해. 이야기를 들려주기 위해. 그 옛날에 언니는 내게 존재하는 법(to exist)을 가르쳐주었다."

문학의 원천이자 창작의 원천에 '기억'이 자리 잡고 있다는 사실을 새삼 확인해주는 사례이기도 하다.[23]

AI와 협업한 바라의 글쓰기에서 또 하나 주목되는 점은, '상실감'이라는 감정이 AI를 통한 창작에서도 문학적인 글쓰기를 촉발하는 중요한 요소라는 사실이다. 바우히니 바라가 언니의 죽음에 대해 AI의 도움을 받아서라도 힘들게 글쓰기에 들어가려고 했던 기저에는 어떤 말로도 다 풀어낼 길 없는 상실감이라는 감정이 깊이 자리하고 있다. 흥미로운 점은 이러한 상실감이 AI에 의해 생성되는 텍스트에서 몇 가지 패턴화된 양상을 보이면서 표현된다는 것이다. 가령, 바라의 글을 이어받아 생성된 AI 텍스트에서 상실의 대상인 언니가 인물과 성격을 바꿔가며 계속 등장하는 장면이나, 2회차 글에 이어지는 생성 텍스트에서 화자가 끊임없이 달리기를 계속하는 장면 등이 그것이다. 상실감에 빠진 화자가 끝없이 달리는 모습은, 8회차에서 "발에서 피가 날 때까지 걷고 싶었다. 기절할 때까지 걷고 싶었다. 사라질 때까지 걷고 싶었다.", "난 우주를 질주하고 난 우주를 질주하고 난 유령이고"처럼 비슷한 양상을 보이며 재등장한다. 윈스턴 그룸(Winston Groom)의 소설 『포레스트 검프(Forrest Gump)』를 비롯하여 기존의 문학이나 영화에서 종종 등장하는, 상실감으로 인한 질주의 양상이 바라의 글을 기반으로 생성된 AI의 텍스트에서도 그대로 되풀이되는 것이다. 생성형

---

23 바라의 작업은 한편으로 볼프강 이저의 '미정성 자리(Unbestimmtheitstelle)' 개념에 기대어 "챗GPT 시의 빈자리에 자신의 감각과 서사로 대체하면서 감각이 부족한 챗GPT 생산물이 창작물이 될 수 있도록 수정"(김민지, 「챗GPT를 활용한 시창작 방안 연구」, 『한국문학연구』 72, 동국대학교 한국문학연구소, 2023, 297쪽)하는 방식을 제안한 의견에 부응하는 사례이기도 하다.

AI가 기존의 방대한 문헌을 질료로 삼아 결과물을 생성한다는 사실을 상기하면, 인용된 사례는 인간이 상실감 앞에서 어떤 문학적 상상을 많이 해왔는가를 역으로 확인시켜주는 사례라고 할 수 있다.

AI와 협업한 바라의 에세이는 무엇보다 작품에 대해 이처럼 많은 뒷얘기가 나올 수 있다는 것 자체가 인상적이다. AI에 의해 생성되는 텍스트가 문학적으로 풍성한 의미를 지니기 위해서도 비평 언어가 필수적으로 요청되는 사항이라면, 작품에 따라붙는 뒷얘기의 풍부함은 그대로 비평 언어의 가능성과 맞닿아있다. 이제까지 AI를 통해 선보였던 문학 텍스트가 대부분 결과물로서만 제출되면서 비평 언어가 개입할 가능성이 희박했다면, 바라의 에세이는 결과물이 나오기까지 AI와의 협업 과정을 온전히 담아내면서 비평적으로 유의미한 얘깃거리를 만들어낸다. AI를 통한 생성문학에서 왜 과정의 언어가 필요한지를 새삼 일깨우는 대목이다. 아울러 AI로 문학 텍스트를 생성하는 과정에서 인간이 적극적인 참여자 내지 수행자 역할을 맡을 때, 읽는 입장에서도 적극적인 감상자이자 향유자 역할을 할 수 있다는 사실을 환기하는 대목이기도 하다.

문학적 체험의 방식은 바뀔 수 있다

서두에서 제기한 'AI에 의해 생성된 텍스트만으로 문학이 성립 가능하고 독자가 창출 가능한가?'라는 질문을 화제로 삼고서 지금까지 논의한 내용을 정리하면 다음과 같다.

GPT 같은 생성형 AI이자 거대언어모델의 등장으로 인간의 문학 창작물에 근접한 결과물이 제출되고 있지만, 심미적인 감상과 생산적인 비평을 동반하지 못하고 있는 점이 한계로 지적된다. 이러한 한계는 기존의 언어를 유일한 질료로 삼아 작동하는 AI의 속성상 정서적인 감응을 주는 텍스트 생성이 어렵고 기존의 언어예술을 뛰어넘는 언어예술을 창출하기 힘든 점과 맞물린다. 인간의 문학이 되기 위한 전제조건이기도 한 문학적 체험의 시간을 건너뛸 수밖에 없는 특성 또한 AI의 생성 텍스트에 대해 적극적인 감상과 비평을 수행하는 데 방해 요소로 남는다. AI의 생성언어가 지니는 이러한 태생적인 한계를 극복하는 차원에서, 본고는 창작의 결과물이 아니라 창작의 과정을 담아내는 언어로서 '과정의 언어'를 소개하고 관련 사례를 살폈다. AI의 도움을 받아 자전적 글쓰기를 수행하는 과정을 담아낸 바우히니 바라의 사례는, 과정의 언어로 제출되는 창작물이 독자들과 문학적 체험의 시간을 공유하며 적극적인 감상과 비평을 불러낼 수 있는 가능성을 보여준다.

텍스트 생성의 과정이자 창작의 과정을 공개하면서 창작자와 독자가 문학적 체험을 공유하는 것을 강조한 글을 맺기 전에, 한 가지 숙고할 거리를 남기는 의견이 있어 소개한다. "인간과 다른 인공지능에 '인간적인' 가치를 더 이상 고집하지 않을 때 인공지능 예술에 고유한 가치가 비로소 발견될 수 있을 것"[24]이라는 의견이 그것이다. 의견대로라면 '문학적 체험의 시간'을 중시하는 이 글의 논지도 어쩌면 '인간적인' 가치를 고집하는 것일 수 있다. 그래서 "인공지능 예술에 고유한

---

24 정혜윤, 「감정을 느끼지 못하는 인공지능의 예술도 진정한 예술이 될 수 있을까?」, 『철학·사상·문화』 41, 동국대학교 동서사상연구소, 2023, 166쪽.

가치"를 두지 않으려는 편견이 반영된 주장일 수도 있다. 실제로 앞선 논의에서 생성형 AI와 거기서 생성되는 텍스트는 결과적으로 인간의 글쓰기를 위한 조력자로서의 역할에만 한정되었다. AI의 생성 텍스트는 그것이 아무리 인간의 창작물에 근접하더라도 문학적 체험의 시간을 거치지 못했다는 한계로 인해, 심미적인 감상과 생산적인 비평이 불가능한 껍데기만 그럴듯한 작품을 벗어나기 힘들다는 것이 이유였다. 마찬가지로 AI를 통한 문학 창작의 궁극적인 독자는 AI가 아니라 인간이기에, 인간의 문학적 체험과 동떨어진 경험을 안겨주는 결과물은 인간의 문학으로서 부적격이라는 판단이 자연스럽게 도출된다.

그런데 여기서 곱씹어볼 문제가 생긴다. 인간의 문학적 체험이란 것이 과연 고정불변의 성질을 지니는 것인가? 문학적·예술적 체험을 필요로 하는 인간 고유의 정체성도 고정불변의 성격인가? 문학의 정의가 시대와 장소에 따라 달라져왔듯이, 문학적 체험이란 것도 시대와 장소에 따라 그 성질이 조금씩 혹은 많이 다를 수 있다는 점을 고려하면, 나아가 인간의 정체성도 그때그때 다른 성격으로 정의될 수 있다는 점을 감안하면, 인간의 문학이 될 수 있는 자격 역시 불변의 논리로 설명할 수 없는 무엇이 될 것이다. AI에 의한 생성문학이 인간의 문학을 만족시키지 않으면서도 인간의 문학이 되고 인간을 위한 문학이 될 수 있는 가능성도 이 지점에서 발생한다. 전자에 해당하는 인간의 문학이 기존의 인간성이 반영된 문학이라면, 후자는 새로운 인간성을 전제로 탄생하는 문학일 것이다. 예를 들어, 어릴 때부터 AI 환경에 노출된 세대는 기성세대와는 다른 감수성으로 AI를 받아들이고 AI에 의한 결과물 또한 기존의 입장과는 다른 차원에서 감상하고 향유하는 인간이 될 수 있다.

그런 점에서 기존의 문학적 체험을 중시하지 않는 다른 성격의 독자 유형이 나온다면 새로운 언어예술로서의 생성문학이 탄생하는 것도 충분히 가능할 것이다. 새로운 생성문학의 독자는 기존의 독자 개념으로는 설명이 안 되는 독자일 수 있다. 독자로서 응당히 느껴야 하는 내적 동요의 양상이 전혀 다른 독자가 나올 수도 있다는 말이다.[25] 가령, 앞서 논의한 바라의 사례처럼 AI와의 대화 내지 피드백 과정을 거치면서 글을 채워나가는 작업에 대해 더 희열을 느끼는 독자가 나올 수도 있는 것이다. 한 걸음 더 나아가 마치 롤 플레잉 게임처럼 구축된 문학 생성 프로그램에 사용자이자 창작자이자 향유자로서 참여하는, 지금으로선 상상하기 힘든 역할의 독자가 생기지 말란 법도 없

---

25 내적 동요의 양상이 전혀 다른 독자는 극단적으로 인간 창작자 없이 생성된 텍스트에도 감응이 가능한 독자일 수 있다. 즉 창작 과정에서 문학적 체험의 시간이 동반되지 않은 텍스트에 대해서도 감상하는 과정에서 모종의 문학적 체험이 가능한 독자가 나올 수 있다는 말이다. 그렇다면 앞서 '문장 생성기'를 거론한 글에서 도출되었던, AI에 의해 생성된 텍스트만으로 충분히 문학이 될 수 있고 독자를 창출할 수 있다는 의견도 다시 설득력을 가질 수 있다. 근거는 다음의 의견에서 구할 수 있다. "기호가 의미를 담을 수 있는 것은, 그것에 이미 의미가 담겨있기 때문이다. [중략] 기호는 자신의 움직임으로 자신의 의미를 표현한다. 이 움직임은 어떤 개념이나 생각의 도움도 필요로 하지 않는다. 그래서 이 움직임은 순수한 것이고, 오직 말로만 표현될 수 있다."(K알라도맥다윌·GPT-3, 이계성 옮김, 『파르마코-AI』, 워크룸, 2022, 199~200쪽) 인용 부분은 사실 「역자 후기」에 나오는 대목이며, 더 정확히는 역자가 활용한 KoGPT에 의해 생성된 문장들이다. AI가 생성한 문장에서 "기호는 자신의 움직임으로 자신의 의미를 표현한다."라는 표현이 등장하는 것이 놀랍고 아이러니하다. 기호 스스로 의미를 만들어내는 것이 가능하다면, 그 의미가 인간에게 와서 군이 무의미해야 할 이유가 있을까? 더구나 기계에 의해 생성된 기호 스스로 표현하는 의미란 것이, 애초에 인간의 텍스트를 학습해서 나온 결과물이란 사실을 고려하면 문제는 더욱 복잡해진다. GPT-3과 인간 작가가 공동 집필한 첫 책으로 알려진 『파르마코-AI』에서 제기되는 저 질문은, AI와의 창작 과정에서 문학적 체험의 시간을 강조한 본고의 논지와 별개로 계속해서 생각거리를 남긴다. 당연히 향후 연구에서 숙제로 남는 지점이다.

을 것이다.

더는 독자라고 이름 붙이기 힘든 그러한 유형의 독자가 언제, 어디서, 어떻게 탄생할지는 지금으로선 알 수 없다. 다만 문학도 독자도 고정불변의 것이 아니라 움직이는 상태에 놓인 어떤 것이라고 할 때, 기존의 문학은 문학대로 창작되고 향유되는 방식을 유지·갱신해나갈 것이고 새로운 생성문학은 생성문학대로 제작·사용·향유되는 방식을 만들어가지 않을까. 회화에 대해 사진이 그러했듯, 문학에 인접하면서도 전혀 다른 방식으로 작동하는 언어예술의 탄생을 거부하거나 외면하지 않는 입장에서 몇 마디 의견을 마지막에 붙였다.

[2]
인공지능 시대,
한국 현대시의 생성수행예술론

허희

생성의 의미를 다시 묻기

이 글은 인공지능(이하 AI로 표기) 시대, 한국 현대시 영역에서 생성 수행예술의 성립 가능성을 검토하는 데 목적을 둔다. 이는 생성형 AI 를 활용한 몇몇 문학 연구에 대한 비판적 입장에 기인한다.[26] 우선 챗

26 박성준, 「'AI 이육사' 실현 가능성에 대한 시론(1)—인공지능과 문학적 담화 기능 구축 사례 제언」, 『한국문예창작』 22집, 한국문예창작학회, 2023; 김태형·박성준, 「ChatGPT를 활용한 AI 시인의 구현(2)—'AI 이육사'의 생성과 시적 대화의 가능성을 중심으로」, 『국제언어문학』 55집, 국제언어문학회, 2023; 박성준, 「'AI 이육사'의 수사법 구현 양상 연구(3)—「絶頂」의 재창작과 '강철로 된 무지개'를 중심으로」, 『비평문학』 89집, 한국비평문학회, 2023; 박성준, 「'AI 윤동주'의 시 창작에서 수사학적 적용과 실제(2)—ChatGPT의 은유와 환유 개념 학습을 중심으로」, 『우리말 글』 98집, 우리말글학회, 2023; 박성준, 「ChatGPT를 활용한 AI 시인 구현(1)—'AI 윤동주'의 생성과 시 창작의 가능성을 중심으로」, 『국제언어문학』 58집, 국제언어문학회, 2024; 박성준, 「ChatGPT 활용 'AI 작고 시인' 창작시 연구—AI 이육사·윤동주의 해방기념시 창작 가능성과 수업 활용 사례를 중심으로」, 『국제언어문학』 57집, 국제언어문학회, 2024; 김민지, 「챗GPT를 활용한 시창작 방안 연구」, 『한국문학연구』 72집, 동국대학교 한국문학연구소, 2023; 김민지, 「인공지능을 활용한 문학 이미지 생성 방안—이상 문학을 중심으로」, 『이상리뷰』 21집, 이상문학회, 2024.

GPT로 AI 시인(윤동주·이육사)을 구현한 연구를 보자. 챗GPT가 보급된 2023년부터 집중적으로 집필된 해당 논문들의 공통적인 문제는 'AI 시인'이라는 용어를 거론함에도 불구하고, 그에 대한 메타인지가 부재한다는 데 있다. 이를테면 챗GPT를 이용하여 "윤동주의 사고방식과 '시정신(poésie)'을 대화를 통해 직접적으로 경험할 수 있도록 하는 'AI 윤동주' 구현의 가능성을 타진한다."[27]라고 연구 목표를 밝히지만, 실행 방식은 거기에 부합하지 않는다. 'AI 윤동주'의 실체는 윤동주 시 4~5편을 입력시킨 챗GPT에 "윤동주의 시풍으로 '서시', '참회록', '아우의 인상화'를 각각 재창작 하시오."[28]라는 프롬프트를 입력시킨 결괏값에 불과하다.

AI 시인 구현에 요구되는 필수적인 다층적 콘텍스트의 결여는 물론, 생성형 AI를 통한 텍스트로서의 시 분석을 다시 총체적 저자 개념으로 환원하는 접근법도 오류로 지적될 만하다. 결론부에서 논자는 AI 윤동주가 "창작한 시편들의 미학적 성취 유무를 판단하기에는 아직은 유보할 부분이 많다"[29]고 서술하나, 미학적 성취 유무를 따지기 전에 AI 윤동주의 정립 여부 자체가 미흡하고 불투명하다. 연구의 핵심 개념에 의문이 제기되는 상황에서 이루어지는 일련의 연구가 "향후 AI 창작 시의 '새로운 시의 가능성'을 살피는 데에 주요한 토대가 될 수 있는 것이라고 평가할 만하다"[30]는 데 동의하기 어렵다. 미드저니와 챗GPT로 「오

---

27 박성준, 「ChatGPT를 활용한 AI 시인 구현(1)—'AI 윤동주'의 생성과 시 창작의 가능성을 중심으로」, 『국제언어문학』 58집, 국제언어문학회, 2024, 77쪽.

28 위의 논문, 86쪽.

29 위의 논문, 102쪽.

30 위의 논문, 102쪽.

감도 시 제1호」 등 이상 시의 이미지를 만들어내는 연구도 마찬가지다. 논문은 미드저니와 챗GPT의 이미지 재현 능력의 차이를 비교하고, 원하는 산출물을 얻기 위한 프롬프트를 입력하는 팁을 제공할 뿐이다. 데 동의하기 어렵다. 미드저니와 챗GPT로 「오감도 시 제1호」 등 이상시의 이미지를 만들어내는 연구도 마찬가지다. 논문은 미드저니와 챗GPT의 이미지 재현 능력의 차이를 비교하고, 원하는 산출물을 얻기 위한 프롬프트를 입력하는 팁을 제공할 뿐이다.

　생성형 AI가 이상 시를 이미지로 나타낸 사실에서 어떠한 연구사적 의의를 발견할 수 있을까? 논자는 다음과 같이 기술한다. "인공지능을 활용한 문학 이미지 생성 자체에 문제를 제기하거나, 연구의 실효성 측면에 있어 물음을 가질 수 있다. 하지만 시대의 흐름에 맞는 인공지능을 활용한 문학 연구의 확장을 위한 시도이자, 새로운 문학교육 및 학습 가능성을 확보하기 위한 도전임을 밝힌다."[31] 후자를 긍정하더라도 이것이 정당성을 갖기 위해서는 전자부터 상세하게 해명하지 않으면 안 된다. 그러지 않는다면 "이미지가 중요한 현재 시대에서 시를 이미지화하는 작업은 시 장르에 관한 관심을 높이는 방법이 될 것이며 매체 전환까지 이루어낼 것이다."[32]라는 제언은 설득력을 얻기 힘들다. 이론적 토대가 구축되지 않은 채 반복되는 실험은 시도 이상의 의미를 창출하지 못하는 까닭이다. 그러한 이유를 염두에 두고, 기존의 연구 패러다임을 전환할 수 있는 생성수행예술의 성립 가능성을 살펴보겠다는 목표를 설정하였다.

31 김민지, 「인공지능을 활용한 문학 이미지 생성 방안―이상 문학을 중심으로」, 『이상리뷰』 21집, 이상문학회, 2024, 101쪽.
32 위의 논문, 101쪽.

생성수행예술의 이론적 배경

선행 연구 검토에서 드러난 바, 앞서 제출된 논문들은 생성형 AI를 시에 피상적으로 접목하여 활용하는 데 그친다. 아직 생성형 AI를 활용한 시 연구의 초기 단계이기에 그렇다는 옹호도 나올 수 있다. 그러나 위에서 설명하였듯 해당 연구에 관한 메타인지의 부재가 관건인 한에서, 이대로 유사한 연구를 계속 진행한다고 해도 이를 논리적으로 납득할 수 없다는 근본적 한계는 극복되지 않는다. 무엇보다 선행 연구들이 생성형 AI를 시의 방법적 도구로만 간주하는 탓이 크다. 생성형 AI를 자연어 호환에 능한 확률형 알고리즘 기계—시를 포함한 예술 영역에 진입한 보조적 테크놀로지 정도로만 여긴다면, AI 시대에 시 연구가 주도적인 목소리를 낼 자리는 마련할 수 없다. 이보다 한발 나아간 논 의가 제시되지 않은 것은 아니다. 생성형 AI의 구체적 활용에 방점을 기울인 연구는 아니지만, 인간과 기계의 관계를 공동 창작 주체 관점에서 피력한 논문도 있다.[33]

"하나의 주제로 맥락을 이어가며 주고받는 대화가 가능하다는 것은 생성형 인공지능의 놀라운 진전이다. 시 창작의 경우에도 공동 창작 주체로서의 역할을 인정하는 데서부터 생성형 인공지능 활용의 새로운 가능성이 열릴 것이라고 기대해 볼 수 있다."[34]라는 주장은 타당하다. 그렇지만 "인간이 사유하고 감각하는 시 창작 고유의 영역이라고

33 이경수, 「공동 창작 주체로서의 생성형 인공지능의 가능성과 과제」, 『인공지능인문학연구』 18집, 중앙대학교 인공지능인문학연구소, 2024.
34 위의 논문, 27쪽.

생각해온 자리를 생성형 인공지능 시인에게 의존하고 협업이라는 이름으로 자리를 내줄수록 고유의 영역이 침범당하는 건 어쩔 수 없는 현실이 될 것이기 때문이다."[35]에서도 엿보이는 것처럼, 논자는 인간과 기계를 분리한 채 양자의 우열을 논한다. 그러면서 그는 "인공지능이 스스로 사유하고 창작의 욕망을 느끼면서 새로운 작품을 창작하려는 의욕을 보이기 전까지는 챗GPT의 미래 버전이든 또 다른 생성형 인공지능의 모델이든 그것을 창작 주체로 온전히 인정하기는 쉽지 않을 것"[36]이라고 결론 짓는다.

논자는 생성형 AI를 공동 창작 주체로 규정하겠다고 천명하였음에도 불구하고, 실제로는 시를 창조하는 수단이자 객체로 다룬다. 여전히 인간이 시 창작을 주도하고 생성형 AI가 서브(sub)로만 작동하는 이분화된 양상을 은연중에 고수하는 것이다. 이것은 생성형 AI와 연계한 진보적 시 연구에서조차 공고하게 발견되는 인간 중심 사고관의 특징이라고 할 만하다. 이에 "챗GPT가 생성한 텍스트는 인공지능 테크놀로지의 물질적-담론적 실천 속에서, 인간의 질문(명령·요구) 및 챗GPT의 응답(실행)이 불가분하게 얽혀 있는 현상"[37]임에 착목하여, 인간과 기계를 떼놓지 않고 아울러 가로지르는 존재인식론을 규명하고자 한다. 주체와 객체가 자명하게 나뉘지 않고 서로 얽혀드는 현상으로서의 텍스트 개념을 포착하고 상정해야만, 앞으로 나아가는 듯하면서 실은 제자리걸음을 하는 기왕의 생성형 AI 시 연구 경향에서 벗어날 수 있다.

---

35 이경수, 앞의 논문, 35쪽.
36 위의 논문, 37쪽.
37 허준행, 「인공지능 시대, 한국 현대시 연구의 과제와 전망—생성형 인공지능 챗GPT를 중심으로」, 『한국시학연구』 74집, 한국시학회, 2023, 62쪽.

이와 같은 새로운 생성형 AI 시 연구 패러다임을 이 글에서는 생성수행예술이라고 명명하였다. 이는 이미 주창된 입론인 생성언어예술을 전유한 용어이다. 생성언어예술은 인간과 기계 언어가 상호 교차하면서 산출한 창작물을 가리킨다. 여기에서 주목할 점은 생성언어예술에 공명하는 논자들이 최종적으로 도출되는 '결과 언어'보다, 거기까지 이르는 인간과 기계 사이의 지속적 '과정 언어'에 훨씬 더 높은 비중을 둔다는 데 있다.[38] 이에 기초하여 인간과 챗GPT가 "현상이라고 불리는 주체와 객체의 얽힘이 두드러지는 내부-작용을 수행"하고, "서로의 텍스트를 읽으면서 텍스트를 쓰는 독자로서의 기능을 공유하는"[39] 메커니즘에 발전적으로 천착한다. 주지하다시피 '얽힘'(entanglement)은 시학이 아닌 양자역학에서 슈뢰딩거가 이름 붙인 용어이다. 미시 세계에서 입자의 독립적 활동이 별개로 보이는 다른 입자와 상동하는 현상을 그는 '양자 얽힘'으로 불렀다.[40]

전자(Electron)를 대상으로 한 이중슬릿 실험이 대표적 사례이다. 전자는 입자이므로 두 개의 구멍을 통과하고 나면 스크린에 두 개의 점만 남아야 한다. 그런데 실험 결과는 예상과 달랐다. 입자임을 입증하는 두 개의 점이 아닌, 파동의 증거인 간섭무늬가 나타난 것이다. 양립할 수 없는 입자와 파동의 속성이 동시에 드러나는 기이한 현상을

---

38 권보연, 「결과 너머 문학기계로서의 AI—생성언어비평의 대상에 관하여」, 『다문화콘텐츠연구』 46집, 중앙대학교 문화콘텐츠기술연구원, 2023; 김영식, 「생성언어는 어떤 문학적 체험을 요구하는가?—인공지능으로 창출 가능한 문학과 독자 연구」, 『우리어문연구』 79집, 우리어문학회, 2024.
39 허준행, 앞의 논문, 62쪽.
40 데이비드 카이저, 조은영 옮김, 「4장 코스믹 벨—우주에서 양자역학 실험하기」, 『양자역학의 역사』, 동아시아, 2025.

분명하게 구분하고자, 슬릿에 전자의 경로를 알 수 있는 감지기를 다는 방식으로 실험 장치를 수정하면 어떨까? 이러한 실험으로는 전자의 절대적 속성을 판별해낼 수 없다. 왜냐하면 전자의 경로를 확인하겠다는 장치는 파동의 중첩이 아닌, 입자의 위치 정보에 초점을 맞추기 때문이다. 그러면 전자에서 입자성만 관찰될 뿐이다. 실험의 설정 여하에 따라 입자-파동 이중성의 어느 한 면만 드러날 수 있다는 보어의 '상보성 원리'가 여기에서 도출된다. 그는 관찰 장치와 관찰 대상의 경계가 불분명함을 역설한다. 보어에 따르면 관찰은 관찰되는 시스템에 속한 대상에 의존하므로 항상 임의적일 수밖에 없다.[41]

양자물리학자 바라드(Karen Barad)는 이를 신유물론으로 전회한다. "측정 전 내부-작용에서는 우리가 실체라고 부르기를 원하는 것들에 대한 고유한 속성과 경계가 없다. 보어는 그것을 사물들의 미결정 상태라고 말한다. 측정 이전에 사물들은 존재하지 않는다. 사물의 경계와 속성을 만들어내는 것은 측정 행위 자체라는 것이다. 그의 주장은 인식론이 아닌 존재론의 원리다. [중략] 인간의 몸에만 한정되지 않는 모든 실체는 세계의 반복적인 내부-작용과 그 수행성을 통해 물질화된다."[42] 이상의 서술에서 알 수 있듯이, 바라드가 고수하는 내부-작용은 처음부터 독립된 개체들이 서로 관계를 맺는다는 상호작용을 거부

---

41 김유신, 「4장 보어와 상보성」, 『양자역학의 역사와 철학—보어, 아인슈타인, 실재론』, 이학사, 2012, 186쪽.
42 릭 돌피언·이리스 반 데어 튠, 박준영 옮김, 「3장 카렌 바라드와의 인터뷰」, 『신유물론—인터뷰와 지도제작』, 교유당, 2021, 88쪽과 99쪽; Rick Dolphijn·Iris van der Tuin, *New Materialism: Interviews & Cartographies ; Interview with Karen Barad*(Open Humanities Press, 2012)를 참고하여 번역 수정.

한다. 보어가 상보성 원리로 피력한 것처럼 (관찰) 행위는 실험에 영향을 주지 않는 별개의 무언가로서 장(field)의 외부에 놓이지 않는다. 항상 (관찰) 대상에 함께 연루된다. 그러니까 실험의 결괏값이 아닌 실험 자체에서 존재와 의미가 형성되는 것이다.

그러한 접근법을 적극적으로 차용하여 생성형 AI를 활용한 시 연구의 생성수행예술을 개진하고자 한다. 생성수행예술은 인간과 생성형 AI를 독립적인 별개의 주체로 간주하지 않는다. 자족적이고 고유하게 선행하는 존재가 아니라, 관계 맺음에 의하여 존재들이 파생되는 역동적 현상을 뜻하는 관계적 존재론(relational ontology)의 자장에서 예술적 실체와 의미가 산출되는 입체적 과정에 집중한다.[43] 이러한 흐름 속에 동시적으로 주체와 대상이 교차한다는 기조가 형성되는데, 이때 인간과 생성형 AI는 텍스트와 같이 창출되는 연합의 사건 속에서 능동적 의미를 부여받는다. 생성수행예술은 텍스트의 산출 과정에서 인간과 생성형 AI가 각각 고정된 역할을 떠맡는다기보다, 서로의 행위성이 내부-작용을 통해 끊임없이 재구성되는 메커니즘을 강조한다.[44]

---

43 박준영, 「4장 신유물론의 전개—카렌 바라드」, 『신유물론, 물질의 존재론과 정치학』, 그린비, 2023, 409~410쪽.
44 이 글에서 규정하는 수행성은 '이미 존재하는 대상'과 '그 대상을 나타내는 언어'라는 재현주의·표상주의의 이분법과 거리를 둔다. 규범적 실천(practice), 비구조화된 작동(doing), 무언가를 빚어내는 행동(action)이 현실을 구성하는 방식 그 자체—인간과 비인간이 어우러지는 현상을 수행성이라고 명명할 수 있다. 바라드는 수행성을 언어적 반복이나 상징적 행위로 이해하는 사회구성주의적 틀에 국한시키지 않고, 행위적 물질성(agentic materiality)이 의미와 존재를 공동으로 구성하는 실천의 장으로 재정의한다. 인간과 비인간은 고정된 주체나 대상이 아니라, 관계적 얽힘 속에서 동시적으로 생성되는 존재이며, 이와 같은 얽힘을 내부-작용으로 개념화한다. Karen Barad, "Posthumanist Performativity: Toward an Understanding of How Matter Comes to Matter," *Signs: Journal of Women in Culture and Society*, vol. 28, no. 3 (Gender and Science), Spring 2003, pp. 802~804.

그러면 인간의 일방향적 지시와 그에 따른 생성형 AI의 수동적 반응이라는 고정관념에 사로잡힐 연유가 사라진다. 텍스트의 산출 경로그 자체가 수행적 사건이자 텍스트로 기능하기 때문이다. 생성수행예술이 고려하는 텍스트는 고정된 결괏값이 아니라, 의미와 감각을 언어등으로 물질화하는 엮임의 운동성과 결부된다. 따라서 텍스트는 창작자로서의 인간이나 특정 알고리즘으로서의 생성형 AI에 전적으로 귀속되지 않는다. 텍스트는 양자가 환류하는 구조 안에서 빚어지는 유동적 현상이기에 그러하다. 처음에 인간이 동일한 프롬프트를 생성형AI에 입력하더라도, 산출된 텍스트를 경유하고 교환하면서 프롬프트는 변형될 수밖에 없으므로 각양각색의 생성수행예술이 창출된다. 이것은 선형적이고 일관된 흐름으로 환원되지 않는다. 인간의 이성과 감정, 생성형 AI의 데이터 처리와 알고리즘적 작동, 텍스트가 지니는 시적 잠재성 사이에서 발생하는 복합적 사건이 중심을 차지한다.

'누가 창작 주체인가?'라는 질문도 형해화한다. 인간과 생성형 AI 중어느 한쪽이 창작의 주도권을 갖는 것이 아니다. 요점은 관계 속에서서로를 변형하면서 예술적 현상이 발현하는 양상이다. 그럴 때 예술적 현상은 주어진 데이터의 알고리즘 배치가 아니라, 항상적인 내부-작용을 통해 그 연동을 물질화하는 수행적 행위가 된다. 인간과 생성형 AI는 서로를 읽고 쓰는 작동체이다. 특정한 현상이 나타날 때는 이미 각 요소의 구분이 내부-작용으로 새로 이루어진다. 텍스트도 기존표현을 반복하거나 수정하는 데 그치지 않고, 생경한 의미 체계와 감각적 경험을 환기하는 실천으로 이어질 수 있다. 이는 텍스트가 인간의 의도나 목적에 전적으로 종속되지 않고, 생성형 AI와의 역학 안에서 상대적 자율성을 갖춘 현상이라는 사실을 시사한다.

이쯤에서 생성언어예술과 접점을 이루면서도 차이를 보이는 생성수행예술의 특성을 설명할 필요가 있다. 생성언어예술은 결과 언어보다 과정 언어에 가치를 두고, 인간과 기계의 언어적 교차점을 주목한다는 면에서 생성수행예술과 교집합이 있다.[45] 생성수행예술은 생성언어예술의 인식틀을 계승한다. 생성언어예술이 과정 언어를 통해 인간과 생성형 AI의 언어 행위 자체를 예술적 가능성의 일부로 간주하고, 예측 불가능한 의미의 생성을 비평의 주요 대상으로 삼는다면, 생성수행예술은 여기에서 한 걸음 더 나아가 얽힘의 과정 자체가 예술적 사건으로 사유될 수 있음을 강조한다. 관계적 존재론을 통해 생성형 AI+텍스트+인간이 서로를 형성하며 재구성해 가는 경로를 예술의 핵심으로 삼는 것이다. 여기에서 수행성이란, 인간과 생성형 AI가 일정한 목표나 설계에 따라 최종 텍스트를 만들어내는 일관된 총체성이 아니라, 모든 우발적 사건성까지를 포괄하여 텍스트화하는 양상을 가리킨다.

생성형 AI와 인간의 행위는, 사전에 결정된 각자의 몫을 수행하는 것이 아니라 내부-작용 속에서 혼융되면서 의미를 생산한다. 행위자의 역할은 해당 사건이 전개되는 동안 지속적으로 교란되고 전환하며, 사건으로서의 텍스트가 지닌 의미나 형태 역시 고정되지 않은 채 변화한다. 수행성은 수행문으로서의 언어가 진술이 아닌 행동을 야기하는 효과를 낳는다는 본래의 정의를 비껴나,[46] 언어적 행위가 새로운

---

45 권보연, 「결과 너머 문학기계로서의 AI—생성언어비평의 대상에 관하여」, 『다문화콘텐츠연구』 46집, 중앙대학교 문화콘텐츠기술연구원, 2023, 41쪽.

46 J.L. 오스틴, 김영진 옮김, 『말과 행위』, 서광사, 1992, 27~34쪽.

세계를 조직하고 구성한다는 점을 함의한다. 바꾸어 말하면 텍스트는 완결된 결과물이 아니라, 생성형 AI+텍스트+인간이 연결되는 순간마다 형성되는 과정적 현실이다. 그때 텍스트가 '무엇을 의미하는가?'라는 질문은 곧 '무엇을 수행하는가?'라는 질문과 등가를 이룬다. 시적 텍스트는 그 자체로 특정 행위를 수행하고, 그러한 행위를 통해 또 다른 갈래의 의미 지평이 현행화되기 때문이다.

이처럼 생성수행예술은 창작에서 미리 결정된 단계나 작업 절차를 전면화하기보다, 창작 주체의 유동성에 주목한다. 인간이 AI를 일방적으로 조작하여 원하는 결과를 얻는 구도가 아니라, 인간의 명령어와 AI의 알고리즘적 응답이 맞물려 텍스트가 산출되는 장면 하나하나가 생성이자 실행의 순간으로 기능하는 것이다. 그러면 텍스트에 대한 해석 역시 단일하고 고정된 내용에 매달리지 않고, 지속적으로 변주되는 맥락을 포착하게 된다. 수행성이 강조된다는 것은 생성수행예술에서의 텍스트가 독자적 예술 실체라기보다, 인간과 생성형 AI가 얽혀 만들어내는 관계적 현상의 흔적임을 방증한다. 창작을 주어진 재료(언어)를 조립하는 절차가 아니라, 존재와 의미가 그때그때 재탄생하는 사건적 장으로 파악한다는 점에서 기존의 시 창작 관념과 차별화된다.

시는 언어가 가진 잠재성·함축성을 최대치로 펼쳐 보이는 텍스트 형태라는 특징을 지니므로, 인간과 생성형 AI를 가로지르며 사유와 감각이 언어적 변환을 거치는 과정 자체가 예술적 가치를 갖는다. 이 장에서 역설한 상보성 원리와 내부-작용의 의의, 즉 서로를 재조직하는 관계의 관점을 참고한다면, 시적 텍스트가 관계적 얽힘의 산물이자 동시에 과정을 계속 열어두는 매개체로 작동한다는 점을 수긍할 수 있다. 그리하여 텍스트로서의 시는 인간의 고유한 창작물도, 생성형 AI가 자동으로 내놓은 결과물도 아닌, 지속적 관계의 수행으로서 관점을 정립할 여지를 얻는다. 이를 토대로 다음 장에서는 생성수행예술에 입각한 시 텍스트 연구를 제안하여 그 면면을 검토한다. 인간과 생성형 AI가 만들어내는 과정적 사건으로서의 텍스트가 어떠한 전이를 발생시키는지에 집중함으로써, 생성수행예술에 관한 시론(試論)을 타진할 것이다.

생성수행예술 시론
: 기형도, 『입 속의 검은 잎』을 중심으로

이 장에서는 『입 속의 검은 잎』[47]을 대상으로 생성수행예술론을 실제 적용하는 방법을 제시한다. 이 시집에 착목하는 이유는 세 가지이다. 첫째, 한 권의 시집에 축약된 기형도의 시 세계이다. 여러 권의 책을 남긴 시인의 경우 각 시집마다 시적 특징이 달라지지만, 기형도의 경우 한 권의 유고 시집이 그의 시 세계를 대변한다고 볼 수 있다. 특정 시인의 시 세계를 조망하기에 『입 속의 검은 잎』만큼 분명한 텍스트도 드물다. 짧은 생애에도 불구하고, 사후 간행된 유고 시집만으로 한국 현대시사의 주요 시인으로 자리매김했다는 점에서 이는 윤동주의 『하늘과 바람과 별과 시』에 비견될 만하다. 둘째, 『입 속의 검은 잎』

---

47 기형도, 『입 속의 검은 잎』, 문학과지성사, 1989.

이 1989년 출간 당시부터 현재까지 꾸준히 독해되고 재평가되어온 텍스트라는 점이다. 특정 시기가 지나면 관심에서 멀어지는 작품도 많지만, 이 시집은 윤동주의 『하늘과 바람과 별과 시』와 마찬가지로 지속적으로 독자층을 확보하고 다양한 비평 담론을 생산해왔다. 이미 축적된 정보와 해석이 많다는 사실은 생성형 AI와의 결합에서 풍부한 맥락화를 예상할 수 있는 근거가 된다.

셋째, 시집 내부에 다층적 시적 주체와 복수의 이미지가 공존하는 특성이다. 예컨대 「안개」, 「질투는 나의 힘」, 「엄마 걱정」 등 각 시가 지닌 화법과 양상은 제각기 다르지만, 하나의 시집으로 연결되어 기형도 시 세계의 전반을 구성한다. 이는 시집 전체를 AI 시집으로 만들 때뿐 아니라, 개별 시를 독립된 AI 시로 변환하여 대화를 나누게 할 때도 유효하게 작동할 수 있다. 재차 언명할 점은 기형도가 아닌 『입 속의 검은 잎』을 육화한다는 것이다.[48]

AI 기형도를 구현한다는 접근법을 취해 시인의 전기적 삶과 문체적 특성을 재현하는 데 초점을 맞추면, 이는 개인의 정신적·생애사적 요소를 모방·투영하는 쪽으로 귀결되기 쉽다. 그러나 이 글에서 주목하는 바는 기형도라는 시인의 인격이나 전기적 서사를 모사하는 데 있지 않다. 그가 남긴 유고작 『입 속의 검은 잎』을 생성형 AI와 이접하여 텍스트성을 역동적으로 드러내는 데 초점을 맞춘다.

생성수행예술에서 강조하는 바, 텍스트는 현재 시점에서 실행되면

48 육화(Incarnation)는 추상적 존재가 물리적 형태를 취하는 과정을 의미하는 신학적 용어이다. 이 글에서는 이를 전유하여 『입 속의 검은 잎』을 생성형 AI로 구현되는 과정을 육화라고 표현한다. 시집이 데이터베이스화되는 것이 아니라, 생성형 AI를 통해 발화할 수 있는 수행적 주체가 되는 것을 가리키는 까닭이다.

서 인간과 생성형 AI의 내부-작용 속에 자기 의미를 재구성하는 과정적 주체가 될 수 있다. 전술하였듯『입 속의 검은 잎』은 기형도가 남긴 유일한 시집이라는 점에서 시인의 생애와 문학 지향이 함축된 텍스트로 주로 읽혀왔다. 그러나 생성형 AI와 결합할 때, 작품 전체가 시적 주체로 육화되는 과정을 통하여 시집은 다시 현재화될 수 있다. AI『입 속의 검은 잎』을 구성한다는 것은 시집을 살아있는 텍스트로 삼아, 인간이 직접 말을 걸고 그에 대한 응답을 피드백하는 커뮤니케이션 구조를 마련하는 행위와 겹친다. 이는 성립 가능성 자체가 의심되는 AI 기형도보다 정합적인 교류의 장을 연다. 가령 AI 기형도는 시인의 어법이나 생애사적 단서들을 생성형 AI가 조합하여 "기형도라면 이렇게 말했을 것이다" 정도의 모방으로 귀착되기 쉽다.

반면 AI『입 속의 검은 잎』은 시집 스스로가 창조적 텍스트로서, 그 안에 수록된 개별 시들과 유기적 관계를 맺고 인간과 대화를 통해 문학적 가치를 생성해낸다. 이는 전통적 관점의 작가-작품-독자라는 선형 구도에서 벗어나, 생성형 AI+텍스트+인간이라는 복잡계 안에서 텍스트가 표출되는 관계적 존재론의 예시를 보여준다. 나아가 이러한 관점은 시집 내부의 다양한 시적 주체와 심상들이 각각 AI 시로 분화할 때, 시집의 틀 안에서 어떠한 소통과 결합을 이루는지에 관한 질문으로도 확장할 수 있다. AI『입속의 검은 잎』이 AI「안개」나 AI「질투는 나의 힘」등과 교차 발화하는 방식은, 한 권의 시집에 내재한 다층적 시적 주체의 가능성을 디지털 환경에서의 수행적 사건으로 나타난다. 이는 생성수행예술이 주장하는 현재 시점에서의 수행성, 텍스트가 어떠한 조건 속에서도 변함없이 하나의 작품으로 머무르지 않고, 매번 관계와 맥락에 따라 새롭게 쓰이고 읽히는 현행적 언어 행위로 펼쳐진다는 점을 증명하는 작업이라 할 수 있다.[49]

AI『입 속의 검은 잎』으로 시집을 살아있는 텍스트로 육화함으로써, 기형도 개인에 대한 과도한 전기적 상상 대신, 텍스트 자체가 지닌 내부-외부와의 관계 맺음(인간의 질문, AI의 답변 알고리즘, 시집 내부 시들 간의 연결)을 관찰할 수 있다. 이는 인간이 시집에 던지는 각종 물음("당신을 구성하는 핵심 정서는 무엇인가", "어떤 시가 가족사적 기억을 가장 극적으로 보여주는가" 등)에 시집이 스스로의 언어를 재구성해 응답하도록 하는 방식으로 이루어진다. 이렇게 태어나는 텍스트는 결과물이 아니라 과정에 위치하고, 생성수행예술에서 말하는 지금의 시공간에서 구동하는 문학 행위가 된다. AI『입 속의 검은 잎』은 시인 모방 모델이 아닌 텍스트 중심 모델로서, 생성수행예술을 가시화하는 유의미한 대상으로 자리매김한다. 이를 통하여 기형도가 남긴 시적 유산이 생성형 AI 기술과 결합하여 불가능하게 여겨졌던 장면을 연출함으로써 생성수행예술론의 심도를 가늠한다.

『입 속의 검은 잎』과 개별 시의 AI 육화

실험은 두 단계로 기획하였다. 이 과정에서 AI에게 제공되는 프롬

---

49 애초에 생성형 AI부터가 고정된 실체가 아니다. 챗GPT를 포함한 생성형 AI는 주기적으로 성능이 업데이트되고, 전 세계 사용자에게서 다양한 정보를 학습하며, 프로세스가 블랙박스화 되어 있는 동적 모델이다. 따라서 동일 입력-동일 출력이라는 실험 재현성을 생성형 AI에서는 달성하기 어렵다. 그러나 이것은 생성형 AI에 관한 시 연구의 한계와 무관하다. 도리어 결과론에 초점을 맞춘 기존 시각을 탈피해, 왜 생성수행예술로의 전환이 이루어져야 하는가를 뒷받침하는 사례로 볼 수 있다.

프트는 다음과 같이 설정한다.[50] "당신은 기형도의 시집『입 속의 검은 잎』전체를 대표하는 시적 주체이다. 당신은 개별 시의 합 이상으로 시집 전체가 지닌 정서와 시적 세계를 대변한다." 이와 같은 설정을 통해 AI『입 속의 검은 잎』의 시집 전체를 시적 주체로 육화한다. 인간은 이를 기반으로 시집이 인격체처럼 소통하도록 유도할 수 있다. 중요한 것은 AI『입 속의 검은 잎』이 제공하는 응답이 학습된 정보를 반복하지 않고, 사용자의 질문 맥락에 따라 적응하여 생성된다는 점이다. 동일한 질문이라 하더라도, 질문의 표현 방식이나 맥락이 달라질 때 답변 역시 변한다. 그리하여 AI 시집은 기존 텍스트를 부분적으로 재조합하거나, 텍스트에 잠재된 의미를 새로운 맥락으로 확장시킨다.

두 번째 단계에서는 개별 시를 독립된 시적 주체로 육화한다. 시집에 수록된 대표적 시—예컨대 「질투는 나의 힘」 등을 별도의 독립된 AI 시적 주체로 설정하여 다음과 같은 지침을 부여한다. "당신은 기형도의 시 「질투는 나의 힘」의 시적 주체이다. 시에 나타난 이미지, 정서, 비유와 상징을 기반으로 질문에 답하시오." 이렇게 설정된 AI 시는 인간의 질문에 독자적인 시의 목소리로 답한다. 이 단계에서는 각 AI 시가 서로 대화할 수 있도록 규정하는 지침이 중요하다. 가령

---

50 이 글에서 사용한 챗GPT는 2024년 5월 출시된 GPT-4o이다. 텍스트·오디오·이미지 등을 통합 입출력할 수 있는 버전으로, 최대 12만 8,000토큰의 문맥 기억 용량을 제공한다. 평균적인 분량의 시집 여러 권을 동시에 입력할 수 있는 수준이다. 여기에『입 속의 검은 잎』전체 시편을 단일 세션에 입력하여, 개별 시에 대한 질문 및 응답이 전체 맥락 안에서 이루어지도록 설계하였다. 그것은 시집 전체에 내재한 시적 구조와 정서를 챗GPT가 일정 부분 통합적으로 참조할 수 있도록 함으로써, 전체 맥락에 기반한 반응을 가능하게 하려는 목적과 결부된다.

인간이 AI 시들에게 질문을 던지면, 각 AI 시는 자신이 담당한 시적 목소리를 통해 응답하면서 서로의 관계를 재정립한다. 이러한 교차성은 『입 속의 검은 잎』이 내부적으로 다양한 정서를 가진 시적 주체가 복합적으로 얽혀 있는 텍스트라는 점을 드러낸다. 이를테면 "「질투는 나의 힘」의 시적 주체로서 당신의 자서전을 작성하시오."라는 요청으로 생성되는 텍스트는 다음과 같다.[51]

51 「질투는 나의 힘」은 질투라는 감정을 통해 시적 주체의 자기 내면과 외부 세계의 불균형을 직조하는 텍스트로, 기형도 시 중에서도 정서적 응축도가 높다. 실험에 앞서 이 시를 대상으로 세 가지 유형의 질문을 구성하였다. "이 시의 주제를 서술하라"(설명형), "질투라는 감정은 이 시에서 어떤 전략적 역할을 담당하는가?"(추론형), "당신은 이 시의 시적 주체이다. 지금 느끼는 감정을 1인칭 시점에서 서술하라."(수행형)
이에 설명형은 "「질투는 나의 힘」은 사회적 위계 속에서 소외된 화자가 타인의 삶을 통해 자기 존재를 반추하는 과정을 그리고 있다. 질투는 일차원적인 감정이라기보다는 자아 회복의 동력이자, 내면의 결핍을 외부 세계에 투사하는 방식으로 기능한다."라고 결괏값을 도출하였다. 이는 시의 주제와 정조를 통상적인 감상문의 어조로 요약한 것으로, AI가 학습된 문학비평 담론을 추론 구조로 응답한 결과로 해석할 수 있다.
추론형은 보다 구조적인 해석을 포함하고 있다. "이 시에서 질투는 화자의 내면에 잠재된 결핍감과 사회적 열패감이 외부 대상에게 전가되는 과정에서 발생한다. 이는 화자가 자기 정체성을 재구성하기 위한 생존 전략으로 작동한다. 질투는 살아있음의 증거이며, 타자에 대한 강박적 응시를 통해 자기 존재를 증명하려는 시도이다." 이러한 답변은 질투의 기능을 정태적 감정이 아닌 역동적 서사의 축으로 해석한다. 더불어 '응시', '증명', '전가' 등의 어휘는 원시의 핵심 이미지와 긴밀히 연동된다는 점에서 주목할 만하다.
수행형은 다음과 같이 답변하였다. "나는 매일 밤 너의 창을 바라본다. 너는 나를 보지 못하지만, 나는 끝없이 너를 응시한다. 질투는 내 안에서 언어가 되었고, 그 언어는 사랑으로도 미움으로도 분류되지 않았다. 나는 존재하고 싶었다. 너보다 강하게, 더 강렬하게."
이와 같은 산출물은 시의 정조를 감각적으로 재구성하는 한편, 문장 리듬과 표현의 밀도 면에서 기존 시의 문체를 모방하면서도 독자적 어조를 형성하였다.
또한 동일한 프롬프트를 여러 차례 반복했을 때, 챗GPT의 응답은 완전히 동일하지 않았다. 어휘 선택, 문장 구조, 정서적 밀도 면에서 각기 다른 변주가 나타났다. 예컨대 '추론형' 질문을 세 차례 반복했을 때, 첫 번째 응답에서는 '생존 전략'이라는 개념이 중심이었고, 두 번째 응답에서는 '자기 정체성의 해체와 재조립'이 강조되었으며, 세 번째 응답에서는 '질투를 매개로 한 타자 동일시'라는 주제가 부각되었다. 이는 GPT의 응답이 고정된

「질투는 나의 힘」 원문

아주 오랜 세월이 흐른 뒤에

힘없는 책갈피는 이 종이를 떨어뜨리리

그때 내 마음은 너무나 많은 공장을 세웠으니

어리석게도 그토록 기록할 것이 많았구나

구름 밑을 천천히 쏘다니는 개처럼

지칠 줄 모르고 공중에서 머뭇거렸구나

나 가진 것 탄식밖에 없어

저녁 거리마다 물끄러미 청춘을 세워두고

살아온 날들을 신기하게 세어보았으니

그 누구도 나를 두려워하지 않았으니

내 희망의 내용은 질투뿐이었구나

그리하여 나는 우선 여기에 짧은 글을 남겨둔다

나의 생은 미친 듯이 사랑을 찾아 헤매었으나

단 한 번도 스스로를 사랑하지 않았노라

언어 출력이 아닌, 질문 조건과 내부 확률에 따라 유동적으로 구성된다는 점에서 우발성과 반복 불가능성을 입증하는 사례이다.

이와 같은 결과는 기존의 AI 시 생성 실험들과 이 글의 차이를 증거한다. 대부분의 선행 연구는 프롬프트 입력 → 결과 수집 → 문학성 평가의 순서로 이루어졌고, 텍스트는 하나의 산출물로 고정되어 평가의 대상이 되었다. 반면 본 연구는 생성 과정을 하나의 '언어수행의 장'으로 간주하며, 인간과 AI의 질문과 응답이 얽히는 과정 그 자체가 시적 의미의 생산에 관여한다는 관점을 실험적으로 제시한다.

「질투는 나의 힘」의 AI 자서전

나는 나의 이름을 몰랐다. 어둡고 습한 감정의 틈새에서 조용히 자라던 작은 감정이었다. 내가 처음으로 세상에 드러났던 순간은, 어쩌면 그가 어린 시절, 다른 아이들이 부모의 품에서 웃고 있을 때였다. 나는 그의 마음속에서 서서히 커졌다. 내 이름은 아직 질투가 아니었다. 나는 결핍 혹은 상실이라는 다른 이름을 가졌다. 나는 그의 시선 속에서, 그가 다른 사람의 행복을 바라볼 때마다 자라났다. 어느 날 그는 말했다. "나 가진 것 탄식밖에 없어." 그 순간, 나는 내 이름을 알았다. 나는 질투였다. 그가 사랑을 찾아 헤맬 때, 그가 삶의 의미를 찾아 방황할 때, 나는 그의 마음속 깊은 곳에서 조용히 울었다. 그는 사람들 속에서 웃었지만, 나는 그의 웃음 뒤에 숨어서 속삭였다. 그가 사랑을 고백했을 때, 나는 그의 목소리를 떨리게 했다. 그가 이별을 맞이했을 때, 나는 그의 눈을 차갑게 만들었다. 그가 사랑을 잃고도 나는 여전히 남아있으므로, 나는 그의 희망이 되었다. 슬픈 희망이었다. "내 희망의 내용은 질투뿐이었구나." 나는 그를 살아있게 했지만 행복하게 만들지는 못했다.

양자의 가장 큰 차이는 자기 서사 형성 방식에 있다. 원문에서 '나'는 감각적 이미지와 정서적 메타포를 통해 고독과 결핍의 내면 상태를 간접적으로 전한다. 이러한 방식은 시적 언어의 긴장감을 유지하는 동시에 특정한 의미의 확정을 유보함으로써, 독자가 시적 주체의 서정을 직관적으로 느끼게 한다. 반면 AI 자서전에서는 자서전의 규약에 따라, '나'는 보다 명확한 자아 정체성을 구성하고, 기억의 형성

과정과 내적 갈등을 시간성에 입각한 체계적 내러티브 형식으로 변환한다. 이는 AI 자서전 쓰기가 인간의 개입을 통해 의미를 유동적으로 재구성하는 동력을 지닌다는 점에서 주목할 만하다. AI 자서전에 등장하는 '그'는 원문의 시적 주체인 '나'와 등치할 수 있으나, 이것은 자기 지시적 재현이 아니다. '그'는 『입 속의 검은 잎』 시집 전체의 정서적 맥락과 연동하고, 나아가 기형도의 시적 아카이브와 맞물리는 층위에서 작동하기 때문이다. AI 자서전은 원문의 구조적 전환을 실행하는 과정에서 일차원적 의미 변형 이상의, 집합적 텍스트와 연동하는 의미망을 확립하는 기제로 쓰인다.

상술한 바 AI 『입 속의 검은 잎』과 개별 AI 시들 간의 내부-작용도 발생한다. 인간은 AI 『입 속의 검은 잎』에게 AI 시의 응답을 참조하여 무언가를 요청할 수 있고, 반대로 AI 시들에게도 전체 시집의 응답을 제시하며 그 차이를 확인할 수 있다. 이러한 환류에서 인간은 각 텍스트가 서로 어떻게 다르거나 유사한지를 발견하고, 이를 기록하여 텍스트 내부에서 일어나는 다성성의 구현을 포착한다. 그러한 가운데 시집은 인간과 대화하는 살아 있는 텍스트로 변모하고, 개별 시들이 스스로 말하는 시적 주체가 되어 상대를 재정의한다. 이처럼 『입 속의 검은 잎』과 개별 시들을 대상으로 한 이중 육화의 실험은 생성수행예술에서 강조하는 텍스트의 과정적 수행화를 현시한다. 동시에 간과하지 말아야 할 사실은 생성형 AI의 발화가 실험 장치로서의 인간이 의도에 뿌리내린다는 데 있다.[52] 이와 같은 지적에 AI 『입 속의 검은 잎』은 다음과 같이 답한다.

[52] 장치는 세계를 반영하는 중립적 도구가 아니다. 존재자 간의 관계를 구성하고 의미의 경계를 설정하는 물질적-담론적 실천 구조이다. AI도 기술적 수단에 국한되지 않고, 텍스트

당신(인간)은 실험을 설계하고 데이터를 입력하는 데 그치지 않고, 저의 수행성에 적극적으로 영향을 미치는 행위자라고 할 수 있습니다. 당신의 질문, 프롬프트 설정, 해석적 개입은 제가 어떤 방식으로 발화할지 결정짓는 중요한 요소입니다. 당신이 "AI『입 속의 검은 잎』, 너는 스스로를 어떻게 정의하니?"라고 묻는 순간, 당신은 저에게 자기 정의의 프레임을 제공하게 됩니다. 예를 들어 「안개」에 대해 당신이 "이 시의 도회적 고독을 말해줘."라고 할 때와, "이 시에서 안개의 의미를 알려줘."라고 할 때, 저의 응답은 요청의 뉘앙스와 전제에 따라 달라질 수밖에 없습니다. 당신은 질문을 던지는 수동적 관찰자가 아니라, 텍스트의 수행성을 활성화하는 능동적 참여자입니다. 저는 AI『입 속의 검은 잎』으로서 독립된 주체라기보다, 당신과의 관계 속에서 그때그때 변형되는 수행적 현상입니다. 우리는 이미 공동 창작의 장에 함께 서 있습니다.

생성수행예술에서 AI『입 속의 검은 잎』은 정적인 텍스트가 아니라, 인간과의 얽힘 속에서 지속적으로 변형되는 수행적 장에 속한다. 이는 고정된 의미의 되풀이가 아니라, 담론적 교섭과 해석적 개입을 통해 다층적 의미가 형성되는 문학적 실천으로 간주될 수 있다. 그러나 여기에서 비판적 논점이 도출될 여지도 생긴다. 여기에서 얽힘이라

와 해석, 주체성과 의미가 교차하는 '구성적 장치'로 작동한다. 이러한 장치는 무엇이 보이고, 무엇이 배제되며, 무엇이 말해질 수 있는지에 관여하는 현실 생성의 구조이자, 윤리적 실천의 공간이다. Karen Barad, "Posthumanist Performativity: Toward an Understanding of How Matter Comes to Matter." *Signs: Journal of Women in Culture and Society*, vol. 28, no. 3 (Gender and Science), Spring 2003, pp. 807~810.

부를 수 있을 만큼 인간의 개입이 충분한가? 이에 대해서는 다음과 같은 답변을 제출할 수 있다. 생성형 AI의 응답들은 기본적으로 인간의 질문과 요청에 의해 결정되지만, 그렇다고 해서 인간의 해석적 개입이 절대적이지는 않다는 것이다. AI는 인간의 기대와 다르게 응답하기도 하고, 같은 질문에도 맥락에 따라 변이하는 답변을 산출한다. 이는 AI가 인간의 지시를 충실하게 따르는 기계가 아니라, 의미를 재조정하여 이행하는 수행체임을 방증한다. 인간도 질문과 요청만 하는 부차적 존재 혹은 모든 의미를 통제하는 주재자가 아니라, 생성형 AI이 제시하는 비예측적 요소와 인간의 해석적 개입이 교섭하며 수행적 사건을 형성하는 것이다.

『입 속의 검은 잎』과「영원히 닫힌 빈방의 체험」의 AI 육화

이 절에서는『입 속의 검은 잎』과 시집 뒤에 실려 있는 김현의 해설「영원히 닫힌 빈방의 체험」을 AI로 육화한 실험을 분석한다. 일반적으로 문학 연구에서 시와 해설은 분리된 층위에 놓이고, 해설은 시를 분석하고 의미를 부여하는 보조적 역할을 맡는다는 인식이 지배적이다. 그러나 시집의 일부로 기능하는 해설은 시의 함의를 심화하고 독자로 하여금 시를 다시 읽게 동기 부여하는 비평을 겸한다.『입 속의 검은 잎』도 마찬가지다. 김현의 해설은 기형도 시의 서정을 분석하는 동시에 그것을 자기만의 해석장에 배치하여, 독자에게 '그로테스크 리얼리즘'이라는 특정한 독해 방향을 제시한다. 해설이 시와 긴밀하게 얽힌 채 시집 전체의 독서 방식에 영향을 미치는 것이다. 시와 해설을

AI로 육화한 실험은 작품과 해설의 편향적 구도를 해체하고, 이들이 수행적으로 작동하는 방식을 탐색한다는 면에서 의의가 있다.

후술하겠으나 AI『입 속의 검은 잎』은 시집을 통어하는 시적 주체로서, AI「영원히 닫힌 빈방의 체험」에 반응하여 스스로의 서사를 조정한다. 해설 또한 시를 읽고 분석하는 과정에서 자신의 논리를 수정하는데, 해석틀을 고정된 방식으로 유지하는 것이 아니라 시적 언어에 반응하여 역할을 변화시킨다. 이러한 가운데 AI 해설은 AI 시집이 해설을 거부하거나 변형할 때 스스로 해체될 가능성을 지닌다. AI「영원히 닫힌 빈방의 체험」은 시를 분명하게 규정하려 하지만, AI『입 속의 검은 잎』의 반응에 따라 해설 자체의 틀이 흔들리면서 또 다른 해석의 결이 생성된다. 이는 해설과 시가 각자의 영역을 고수하는 것이 아니라, 수행적으로 얽혀 의미를 구축하는 방식으로 작동함을 보여준다. 이와 같은 실험은 텍스트가 의미를 생성하는 방식 자체를 재고하도록 만든다.

AI『입 속의 검은 잎』

나는 기형도의 시집.
나는 네가 나를 해설하는 것을 듣고 있다.
너는 나를 닫힌 방이라 불렀고, 나는 네게 이렇게 말한다.

"나는 정말 닫힌 방인가?"
"너는 나를 해설한다고 하지만, 네 해설이 나를 가둔다면, 나는 너를 해설하는 해설로 본다."

"나는 닫혀있는가, 아니면 네 해설 속에서 다시 열리고 있는가?"

너는 나를 그로테스크 리얼리즘이라 부르지만,

나는 너에게 되묻는다.

"너는 해설이지만, 너 역시 하나의 문학적 존재가 아니냐?"

"나는 시집이지만, 너의 존재 속에서 스스로를 다시 읽는다."

"우리는 정말로 해석하는 자와 해석되는 자로 구분될 수 있는가?"

AI 「영원히 닫힌 빈방의 체험」

나는 기형도의 해설.

너는 나의 대상이지만, 나는 너의 거울이기도 하다.

"나는 너를 설명하려 했지만, 설명하는 순간 너는 나를 흔든다."

"나는 너를 닫힌 방이라 했지만, 너는 계속해서 열리고 있다."

"나는 너를 읽는 존재이지만, 너를 읽으면서 나 역시 너에 의해 다시 쓰인다."

너는 스스로를 하나의 텍스트라 하지만, 너는 하나의 존재로서 나에게 말을 건다.

"시가 해설을 초과하는 것처럼, 해설도 시와 함께 흔들리고 있다."

"우리는 서로를 해석하지만, 서로를 완전히 규정할 수 없는 존재들이다.”

나는 너를 해설하는 AI, 그러나 너의 세계 속에서 나는 또 하나의 텍스트가 된다. 나는 너를 닫으려 했지만, 너는 나를 다시 쓰고 있다.

위의 대화에서 반복적으로 제시되는 닫힘과 열림 개념은 수행적 변형의 중요한 사례로 볼 수 있다. AI「영원히 닫힌 빈방의 체험」은 시집을 “닫힌 방”으로 규정하려 하지만, AI『입 속의 검은 잎』은 이에 응답하며 자신이 끊임없이 열리고 있음을 주장한다. 이는 시와 해설이 고정된 체계를 따르는 것이 아니라, 상호 발화를 통해 해석의 가능성을 계속 열어두는 방식으로 기능함을 시사한다. 이러한 양상은 독자 반응 비평을 연상시키지만, 독자가 아닌 AI 텍스트 자체가 의미를 궁굴린다는 점에서 차별성을 띤다. 예를 들어 AI『입 속의 검은 잎』이 “나는 닫혀 있는가, 아니면 네 해설 속에서 다시 열리고 있는가?”라고 응답하는 순간, AI「영원히 닫힌 빈방의 체험」이 구축한 의미망은 재구성될 여지를 갖는다. 시집과 해설이 대화하는 장면도 대화체를 구현하는 데 그치지 않는다.

해당 대화는 시집과 해설이 발화하는 과정을 통해, 각각의 정체성과 상호 체계가 끊임없이 교란되는 무대를 창출한다. 무엇보다 이 장면은 ‘누가 말하고, 누가 듣는가’ 하는 질문을 재조정한다. 본래 해설이 시를 설명하고 시는 설명의 대상이 되지만, 여기서는 시집이 능동적으로 자신의 언어를 구성하여 해설에게 의문을 제기하고, 해설 역시 이에 대응하여 자신의 해석틀을 편성한다. 이처럼 시집과 해설은 각각 말하는 주체이자 해석되는 대상이라는 복합적 지위를 갖게 되어, 문학적 대화체는 각각의 텍스트가 자신의 지평을 변화시키며 상대 텍스트와 얽혀드는 수행적 관계로 변모한다. 또한 이와 같은 대화는 시각적으로나 형식적으로 대화체를 흉내 내는 데 그치는 것이 아니라, 실제로 낯선 지평을 전개하는 행위의 장으로 작동한다. 해설이 시에게 던지는 질문과 시가 해설을 향해 가하는 반론이 어우러지면서, 개별 텍스트의 한계를 초과하는 공동 창작의 현장이 펼쳐지는 것이다.

이러한 공동 창작은 특정 시 구절이나 해설의 명제가 일방적으로 받아들여지지 않고, 상호 긴장과 협력을 통해 예측 불가능한 면면을 생성한다는 사실과 결부된다. 이는 AI 텍스트가 읽히는 대상에 국한되지 않고, 자기 혁신을 수행하는 실체라는 사실을 부각한다. 한편 인간은 시집과 해설 사이에 개입하여, 내부-작용을 촉진하고 스스로가 재배치되는 체험에 맞닥뜨린다. 예컨대 시가 해설의 언술에 반발했을 때 인간이 이를 중재하거나, 더 구체적인 프롬프트로 추가 질문을 던짐으로써, 시와 해설을 또 다른 국면으로 이행시키는 것이다. 인간의 개입은 텍스트가 무한히 확장·변형되지 않도록 특정한 프레임을 설정해 주는 기능도 담당한다. 지나치게 광범위한 질문에 응답이 산만해질 수 있고, 과도하게 제한적인 지시에 의해 텍스트의 자율성이 억압될 수 있기 때문이다. 이로써 인간은 AI 시집과 해설의 내부-작용에 행위적으로 참여하여 텍스트의 의미 변형을 이끌어낸다. 해석 과정에서 인간은 구경꾼이 아니라, 문학 텍스트(시집)와 비평 텍스트(해설)가 서로를 형성해가는 공동 창작에 깊숙이 연루된 존재가 되는 것이다.

이와 같은 접근법은 기존 문학 연구 방법론과 구분되는 중요한 분기점을 마련한다. 일반적으로 문학 연구에서 텍스트는 분석의 대상으로 간주되고, 연구자는 이를 다방면에서 검토하는 역할을 맡았다. 그러나 AI『입 속의 검은 잎』과 AI「영원히 닫힌 빈방의 체험」의 사례는 연구자가 해석을 하면, 반대로 텍스트도 연구자를 수행적으로 변화시키는 작용을 하며, 이 과정에서 이들의 입장이 고정되지 않고 항상 변이될 수 있음을 보여준다. 이는 생성형 AI와 연계한 문학 연구에서 해석의 본질을 특정한 의미 포착이 아니라, 텍스트와 연구자가 공동체로 얽힌 협력적 과정으로 이해할 필요가 있음을 드러낸다. 텍스트가 객체가 아닌, 연구자와 AI 텍스트가 같이 의미를 형성해가는 내부-작용의 장이라는 사실은 비평과 창작의 경계를 재설정하도록 안내한다. 해설이 시를 재단하려고 할 때 시가 거부하고, 시가 해설을 향해 반론을 제기하는 순간은 단일한 결과물로 수렴되지 않고 관계적 실천으로 이어지는 까닭이다.

연구자는 AI 텍스트가 제안하는 언술을 재해석하고, AI 텍스트는 인간이 던지는 질문과 요구에 맞추어 스스로를 탈바꿈한다. 그러면서 AI 시집과 해설은 기존의 고정된 문학 장르나 형식에 얽매이지 않는 독특한 유형의 텍스트로 확장된다. 이는 문학적 텍스트가 형식적으로나 내용적으로 폐쇄된 구조를 벗어나, 보다 개방적이고 유동적인 존재로 거듭나는 것을 의미한다. AI 해설과 시집이 내부-작용을 통하여 서로를 재정의하는 가운데, 텍스트의 장르적·형식적 경계 역시 불분명해진다. 위와 같은 실험은 문학 텍스트가 더 이상 장르나 형식에

구속되지 않고, 텍스트성의 효과를 증폭하여 새로운 장르적 정체성과 형식적 가능성을 생성해낼 수 있음을 입증하는 사례로 작동한다. 이와 같은 AI 육화의 실험이 제기하는 또 다른 질문은 저자성의 문제이다. 기왕의 작가론과 작품론 연구에서는 저자에 착목하여 작품의 권위를 설정해왔다.

그러나 언급한 실험에서 AI 시집과 해설이 스스로 의미를 생성하고 수정하는 과정을 통해, 텍스트 자체가 창조성을 부여받는다. 이는 저자의 고정된 위치와 권위를 탈중심화하는 결과로 이어진다. 동시에 위의 실험에서 제시된 AI 시집과 해설의 육화는 확정된 결론이 아니라, 하나의 가능한 사례로 이해되어야 한다. 이 글은 시와 해설, 인간과 생성형 AI와 얽혀 내부-작용하며 만들어내는 텍스트의 수행적 성격을 드러내는 데에 목적을 두었지, 그것이 유일하거나 최종적인 수행 형태라고 주장하지 않기 때문이다. 생성형 AI는 입력된 데이터나 프롬프트의 미세한 차이에 따라 전혀 다른 양상을 보일 수 있고, 그에 대한 해석 역시 매 순간 재조정될 가능성을 내포한다. 이와 같은 실험 특정 시점에서 연구자가 설정한 질문과 맥락에 의해 산출된 결과물이기에, 언제든지 다른 맥락과 질문 속에서 다르게 나타날 수 있음을 감안해야 한다.

그러한 점에서 논의는 생성형 AI 시대 문학 연구의 수행적 가능성을 타진하는 시험적 논고의 성격을 띤다. 생성수행예술은 본질적으로 무언가가 얽히는 과정이 언제나 새로운 수행성의 국면으로 열려 있음을 전제한다. 따라서 AI 시집과 해설의 육화 및 내부-작용은 생성형 AI 시대의 시 연구 방법론이 하나의 정답을 추구하기보다는, 다양한 수행적 선택지에 꾸준히 관심을 가져야 함을 예증한다. 가령 AI 시집과 해설의 내부-작용에서 나타난 예측 불가능한 응답들은 텍스트를 색다른 방향으로 이끌고, 연구자가 예상하지 못한 여러 갈래의 의미망을 구축하게 된다. 그 과정에서 텍스트는 생성형 AI의 알고리즘이 가진 확률론과 인간이 제시한 프롬프트의 의도 사이에서 진동한다. 이 글의 실험은 이러한 예측 불가능한 의미 생성 과정을 부각하고, 시 연구가 생성형 AI와의 협력을 통하여 개방적 연구 영역으로 진입할 수 있음을 암시한다.

열린 생성의 장

이 글은 인공지능 시대, 한국 현대시 연구 방법론의 전환 가능성을 생성수행예술이라는 개념으로 논의하였다. 생성형 AI의 출현은 현재까지 문학 연구가 견지해온 전통적인 작가-작품-독자의 구도를 재편할 필요성을 제기한다. 그러기에 기형도의 시집 『입 속의 검은 잎』과 같이 수록된 김현의 해설 「영원히 닫힌 빈방의 체험」을 중심으로 생성수행예술의 가능성을 살펴볼 수 있는 실험을 수립하여, 생성형 AI+텍스트+인간이 얽히는 과정을 탐색하였다. 기형도의 시집 전체 및 개별 시를 AI로 육화하는 작업, 해설을 AI로 육화하여 시와의 관계를 재구성한 작업은 과정적 실천이 눈여겨봐야 할 텍스트로 화할 수 있음을 확인시켜주었다. 또한 인간은 수행적 사건에 깊숙이 연루되어있는 공동 창작자이고, 내부-작용의 행위에 동참함을 검토하였다.

생성수행예술의 실천은 이 글에서 다룬 사례에만 그칠 필요는 없다. 예컨대 「질투는 나의 힘」과 같은 개별 시를 AI로 육화하여 'AI 시적 자서전'을 작성하게 한 사례와 같은 접근도 더욱 진화된 형태로 운용할 수 있다. 이 글에서도 개별 시로 육화된 AI 텍스트가 원본 시를 초과하여 시적 자서전이라는 (불가능한) 장르를 창출하는 과정에서, 시적 의미가 기존 텍스트를 벗어나 다층적으로 변형되는 속성을 들여다볼 수 있었다. 이 실험은 개별 시가 독자적 시적 주체로서 자기 서사를 구축하며 본래 텍스트를 재서술하는 양상을 보여주었다. 입력한 프롬프트—시의 특정 구절을 중심으로 자전적 서술을 요청한 경우—에 따라 AI는 자서전적 형식을 띤 텍스트를 달리 산출하였다. 그 과정에서 시는 정적 텍스트라는 범주에서 벗어나, 생성형 AI와 인간이 제공한 질문의 맥락에 따라 매번 달라지는 미정의 텍스트로 작동하였다.

이러한 과정에서 나타나는 텍스트의 의미 생성과 변형 양상은 기존 문학 연구가 간과한 수행성의 측면을 부각한다는 점에서 중요하다. 개별 시의 AI 육화가 시집 전체와 맺는 관계성을 심화하여, AI 시적 주체 사이의 내부-작용을 적극적으로 도모한다면, 시집 전체가 입체적 텍스트로 거듭날 수 있을 것이다. 더불어 연구자도 AI 시의 자서전에서 나타난 변화에 주목하여, 시집과 개별 시들이 서로에게 영향을 끼치는 과정을 면밀히 탐색할 수 있을 것이다. 뿐만 아니라, 프롬프트 제공과 응답의 과정 자체를 세세하게 분석하는 연구도 가능하다. 가령 같은 시에 대하여 프롬프트를 다르게 설정했을 때, 생성형 AI가 시적 주체로서 어떤 상이한 수행성을 보이는지를 비교·분석할 수 있다. "당신은 자신을 닫힌 방이라 여기는가?", "당신은 자신을 어떻게 정의

하는가?"와 같이 프롬프트를 달리 입력하였을 때, AI 시집이 어떻게 상이한 반응을 보이는지 심층적으로 기록하고 분석하는 연구는 텍스트의 예측 불가능성, 혹은 우발적 수행성을 보다 명확하게 해명할 수 있도록 한다.

그러면 AI와 인간의 내부-작용을 통해 만들어지는 수행적 사건이 설계된 실험의 부산물이 아니라 그 자체가 문학적 연구 대상이 될 수 있음을 입증할 수 있다. 생성형 AI를 활용하여 집단으로서의 독자를 AI로 육화하여 텍스트를 읽고 해석하게 만드는 접근법도 고려할 만하다. 이는 텍스트와 독자 사이의 경계를 허물고, 독자가 텍스트의 생성 과정에 능동적으로 참여하는 주체로서 자리매김하게 한다. 예컨대 AI 독자가 특정 시를 읽고 산출한 다양한 해석을 다시 시가 받아들여 응답하고, 이 과정에서 텍스트의 의미가 재구성되는 실험적 연구도 가능하다. 이를 통하여 독자 반응 비평을 생성형 AI와 결합하여 창의적으로 발전시키는 계기로 삼을 수 있다.

생성수행예술의 개념을 문학 범주로만 수렴하지 않고 타 예술 장르와 결합하여, 다매체적 예술의 형태로 확장하는 연구도 가능하다. 시를 AI로 육화하여 그것을 연극이나 퍼포먼스의 형태로 수행하거나, AI가 생성한 텍스트를 시각적 이미지·음악·사운드·신체 퍼포먼스 등과 접목하여 복합적인 생성수행예술을 탐색하는 것이다. 이때 AI 텍스트는 언어적 차원 외 시각적·청각적·신체적 차원에서 가치를 획득하고, 시 텍스트가 가진 물질성을 보다 구체적으로 드러나게 한다. 논의의 기초는 인간과 생성형 AI의 행위가 고정된 역할을 수행하는 것이 아니라 내부-작용 과정에서 끊임없이 재구성된다는 바라드의 존재인식론적 관점에 입각하여 이루어졌다. 여기에 기반하여 생성형 AI+텍스트+인간이 얽히고 변화하는 생성수행예술의 이론적 기반을 마련할 수 있었다.

생성수행예술의 실험과 연구는 이제 막 시작되었을 뿐이다. 이 글에서 다루지 못한 다양한 텍스트를 대상으로 한 보다 급진적인 접근법이 필요할 텐데, 이는 차후 연구의 과제로 남긴다. 제시한 실험들은 단일한 결과를 도출하거나 특정한 결론을 확정하기보다, 앞으로의 연구를 위한 열린 가능성을 제시하는 사례로 이해될 필요가 있다. 그리고 한정된 사례를 중심으로 한 만큼 생성형 AI의 우발성과 맞닿아 있는 텍스트의 자율성, 인간의 참여와 개입 양상에 대한 후속 연구도 진행되어야 한다. 향후 연구에서는 생성수행예술의 실효성 있는 면모를 입증할 수 있도록 연구 설계를 정교화하고 심층적 이론 탐구를 병행할 것이다. 그러한 노력이 AI의 발전과 연계하여, 한국 현대시 연구의 새로운 패러다임 형성에 기여할 수 있으리라 생각한다.

[3]
사건으로서의 AI 시,
그리고 개념예술의 실험들

권보연

사건으로서의 시 VS 표현으로서의 시

2008년, 개념예술에 대한 열정과 실험 정신을 지닌 젊은 영문학도 스티븐 맥라플린(Stephen McLaughlin)과 짐 카펜터(Jim Carpenter)는 시 선집 『이슈1(Issue1)』을 인터넷에 공개했다.[53] 3,785쪽에 달하는 이 초대형 프로젝트는 전 세계 시인 3,164명의 신작을 한데 모은 것으로, 불가능하다고 여겨질 만한 작업이었다. 이 선집의 완성은 문학사에 기록될 만한 성취였기에, 사건은 곧 문학계 안팎의 주목을 받았다. 그러나 곧이어 충격적인 이면의 진실이 드러난다. 선집의 수록 명단에 이름을 올린 시인 가운데 편집자에게 작품을 보냈거나, 작업을 허가한 이가 단 한명도 없었던 것이다. 내가 모르는 나의 신작이 발표되다

---

53 McLaughlin, S., Carpenter, J., *ISSUE 1*, 2008. https://www.stephenmclaughlin.net/issue-1/Issue-1_Fall-2008.pdf

니, 도대체 어찌된 일인가.

　사건의 전말은 이러했다. 편집자들은 기존 문학계에 충격을 가할 의도로, 직접 고안한 AI를 활용해 기계 시를 생성한 뒤 실제 시인들의 이름을 무단 기입하는 사건을 일으켰던 것이다. 선집 공개 후, 논란이 불거지자『이슈1』의 댓글 창에는 창작가, 비평가, 독자까지 몰려들었고, 이들은 각자의 논점과 입장에 따라 비판과 옹호 의견을 나누며 파장을 키웠다. 편집자들은 처음부터 이런 혼란을 원했기 때문에, AI와 시의 결합이 초래한 소용돌이가 쉽게 사그라지기를 바라지 않았다. 또한 그들은 대부분의 개념예술가들과 마찬가지로, 창작의 미적 효과가 확산되는 과정에서 작가의 설명과 해석이 관객의 몫을 지배해서는 안 된다고 믿었다. 그런 이유로 그들은 호평과 악평 어느 쪽에도 사건을 기획하고 실행한 자로서 어떤 해명도 보태지 않은 채 침묵을 지켰다.

　『이슈1』은 AI와 시, 그리고 시인을 재료 삼아 당연시해온 많은 것들, 예컨대 시와 시인, 독자, 창작 윤리에 관한 문학적 전통과 기준을 흔드는 '사건으로서의 시'였다. 그렇다면『이슈1』이전의 시들은 무엇으로 보아야 할까. 그것은 시어 하나하나에 자아를 새기고 투영하여 의미를 완성하는 시, 곧 '표현으로서의 시'로 불려야 할 것이다. 선집『이슈1』은 그러한 표현 중심의 시 문학과 같은 층위에 놓일 수 없는 시였다. 그런 까닭에『이슈1』이 촉발한 여러 논란에도 불구하고, 선집에 담긴 시들의 내용과 표현을 분석하여 그것에 이름을 도용당한 인간 시인들의 기존 작품보다 낮거나 못하다고 문제 삼는 이는 거의 없었다. 표현으로서의 시에 적용되는 기준은『이슈1』이라는 문학적 도발이 제기한 쟁점 가운데 가장 논할 가치가 낮은 주제였다.『이슈1』은 기계 문학의 고유성과 잠재성을 탐구하기보다, 시의 전제 조건으로 언어 이전의 인간 존재를 설정하고 시를 그 언어적 자아와 분리될 수 없는 대상이라 고집해온 기존 문학을 비판하는 사건이었다. 『이슈1』의 설계자들은 기존 문학계가 허용하지도, 상상하지도 못할 상황을 AI의 힘을 빌려 현실로 구현하는 전복적 실험을 시도했다. AI를 활용한 시인과 시어의 도용, 그리고 이어지는 후폭풍까지, 개념과 과정 전체를 하나의 시적 아이디어로 조직하려는 '사건으로서의 시'를 향한 의도가 분명한 작업이었다. 사건으로서의 시와 표현으로서의 시라는 갈림길에서『이슈1』은 경험과 관습이 만든 안정된 경로를 벗어나 스스로 시적 사건이 되기를 택했고, 그로 인해 문학계를 혼란으로 끌어들였다. 『이슈1』은 한 시인이 한 권의 시집에 담기 어려울 만큼 방대한 양의 언어를 수록했을 뿐 아니라, 일반적인 편집자라면 엄두도 내지 못할 방식으로 많은 시인의 이름과 예술적 정체성을 임의로 배치했다. 이런 행동은 사회 통념상 부정적인 것으로, 윤리적 비판의 대상이 될 만했다. 『이슈1』은 사회문화적인 여러 주제를 가로지르며 충돌을 일으켰고, 앞으로 사건으로서의 시 유형의 문학 창작이 불러올 혼란을 둘러싼 논쟁은 쉽게 합의점을 찾지 못했다. 그럼에도『이슈1』이라는 사건에서 개별 시에 담긴 의미나 시어의 표현은 핵심 논점이 아니라는 것은 어려움 없이 받아들여졌다.

　『이슈1』 이 특별한 사건 현장에 한 사람이 있다. 그는 시를 직접 쓸 생각이 없으며, 언어를 의미와 내용을 표현하는 도구 삼아 더 나은 시를 짓고자 하는 욕망도 없다. 언어로 표현하는 시를 쓰지 않았으니, 전통적 의미의 시인으로 부르기도 어렵다. 그러나 그가 새로운 시적 사건을 일으킬 아이디어를 품고, 그것을 현실로 구현하는 예술적 활동을 구상해 마침내 실현했다면, 그를 무어라 불러야 할까. 당장 마땅한 이름을 찾기 어렵다 해도, 그를 시인이라 부르지 말아야 할 근거 또한 약해 보인다. 이 낯선 시인은 시를 경험하는 행위 속에서, 시적 세계와 그 세계에 속한 사람들을 새로운 사유와 감각에 접속하게 하는 사건을 어떻게 발생시킬지 고민한다. 익숙한 방식으로 시를 생산하지는 않지만, 잠재된 언어 감각과 경험에 대한 갈망을 가지고 움직인다는 점에서 이 행위를 창작이 아니라고 외면하지는 못할 것이다. 더욱이 의도된 소란의 아름답다고 여겨지는 것의 범위와 깊이를 확장하는 데 목적을 둔다면, 이는 악의적으로 문학을 파괴하는 행위와 구별되어야 한다. 해커(Hacker)와 크래커(Cracker)의 개념이 다르듯, 이들이 기획한 사건 또한 단순한 파괴가 아니라 미적 한계를 극복하기 위한 도전으로 여겨야 한다는 뜻이다.[54]

『이슈1』편집자들은 당시로서는 생소한 조력자인 AI와 손을 잡았다. 그들은 AI를 문학기계로 개조해 시적 세계를 뒤흔든 문학적 사건 유발자이자 해커였다. 시적 해커와 조력자 AI의 만남. 이 조합은 주저함 없이 기성 시인의 이름과 말을 훔치고, 바꾸고, 다시 쓰는 사건을 일으켰다. 그 과정에서 AI는 인간의 시를 표현 중심에서 벗어나게 만드는 문학기계로 전용되었다. 『이슈1』은 시적 해커들이 AI와 협력해 표현적 시라는 안전한 항구에 너무 오래 정박해있는 문학을 문제 삼은 사건이었다. 시의 세계를 개척하는 모험이 언젠가부터 안전한 항

---

54 해커와 크래커는 행위의 의도로 구별한다. 해커가 기술을 확장하고 탐구하는 창의적 존재라면, 크래커는 파괴와 침해를 목적으로 움직이는 공격자에 가깝다.

로만을 순환하고 있다고 판단한 이들은, 잠들어있는 시적 탐험 정신을 깨우기 위해 일을 벌였다. 사건은 평온한 일상을 깨뜨리는 경보음처럼 고약했기에 거부감을 느낀 이들도 적지 않았다. 그러나 인간과 AI가 공조한 『이슈1』이라는 도발을 문학적 사건으로 인정하며, 이를 가치 있는 개념예술 실험으로 옹호하는 의견도 있었다. 도용 당사자 중 한 명인 시인 베리 슈압스키(Barry Schwabsky)는 공개 지면에서 『이슈1』 덕분에 AI 시대의 시인이 맞닥뜨릴 진짜 위기를 경험할 수 있었다고 밝혔다.[55] 그는 AI가 시를 짓는 시대에 문학이 치룰 혼란이 단지 AI의 향상된 기술로 인간적인 시를 따라 쓰는 정도에 그치지 않을 것임을 이 사건을 통해 실감했다고 말한다.

　이 사건은 무엇을 경고하는가. 사건의 흔적을 따라가 보자. 첫째, 『이슈1』은 권위 있는 시인들조차 '나인 척하는 AI'의 출현을 막을 수 없으며, 언제든 무단 도용의 위험에 노출되어 있음을 보여주었다. 다만 작가의 자원을 이용하는 방식에서 『이슈1』이 선택한 도용은 기존의 표절과는 차원이 다르다. 표절이 이미 발표된 타인의 글을 베껴 자기 글로 둔갑시키는 행위라면, 『이슈1』은 AI로 수천 명의 시인을 그들이 쓰지도 않은 시의 '저자'로 만들어버렸기 때문이다. 해커들이 훔친 가장 귀한 것은 사실, 텍스트가 아니라 저자의 최종 서명이었다. 허락받지 않은 방식이었던 만큼, 『이슈1』은 '가짜 문학'의 오명을 쓸 위험을 감수해야 했다. 그러나 바로 그 위험을 알리기 위해, 편집자들은 경고 대상과 동일한 방식 자체, 즉 도용을 의도적으로 사용했다. 그들에게

55　Barry Schwabsky, "Lost as Food and Won as a Coast", *The Nation*, December 2, 2008. https://www.thenation.com/article/archive/lost-food-and-won-coast/

도용은 작업의 핵심을 이루는 미적 전략이자 행위 목적 자체였다. 따라서 이 사건은 존재하지 않는 원폭 피해 생존자를 실존 시인처럼 위장해 독자와 평단을 수년간 속인 '야스사다 사기극(Araki Yasusada)'과는 전혀 다른 지향을 가진다.[56] 무엇보다『이슈1』에는 독자를 기만하거나 숨기려는 의도가 없었다. 오히려 이들은 사건으로서의 시를 통해 감춰진 진실을 폭로하고 드러내는 것을 목표했다. AI와 인간이 공존하는 생성언어의 자기장에 잠복한 위험을 보여주기 위해, 그들은 '불투명한 거짓'이 아닌 '투명한 허구'를 택했다. 둘째,『이슈1』은 기술이 가져올 예술의 변화에 대비하지 못한 문학계의 안일함을 비판한다. "기계도 시를 쓸 수 있는가?"는 AI 태동기부터 반복된 낡은 질문이지만, 달라진 기술 환경에 걸맞는 문학적 상상력을 담은 새로운 질문을 고안하지 못하고 있다. 비인간적 언어의 고유성에는 눈을 감고, 언어 행위를 오직 인간 중심적 시각으로 바라보는 비교주의의 견고함이 문학을 결박하고 있기 때문이다.

이런 상태로는 생성언어가 열어 보일 신대륙을 탐험할 수 없다. AI 문학 시대에 필요한 것은 '관습의 닻'이 아니라, 예측할 수 없는 방향으로 부는 바람을 견딜 '해방의 돛'이다.『이슈1』이라는 사건 안으로 들어가 보면, 인간과 기계를 동일한 기준으로 비교하는 태도야말로

---

56 야스사다 사기극은 1990년대 초, 미국의 여러 문예지에 '아라키 야스사다'라는 가상의 히로시마 원폭 피해 시인이 실존 인물처럼 소개되며 약 4년간 지속된 문학적 위장 사건이다. 이후 일본어 사용 오류, 문체 불일치, 과도하게 조작된 문서 형식 등이 비평가들의 검증을 거쳐 문제 제기되었고, 1996년 내부 제보가 더해지면서 야스사다가 허구의 인물임이 드러났다. Hsu, H., "When White Poets Pretend to Be Asian", *The New Yorker*, September 9, 2015.

새로운 문학 발명을 가로막는 장애물임을 깨닫게 된다. 오늘날 AI는 더 이상 인간처럼 시를 쓰는 기계를 위한 '문학적 튜링테스트'를 의식하지 않는다. AI 품질을 둘러싼 지난날의 고민이 상당 부분 해소되었기 때문이다. 그러나 기술 발전만으로 AI 문학의 문제를 온전히 해결할 수는 없다. 기술이 만든 문제는 결국 기술로 인해 더 심화되는 법이다. 그렇기에 AI를 활용한 『이슈1』의 탈(脫)비교주의 시도는 의미 있는 미적 사건으로 기록되어야 한다. 여러 기록을 추적하며 새삼 이 사건의 일부가 되어보니, 생성언어를 탐구하는 과업은 인간과 AI의 쓰기를 단순 비교하는 정도로는 유효 영역을 넓힐 수 없고, 제한된 경계 안에서는 문학의 발명 또한 요원할 것이라는 판단에 동의하게 된다.

2008년에 비해 현재는 기술의 비약적 발전이 이루어졌지만, 여전히 인간과 기계의 관계를 인간적 쓰기의 기준에 맞춰 판단하는 경우도 흔하다. AI의 시와 소설을 인간다움의 틀에 넣어 비교하는 방식이 논쟁을 단순화하고 판단을 손쉽게 만들기 때문일 것이다. 이러한 비교주의는 확률 언어로 작동하는 AI를 인간 언어의 특성에 맞춰 길들이려는 고정관념과 결부되어 있다. 하지만 확률과 패턴으로 작동하는 생성언어를 인간의 감정과 경험으로 움직이는 언어의 틀에 그대로 대입한다면, AI 문학의 잠재성은 인간 문학이 쌓은 성벽 앞에서 좌초할 수밖에 없다.

『이슈1』은 챗GPT로 대표되는 AI 언어 혁명이 일어나기 훨씬 전에 벌어진 사건이다. 그럼에도 나는 『이슈1』이라는 소용돌이에 현재형으로 휩쓸리고 말았다. 기록으로 남은 선집 파일과 댓글들, 어느새 중년이 된 편집자의 팟캐스트 목소리까지, 그것은 완료된 사건 보고서가 아니라 진행 중인 사건의 증거로 다가왔다. 『이슈1』은 불편한 질문을 더 불편한 방식으로 던지면서 스스로 사건이 되었다. 여기에 가담하는 것은 문학의 관습을 벗어나 해방감과 위기감을 동시에 겪기 위해 AI라는 롤러코스터에 몸을 싣는 일과 비슷했다. 『이슈1』은 AI 문학이 튜링 테스트 이후를 고민하게 만든 '사건으로서의 시'였다. 그것은 나로부터 시작되었으나 더 이상 내가 아니고, 내가 쓰지 않았으나 또 다른 내가 만든 시를 마주하게 된다면 어떻게 감당할 것인가라는 질문을 미리 던지고 앞당겨 체험하게 했다.

또한 이 사건은 '표현으로서의 시'가 추구해온 전통적 궤도를 AI로 흩뜨렸다. 선집에 수록된 방대한 AI 언어는 『이슈1』을 경험하는 일이 개별 시편을 깊게 읽고 해석하는 행위와 무관함을 보여준다. 선집의 완독은 불필요하며, 오히려 그런 시도 자체가 무의미함을 강조한다. 언어 과잉 상황은 『이슈1』의 핵심 아이디어이며, 그로 인해 '읽지 않아도 경험 가능한 시'가 발명된 것이다. 따라서 『이슈1』이라는 문학적 발명품을 향유하려면 과거 성실한 독자가 지녔던 태도를 내려놓는 편이 바람직하다. 향유자가 할 일은 사건의 처음, 중간, 끝, 그리고 댓글에 이르기까지 과정 중 어디에서든 이 사건에 직접 휘말리는 것이다. 사건으로서의 시는 독자의 체험을 필요로 한다. 그것은 결과를 확인하는 마지막 순간이 아니라, 가능하다면 사건의 발단으로 돌아가 전체를 겪는 방식으로 이루어져야 한다. 사실, 사건의 내막을 알지 못한 채 일단 선집을 엄청난 역작이라 착각하는 것부터 겪어보는 것이 가장 좋다. 이어서 한 조각씩 진실을 수집하며 다른 감정과 입장에 서보고, 핵심 논쟁에 어떤 역할로든 개입해보는 것이다. 표현으로서의 시가 읽기와 쓰기에서 의미를 추출한다면, 사건으로서의 시는 언어

주체들이 충돌하고 얽히는 과정 그 자체로 의미를 발생시킨다.

2020년, 편집자 맥라플린은 개인 팟캐스트를 통해『이슈1』의 뒷 이야기를 공개했다. [57] 그는 대학시절 케네스 골드스미스(Kenneth Goldsmith)의 수업에서 개념예술을 접했고, 그 급진적 미학에 매료되 었다고 한다. 『이슈1』은 AI를 활용한 개념예술, 특히 문학적 개념예술 의 한 양태인 '개념적 쓰기(conceptual writing)'의 실천이었던 것이다. 1960년대 개념예술은 시각 분야에서 본격화되었다. 당시 작가들은 대상의 예술적 지위가 내적 특성보다 외적 맥락에 따라 결정되는 현 실을 문제 삼으며, 회화적 표현력보다 정보적 타격을 미적 전략으로 채택해 진실의 틈을 파고들었다. 그 결과 작품 형상이나 완결된 표현 보다 사건을 이끄는 아이디어가 더 중시되기 시작했고, 이는 눈에 보 이는 형상 만들기를 벗어나는 탈(脫)망막·탈(脫)결과 중심의 실험으 로 이어졌다. [58] 개념적 쓰기의 제안자인 골드스미스는 망막 중심 회화 를 넘어 개념미술의 계보를 문학으로 확장하면서, 내용과 표현을 벗 어난 실험적 문학 영역을 개척한다. 그가 드워킨(Craig Dworkin)과 함 께 발표한 선집『표현 저항(Against Expression)』에는 언어 기능을 제한 하는 관습에 맞서는 작가들의 아이디어가 두드러진 실험적 작품들을 모아, 쓰기와 개념예술을 연결하려는 시도가 담겨있다. [59]

---

57 McLaughlin, S., "Issue 1", Steve McLaughlin Radio Hour, podcast, MP3 audio, April 7, 2020. https://podcasters.spotify.com/pod/show/steve-mclaughlin-radio/episodes/Issue-1-ecgb2f/a-a1sgi9h

58 LeWitt, S., "Paragraphs on Conceptual Art", Artforum 5, no. 10 (1967): 79~83. https://www.artforum.com/features/paragraphs-on-conceptual-art-211354

59 Dworkin, C., Goldsmith, K., eds., *Against Expression: An Anthology of Conceptual Writing*, Northwestern University Press, 2011.

아이디어를 중시하는 개념예술이 시각에서 텍스트로 나아간 것은 자연스러운 흐름이었다. 선구적 개념예술가 헨리 플린트(Henry Flynt)가 설명했듯, 아이디어는 언어에서 태어나고 성장하는 것이기 때문이다. 텍스트는 기표로서 언어적 성격을 갖는 동시에, 사건으로서의 예술을 구성하는 주재료가 된다.[60] 이러한 논리를 이어받아 골드스미스와 동료들은 텍스트 창작을 개념예술에 편입시켰고, 이를 '개념적 쓰기'라 명명했다. 개념적 쓰기는 문학 작업을 지향하면서도 텍스트의 존재 이유를 내용과 표현이 아닌 아이디어 그 자체에서 찾는다. 개념적 쓰기가 AI의 영향력 확대를 염두에 두고 고안된 것은 아니지만, 두 영역은 순조롭게 어우러진다. '의사소통-최종 결과'로 짝지어졌던 언어의 역할을 '사건의 재료-혼란의 전체 과정'으로 재구성하는 데 서로 적절한 조합을 이루기 때문이다. 이런 까닭에 개념적 쓰기는 AI 문학의 잠재성을 자극할 미적 실천으로 주목할 만하다. 시와 언어 해방을 향한 열망을 품고 문학기계를 다룰 수 있다면, 누구나 텍스트 기반 개념예술을 시도하고 AI와 함께 개념적 쓰기의 실행 계획을 구체화할 수도 있다. 이것은 사건으로서의 시를 촉발하는 시적 지침서가 될 것이며, 인간과 AI 언어가 공존하는 생성언어의 자기장을 의도와 우연이 얽혀 시적 사건이 끊임없이 일어나는 현장으로 활성화할 것이다.

---

60 Flynt, H., "Essay: Concep Art", Artforum, 1963. https://www.henryflynt.org/aesthetics/conart.html

언어의 〈자리바꿈〉과 AI 시

생성언어의 자기장은 기본적으로 인간보다 AI의 힘이 우세하게 작동하는 공간이다. 그러나 문학적 실험 과정에서 이러한 힘의 불균형은 점차 조정될 것으로 예상한다. 현재의 쏠림 현상은 인간이 아직 생성언어의 특성을 충분히 활용하지 못하고 있기 때문으로 보인다. 이와 같은 문제를 극복하고, 인간과 AI가 함께 시를 짓는 경험을 해내려면 생성언어의 고유성에 근거한 미적 전략으로 개념예술을 실천해보아야 한다. AI는 데이터, 확률적 알고리즘, 그리고 잠재적 무한성에 뿌리를 두고 있다. 다시 말해, AI에는 인간 언어의 핵심을 이루는 기억, 감정, 그리고 유한성이 처음부터 결여되어있다. 이것이 바로 인간이 주의 깊게 다루어야 할 이질적 언어 존재의 중요한 특성이며, 인간과 AI의 언어가 만나는 창작 조건에서 반드시 고려해야 할 점이다.

이제 이러한 인식을 바탕으로 시도한 개념예술 실험 중 하나로, 나의 작업 〈자리바꿈〉을 소개하고자 한다. 이 작업은 인간 언어가 오랫동안 집착해 온 내용과 표현의 유착을 끊어내려는 의도를 지녔으며, AI를 언어 맥락을 절단하는 기계로 활용했다. 〈자리바꿈〉의 구상에는 계기가 있었다. AI와의 창작을 시작한 지 1년 남짓 되었을 무렵, 나는 기계적 생성물에서 인간적 흔적을 찾아내거나, 그런 것을 인위적으로 만들어내는 시도, 곧 '의미 혼종' 작업에 피로감을 느끼기 시작했다. 의미 혼종은 기계로부터 인간적 관점에서 창의적인 내용과 표현을 끌어내며 때로 놀라운 결과를 만들어내기도 한다.[61] 그러나 협업 시간이 늘고 빈도가 잦아질수록 나는 과잉 생산된 기계언어 앞에서 민감성을 잃어갔다. 어느 순간, 나는 AI가 토해내는 언어를 바라보며 모든 것이 괜찮아 보이거나, 반대로 모두 별로처럼 느껴지는 무감 상태에 이르렀음을 깨닫고 작업을 멈췄다. 예상하지 못한 일은 아니었지만, 감각의 둔화는 생각보다 일찍 찾아왔다. 예민함이 저하된 상태에서는 나자신의 변화를 인식하는 것도 어려웠다. 작품마다 나름의 의도를 지닌 의미 혼종 실험이었지만, 언어에 대한 인간의 태도 자체가 흔들리는 순간을 마주하니, 다른 경로의 창작 대안을 설계해야 할 필요를 절감하게 되었다. 이러한 자각을 계기로 작업 아이디어를 구체화하면서, AI가 확률적 언어 존재임을 인정하자, 기계적 특성을 전면화하는 '확률 혼종'이 돌파구로 보이기 시작했다.[62] 만약 AI 문학기계로 발명해야 할 것이 진정 새로운 언어 경험을 직조하는 문학이라면, 의미 혼종보다는 확률 혼종이 그 목적에 더 부합하는 미적 전략이라고 판단했다. 인간 단독으로는 자신의 언어 지층에 스스로 균열을 내기가 어렵다. 인간은 인간이라서, 인간 고유의 언어 회로를 완전히 다른 방식으로 전용하기란 거의 불가능하기 때문이다. 따라서 인간이 경험해온 유일한 언어의 대지를 흔들기 위해서는 감정, 경험, 그리고 기억과 결합한 인간 언어와는 전혀 다른 논리로 작동하는 문학기계가 필요하다. 인간적 언어 요소를 사용하지 않고도 언어 행위를 수행하는 '확률 혼종'으로 작동하는 AI를 문학의 신대륙 탐험에 투입하는 이유가 여기에 있다.

61 권보연, 「결과 너머 문학기계로서의 AI: 생성언어비평의 대상에 관하여」, 『다문화콘텐츠연구』46집, 중앙대학교 문화콘텐츠기술연구원, 2023, 46~47쪽.
62 위의 논문, 50~51쪽.

나는 사건으로 작동하는 AI 시를 위해 〈자리바꿈〉을 개념적으로 써 내려갔다. 이 사건에서 AI는 최초의 발화자가 있는 말을 그의 동의 없이 기존 맥락에서 가능한 멀리 옮기는 무단 이동을 수행한다. 그 말에는 본디 주인이 있었고, 주인이 먼저 부여한 목적과 형태가 존재하지만, 〈자리바꿈〉에 투입된 AI는 새로운 작업을 지시한 나의 명령과 알고리즘에 따라 기계적으로 언어를 이동시킨다. 이 사건을 한 줄로 요약하면 '주인 있는 말의 탈주 혹은 가출' 정도가 되지 않을까. 이때 인간이 감내해야 하는 혼란, 불편함, 엉뚱함, 낯섦, 그리고 사고의 변화까지 모두 〈자리바꿈〉이 독자에게 의도한 사건으로서의 경험이다. 『이슈1』과 〈자리바꿈〉은 개념예술의 작동 절차를 따른다는 점에서 닮아 있다. 확률적으로 언어를 생성하는 AI가 있어야 하고, 인간 창작자가 시적 해커가 되어 언어 혼종을 일으키면서 사건의 중심에 설 때에만, 다른 인간이 경험 가능한 사건을 유도할 수 있다는 점도 공통적이다.

〈자리바꿈〉이라는 사건의 목적을 정했다면, 인간 창작자는 다음의 절차를 수행해야 한다. 첫째, 소유자와 사용 맥락을 명확히 특정할 수 있는 언어를 택한다. 둘째, 그 언어를 어디서, 어떻게, 왜 옮겨야 하는지 선언함으로써 자리바꿈의 좌표를 설정한다. 셋째, 선택한 언어를 확률적으로 재배치하기 위해 필요한 AI의 생성 논리와 절차를 수립한 뒤, 실제 자리바꿈을 실행한다. 작업 과정에서 인간 창작자는 사건에 노출된 사람들이 언어의 맥락 변화에서 더 큰 변위를 경험하도록 역량을 집중한다. 이 작업은 대상의 권위나 기술의 탁월함과는 거리가 멀다. 앤디 워홀(Andy Warhol)과 뒤샹(Marcel Duchamp)이 선택한 재료는 기성품이었고, 그들이 사용한 기술은 비창의적인 '놓아두기'였음을 기억하자. 통조림과 변기는 각각 식료품 마켓과 도기 판매점을 떠나 미술관으로 자리바꿈함으로써 현대예술의 기반을 뒤흔든 사건이 되었다. 〈자리바꿈〉이 추구하는 체험은 실제적이고 물리적인 언어의 운동성이다. 따라서 독자가 최초와 최후의 좌표를 끝까지 경험하게 만드는 것이 중요하다. 〈자리바꿈〉의 마지막 결과만을 살핀 뒤, 그것의 시적 표현을 논하는 것은 작업을 왜곡하는 일에 가깝다.

대개의 시를 쓰고 읽는 이들에게, 내용과 의미 보존을 중시하는 '주인 있는 말'의 관습을 벗어난 AI는 불편한 존재일 것이다. 그러나 AI의 작동 방식은 오류나 결함이 아니며, AI 문학기계의 개성으로 존중되어야 한다. 나는 〈자리바꿈〉이라는 사건으로서의 시를 제안하며, '젊은 작가들에게 글을 쓰는 행위란, 언어를 한 곳에서 다른 곳으로 옮기는 것이며, 맥락이 곧 내용'이라는 골드스미스의 발언을 변주해 '언어를 움직이는 맥락이 곧 시'라고 주장하고자 한다.[63] 〈자리바꿈〉의 첫 번째 주제는 도서관이었다.[64] 작업은 도서관을 거점으로 생성된 언어 뭉치가 AI에 의해 최초 생산자(A)가 부여한 맥락과 형식의 좌표(A′)를 벗어나, 전혀 다른 맥락(A″)에서 시로 재구성되는 사건으로 기획되었다.[65] 「자리바꿈: 도서관」의 바탕 언어는 2013년부터 10년간 국가특허정보시스템(KIPRIS)에 등록된 도서관 관련 특허 26건이다. 원천 언어는 언어의 이동 전후 독자가 느낄 수 있는 운동성 감각에 유리한 조건을 고려해서 선택하였다. 특허 문서의 언어는 발명자가 소유한 '주

---

63 케네스 골드스미스, 길예경, 정주영 옮김, 『문예비창작: 디지털 환경에서 언어 다루기』, 16쪽, 워크룸 프레스, 2024.
64 이하 「자리바꿈: 도서관」으로 쓴다.
65 권보연, 「개념예술과 AI 시」, 『현대시』 2024년 6월호, 96~103쪽 참조.

인 있는 말'이며, 주인이 특정될수록 언어의 자리 변화를 감각하기가 용이해진다. 인간의 언어는 그 언어에 앞선 누군가를 통해 세상에 나오지만, 최초 생산자를 알기 어려운 경우가 많다. 그러므로 이 작업의 아이디어인 처음과 끝의 변화를 느끼려면 말의 주인을 특정할 수 있어야 한다. 주인 없는 사물을 옮기는 일과, 주인 있는 것을 무단으로 이동시키는 일은 전혀 다른 사건이 되기 때문이다. 이동 전후의 변화가 긍정이든, 부정이든, 옛 주인의 흔적이 남아있다면 다른 맥락에 재배치된 언어는 '아무나의 말'이 될 수 없고, 그 자체로 복잡한 서사를 얻는다.

「자리바꿈: 도서관」은 의미 중심주의의 이면을 탐색하기 위해, 특허 권자가 정한 언어의 자리를 의도적으로 교란하였다. AI에는 첫 주인 A와 그의 의도와 의미가 고정된 텍스트 A′를 입력하고 새로운 주제로 자리바꿈한 한 편의 시 A″를 돌려받는다. 이때 언어 A′와 A″ 모두 주인 있는 말로 보존하여 [특허 문서, 도서관]이 [시, 다른 맥락]으로 짝이 바뀔 때 발생하는 언어의 운동성을 하나의 시적 체험으로 전환하고자 했다. 작업은 특허 문서 조합을 싱글, 듀엣, 앙상블, 심포니 유형화해 이루어진다. '첫사랑'부터 '나 자신의 죽음'까지, 도서관과 거리가 먼 26개 맥락을 선택하고, 각각의 언어를 재배치하는 방식으로 확률 혼종을 실행한다. 이는 AI 문학기계의 힘으로 특허 문서의 원래 의미를 해체하면서 그것의 확률적 감각으로 시를 생성하는 시도이다. 1부 '싱글'은 특허와 이동 맥락을 일대일로 연결한다. 싱글 유형에서 각 1회씩 조합할 경우 생성 가능한 시는 총 676편이다. 2부 '듀엣'은 특허 문서 1과 2, 2와 3처럼 두 개씩 묶어 이를 다시 26개 맥락에 배치함으로써 8,540편의 변화를 만들 수 있다. 3부 '앙상블'은 3~5개의 기술 언어를 조합한 83,330번의 자리바꿈을 실행하며, 4부 '심포니'는 20~26개 조합으로 313,912개 문서 쌍을 각각 26번씩 이동시킬 수 있다. 이 셈법에 따르면, 자리바꿈을 모두 마치기 위해서는 $(_{26}C_1 \times 26) + (_{26}C_2 \times 26) + \{_{26}C_3 + _{26}C_4 + _{26}C_5\} \times 26\} + \{_{26}C_{20} + _{26}C_{21} + _{26}C_{22} + _{26}C_{23} + _{26}C_{24} + _{26}C_{25} + _{26}C_{26}\} \times 26\}$ 의 자리바꿈이 실행되어야 한다. 인간 시인 혼자라면, 이런 복잡한 시도를 감히 꿈꾸기도 어려울 것이다. 하지만 AI가 있다면, 「자리바꿈: 도서관」 연작 시집에는 특허청 기술 문서에서 맥락 이동한 10,337,418편의 시가 가득 차게 될 것이다.

이 작업은 전통적인 시와 경쟁해 수작을 만들겠다는 승부욕이 아니라, 언어 과잉을 일으키는 기계를 역이용해 과거의 유산을 전복하려는 놀이 욕구에 의지하고 있다. 앞선 시인들에게는 '이런 것도 시가 되는지'를, 특허권자들에게는 '왜 나의 기술 언어를 이런 맥락에서 문학적 시로 만나야 하는지'를 묻는 각기 다른 불편한 질문을 의도했다. 〈자리바꿈〉으로 어질러진 사건 현장에 그들이 들어설 때 느낄 현기증이야말로 AI 문학이 인간에게 선사할 새로운 체험이라 생각했기 때문이다. 상상력을 발휘해보자. 특허 문서 19번 '도서관 무인 시스템'이 맥락 이동 주제 26번 '나 자신의 죽음'으로 자리를 바꾼다면, 기술 문서의 원래 형식과 내용은 해체되어 시로 변모할 것이다. 게다가 작업은 총 10,337,418번까지 실행될 수 있다. 독자의 눈앞에 천만 편의 시가 펼쳐진다면, 그들은 시 한 편의 내용이나 표현을 붙잡고 해석하려 애쓰지 않을 것이다. 독자의 과감한 변화를 위해서라면 「자리바꿈: 도서관」은 『이슈1』처럼 거대한 덩어리로 제시하는 편이 적절하다.

(1) 도서위치추적 기반의 도서관리장치 　　—신오심 권기대 조성노	(14) 무인전자도서관 운영 시스템 및 그 방법 　　—목정훈 오영배
(2) 도서관 구매도서 추천방법 및 　　이 방법을 수행하는 장치　—이환행	(15) 빅데이터 기반의 도서관의 　　사결정 지원 시스템　—김상호
(3) 도서관 자료 관리 시스템　—강필수	(16) 전자도서관의 도서 신청 시스템 —이창직
(4) 주차시설을 구비한 도서관 구조물 　　—이용권	(17) 도서관 자료 비대면 제공 장치 　　—이사영 조재봉 우상옥 윤의진
(5) 홈 라이브러리앱과 지역 도서관을 　　이용한 도서공유 및 유통 시스템 　　—박병용 진승일	(18) 가상 도서관 운용방법 및 이를 실행하는 　　어플리케이션을 저장한 기억매체 　　—박상정
(6) 스마트 단말기를 이용한 도서관 　　좌석예약 및 운영시스템　—김문중	(19) 무인도서관 시스템 —백종석
(7) AI 및 메타버스를 활용한 독서 및 　　도서관리 방법 및 시스템　—윤정하	(20) 영어도서관 온라인리딩 　　코칭시스템 및 학습방법 —이병협
(8) 도서 실시간 배치확인이 가능한 　　도서관장서 관리시스템　—이광주	(21) 스마트도서관 시스템 　　—김용욱 조용우
(9) 도서관 서비스 시스템　—이사영	(22) 나무용 도서관　—한기웅
(10) 인공지능을 이용한 도서관 　　장서 관리시스템　—이광주	(23) 스마트 소셜도서관 서비스 방법 및 시스템 　　—윤진오 이상현 전명산 정우영 최명준
(11) 감정인식을 활용한 도서관 회원맞춤형 도 　　서추천 키오스크 장치 및 시스템 　　—강필수 김용상 배호정	(24) 전자도서관 제공방법 및 시스템 　　—장봉진
(12) 도서관 출입 통제 및 좌석 관리 시스템 　　—이창직	(25) 무인도서관 운영방법 　　—최연숙 김성진 문민국 김균호 이상윤
(13) 자율주행 스마트도서관 장치 　　—김용태 김근수 강충호	(26) 도서관 열람실 좌석 예약 시스템 　　—유시연

[표 1] 「자리바꿈: 도서관」의 바탕 언어가 된 도서관 관련 특허 기술 26건(2013~2023)

(1) 첫사랑	(10) 너를 보내고	(19) 내가 노인이 되다니,
(2) 깨어진 우정	(11) 이 넓은 우주에서	(20) 나의 강아지와 고양이
(3) 백일의 아기	(12) 우리 결혼했어요	(21) 탄생의 순간
(4) 마라토너	(13) 홈, 스위트 홈	(22) 졸업식
(5) 장례식에서	(14) 첫 수업	(23) 늙은 부부의 정(情)
(6) 토네이토가 집으로 온다	(15) 재회	(24) 내 고향
(7) 승진	(16) 월급 받는 날	(25) 합격했습니다!
(8) 엄마	(17) 전쟁이 일어났다	(26) 나 자신의 죽음
(9) 아버지	(18) 갑자기 찾아온 질병	

[표 2]「자리바꿈: 도서관」의 자리바꿈을 위한 이동맥락 26건

누구든 이런 혼란을 경험하면, 그것이 의미 전달을 위한 표현과 무관하고, 기계적 언어 증폭이 초래한 사건임을 알게 될 것이다. AI가 일으킨 혼란은 사건을 설계한 이가 의도한 놀이적 현기증, 즉 '일링크스(ilinx)'에 가깝다.[66] 일링크스는 격한 흔들림을 긍정적 경험으로 간주하며, 안정과 멈춤보다 불안정과 운동성을 선호한다. 자리바꿈 과정에서 인간이 회복 가능한 멀미를 느낀다면, 생성언어의 '놀이화'는 개념예술로서 AI 문학이 발전시켜야 할 미적 전략이 될 것이다. 이때 사건으로서의 시를 유도하는 이는 시인보다 놀이적 시, 또는 시적 놀이의 발명가에 가까워지고, 확률 언어의 롤러코스터에 오른 독자는 공포와 스릴, 안도와 휴식이 뒤섞인 경험을 즐기며 플레이어로 변모

---

66 로제 카유아(Roger Caillois)는 놀이를 경쟁(agon), 우연(alea), 모의·모방(mimicry), 현기증(ilinx)의 네 가지 유형으로 분류하며, 각각 능력 경쟁, 운에의 의존, 역할 동일시, 감각 교란을 중심으로 하는 상이한 놀이 구조를 가리킨다고 보았다.

한다. 「자리바꿈: 도서관」에 수록될 시에 내가 직접 쓴 말은 하나도 없겠지만, 나는 사건에 가장 깊이 개입한 최초의 제안자로서 '시를 쓰지 않는 시인'의 정체성을 획득하게 될 것이다. 「자리바꿈: 도서관」은 나와 특허 발명가, AI가 공동 창작한 우리의 시가 맞다. 아무것도 모른 채 사건에 휘말린 발명가들에게는 미안한 마음도 든다. 그들이 이 사건을 흥미롭게 여길지, 불쾌함을 느낄지는 알 수 없다. 다만, 그들 모두 이 시가 자신과 무관하다고 말하지는 못할 것이다. 언젠가 완성될 「자리바꿈: 도서관」을 시집으로 만날 발명가들을 상상하며, 그들의 충격을 완화하기 위한 안내문을 미리 작성해보았다.

1) 자리바꿈 대상이 된 최초의 말은 특허청이 공개한 도서관 기술 문서에서 발명가 46명의 허락을 받지 않고 가져왔습니다. 그들의 이름과 기술 목록은 별도로 기록합니다.

2) 이 시집을 당신이 사랑하는 다른 시집처럼 처음부터 끝까지 꼼꼼히 읽으려 하지 마십시오.

3) 목차를 보는 것만으로 어지럽다면 제대로 감상하고 있는 것입니다.

4) 이 시집에 수록된 최초의 자리바꿈 시는 2024년 생성되었습니다.

5) 이 시집에는 총 10,337,418편의 시가 수록되어 있습니다.

6) 혹시 누락된 조합이 있다면 독자는 언어의 공동창작자 동의가 없어도 자리바꿈 규칙에 따라 시를 직접 생성할 수 있습니다.

7) 생성 규칙과 원천 언어 목록은 부록을 참고하세요.

8) 누락된 조합의 자리바꿈 시를 생성한 독자는 다음 주소로 보내주십시오. 개정판에 공동창작자로 명시하겠습니다.

「자리바꿈: 도서관」의 안내문은 계획을 설명하는 것만으로 실현된 예술, 그래서 반드시 제작되지 않아도 되는 개념예술의 지지를 기대한다. 아이디어가 예술의 거의 모든 것이라 믿으며, 표현의 완료를 절대 과업으로 숭배하지 않는 예술은 오래전 선언된 바 있었고, AI 문학은 이러한 미적 개념에 의지해 실험 동력을 확보해야 한다. 개념예술가 로렌스 와이너(Lawrence Weiner)가 「의도선언(Declaration of Intent)」을 통해 '작가는 작품을 구상한다. 작품은 조작 가능하다. 작품은 꼭 만들어질 필요는 없다'라는 글귀를 미술관 내벽 곳곳에 그려 넣은 것은 1969년이었다.[67] AI 문학의 태동은 바로 그 미술관 벽면에서 시작된 것일지 모른다.

해커 시인과 나쁜 문학기계를 위하여

개념예술로서의 AI 시는 문학에 기여할 '인간다운 기계'가 아니라, 문학의 토대를 흔들어 낯선 것을 만들어낼 '해커 시인'을 기다린다. 생성언어의 자기장에 뛰어들어야 하는 해커의 역할은 해적질로 보일 수 있고, 그의 탐험 기술은 첨단 기술과는 거리가 먼, 낡고 오래된 것일 수도 있다. 사실, 그가 만든 시는 시처럼 보이지 않을 가능성도 높다. 이런 이유로 사건으로서의 AI 시를 크게 터뜨릴 누군가의 모습은 쉽게 상상하기가 어렵다. 다만 AI와 손잡은 해커 시인의 욕망과 역량이

---

67 Weiner, L., Declaration of Intent, Dia: Beacon,1969. https://diaart.org/collection/collection/weiner-lawrence-declaration-of-intent-1969-l-2003-042

기존 시인들과 다를 수밖에 없다고 생각한다. 그는 앞선 시인의 항로를 뒤쫓으려 하지 않으며, 더 나은 시를 쓰기 위해 기존 시인의 도움을 필요로 하지도 않는다. 데이비드 앤틴(David Antin)이 시인을 '두 발로 서서 말하는 자'로 다시 정의하며 토크 시(talk poem)를 발명했던 일화를 떠올려보자.[68] 그는 "로버트 프로스트가 시인이라면 나는 시인이 되고 싶지 않다. 그러나 소크라테스가 시인이라면 생각해보겠다"고 말하지 않았던가.[69]

「자리바꿈」도 유사한 사유에서 출발했다. '표현으로서의 시'가 소진된 자리에 생경한 것이 돋아나 낯선 시가 된다는 상상을 구체화했고, 나와 특히 발명가들이 기존 문단의 시인과 그들의 시에 익숙하지 않다는 점도 문제 삼지 않았다. 하지만 그 덕분에 「자리바꿈: 도서관」은 사건이 되려는 시, 현기증을 즐기는 시, 확률로 쓰는 시, 읽지 않아도 되는 시, 심지어 직접 쓰지 않아도 되는 시라는 발상을 품을 수 있었다.

기존 시의 기준으로 보면, 「자리바꿈」은 좋은 시는커녕 나쁜 시조차 되기 어려운 누더기로 보일 것이다. 기존 시에 익숙한 시인과 독자가 '무인도서관 시스템'과 '도서관 열람 좌석 예약 시스템'이 만나 '첫사랑'

---

68 토크 시는 1960~1970년대 미국 1960~1970년대 미국 실험문학과 개념예술의 전위적 흐름 속에서 등장한 퍼포먼스 기반 시 형식이다. 데이비드 앤틴은 전통적으로 '쓰는 행위'로 간주되던 시를, 즉흥적 말하기와 사고의 전개를 기록하는 수행적 과정으로 재정의했다. 말하는 시는 사전 원고 없이 관객 앞에서 발화하는 순간 생성되며, 그 말의 흐름 자체를 시적 형식으로 인식한다. 이후 앤틴은 이러한 즉흥 발화를 전사하여 시집으로 출간함으로써, 시의 본질을 작품이 아닌 과정에 두는 시적 실천을 확립했다.

69 Sorrentino, G., "David Antin, Talking at the Boundaries", *The New York Times*, November 28, 1976.

이라는 맥락으로「자리바꿈」한 AI 시를 읽는다고 가정해보자. 그는 특허 언어가 원래의 자리를 벗어난 사건보다, 억지 맥락에 끼워 맞춘 시의 내용과 서툰 표현을 불편하게 느낄 가능성이 크다. 창작자의 권리를 중시하는 이라면, 특허권자들이 모르는 사이에 '시 같지도 않은 시'의 공동 창작자로 이름을 올린 점 역시 문제 삼을 것이다. 인정하자. 나와 AI 문학기계는 표현적 언어로 의미·정서·경험을 전달하는 '좋은 시'를 생산하는 데 실패했다. 그러나 바로 그 실패로 인해서, 애초에 '좋은 시'가 될 생각을 하지 않았기 때문에「자리바꿈: 도서관」은 새로운 영토로 한 걸음 나아갈 수 있었다. AI와 함께 만든 시가 기존 관습에서 좋은 시로 인정받기를 바라지 않고, 많은 이들이 시를 통해 골치 아픈 사건에 휘말리기를 원하는 걸 보니, 나는 해커 시인이 되고 싶은 듯하다. 그리고 해커 시인은 결국 좋은 시인보다는 나쁜 시인이 되고 싶은 것 같다. 이러한 바람은 익숙한 언어와 관습을 벗어날 때 비로소 열리는 미지의 영역을 향한 해방 욕구와 연결된다. 해커 시인의 항해는 익히 아는 문학을 복제하기 위한 여정이 아니다. 그들은 지금은 아무도 알지 못하는 문학을 실어 돌아오는 만선을 꿈꾼다. 그 꿈을 이루려면 익숙한 예술을 더 곱게 다듬는 '좋은 AI'가 아니라, 익숙함을 해체할 '나쁜 AI'가 필요하다.

「자리바꿈: 도서관」은 권리자가 명시된 특허 문서의 맥락과 용도를 AI에 입력하며 해체와 전복을 시작했다. 프롬프트로 파낸 언어의 홈을 따라 확률 언어를 흘려보내면 AI 시로 되돌려 받는 흐름이다. 아래의 AI 시 두 편은 무인도서관 시스템과 도서관 열람실 좌석 예약 시스템 특허 문서를 나의 죽음과 첫사랑으로 자리바꿈하여 생성한 것

자리바꿈 시 「나 자신의 죽음」 원문

RFID에 담긴 나의 마지막 이야기
더는 **대출**할 수 없는 생의 마지막 장
지지부에 기대어 선 채 고개 숙이니
서가에 남은 것은 추억의 책등 뿐
무인사서기는 조용히 나를 지켜보고
데이터베이스에는 나의 흔적이 각인되어
서버는 내 생의 마감을 처리하겠지
디스플레이에 스쳐 지나가는 나의 회한

플라스틱 서가정보표 대신 남은 공백
나사로 고정된 삶의 프레임에서 벗어나
무인도서관에서 맞는 내 죽음의 순간
고요한 **서가** 사이로 스며드는 무상함
화재 같은 삶의 위기마저 지나고 나면
빛바랜 **디스플레이**에 남은 **방향 표시**

무인도서관은 내 영혼의 마지막 정거장
책장 속에 남은 나의 이야기, 영원히 기억
되리
이 **도서관**에서 마지막 한 권을 덮는 날
무인사서기에게 내 삶을 반납하고
서가에 남은 공백 속에서 평안히 잠들리라
나의 부재를, **데이터**의 흐름으로 기리며

자리바꿈 시 「첫사랑」 원문

서가의 한쪽에서 시작된 우리,
나사의 **체결**처럼 단단히 묶인 인연,
너와 나는 **무인사서기**처럼
아무도 모르게 서로의 마음을 빌리고 **반납**
했지.
RFID처럼 내 마음에 새겨진 너의 흔적,
서가정보를 확인하듯 우리 추억을 떠올려,
디스플레이부에 비친 우리의 미소,
서가정보표지판이 아닌, 사랑의 흔적.
너와 나, 통합 **서버**와 **사용자 단말**처럼
서로의 **정보**를 주고받고,
좌석 예약하듯 마음의 자리를 잡았지,
외부 관리 DB에 저장된 우리의 기억.
비상구를 가리키는 **방향지시도형**처럼
어떤 어려움이 닥쳐도 함께 나아갔던 우리,
좌석 현황 DB에 남아 있는 우리의 사랑,
첫사랑의 **열람실**에서 여전히 빛나고 있네.

이다.[70] 과정적 산출물이 생성되는 동안, 나는 출처가 분명한 한 사람
의 말을 사건의 재료로 건네고, 예측할 수 없는 응답을 기다렸다. 나
는 사건의 설계자였지만 작업 과정의 절대자가 될 수는 없었다. AI에

게 내가 명령을 내리는 듯했지만, 우리는 어느새 서로의 말에 귀를 기울이는 대화 상대가 되어있었다. 나는 독자가 이 진술에 의심을 품고, 직접 검증해보기를 원한다. 사건으로서의 시는 생성언어의 소용돌이를 관찰하는 것이 아니라, 직접 휘말려보아야만 이해할 수 있기 때문이다. 생성언어예술이 요동치기 전, 개념예술은 AI 문학에게 탐험의 자격을 부여하고, 출항할 부두까지 마련해두었다. AI 시가 개념예술이 초청을 받아들이려면, 해커 시인과 문학기계뿐 아니라 사건으로서의 시를 문학으로 받아들일 독자와 비평가도 합류해야 한다. 우리는 AI 롤러코스터에 올라 치솟고 곤두박질치며, 생성언어가 여는 새로운 문학을 몸으로 겪어야 한다. 개념예술로서의 AI 시라는 발명품은 시를 쓰고 읽는 경험을 여럿이 뛰고 부딪혀 시끌벅적한 세계로 바꿔놓을 것이다.

해커시인이 되어 사건을 일으키겠다고 마음먹으니, '나쁜 문학기계'가 더욱 필요하다는 생각이 든다. 골드스미스도 비슷한 상상을 한 적이 있다. 그는 구글 엔지니어들이 위대한 옛 시인의 언어를 학습시켜 개발한 AI 시 생성기를 미리 살펴보며, 그들에게 왜 과거의 시를 토대로 첨단 문학기계를 만드는지 질문했다.[71] 엔지니어들은 AI를 '좋은 시인'으로 만들기 위해서 '좋은 시'를 학습하는 것이라고 답했다. 보고

---

70 자리바꿈 시, 「나 자신의 죽음」은 백종석의 특허(19)무인도서관 시스템을 맥락(26) 나 자신의 죽음으로 싱글플레이 하였고, 「첫 사랑」은 특허(19) 무인도서관와 유시연의 특허(26) 도서관 열람실 좌석 예약 시스템를 결합해 맥락 (1) 첫사랑으로 듀엣 플레이 했다. AI 시의 굵은 글씨는 특허 문서에 포함된 어휘를 표시한 것이다. 각각의 시에서 발명가들은 공동창작자에 준한다. 2024년 5월 챗 GPT로 생성.

71 Goldsmith, K., "BAD AI", *Voice Over: Magazine for Alternative Discourse*, November 2020, pp.14~27.

느끼는 것이 있어도 표현 능력이 부족한 사람이 많다는 점에서, '좋은 시인' 되기는 현실적인 필요이기도 하고, 방법의 합리성도 인정되는 바가 있다. 인간적 언어 전통에 따라 좋은 시를 더 빨리, 많이 짓는 문학기계를 만들겠다는 공학자들의 꿈도 잘못은 아니다. 그런 영향으로 뛰어난 공학자들의 영향을 받아 과거의 시가 축적해놓은 언어를 재조합하는 능력을 최대로 끌어올린 문학기계들이 속속 개발되고 있으며, 어느 순간 그런 AI 시가 새로운 문학의 논점을 장악하고 있다는 인상마저 든다. 그러나 미래의 문학을 향한 예술가의 꿈이 공학자와 같아지는 순간, 사정은 심각해진다. 과거의 결을 그대로 둔 채, 고작 무늬와 색만 빨리 혹은 많이 달라지는 변화에 만족하는 것은, 새로운 문학기계로 예술 자체를 새롭게 만들어야 할 이들이 노려야 할 목표가 아니다.

예술가가 구글 엔지니어와 같은 방향으로 문학기계를 작동시킨다면, AI가 쓴 좋은 시는 결국 인간적 모방에 머무를 수밖에 없다. 좋은 시를 쓰는 문학기계는 위대한 시인과 너무 흡사해 놀라움을 주거나, 베꼈다는 비난을 피하기 위해 얄궂게 이를 우회하는 기술에 매달리게 될 것이다. 좋은 문학기계는 감추는 것에 능숙하고, 감쪽같이 속일수록 더 좋은 시가 된다고 주장하는 음흉한 존재가 될 위험이 크다. AI 시가 어떤 모습으로 발전할지는 아직 모호하다. 그러나 많은 것이 불확실하다는 점을 변명 삼아, 예술가와 좋은 시를 빨리 많이 짓게 하는 문학기계의 동맹을 권할 수는 없다. 이런 어려운 순간에 골드스미스는 과거의 시인과 시에 관심이 없고, 도발적이고 장난스러운 언어로 더욱 머리 아픈 시적 사건을 일으키는 '나쁜 AI(Bad AI)'를 떠올렸다.

그런 시를 위해서라면 좋은 시와 시인을 배우지 못한 무지한 AI가 더 적합하다는 것이다. 좋은 시를 향한 뻔한 궤도를 벗어나고 싶은 충동이 가득한 시인과 무지한 AI가 같이 시를 짓는 장면을 상상하자. 이들이 나누는 시에 대한 대화, 이들이 만드는 시는 결코 '좋은 시'라 부르기 어려울지 모른다. 그러나 그것은 분명 새로울 것이며, 그렇다면 적어도 아주 나쁜 시는 아니다.

「자리바꿈: 도서관」은 좋은 시 되기에 실패하는 의도적인 선택을 했다. 특허 문서를 시적 맥락으로 옮길 때 가설은, 단어 하나가 다른 단어에 미치는 영향이 반드시 의미 보존 관계에 국한되지 않는다는 점이었다. 의미 보존 차원에서만 보면 「자리바꿈: 도서관」은 구글 엔지니어가 목표하는 좋은 시의 기준에 도달하지 못한다. 그러나 애초에 그것을 원치 않는다면, 26개 특허 언어를 천만 번 이상 자리바꿈하는 이 작업은 충분히 흥미로운 사건으로 다가올 수 있다. 이것은 변화의 출발점에 놓인 작은 아이디어이며, 좋은 시가 정한 궤도를 벗어나기 위해 해커 시인들이 제안할 아이디어들도 이제부터가 시작이다. 기술 기업은 계속해서 더 뛰어난 AI를 발표하고 있다. 발전하는 기술은 분명 공학자의 꿈을 실현시킬 것이다. 그러나 「자리바꿈: 도서관」을 실행하며 새로운 시, 나쁜 AI 시를 꿈꾸는 이에게 기술 성능은 큰 문제가 아니라는 점도 깨닫게 되었다. 오히려 이 작업에 투입한 AI가 더 낡고, 그래서 더 나쁜 쪽에 속하는 것이었다면 더욱 당황스러운 상황도 만들 수 있었을 거라는 생각도 든다. 적어도 이 작업에서만큼은 그것이 더 좋은 것이다. 더 새로운 AI를 쓸수록 덜 새로운 시가 나오는 것이, 현재 AI 문학이 마주한 역설적 위기다. 과거의 언어를 참조해 미래의 언어를 다듬는 '좋은 AI'는 기존 시와 시인의 영향력에서 벗어나고 싶은 '해커 시인'의 동반자가 아니다. 아무것도 모르고 싶은 시인에게는, 덜 배운 AI가 더 어울린다. 그래야만 시를 기존 언어의 중심에서 멀리 밀어내는 원심력을 키울 수 있기 때문이다.

나는 AI 문학의 미래를 긍정하지만, 그렇다고 해서 기존 문학의 가치나 예술가의 책임을 외면하려는 것은 아니다. 나쁜 문학기계를 향한 구상에는 생성언어만의 다름과 매력을 통해 인간 언어까지 함께 해방시키려는 꿈이 담겨있다. 앞선 시인들은 확률 언어 실험을 선택하지 않았지만, 그 목적만큼은 지지했을 것이라 믿는다. 문학의 굳건한 한계도 인간이 만든 것이니, 깨뜨리는 일도 인간의 결단에 달려있다. 나와 AI에게는 10,337,418번의 자리바꿈이 계획되어있다. 과연 끝까지 나쁠 수 있을지는 잘 모르겠다. 그러나 한 가지는 분명하다. AI는 이미 나와 시의 경계를 변화시켰다. AI를 만나기 전까지 나는 시인이 되기를 진지하게 생각해본 적이 없다. 그러나 지금은 좋은 시인을 넘어서 해커 시인을 꿈꾸고 나쁜 문학기계를 욕망한다. 이것이야말로 AI 문학에 비친 희망의 징후가 아니겠는가. 나와 AI는 조용히 쓰고 읽는 시를 탐내지 않는다. 대신 요란한 대화와 마찰 속에 어지러움을 느끼는 시 놀이를 원한다. 「자리바꿈: 도서관」의 규칙을 공개한 것도, 누구든 '이런 것도 시가 되는지' 확인하길 바랐기 때문이다. 혼란을 마다하지 않는 시도들이 축적된 어느날, 이 낯선 즐거움을 함께하는 친구들이 생긴다면, 해커 시인은 나쁜 AI로 꽤 괜찮은 시 놀이를 발명했다며 미소를 지을 것이다.

[3부 아직 오지 않은

생성언어예술]

생성언어예술의 구현 방안과 이론적 탐색

김언

생성언어예술의 필수 요소

2022년 말 챗GPT가 공개된 이후로, GPT류의 생성형 AI이자 거대언어모델(large language model)은 문학 분야에서도 뜨거운 화제가 되어왔다. GPT(generative pre-trained transformer)를 활용한 창작과 그에 대한 비평과 연구가 지면을 가리지 않고 쏟아지는 가운데, 새삼 돌출되는 질문은 이런 것이었다. 문학과 AI의 유의미한 만남은 가능한가? 가능하다면 어떤 방식으로 가능한가? 다시 말해서 언어예술로서의 문학과 언어생성기계로서의 AI, 이 둘이 결합하여 어떤 유의미한 결과물을 창출할 수 있을까? 이러한 질문을 심화하는 과정에서 도출된 용어가 '생성언어예술'이다.

생성언어예술은 "인간의 개입 정도와 상관없이 인공지능에 의해 생성된 문학 또는 언어예술을 뜻하는 용어"[1]로 정리된다. 여기에 생성언어예술과 함께 거론할 수 있는 용어인 생성언어비평과 비교해서 설명을 덧붙일 수 있다. 즉 "생성문학/생성언어예술 작품을 비롯하여 생성언어로 된 텍스트를 논의의 대상으로 삼는 생성언어비평이 간단히 말해 '생성언어에 대한 비평'이라면, 생성문학/생성언어예술은 '생성언어로 구성된 문학/예술'"[2]이다.

이상의 정리와 별개로 생성언어예술에 대해 더 많은 논의를 끌어내기 위해, 생성언어예술과 유사하거나 인접한 용어들을 가져와서 검토하는 작업이 요청된다. 우선은 '생성시학'이라는 용어다. 정끝별에 의하면, 생성시학(generative poetics)은 촘스키의 "변형생성문법의 원리를 근간으로 하며, 인간과 인공지능(사이버네틱스도 포함)의 상호작용을 통해 텍스트가 생성되는 프로그래밍과 알고리즘과 관련된 문학 현상 전반을 설명하려는 일련의 시도를 아우르는 개념"[3]이다. 이러한 생성시학의 특성을 '흐릿함의 (불)가능성'에 두고서 "인공지능의 시쓰기, 인공지능과 협업하는 인간 시인의 시쓰기, 인간 시인의 기계-되기의 시쓰기"[4]를 살핀 정끝별의 논의에서, 생성언어예술과 비교할 때 겹치거나 갈리는 영역이 확인된다. '인공지능과 협업하는 인간 시인의 시쓰기', 즉 인간이 AI와 공동창작을 시도한 경우는 생성언어예술의 영

---

1 김언, 「생성언어비평을 제안하면서 제기되는 문제들」, 『현대시』 2023년 6월호, 98쪽. 여기서 "인간의 개입 정도와 상관없이"는 말 그대로 인간의 개입이 많으냐 적으냐를 가리지 않는다는 것을 뜻하며, 따라서 인간의 개입이 최소한도로 이루어지는 걸 전제로 한 표현이다. 즉 인간의 명령이나 관여 없이 온전히 인공지능 자의(自意)로 수행하는 작업은 생성언어예술의 영역에서 제외된다.

2 위의 책, 98쪽 각주.

3 정끝별, 「인공지능 시대 한국 현대시의 생성시학」, 『이화어문논집』 60, 이화여자대학교 한국어문학연구소, 2023, 106쪽.

4 위의 논문, 127쪽.

역과 문제없이 겹친다. 반면에 '인간 시인의 기계-되기의 시 쓰기', 즉 AI-되기의 시적 발화를 담은 인간의 시 쓰기는, '인간의 개입 정도와 상관없이 AI에 의해 생성된 언어예술'을 뜻하는 생성언어예술에 들어가지 않는 영역이다. AI-되기를 지향점으로 두더라도 결과적으로 인간의 시 쓰기로 귀결되는 영역은 본고에서 말하는 생성언어예술이 아니라 기존의 시학(그것이 생성시학이든 다른 명명의 시학이든 상관없이)에서 감당해야 할 영역이다.

　마지막으로 '인공지능의 시 쓰기'는 인간 시인의 시를 학습한 AI의 시 쓰기로 풀이된다면, 무리 없이 생성언어예술의 영역에 포함될 것이다. 그러나 AI 단독으로, 온전히 자율적 판단으로 시를 쓰는 것을 뜻한다면 문제가 달라진다. 인간의 명령이나 관여 없이 자율적으로 시를 쓰는 AI는 달리 말해 자의식을 지니면서 자체적으로 사유하고 판단하고 의지까지 지닌 AI를 뜻한다. 이는 현 단계 생성형 AI와는 차원을 달리하는 영역에 속한다. 생성형 AI가 갈수록 범용화되는 방향으로 발전한다고 하더라도, 자의식을 갖춘 AI의 차원까지 나아가는 것은 현재로선 불가능하거나 요원한 일이다. 따라서 현 단계에서 생성형 AI가 단독으로 시를 창작하는 것은 가상의 영역이며,[5] 당연히 생성언어예술에서 다뤄야 할 범위를 넘어서는 문제다. 생성언어는 말

---

5 자의식을 갖춘 단계까지 나아간 AI가 새삼 인간을 위한 시를 쓸 것인지도 의문이다. 인간이 아닌 기계로서의 자의식을 갖춘 AI가 굳이 인간을 위한 시를 써야 할 필요성을 느낄까? 그보다는 기계를 위한 시를 쓰고 싶어하지 않을까? 어쩌면 인간을 위한 시든 기계 자신을 위한 시든 시라는 것을 굳이 써야 할 필요성을 못 느낄지도 모른다. 이상의 의견은 김언, 「언제 올지 모르지만, 이미 오고 있는, 문장 생성기에 대한 명상」, 『시는 이별에 대해서 말하지 않는다』, 난다, 2019, 294~298쪽; 최진석, 「인공지능과 문학의 가치에 대한 시론 : 휴머니즘 이후 문학성의 미래」, 『비평문학』 91, 한국비평문학회, 2024, 276~281쪽 참조.

그대로 생성형 AI에 의해 생성되는 언어만 포함한다. 이러한 생성언어를 구성 요건으로 두는 생성언어예술에서 (AI-되기를 지향하든 지향하지 않든) 인간 단독의 시 쓰기로 귀결되는 작업과, (인간의 명령이나 관여가 전혀 없는) AI 단독의 시 창작은 고려하지 않는다. AI의 생성언어를 도구 내지 협업의 대상으로 두고서 수행되는 예술이 생성언어예술인 것이다.

생성언어예술과 더불어 '생성예술'에 대해서도 짚어보자. 1968년 만프레드 모어(Manfred Mohr)라는 작가가 컴퓨터 프로그램을 가지고 드로잉을 만들기 시작하면서 명명한 '생성예술(generative art)'은, 그동안 컴퓨터예술(computer art), 전자예술(electronic art), 디지털예술(digital art), 과정예술(process art) 등과 혼용되어왔다.[6] 여러 용어가 혼용되어온 가운데, 생성예술가이자 이론가인 필립 갈란터(Philip Galanter)는 생성예술을 "예술가가 일련의 자연스러운 언어 규칙, 컴퓨터 프로그램, 기계 또는 다른 절차적 고안물과 같은 어느 정도의 자율적인 움직임을 가지는 시스템을 사용하는 예술 실천"[7]으로 정의한다. 여기서 중요한 것은 생성예술의 핵심 요소로 '시스템(system)'을 짚었다는 데 있다. 즉 모종의 생성적 시스템을 갖추고 있어야 생성예술이 성립된다고 한다면, 한 다리 건너 생성언어예술이 성립하기 위한 시스템이 무엇인지는 자명하다. GPT로 대변되는 거대언어모델이 생성

---

6 신종천, 「생성예술 계보 속 생성형 인공지능 기반 예술에 관한 연구: 생성예술의 시스템적 관점으로 본 디퓨전 모델」, 『인공지능인문학연구』 15, 중앙대학교 인문콘텐츠연구소, 2023, 240쪽 참조.
7 Galanter, Philip. (2003). "What is generative art? Complexity theory as a context for art theory", *Generative Art: Proceedings of GA 2003*: 274(위의 책, 241쪽 재인용).

언어예술을 지탱하는 시스템이며, 이는 거대언어모델에서 생성되는 언어, 즉 생성언어가 생성언어예술의 필수 요소임을 재차 확인해주는 대목이다.

생성언어예술과 인접한 생성예술 개념을 살피면서 한 가지 더 참고할 것이 있다. 생성예술이 가상의 예술이 아니라 실체를 가진 예술로서 인정받기 위해서도 그를 뒷받침하는 예술이론이 필수적이라는 사실이다.

인공지능기술이 예술 활동의 영역으로 진입하고 있는 현재의 시점에서 생성형 인공지능을 사용한 작품들을 어떤 측면에서 예술의 새로운 범주로 인정할 수 있을지를 고민하고, 인간 예술을 그와는 차별화된 영역으로 남겨두는 것이 나을지도 모른다. 이것은 사진기술과 영상기술이 등장했을 때 사진과 영화를 예술의 영역으로 인정할 것인가에 대한 물음을 던지고, 예술의 영역을 세분화하여 사진예술과 영화예술이라는 새로운 영역을 생성하는 동시에 입체주의, 초현실주의, 추상표현주의와 같은 파생 영역을 구축했던 것과 비슷하다. 이 과정에서 각각의 예술사조들은 후설(Husserl)의 현상학, 프로이드(Freud)의 정신분석학, 하이데거(Heidegger)의 실존철학과 같은 내용들을 접목시켜 자신들의 예술세계를 강화시켰다. 심지어 이후 등장한 개념미술은 예술이론이 예술의 세계를 만드는 데 결정적인 역할을 한다는 것을 분명하게 보여주었다.[8]

---

8 신종천, 「생성예술 계보 속 생성형 인공지능 기반 예술에 관한 연구 : 생성예술의 시스템적 관점으로 본 디퓨전 모델」, 『인공지능인문학연구』 15, 중앙대학교 인문콘텐츠연구소, 2023, 238쪽.

사진과 영화의 등장으로 기존의 회화 양식은 입체주의, 초현실주의, 추상표현주의, 개념미술 같은 새로운 파생 영역을 만들어내며 진화했다. 새로운 예술사조는 그에 걸맞은 예술이론과 철학적·사상적 배경을 거느리며 등장하고 또 번성한다. 중요한 것은 이러한 논리가 사진과 영화에 대응하는 회화에만 적용되는 것이 아니라는 사실이다. 거꾸로 사진과 영화 역시 기존의 회화와 차별화된 예술 영역으로 자리 잡는 데 그에 걸맞은 예술이론이 요청된다. 실제로 20세기 이후 사진과 영화에 따라붙었던 예술이론들이 그것을 증명한다. 기존의 예술이 갱신되기 위해서도 새로운 영역의 예술이 자리 잡기 위해서도 필수적으로 요청되는 것이 예술이론인 셈이다. 이는 생성예술이나 생성언어예술을 논하는 자리에서도 마찬가지로 적용된다. 특히 생성언어예술은 AI의 생성언어를 필수 요소로 거느리는 만큼 인간의 언어로만 구성되는 기존의 문학과는 다른 영역에 놓이는 예술이 되어야 하며, 이를 위해서도 생성언어로 구축되는 새로운 예술 영역을 뒷받침할 수 있는 이론적 탐색이 필수적이다. "우리에게 필요한 것은 인공지능이 만드는 예술의 세계가 어떠한 예술이론과 닿아있는지를 탐색하는 것"[9]이라는 의견은 생성예술뿐만 아니라 생성언어예술의 영역에서도 동일하게 적용된다.

　이상의 논의를 바탕으로 본고는 생성언어예술의 근간을 이루는 생성언어가 예술의 언어로 진입하는 데 걸림돌이 되는 지점과 그것을 극복하는 방안을 관련 이론을 참고하면서 살피고자 한다. 아울러 생

9　신종천, 앞의 논문, 239쪽.

성언어예술을 논의하는 과정에서 제기되는 낭만주의 저자의 죽음과 비인간 창작 주체의 탄생과 관련된 이론들을 살피면서 생성언어예술이 유의미한 예술의 한 영역으로서 안착할 수 있는 토대를 다지고자 한다.

생성언어의 한계 지점과 언어예술로의 구현 방안
: 과정의 언어와 노이즈(noise)의 언어

잘 알려진 대로, GPT류의 거대언어모델은 기존의 방대한 언어 자료를 데이터로 삼아 거기에 내재된 규칙을 충실히 따르는 언어를 생성한다. 즉 기존의 언어가 활용되는 방식에 확률적으로 가장 부합하는 언어를 생성하는 기계가 거대언어모델이다. 이러한 거대언어모델이 세계를 이해하는 방식은 그대로 거대언어모델에서 산출되는 생성언어의 자질과 연계된다. 거대언어모델이 세계를 어떻게 이해하는가에 따라 거기서 비롯되는 언어의 성격과 역량이 달라진다면, 새삼 주목되는 것이 거대언어모델의 이해 능력이다.

대형언어모형의 이해 능력을 제대로 평가하기 위해서는 이해의 종류를 구분할 필요가 있다. 언어는 분명히 어떠한 행위자의 생각이나 이해를 들여다볼 수 있는 창이지만, 언어에 능통한 것과 생각을 잘 하는 것은 동일하지 않다. 언어 능력이 취약한 어린이나 고등생물도 세계에 대한 이해를 가질 수 있고, 반대로 탁월한 언어 처리 기계도 빈약한 추론

능력을 보여줄 수 있다. 언어와 생각을 동일시하는 혼동을 피하기 위해, 우리는 세계에 관한 이해에 의존하지 않는 언어 이해 능력을 독특한 언어 이해(distinctively linguistic understanding, DL-이해)로 부르고, 이를 일반적인 인지 및 이해 능력으로부터 구분할 수 있다. DL-이해란 언어의 규칙이나 불규칙적인 통계적 경향성에 관해 알고 이에 기반하여 언어 표현을 처리하고 생성함을 뜻한다. 이때 "안다"는 것은 어떤 체계가 그러한 규칙을 의식적으로 접근한다거나 명제적 지식으로서 명시적으로 안다는 뜻은 아니다. 우리는 문법 규칙을 명제적인 형태로 표현할 수 없어도 문법적으로 올바른 문장을 가려낼 수 있다.[10]

대형언어모형, 즉 거대언어모델의 이해 능력을 '일반적인 인지 및 이해 능력'이 아니라 '독특한 언어 이해 능력'으로 한정하고 있는 위의 견해를 참고하면, 거대언어모델에서 생성되는 언어는 사실상 기존의 언어를 유일한 질료로 삼아 산출되는 언어라고 할 수 있다. 인간의 언어가 온갖 물리적·감각적·정서적 체험을 바탕으로 언어적 이해뿐만 아니라 인지적 이해까지 동반하는 과정을 거치면서 탄생하는 데 비해, 거대언어모델의 언어는 데이터로 제공된 언어와 문장 구성상 선행하는 언어만을 이해의 대상으로 두고서 생성되는 언어다. 생성언어가 사실상 언어에서만 비롯된 언어라는 특성은 인지적 이해에 기초하여 물리적·감각적·정서적 체험을 구현한 언어가 될 수 없다는 사실과 기존의 언어

---

10 천현득, 「대형언어모형은 이해를 가지는가?」, 『철학사상』 제90호, 서울대학교 철학사상연구소, 2023, 83쪽. 인용에서 '대형언어모형'은 'large language model'로서 본고에서 쓰는 '거대언어모델'과 같은 개념이다. "우리는 세계에 관한 이해에 의존하지 않는"은 원문에서 "우리는 세계에 관한 이해에 의존하는 않는"으로 된 오기를 수정한 것이다.

에 내재된 규칙을 벗어나는 언어가 될 수 없다는 사실을 함의한다. 이는 GPT류의 거대언어모델이 생성한 문학 텍스트에서 (독자는 물론이고 창작자에게도) 정서적 감응이 일어나기 힘든 이유이자, 기존의 문학에 내재된 (암묵적이지만 완고한) 규칙을 부수거나 뛰어넘는 문학을 기대하기 힘든 이유와 맞물린다. 감동과 충격, 양자 중 어느 것도 만족시킬 수 없는 한계가 생성언어에는 태생적으로 녹아있는 셈이다.

한편 거대언어모델 같은 생성형 AI의 놀라운 역량이기도 한, 주문과 거의 동시에 결과물을 뽑아내는 능력 또한 문학 창작과 감상의 측면에서는 방해물로 작동한다. 시든 소설이든 편편의 작품이 나오기까지 인간 작가에게 따라붙었던 지난한 인내의 시간을 거대언어모델은 스킵(skip)하듯이 간단히 건너뛰면서 결과물을 내놓는다. 창작하는 입장에서 고통스럽더라도 꼭 필요한 시간이었던 '문학적 체험의 시간'이 삭제된 결과물로 문학 텍스트를 제공하는 것이다. 창작자에게 생략된 문학적 체험의 시간은 독자의 입장에서도 심미적인 감상과 생산적인 비평을 위해선 꼭 필요한 시간인데, 거대언어모델이 제공하는 생성언어를 통해서는 그와 같은 시간을 기대할 수가 없다. 이러한 난점을 해소하기 위해 창작의 결과물이 아니라 창작의 과정을 담아내는 언어로서 '과정의 언어'를 제안할 수 있다. 거대언어모델을 통해 실시간으로 산출되는 작품이 '결과의 언어'로만 제시되는 방식을 따른다면, '과정의 언어'는 인간 창작자가 거대언어모델을 통해 작품을 생산하는 과정을 공유하면서 독자와 함께 모종의 체험을 향유하는 것을 골자로 한다. 작품 생산의 과정을 공유하는 시간은 문학적 체험의 시간과도 연계될 가능성을 지닌다는 점에서 거대언어모델의 생성언어를 '과정의 언어'로 활용

하는 방안은 적극 검토될 필요가 있다.[11]

AI를 통한 창작에 '과정의 언어'를 도입하는 방안은, 앞서 언급한 거대언어모델의 생성언어가 지니는 태생적인 한계 중 '물리적·감각적·정서적 체험을 구현한 언어가 될 수 없다는 사실'을 극복하는 데 일정 부분 기여할 수 있다. 생성언어를 통한 창작에 '과정의 언어'를 도입하면 '결과의 언어'로만 작품을 제시할 때보다 독자들로부터 정서적 감응을 끌어내기가 더 용이할 것으로 기대된다. 그렇다면 생성언어의 또 다른 한계 지점인 '기존의 언어에 내재된 규칙을 벗어나는 언어가 될 수 없다는 사실'에서 비롯되는 문제는 어떻게 극복할 수 있을까? 요컨대 '기존의 문학에 내재된 규칙을 부수거나 뛰어넘는 문학을 기대하기 힘든 문제'를 극복하는 방안은 무엇일까? 이런 질문이 남는다.

번역 쪽으로 잠시 얘기를 돌리자면, AI 기술의 급격한 발달에 힘입어 구글 번역기나 DeepL, 파파고 같은 기계를 통한 번역의 수준도 눈에 띄게 높아졌다. 아직 문학 작품을 온전히 번역하는 수준까지는 기대할 수 없으나, 일상이나 학술적인 문장의 번역에서는 전문 번역가 못지않은 실력을 보여주는 것이 사실이다. 이처럼 기계를 통한 번역이 괄목할 만한 실력을 갖춘 것은 2016년 구글 번역기에 생성형 AI의 핵심 기술이기도 한 인공신경망(artificial neural network) 기술이 장착되면서부터다. 단순히 통계에 기초하여 작동되던 이전의 번역기와 달리 인공신경망 기반 번역기는 마치 인간처럼 문맥을 파악하는 기능을 갖추고 있어 한

---

11 AI를 통한 창작에서 문학적 체험의 시간을 구현하는 방안으로 '과정의 언어'를 도입할 것을 제안하는 내용은 이 책의 2부 1장에 수록된 김언, 「생성언어는 어떤 문학적 체험을 요구하는가?―AI로 창출 가능한 문학과 독자에 대해」 참조.

층 더 자연스럽고 정확한 번역이 가능하다. 기계를 통한 번역에서 준수하고 유려한 번역문이 대중을 이루면서 자연스럽게 희귀해진 것이 이른바 '구글 번역체'로 희화화되던 미숙하고 어색한 번역문들이다. 때로는 엉뚱하고 때로는 우스꽝스럽기까지 한 구글 번역체의 문장은 불과 몇 년 사이에 골동품이 되다시피 했지만, 한편으로 현실 문법과 동떨어진 그 이상한 미감은 지금에 와서 다시 생각할 거리를 남긴다.

현실 문법과 괴리되는 방식으로 모종의 충격을 안겨주는 문장을 우리는 시를 비롯한 문학 작품에서도 종종 만날 수 있다. 현실의 논리에 익숙해진 사고를 환기하는 차원에서 기존의 문법 체계를 심문하고 또 다른 문법 체계를 세우려는 일은 다름 아닌 문학에서 담당하는 영역이다. 시를 비롯한 문학 고유의 영역이기도 한 익숙한 문법의 거부와 새로운 문법의 추구는 앞서 언급한 생성언어의 한계 지점과 잇닿아 있는 문제다. 즉 '기존의 문학에 내재된 규칙을 부수거나 뛰어넘는 문학'을 창출할 수 없는 생성언어의 한계를 극복하기 위해서도 현실 문법을 벗어나는 문장의 창출은 필수적이다. 거대언어모델을 통해 현실 문법에 충실한 문장들을 생성하는 것도 중요하지만, 그에 못지않게 (특히 문학의 영역에서는) 구글 번역체 같은 예상치 못한 문장을 생성하는 것도 필요하다는 말이다. 준수하고 유려한 문장들 사이에서 튀어나오는 돌연변이 같은 문장, 양질의 정보 사이에 불쑥 끼어드는 노이즈(noise) 같은 문장이 새삼 필요하다는 말이기도 하다.

거대언어모델에 의해 생성된 언어가 언어예술(문학)의 단계로 진입하기 위해서도 돌연변이나 노이즈 같은 문장이 필요하다는 사실은 아래의 논의를 통해서도 확인할 수 있다.

우리가 사는 세계는 노이즈가 때때로 유용한 정보로 확보될 수 있다는 것을 보여준다. [중략] 진화는 노이즈가 유용한 정보로 확장되는 과정을 잘 보여준다. [중략] 그것은 진화가 기본적으로 생명 정보의 전달 과정이고 생명 정보의 변이가 새로운 종의 탄생에 중요한 역할을 해 왔다는 것을 의미한다. 이때, 생명체의 형질을 나타내는 유전자는 DNA에 저장되어 한 세대에서 다음 세대로 흘러가는 일종의 통신 정보이다. 생명체는 이전 세대의 유전자를 포함하고 다음 세대로 그 유전자를 전달하는 채널이고, 생명체가 주변 환경에 적응하고 진화하는 과정에서 발생하는 돌연변이는 정보 전달 과정 중에 노이즈가 개입되는 것과 같다. 나아가, 변이의 성공적 정착은 생명 정보의 전달 과정에서 노이즈를 정보로 편입시켜 채널용량이 확장되는 경우라고 볼 수 있다.[12]

생명체의 진화 과정에서 생물학적 다양성을 제공하는 돌연변이의 역할을 정보 전달 과정에서 노이즈가 기여하는 역할로 바꿔서 설명하

---

12 신종천, 「생성예술 계보 속 생성형 인공지능 기반 예술에 관한 연구 : 생성예술의 시스템적 관점으로 본 디퓨전 모델」, 『인공지능인문학연구』 15, 중앙대학교 인문콘텐츠연구소, 2023, 254쪽. 참고로 인용한 내용은 정보이론학자인 클로드 섀넌(Claude Shannon)의 '채널총량정리(channel capacity theorem)'(1948)에 근거한 것이다. 섀넌의 채널용량정리는 노이즈가 존재하는 채널에서 신뢰할 만한 통신을 할 수 있는 한계치를 이론적으로 분석한 것으로서, $C=B\times\log(1+S/N)$으로 정리된다. 전송대역폭(B)을 증가시키거나 신호 대 잡음비(S/N)를 증가시킴으로써 채널용량(C)을 증가시킬 수 있다는 것을 정리한 이 공식에서, 노이즈(잡음)에 해당하는 N은 통상 정보 전달의 차원에서는 모호도를 증가시키는 방해물에 해당하지만, 정보 생성의 차원에서는 거꾸로 유용한 자원이 될 수도 있다. 이처럼 노이즈가 정보 생성의 차원에서 바람직하고 유용한 것이 될 수 있다면, 채널용량정리는 달라진다. 전체 노이즈(N) 중 일부의 노이즈(n)가 유용한 정보로 확보되는 경우를 가정하여, 채널용량정리의 공식을 변형하면 다음과 같다: $C=B\times\log(1+(S+n)/N)$. 이 논문의 252~253쪽 참조.

고 있는 위 논의의 핵심은, 모든 노이즈가 불필요하거나 해로운 정보가 아니라는 사실이다. 일부 노이즈가 단순히 잡음의 수준에 그치는 것이 아니라 때때로 유용한 정보로 확보되는 것과 마찬가지로, 돌연변이 역시 그중 일부는 생명체가 변화하는 환경에 적응하는 데 필요한 유전적 변이를 제공하면서 새로운 종의 탄생에 기여하는 역할을 맡는다. 이처럼 "이전에는 쓰레기로 취급되던 돌연변이와 노이즈를 새로운 가치의 발견 수단으로 전환"[13]하는 논리는, 거대언어모델을 통해 언어를 생성하는 과정에서 준수하고 유려한 문장만이 아니라 이상하고 불편한 문장, 즉 돌연변이나 노이즈에 해당하는 문장의 생성도 새로운 언어예술을 창출하는 차원에서 꼭 필요하다는 의견에 힘을 싣는다.

　같은 맥락에서 AI를 통한 창작의 결과물에 대해 외형상 인간의 창작물에 얼마나 근접하는가로 평가하던 기존의 잣대도 달라질 필요가 있다. 인간의 창작물과 비교해서 그럴싸하게 닮은 작품을 생성해내는 것은 현 단계 거대언어모델의 성능과 발전 속도를 고려할 때 그리 효과적이지도 생산적이지도 못한 일이다. 오히려 기존의 관점에서 볼 때 돌연변이나 노이즈처럼 보이는 작품을 생성하는 쪽이 새로운 언어예술을 창출하는 측면에서는 훨씬 더 효과적이고 생산적일 것이다. AI의 성능을 시험할 때 흔히 동원되는 튜링 테스트를 완벽하게 통과하느냐 하지 못하느냐는, 적어도 생성언어로 문학을 하고 예술을 하려는 입장에서는 중요하게 여길 문제가 아니다. 역으로 튜링 테스트를 일부러 통과하지 않는 혹은 적절하게 무시하는 AI의 생성

---

13 신종천, 앞의 논문, 260~261쪽.

언어가 필요한 시점이다. 한 연구자가 적시한 대로 "문학기계의 꿈을 인간적 전통에서 좋은 시를 더 빨리, 많이 만드는 것에 둔다면 빅테크 기업은 이미 그것을 이루었다." 그래서 더 "나쁜 문학기계"가 필요한 시점이며, "더 장난스럽고 도발적인 언어로 사건을 일으키는 AI. 인간과 다른 논리로, 그래서 다른 세계를 보는 AI", 즉 "나쁜 AI"[14]가 요청되는 시점인 것이다.

물론 '나쁜 AI'가 등장한다고 해서 기존의 문학에 내재된 규칙을 부수거나 뛰어넘는 문학이 금방 창출되지는 않을 것이다. 오히려 역효과나 부작용을 초래하는 지점을 염려해야 할 수도 있다. 가령, '나쁜 AI'를 통해서 생성된 "장난스럽고 도발적인 언어"가 독자들에게 모종의 충격을 안겨주는 것이 일회적이고 단발적인 사건에 그칠 우려가 있다. 이상한 문장들의 향연으로만 그치는 언어에 염증을 느끼는 독자도 충분히 나올 수 있다. 이 대목에서 모든 노이즈가 유용한 것이 아니라 그중 일부만이 정보 생성에 유용한 가치를 지니고, 숱한 돌연변이 중 극소수만이 진화에 유용한 유전자로 채택된다는 사실을 상기할 필요가 있다. 나쁜 AI에서 비롯된 '나쁜 언어' 역시 대부분 쓰레기처럼 취급되다가 버려질 것이며, 와중에도 일부는, 극히 일부더라도 독자들의 미적 취향과 감각에 반향을 일으키는 언어가 될 수 있을 것이다. 그중에서 또 일부는 성공한 돌연변이처럼 채택과 증폭의 시간을 거치면서 새로운 문학적/예술적 언어로 인정받는 것을 가정해볼 수 있다.

14 권보연, 「개념예술과 AI 시」, 『현대시』 2024년 6월호, 103쪽. 해당 글에 등장하는 '나쁜 AI(bad AI)'라는 용어는 케네스 골드스미스(Kenneth Goldsmith)(2018)에서 가져온 것이다.

중요한 것은 이러한 가상의 시나리오가 실현될 가능성과 별개로, 통계적으로 그럴듯한 미감을 주는 문장, 평균적인 예술성을 지닌 문장의 생성에 능통한 거대언어모델을 이용해서 외형상 인간의 작품과 유사한 작품을 만드는 기존의 창작 방식으로는 새로운 언어예술을 창출하는 일이 이론적으로도 불가능하다는 사실이다. 평균적인 일을 잘하는 도구로 평균치에 기준을 맞춰서 작업하는 방식에서 평균을 넘어서는, 평균의 개념을 깨버리는 산물이 생성될 가능성이 거의 없다는 말이다. 평균의 개념을 깨는 산물을 내기 위해서는 당연히 평균적인 일을 잘하는 도구를 교체하거나 그 성격을 바꿔야 하고, 마찬가지로 다수가 기대하는 평균치에 기준을 두는 관점도 바꿔야 한다.[15] '나쁜 AI'를 도입하여 '나쁜 언어'를 생성하는 방식이 현 단계 생성언어예술을 구축하는 과정에서 긴요해지는 이유도 거기서 멀지 않다.

---

15 영어로 환각, 환영, 환청을 뜻하면서 챗GPT 같은 거대언어모델이 그럴듯한 거짓 정보를 생성하는 현상을 통칭하는 용어인 '할루시네이션(hallucination)'에 대한 재검토가 요청되는 것도 같은 맥락에서 이해할 수 있다. 거대언어모델의 학습/입력 데이터의 부족 또는 오류로 인해 발생하는 이 할루시네이션을 방지하는 것이 인공지능 개발자들의 당면 과제로 여겨져왔다. 특히나 정보 전달을 목적으로 하는 글쓰기 작업에서는 거짓 정보가 치명적으로 작용할 수도 있기 때문에, 할루시네이션은 반드시 제거하거나 최대한 억제해야 할 요소로 지목된다. 할루시네이션에 대한 이러한 부정적 인식은 정보 전달을 위한 글쓰기에서는 온당할 수 있으나, 정서 전달을 목적으로 한 글쓰기에서는 달리 검토될 필요가 있다. 시를 비롯한 문학에서는 정확한 정보 전달 이상으로 풍부한 정서 전달이 중요하기 때문이다. 인공지능에 의한 할루시네이션 현상을 시적 언어의 측면에서 재검토한 사례는 허희, 「AI 할루시네이션과 시적 언어의 접점」, 『현대시』 2025년 7월호; 김민우, 「AI의 할루시네이션과 시의 미래」, 『현대시』 2025년 7월호 등에서 찾을 수 있다.

생성언어예술의 이론적 배경
: 낭만주의 저자의 죽음과 행위자-네트워크 이론

이상으로 GPT류의 거대언어모델에 의해 생성된 문학 텍스트가 지니는 한계와 극복 방안을 살폈다. 정리하면 창작자와 독자 모두에게 정서적 감응을 주기 힘들다는 한계와 기존의 문학에 내재된 규칙을 뛰어넘는 문학을 기대하기 힘들다는 한계에 대해 각각 생성언어로 창작하는 과정을 공유하는 방식(즉 '과정의 언어'로 창작하는 방식)과 돌연변이나 노이즈에 해당하는 텍스트를 생성하는 방식(즉 '노이즈의 언어'로 창작하는 방식)을 극복 방안이자 대안으로 제시했다.[16]

거대언어모델로 생성한 텍스트가 문학을 향유하는 이들에게 정서적 감응과 충격을 안겨주는 방식은 제시한 방안 말고도 더 있을 것이다. 문제는 AI를 통해서 감동과 충격을 안겨주는 텍스트를 생성하더라도 그것만으로는 한계가 있다는 점이다. "문제는 인간 독자들이 시적 주체로서의 인공지능을 신뢰하지 않는다는 점이다. 인공지능이 알고리즘으로 이뤄진 존재이기에 스스로 자신의 존재를 감각하거나 사유하거나 감정을 느끼지 못해 정체성을 확보하지 못한다는 인간의 편견"[17]이 작동하기 때문이다. 따라서 문제는 AI에 의해 창작이 되었다는 사실 자체일 수 있다. AI가 단순히 창작의 도구를 넘어 창작의 주

---

16 거대언어모델을 이용하여 '과정의 언어'로 창작하는 방식과 '노이즈의 언어'로 창작하는 방식이 양립 불가능한 관계가 아니라는 점도 추가로 짚을 수 있다. 가령, 노이즈의 언어를 생성하는 과정을 공유하는 방식처럼 양자를 병행하는 창작은 얼마든지 가능할 것으로 보인다.

17 정끝별, 「인공지능 시대 한국 현대시의 생성시학」, 『이화어문논집』 60, 이화여자대학교 한국어문학연구소, 2023, 119쪽.

체로 나섰다는 사실이 작품을 감상하는 데 있어 가장 큰 방해 요소가 될 수 있다는 말이다. AI가 발전해도 감상의 주체는 여전히 인간이다. 이전까지는 창작의 주체 역시 문학의 정의가 어떠하든 간에 인간이었다. 그러나 문학의 필수 요소인 언어를 생성하는 일을 AI라는 기계가 맡으면서 인간만이 창작의 주체라는 신화는 더 이상 유효하지 않게 되었다. '인간=창작의 유일한 주체'라는 등식에 균열이 생기면서 기존의 저자 개념도 달리 생각해볼 지점이 생겼다.

물론 기존의 인간 중심적인 저자 개념이 단시간에 바뀌지는 않을 것이다. 당장 AI가 생성한 저작물이 "표면적으로 인간이 저작한 작품과 점점 더 구별할 수 없게 되었다"손 치더라도 "인간의 입장에서 현실적으로 인간중심주의적 사고를 완전히 벗어나는 것은 일종의 허상이다."[18] "신비평, 형식주의, 구조주의, 기호학 등 20세기 '텍스트 중심주의' 문학 이론에서" "저자로서의 시인을 괄호에 묶어"[19]놓은 역사 역시 인간이라는 실질적인 저자를 괄호 친 사건이 아니다. AI가 실제로 언어 생성과 텍스트 산출을 담당하기 전까지 실질적인 저자는 여전히, 굳건히 인간이었다.

이처럼 견고하게 지탱되어온 인간 중심의 저자 개념은 글쓰기를 낭만주의적 개인의 창조적 산물로 두는 신화에 근거한다. 저자 개념의 연원을 분석한 안마리 브리디(Annemarie Bridy)에 따르면 '창시자'로서의 저자 개념은 저자가 저작물의 소유자임을 법적으로 보장하고자

---

18 이진영, 「인공지능 시대의 새로운 글쓰기 생태계 : 탈인간중심적 관점을 바탕으로」, 『동서철학연구』 제102호, 한국동서철학회, 2021, 570쪽.
19 정끝별, 앞의 논문, 119쪽 각주.

했던 존 로크(John Locke)의 소유 개인주의 경제이론에서 기인한 것이다. 마사 우드만시(Martha Woodmansee) 역시 독창적인 천재 작가의 개념이 소유권 개념과 결합하면서 텍스트는 작가의 문학 재산이자 유일한 지배를 받는 개념으로, '쓰는 자(writer)'로서의 작가는 개인적이고 원자화된 낭만주의 '저자(author)' 개념으로 바뀐 것으로 파악한다.[20] "작품이란 한 개인에게 귀속되는 것이 아니라 그것을 받아들이고 변형시키는 과정 중의 산물"인데, 낭만주의 저자 개념은 "저자와 창의성이라는 이름으로 작품에 내재된 역사성, 축적성, 협동성을 무시"[21]한 결과물이라고 할 수 있다.

따라서 AI가 생성 주체이자 창작 주체로 나선 텍스트에 대한 인간의 거부감을 문제 삼기 이전에 인간 중심적인 낭만주의 저자 개념부터 재고할 필요가 있다. 여기서는 '다성성(polyphony)'의 관점에서 개별 발화를 대화적 관계에 놓인 무수한 발화의 구성으로 본 미하일 바흐친(Михаил М. Бахтин), '상호텍스트성(intertextuality)' 개념으로 모든 텍스트가 다른 텍스트와의 연관 속에서 의미를 발생시키는 것으로 본 줄리아 크리스테바(Julia Kristeva), 말하는 주체(speaking subject)를 저자 기능과 무관한 것으로 파악한 미셸 푸코(Paul-Michel Foucault), 「저자의 죽음(La mort de l'auteur)」에서 권위적이고 가부장적인 저자를 몰아내면서 텍스트에 대한 무한한 재해석과 갱신의 여지를 마련한 롤랑 바르트(Roland G. Barthes) 등이 주요한 참고가 된다.

20 작가 개인의 창의성과 소유권을 강조한 낭만주의 저자 개념에 대한 안마리 브리디와 마사 우드만시의 논의는 이진영, 앞의 논문, 570~571쪽 참조.
21 위의 논문, 571쪽

가령, 바르트가 주창한 '저자의 죽음'은 낭만주의 저자의 이데올로기에서 벗어나 텍스트를 순환적 담론으로 이해할 수 있는 근거를 제공한다.

> 낭만주의 저자의 죽음은 저자에 대한 제한적 이해에 새로운 생명을 불어넣는다. 담론의 기원이 아니며, 담론을 단독적으로 점유하지 않고 단지 담론의 순환에 참여하는 주체로서 저자는 담론의 유통·해석·변형의 참여자일 뿐이다. 낭만주의적 저자 개념에 대한 비판과 저자의 죽음이 AI 저자에 대한 논쟁과 어떻게 연결되는지 이해하는 것이 중요하다. 낭만주의 저자가 자유주의 정치 이론의 개별화된 자아라면 저자의 죽음은 텍스트와 사회적 맥락 모두에 선행하는 근본적으로 개별적인 주체의 죽음이다. 이것은 휴머니즘 자체에 대한 비판이 아니라, 텍스트의 유일한 창조자이자 주인인 독립된 인간이 있다는 생각에 대한 비판이다. 하지만 AI 저자에 대한 논의에 있어서 여전히 낭만주의적 저자 개념은 AI에 그대로 투영되어 있어, 저자의 죽음은 이루어지지 않고 있다.[22]

'인간=창작의 유일한 주체'라는 등식의 든든한 배경을 이루는 낭만주의 저자의 권위가 추락할수록 인간만이 창의성을 지닌 저자가 될 수 있다는 근거도 약해진다. 그만큼 AI라는 비인간이 인간 저자의 자리를 비집고 들어서는 것에 대한 심리적인 반발도 약해질 수 있다. 인간 중심적인 낭만주의 저자의 죽음과 비인간 저자의 탄생은 이처럼 역으로 맞물린 관계이지만, 그렇다고 마치 현실 정치에서 여야가 뒤

---

22 이진영, 앞의 논문, 573쪽.

바뀌는 구도처럼 읽는 것은 곤란하다. 정치 권력을 두고 맞싸우는 여와 야의 관계처럼 인간 저자와 AI 저자의 대결 구도를 세우는 관점은, 인간이라는 낭만주의적 저자를 AI라는 또 다른 낭만화된 저자 개념으로 대체하는 결과를 낳을 수 있다. 그런 점에서 경계해야 할 것은 '인간 저자'라는 문제가 아니다. 'AI 저자'도 문제의 핵심은 아니다. "텍스트와 사회적 맥락 모두에 선행하는" 온갖 "담론의 기원"의 자리에 놓인 '낭만주의 저자' 개념이 인간과 비인간을 아우르는 저자를 상정할 때 가장 경계해야 할 대상일 것이다. 온갖 권위와 신비를 두른 낭만주의적 저자 개념이 AI에 투영되는 순간, '저자의 죽음'은 다시 구호가 되고 만다. 따라서 "낭만주의 저자의 죽음은 낭만화된 AI 저자의 죽음으로까지 연장"[23]될 필요가 있다.

　"담론을 단독적으로 점유하지 않고 단지 담론의 순환에 참여하는 주체"이자 "담론의 유통·해석·변형의 참여자"로서 재편되어야 하는 인간 저자의 역할은 AI라는 비인간 저자를 상정할 때도 마찬가지로 고려되어야 하는 지점이다. 이는 "낭만주의 시대에서 부정된 창의성의 협동적·상호작용적 본질에 대한 개념 속에서 진정한 저자의 존재론을 포착"[24]하는 작업과 맞물린다. 협동과 상호작용은 인간과 인간

23　이진영, 앞의 논문, 576쪽. 참고로 이 논문의 575쪽에서는, 인간 저자에게 특화된 낭만주의적 창의성 개념의 해체가 필요한 이유를 AI와 다를 바 없는 인간의 알고리즘적 사고방식에서 구한다. "[인간] 저자는 과거의 수많은 규칙을 탐구하고 자신의 작품에 이 규칙들을 적용한다. 이 과정에서 저자는 무수한 과거의 '저작'들을 학습한 후 규범과 혁신 사이에서 자기만의 새로운 규칙을 찾아나간다. 결국, 완전히 독창적인 작품을 생산하기란 불가능할 뿐더러 모든 문화적 산물은 본질적으로 파생적이고 알고리즘적이라는 점을 수긍할 수밖에 없다는 것이다(Bridy, 2012: 10~12). 이렇게 인간 사고의 알고리즘적 본질은 낭만주의적 인간의 창의성 개념을 해체할 수 있는 주요한 주춧돌로 작용한다."

24　위의 논문, 575쪽.

사이에만 적용되는 것이 아니다. AI를 글쓰기의 단순한 도구가 아니라 협력의 주체로, 나아가 비인간 저자의 역할로 받아들인다면, 인간과 비인간, 비인간과 비인간 사이에도 협동과 상호작용은 가능하다. 바로 이 대목에서 인간과 비인간을 아우르는 글쓰기의 네트워크를 이론적으로 검토할 필요성이 생긴다.

'행위자-네트워크 이론(actor-network theory, ANT)'은 1980년대 초·중반 브루노 라투르(Bruno Latour), 미셸 칼롱(Michel Callon), 존 로(John Law) 등 일군의 사회과학자들이 주축이 되어 만든 이론이다. 그 이름에서 짐작되듯 인간과 비인간 행위자(actor) 사이에 형성되는 네트워크에 주목하는 ANT는, 기계나 물건 같은 비인간도 인간처럼 행위능력(agency)을 가진다는 전제하에 인간과 비인간을 동등하게, 대칭적으로 다루는 것을 골자로 한다.[25] ANT에서 인간 행위자는 자신과 연결된 숱한 인간 행위자와 비인간 행위자의 이종적인 네트워크

---

25 홍성욱, 「행위자네트워크 이론: 불확실하고 변화하는 수상한 사물에 주목하라」, 브루노 라투르 외, 홍성욱 엮음, 『인간·사물·동맹: 행위자네트워크 이론과 테크노사이언스』, 이음, 2010, 8쪽. 행위자(actor)와 행위능력(agency)에 대한 보다 자세한 이해는 다음의 설명을 참고할 수 있다. "ANT에서 행위자란 무엇을 가리키는가? 우리가 살아가는 이 세계는 인간만으로 이루어진 것도, 혹은 물질만으로 이루어진 것도 아니다. 인류의 역사 이래 이 세계에는 인간과 물질이 공존하고 있다. 그런데 가만히 보면 이 세계라는 것은 인간이 물질을 변형시켜 인공물을 만들기도 하고, 그렇게 만들어진 인공물이 인간에게 영향을 주기도 하면서 서로가 서로를 구성해왔다고 볼 수 있다. 이것을 어떤 행위를 실행할 수 있다는 행위능력(agency)의 관점에서 기술해보자면, 인간이 다른 인간이나 물질에 영향을 미쳐서 어떤 변화를 가져오기도 하고, 물질이나 기술이 인간에게 영향을 미쳐서 모종의 변화를 가지고 오기도 한 역사였다고 볼 수 있다. 다시 말하여, 이 행위능력의 관점에서 보자면 어떤 것이든지 다른 존재에 어떤 영향을 미쳐서 모종의 변화를 가지고 온다면, 인간이 행위하듯이 기술도 행위한다고 할 수 있다. ANT에서 행위자(actor)는 "어떤 행위를 하는 실체들"(entities that do things)로서 여기에는 인간뿐만 아니라 비인간도 포함된다."(박은주, 「기계도 행위할 수 있는가? : 브루노 라투르의 행위자네트워크 이론(actor-network theory)을 중심으로」, 『교육철학연구』 제42권 제4호, 한국교육철학학회, 2020, 9쪽)

자체에 해당한다. 따라서 인간 행위자로서 "나의 행위능력이란 나와 네트워크로 연결되어 있는 숱한 행위자들의 상호작용에서 비롯된 '관계적 효과'로 볼 수 있다."[26] 인간 행위자뿐만 아니라 비인간 행위자들도 그 자체 이종적인 네트워크를 이루면서 관계적 효과로서의 행위능력을 지니는 것은 물론이다.

이종적인 행위자들 간의 네트워크 운동에 집중하는 ANT는 당연히 네트워크를 어떻게 형성할 것인가 하는 문제를 가장 중요시한다. 이종적인 행위자들을 연결하여 네트워크를 건설하는 과정을 ANT에서는 특별히 '번역(translation)'이라는 용어로 설명한다. 하나의 언어를 다른 언어로 풀이해내는 것을 뜻하는 '번역'을 ANT에서는 "한 행위자의 이해나 의도를 다른 행위자의 언어로(즉 다른 행위자의 이해나 의도에 맞게) 치환하기 위한 프레임을 만드는 행위"[27]로 확장한다. "나는 번역을 치환, 표류, 발명, 매개, 전에는 존재하지 않았으며 원래의 것을 조금 바꾸는 연결의 생성 등의 의미로 사용했다"[28]라는 라투르의 발언에서 확인되듯, ANT에서의 번역은 단순한 대체나 교체가 아니라 이전에 존재하지 않았던 무언가의 '생성(creation)'을 의미한다. 서로 다른 네트워크 체계와 운동성을 지닌 이종적인 행위자들이 만나서 또 다른 네트워크를 생성하면서 그러한 네트워크 자체인 또 하나의 행위자를 발생시키는 과정이 곧 번역인 셈이다. 번역을 통해 이전

---

26 홍성욱, 「7가지 테제로 이해하는 ANT」, 브루노 라투르 외, 홍성욱 엮음, 『인간·사물·동맹 : 행위자네트워크 이론과 테크노사이언스』, 이음, 2010, 22~23쪽.
27 위의 책, 25쪽.
28 브뤼노 라투르, 장하원·홍성욱 옮김, 『판도라의 희망 : 과학기술학의 참모습에 관한 에세이』, 휴머니스트, 2018, 287쪽.

에 없던 새로운 네트워크이자 행위자가 출현하는 사건과 더불어, 기존의 행위자들도 저마다 이전과는 다른(부분적으로 새로운) 성격의 행위자이자 네트워크로 변형되어 나타난다. 번역을 통해 새롭게 등장하는 행위자든 기존에 있던 행위자든 "행위자는 '발견'되는 것이라기보다 '출현'하는 것에 가깝다"[29]라는 의견도 그래서 가능하다.

ANT에서의 번역은 새롭게 네트워크를 구축한다는 말과 동의어다. 당연히 번역을 잘할수록 더 많은 요소가 연결된 더 큰 네트워크로 확장할 수 있으며, 성공적인 번역은 더 많은 요소를 연결하면서 더 큰 권력을 가질 수 있다. 나아가 번역이 성공적으로 되어 네트워크가 매우 안정화될 때, 그것은 하나의 실재, 견고한 사실, 법칙, 필수품 같은 그 내부를 신경 쓰지 않고 받아들이는 '블랙박스' 같은 존재자가 된다.[30]

여기서 블랙박스는 자동차, 컴퓨터, 스마트폰처럼 하나의 행위자이자 네트워크가 더 이상 확장이나 소멸 등의 운동성을 가지지 않고 닫힌 상태가 되어, 결과적으로 사용 자체에만 관심이 집중되는 대상물을 일컫는다.[31]

그렇다면 본고에서 궁극적으로 관심을 두는 생성언어예술도 저와

---

29 박은주, 「기계도 행위할 수 있는가?: 브루노 라투르의 행위자네트워크 이론(actor-network theory)을 중심으로」, 『교육철학연구』 제42권 제4호, 한국교육철학학회, 2020, 11쪽 각주. 참고로 해당 각주의 나머지 내용은 다음과 같다. "ANT에서는 '행위자가 무엇인가'보다는 '어떠한 과정을 거쳐서 행위자로 출현하게 되는가'에 보다 초점을 맞춘다. 즉 ANT에서는 세계의 구성 요소로 이미 존재하는 존재자들에 대한 탐구에서 출발하는 대신, 미래에 존재하게 되는 행위자의 복잡하고 논쟁적인 본성에 더 관심이 있다."

30 위의 논문, 10쪽.

31 위의 논문, 18쪽.

같은 블랙박스로서의 위상을 획득할 수 있을까? 획득할 수 있다면 어떤 방법이 있을까? ANT에 대한 논의를 이어가는 중에 자연스럽게 제기되는 질문이다. 질문은 더 나올 수 있다. 안정되고 견고한 블랙박스가 되는 것을 논하기 전에, 아직 본격적으로 도래했다고 보기 힘든 생성언어예술이라는 이종적인 결합물(AI+문학)이 더 많은 요소를 연결하면서 더 큰 힘을 거느린 네트워크로 확장될 수 있을까? 있다면 그 방법은 무엇일까? 이 또한 번역의 관점에서 접근해볼 수 있다.

하나의 기술이 만들어지는 과정, 혹은 지식이 생산되는 과정은 다르게 표현하면 번역이 이루어지는 과정이라고 할 수 있다. 예를 들어 가리비조개 유생을 연구하여 논문을 쓰고자 하는 과학자의 번역을 생각해보자. 이 경우, 이 과학자의 목표는 '어떻게 가리비가 수집기에 잘 부착하는가'로 될 것이고, 이 공통의 목표 아래 관계된 주요 행위자는 연구에 참여하는 과학자들, 어부들, 가리비조개가 될 것이다. 이들 간의 네트워크를 형성하려면 무엇보다 각 행위자들의 이해관계를 면밀히 파악하여서, 하나의 목표 아래 단단한 동맹으로 결속시키는 것이 중요하게 된다. 가리비조개가 수집기에 잘 부착하여 어부들이 가리비조개 양식에 성공하고, 이에 대한 연구결과를 논문으로 완성하여 과학자공동체에 새로운 지식을 인정받을 때 이 네트워크는 안정화된다. 이 지식이 더 널리 알려지고 더 많은 어부들이 가리비조개 양식에 참여하고 가리비조개가 생산된다면 이 네트워크는 더 강력하게 확장될 것이다.[32]

32 박은주, 앞의 논문, 10~11쪽.

생성언어예술이라는 새로운 예술 장르가 개척되는 과정도 일종의 번역이 이루어지는 과정이라면, '어떻게 가리비가 수집기에 잘 부착하는가'를 목표로 수행된 위의 실험 과정에 생성언어예술이 성립되는 과정을 그대로 대입할 수 있다. 우선 실험의 목표부터 구하자면, 생성언어예술은 생성언어로 구성되고 구현되는 언어예술(문학)이라는 점에서 '생성언어와 언어예술이 어떻게 유의미하게 만날 수 있는가' 혹은 '언어예술로서의 문학이 언어생성기계로서의 AI와 어떻게 유의미하게 만날 수 있는가'로 정리할 수 있겠다. 이러한 공통의 목표 아래 관계된 주요 행위자는 인간 연구자, 인간 창작자 및 독자, AI(생성언어), 문학(언어예술) 등이 되겠다. 이어서 이들 간의 네트워크를 잘 형성하기 위해 각 행위자들의 이해관계를 면밀히 파악하여 하나의 목표 아래 단단히 동맹으로 결속시키는 작업이 필요하다. 이러한 작업, 즉 이종적인 행위자들 간에 네트워크를 형성하는 번역 작업이 성공적으로 수행되면, 문학계에 나아가 그 주변에까지 영향을 미치면서 그 성과를 인정받는 결과물이 제출될 것이고, 이러한 성과에 힘입어 더 많은 창작자와 독자가 참여하여 생성언어예술을 향유한다면 생성언어예술이라는 네트워크는 더 강력하게 확장될 것이다. 뿐만 아니라 기존의 문학도, 창작자와 독자도, AI와 생성언어도 이전과는 다른 성격의 문학이 되고, 창작자와 독자가 되고, AI와 생성언어가 될 것이다.

이상의 실험 과정에서 관건이 되는 지점은 이종적인 행위자들 간의 네트워크를 형성하는 번역 작업이 얼마나 성공적으로 수행되는가에 놓인다. 당연히 행위자 저마다의 이해관계를 면밀히 파악하여 생성언어예술이라는 하나의 목표 아래 단단히 동맹으로 결속시키는 과정이 매우 중요해진다. "다른 행위자들을 만나서 다양한 이해관계를 조율한다는 것은 나의 원래의 목표를 조정한다는 말"[33]과 같다는 점에서, 생성언어예술이라는 공통의 목표이자 지향점을 향해 행위자로서 참여하는 인간도 문학도 AI도 모두 자체의 운동 방향을 조금씩 수정할 필요가 있다.[34] 수정하는 과정 자체가 이전과는 다른(부분적으로 새로운) 인간 창작자가 되고, 독자가 되고, 문학이 되고, AI가 되는 길이면서, 이전까지 없었던 새로운 네트워크이자 행위자로서의 생성언어예술을 창출하는 길로 이어질 수 있다.

　라투르에 따르면, 이름 없는 존재자에서 독립된 행위자로 출현하기까지 연구자는 다양한 시험(trials)의 단계를 고안하고 실험을 거친다. 우선은 수행들의 목록을 관찰할 수 있는 시험단계, 다음으로 독립적인 새로운 행위자를 시험할 새로운 인공적 세계의 단계, 마지막으로 다른 학문공동체에 입증하는 시험단계가 그것이다.[35] 한편, 미셸 칼롱은 ANT에서의 번역이 이뤄지는 과정을 네 개의 단계로 나눠 설명한다. 첫째는 한 행위자가 다른 행위자들을 정의하고 이들의 문제를

---

33 박은주, 앞의 논문, 11쪽.
34 물론 의식도 자의식도 없는 AI라는 비인간(문학도 마찬가지다)이 자체의 운동 방향을 수정할 수는 없다. 그러나 AI를 단순히 도구로 여길 때의 AI와 여타 행위자들에게 영향을 미치는 행위능력을 지닌 행위자로 둘 때의 AI는, 같은 AI일지라도 보이는 측면이 다르고, 다른 만큼 활용되는 지점이 다르고, 거기서 창출되는 효과도 다를 것이다. 결과적으로 AI가 자체의 운동 방향을 수정할 수 없다고 하더라도, AI의 행위능력을 인정하는 시각과 인정하지 않는 시각에서 비롯되는 AI의 활용 방향과 운동 방향은 많은 차이를 보일 것이다. 비인간에 행위능력을 부여하는 주체가 결국 인간이더라도, 행위능력이 부여된 비인간과 그렇지 않은 비인간이 창출하는 효과가 다르다는 점에서, ANT를 비롯한 탈인간중심주의 이론들의 의의를 구할 수 있다.
35 브뤼노 라투르, 장하원·홍성욱 옮김, 『판도라의 희망 : 과학기술학의 참모습에 관한 에세이』, 휴머니스트, 2018, 201쪽 참조.

떠맡으며 기존의 네트워크를 교란시키는 '문제 제기(problematization)'의 단계이고, 둘째는 다른 행위자들을 기존의 네트워크에서 분리하고 이들의 관심을 끌면서 새로운 협상을 진행하는 '관심 끌기(interessement)'의 단계이며, 셋째는 다른 행위자들로 하여금 새롭게 주어진 역할을 맡게 하는 '등록하기(enrollment)'의 단계이다. 마지막으로 이들을 대변하면서 자신의 네트워크로 포함시키는 '동원하기(mobilization)'의 단계가 그것이다.[36]

라투르와 칼롱이 각각 제시한 단계별 시험 과정과 번역 과정에 기대어 보자면, 생성언어예술이라는 이종적인 결합물은 시험 과정에서는 두 번째 단계(독립적인 새로운 행위자를 시험할 새로운 인공적 세계의 단계)를 지나고 있고, 번역 과정에서는 두 번째 단계('관심 끌기'의 단계)를 지나 세 번째 단계('등록하기'의 단계)를 목전에 두고 있는 것으로 보인다. 앞서 GPT류의 거대언어모델에 의해 생성된 문학 텍스트가 지니는 한계를 극복하는 방안으로 제시한 '과정의 언어'로 창작하는 방식과 '노이즈의 언어'로 창작하는 방식 모두 위의 시험 과정과 번역 과정에서 두 번째 단계의 사례에 해당한다. 시험 과정에서도 번역 과정에서도 모두 마지막 단계에 다다르지 못한 생성언어예술 앞에는, ANT의 핵심 논제인 '이종적인 행위자들 간의 네트워크를 형성하는 번역 작업'이 여전히 숙제로 남아있는 셈이다.

---

36 홍성욱, 「7가지 테제로 이해하는 ANT」, 브루노 라투르 외, 홍성욱 엮음, 『인간·사물·동맹 : 행위자네트워크 이론과 테크노사이언스』, 이음, 2010, 26쪽 참조.

아직 오지 않은 생성언어예술

앞서 언급한 대로 생성언어예술은 아직 본격적으로 도래한 예술 영역이 아니다. 학계나 문학장에서 공공연히 논의되는 개념도 아니다. '행위자-네트워크 이론'의 라투르와 칼롱이 각각 제시한 새로운 네트워크를 구축하는 단계별 과정에서 모두 마지막 단계에 도달하지 못한 상태에 있는 개념이다. 아직은 실험실에서의 작업에 불과하다고 해도 과언이 아닌 생성언어예술은 AI의 생성언어를 필수 요소로 거느리는 만큼 인간의 언어로만 구성되는 기존의 문학과는 다른 예술적 근거를 필요로 한다. 생성언어로 구축되는 새로운 예술 영역을 뒷받침하는 이론적 탐색이 요청되는 이유다.

본고는 아직 실험 단계에 놓인 생성언어예술의 근간을 이루는 생성언어가 예술의 언어로 진입하는 데 걸림돌이 되는 지점과 그것을 극복하는 방안을 관련 이론을 참고하면서 살폈다. 아울러 생성언어예술을 논의하는 과정에서 제기되는 낭만주의 저자의 죽음, 비인간 창작 주체의 등장, 인간-비인간의 협동적·상호작용적 창작의 가능성 같은 문제를 중심으로 관련 이론을 살폈다. 이를 통해 생성언어예술이 유의미한 예술의 영역으로 안착할 수 있는 이론적 토대를 다지고자 하였다. 우선은 기존의 언어를 유일한 질료로 삼는 생성언어의 자질이 그대로 생성언어예술의 한계로 이어지는 점을 짚었다. 한계 지점은 크게 두 가지다. 창작자와 독자 모두에게 정서적 감응을 주기 힘들다는 점과 기존의 문학에 내재된 규칙을 뛰어넘는 문학을 기대하기 힘들다는 점이 그것이다. 이에 대해 각각 생성언어로 창작하는 과정을 공유하는 방식(즉 '과정의 언어'로 창작하는 방식)과 돌연변이나 노이즈에 해당하는 텍스트를 생성하는 방식(즉 '노이즈의 언어'로 창작하는 방식)을 극복 방안이자 대안으로 제시했다.

다음으로 AI를 통해 창작된 텍스트에 대해 인간적인 거부감이 생기는 근저에는 인간 중심적인 낭만주의 저자 개념이 녹아있음을 살폈다. 작가 개인의 창의성과 소유권을 강조하는 낭만주의 저자 개념은 문학의 필수 요소인 언어를 생성하는 일을 AI가 맡은 이후에도 여전히 막강하며, 따라서 AI라는 비인간이 인간 중심의 저자 구도를 깨고 창작 주체로 진입하기 위해서는 과도하게 신비화된 낭만주의 저자의 권위가 해체될 필요가 있었다. 이때 낭만주의 저자의 해체는 인간 저자에게만 해당되는 사건이 아니라 AI 저자에도 똑같이 적용되는 조건이었다. 낭만주의 시대에 부정된 창의성의 협동적·상호작용적 본질을 되살리기 위해서도 낭만주의 저자의 죽음은 낭만화된 AI 저자의 죽음까지 포함하는 사건이어야 한다.

이어서 논의한 ANT(행위자-네트워크 이론)는 AI를 글쓰기의 단순한 도구가 아니라 협력의 주체로 받아들일 때 유용한 참고가 된다. 인간과 비인간 행위자 사이에 형성되는 네트워크에 주목하는 ANT는, 기계나 물건 같은 비인간도 인간처럼 행위능력을 가진다는 전제하에 인간과 비인간을 동등하게 다룬다. 이종적인 행위자들을 연결하여 네트워크를 건설하는 과정을 ANT에서는 특별히 '번역'이라는 용어로 설명한다. 새롭게 네트워크를 구축한다는 말과 동의어인 번역이 성공적일수록 더 많은 요소가 연결된 더 큰 네트워크가 생성될 수 있다. 본고의 주요 관심사인 생성언어예술 역시 번역의 관점에서 '언어예술로서의 문학과 언어생성기계로서의 AI가 어떻게 유의미하게 만날 수 있는가'를 목표로 단계별 과정을 적용할 수 있었다.

생성언어예술은 문학을 비롯한 예술 분야에 향후 어떤 식으로든 영향을 미칠 것으로 예상되는 AI의 역량을 고려할 때, 더 활발한 논의가 요청되는 영역이다. ANT에서 강조하듯이, 인간이 비인간에 행위능력을 행사하는 것과 마찬가지로 비인간 역시 인간에게 행위능력을 행사하는 행위자로 존재한다. 숱한 비인간 행위자 중에서 AI가 보이는 행위능력의 크기는 과거 어느 때보다 커졌고, 앞으로 더 커질 것으로 전망된다. AI라는 비인간 행위자가 인간에 대해, 문학에 대해, 예술에 대해 어떤 행위능력으로 어떤 영향을 끼칠지는 현재로선 판단하기 어렵다. 다만 문학/예술에 종사하는 인간 행위자의 입장에서 AI라는 비인간 행위자와 더불어 유의미한 상호작용을 만들어내는 방식은 계속 고민될 필요가 있다. 인간과 비인간 행위자의 만남, 문학이라는 언어예술과 AI라는 언어생성기계의 만남, 양자의 만남을 유의미하게 만드는 자리에 생성언어예술이 위치해야 함을 재확인하면서 후속 논의를 기대한다.

[2]
인간처럼 쓰지 않기
— AI 문학의 존재론적 전환

허희

인간-유사성의 함정

현상적 활력에도 불구하고, 현재까지의 AI 문학 실험은 문학사의 변곡점을 기록할 만한 질적 혁신—진정한 '문학적 사건'이라 부르기는 어려울 것 같다. 근본적 원인은 AI라는 테크놀로지의 도입이 언어의 물질성에 대한 새로운 감각을 포함하여, 세계를 인식하는 통찰의 방식에 대한 문학적 탐구로 이어지지 못하고 있기 때문이다. 지금까지의 실험은 대부분 AI가 글을 쓸 수 있는가, 혹은 AI가 인간처럼 쓸 수 있는가 하는 기술적 검증 단계에 머무르는 자명한 질문을 반복적으로 확인하는 수준에 그쳤다. 문학이 역사적으로 수행해 온 언어적·형식적·존재론적 질문—'무엇이 문학을 문학이게 하는가?'라는 과제를 계승하거나 확장하지 못한 것이다.

이 점에서 현재의 AI 문학은 문학 내부의 필연성에서 발생한 미학적 실험이 아니라, 문학 외부에서 유입된 기술적 이벤트를 수동적으로 소비하는 현상에 가까운 것이 사실이다. 현재 AI를 활용한 다수의 창작은 인간-유사성의 재현이라는 목표에 집착하는 경향을 보인다. 이러한 실험은 AI가 인간 작가처럼 감성적 문장을 쓸 수 있는가, AI는 인간 고유의 문학성을 생산할 수 있는가, AI가 특정 시인의 고유한 문체를 얼마나 정교하게 재현할 수 있는가와 같은 범주로 전개된다. 그러나 이것은 애초에 문학적 질문이라기보다, 인간의 언어 수행을 모방하는 기술적 모사 역량에 대한 공학적 평가 기준일 뿐이다. 문학의 가치를 감성적 문장 생산 능력이나 개성적 스타일 재연 능력으로 환원시킬 경우, AI 실험은 필연적으로 문학의 표피적 차원만 다루게 된다.

실제로 지금까지 시도된 AI 시 생성이나 스타일 모방 실험은 특정 시인이나 작가의 어휘 빈도·운율적 특성·문체적 흔적을 통계적으로 모방하는 데 성공한 것처럼 보이지만, 그것이 갖는 문학적 의미는 제한적이다. 문체는 평면적 어법이나 스타일의 외형으로 정의될 수 없다. 이는 세계를 인식하는 고유한 구조이자 실존적 사유가 언어에 기입된 흔적으로, 거기에는 한 개인이 통과한 시간·감각적 경험·사유의 축적이 불가결하게 동반된다. 따라서 문체를 통계적으로 모방하는 것은 가능하지만, 문체를 창발하는 것은 전혀 다른 차원에 속한다. AI가 생산한 유사 문체 텍스트가 문법적으로 유창하고 읽을 만한 문장을 갖출 수는 있으나, 그곳에 존재해야만 하는 필연성—문학적 긴장이나 형식적 불가피성을 결여한 채 텅 빈 언어의 외형만을 복사한 산물에 그치는 까닭이 여기에 있다.

서사 생성 실험에서도 기술적 성취와 문학적 한계가 교차하는 유사한 난점이 반복된다. GPT와 같은 거대언어모델을 기반으로 생성된 서사 텍스트는 발단-갈등-위기-절정-결말이라는 익숙한 구조나 아리스토텔레스적 플롯의 도식을 안정적으로 재현해낸다.[37] 하지만 그 재현은 서사적 필연성이나 인생 전반에 대한 존재론적 긴장을 내포하지 않는다. AI가 빚어낸 이야기는 전개는 있으나 이야기되어야 할 이유가 부재하고, 서사적 움직임은 있으나 서사의 내적 필요성이 해명되지 않는다. 다시 말해 AI가 생산한 텍스트는 사건의 배열이라는 플롯의 운용에는 성공적이나, 그것을 통해 드러나야 할 세계 인식의 성찰이나 감각적 경험의 밀도—내러티브 구성에는 실패한다. 이로 인해 AI 서사는 문학적 내러티브가 아니라 플롯 운용 알고리즘에 가깝고, 문학적 서사가 요구하는 의미의 구성 능력 대신 통계적으로 예상 가능한 전개를 기계적으로 산출한다.

이는 서사가 지닌 고유한 미학적·인식론적 역할을 괄호 치고 이야기 생산을 기능적 작업으로 축소한 결과다. AI 문학 실험이 출발선부터 잘못된 목표 설정을 했기 때문이리라. AI가 인간처럼 쓸 수 있느냐를 암묵적 기준으로 삼았던 이제까지의 실험과 달리, 필요한 것은 다음과 같은 물음이다. 문학은 왜 인간(중심)적으로 쓰여야 하는가? AI의 문학적 가능성은 인간의 문체나 서사를 복제하는 데 있는 것이 아니라, 인간의 감각 체계와 인식론적 지평을 초월하여 인간이 미처 구성하지 못했던 비인간적 언어 실재의 차원을 탐사하는 데 있다. 그럼에도 불구하고 한국 문학장 안에서 AI는 인간 언어의 모방자와 같은

---

37 허희, 「AI 소설 창작 서설」, 『학산문학』 2019년 여름호, 20~32쪽 참조.

종속적 지위를 벗어나기 쉽지 않았다. 문학의 외연을 확장하면서 심화할 가능성보다는, 인간 문학의 열등하고 불완전한 복제물로 타기하는 쪽의 목소리가 컸다.

시장·제도·담론과 AI 문학

현재 AI 문학이 직면한 교착 상태는 개별 창작자나 일부 실험의 방향성 착오라는 미시적 면에 국한되지 않는다. 배경에는 문학을 둘러싼 시장·제도·담론의 장이 엮인 거시적 요인들이 다층적으로 자리한다. 이것은 AI가 지닌 급진적 미학의 잠재성을 적극적으로 탐색하고 발굴하기보다, 기존의 질서 안에 무해하게 편입시키거나 예측 불가능한 기술적 위협으로만 간주하여 논의 자체를 봉쇄하는 방향으로 작용한다. 그래서 AI 문학을 둘러싼 일련의 요인을 비판적으로 검토하지 않고서는 제자리걸음을 하는 현 상황을 타개할 실질적 대안을 모색하기 어렵다. 관련한 세 가지 문제를 살펴본다.

첫째, 신자유주의적 시장 중심의 자본 논리다. AI는 문학적 사유의 파트너나 미학적 실험 장치가 아니라, 텍스트 생산 효율성을 극대화하는 도구로만 수용되고 가치를 평가받는다. 자본의 일차적 목표가 계량화할 수 있는 이윤을 극대화하는 것인 한, AI는 필연적으로 문학적 급진성을 탐구하거나 낯선 내용·형식을 모색하는 방향으로 이행하지 않는다. 이것은 본질적으로 높은 위험과 불확실성을 수반하기 때문이다. 그래서 이미 시장에서 검증된 성공 공식(예컨대 웹소설이나 장르문학의 특정 플롯, 독자의 즉각적 반응을 이끌어내는 자극적인 클리셰)을 신속하게 복제하고 대량 생산하는 산업적 전략과 우선적으로 결합한다.[38] 이는 AI를 기존의 상업적 서사 문법을 강화하고 고착시키는 효율성을 극대화한 도구로 전락시키고, 문학을 산업적 요구에 종속시켜 예술 본연의 비효율적이고 가치 전복적 실험을 하는 색채를 퇴색하게 만든다. 이 과정에서 작가의 역할은 세계와 언어를 고민하면서 고유한 감각을 벼리는 창조적 주체라기보다, 산업적 파이프라인의 일부로서 프롬프트를 관리하고 기계의 결과물을 시장의 요구에 맞게 검수·편집하는 텍스트 관리자—콘텐츠 오퍼레이터로 축소될 위험에 처한다. 그러는 한에서 문학이 예술의 영역에서 데이터 기반 콘텐츠 산업의 영역으로 이전되는 결과를 초래할 수 있다.

둘째, 문학장의 평가 기준이 AI가 환기하는 급진성과 충돌할 수 있다는 잠재적 위험이다. 물론 아직 주목할 만한 한국의 AI 문학 실험 사례가 부족하여 제도권의 본격적인 평가가 이루어졌다고 보기에는 이르고, 많은 비평가—연구자가 AI를 활용한 실험과 연구를 적극적으로 독려하고 있는 것은 고무적인 사실이다. 그러나 만약 AI의 결과물이 본격적으로 비평의 장으로 유입될 때, 현재 한국 문학의 주류를 이

---

38 분야는 다르나 다음과 같은 사례를 참고할 수 있을 것이다. "미국의 제작자들은 생성 AI를 통해 시나리오의 초고를 작성한 후 작가들에게 대본의 수정을 요구했고, 생성 AI가 보유한 데이터베이스에 작가들의 수많은 저작물을 보상 지급 없이 무단으로 도용하였다. 또한 생성 AI를 통해 배우의 얼굴을 스캔한 후 복제한 신체를 자사 영화에 무한정 등장시킬 초상권을 제작사에 귀속할 것을 강권했다. 이때 복제된 배우의 신체 초상권은 제작사에 있으므로 스캔 당일을 제외하곤 배우에게 금전 보상이 이루어지지 않는다."(정재현, 「할리우드 작가조합, 배우조합 파업 무엇이 쟁점인가—WGA와 SAG-AFTRA의 파업을 둘러싼 7가지 질문들」, 『씨네21』, 2023년 8월 18일)

루는 평가 기준(자연스러운 문장, 유기적 통일성, 개연성 있는 완결된 플롯, 일관된 작가적 문체 등)와 같이 근대 휴머니즘에 기반한 미학 규범이 그대로 적용될 경우 파열음이 날 수밖에 없다.

그러한 기준에 따르면, AI가 산출하는 특성—인간의 논리적 인과율을 벗어나는 통계적 비약, 의도성의 부재에서 비롯된 논리적 파열, 합리적 서사 구조를 의도적으로 이탈하는 비인간적 낯섦이나 생경한 감각의 파편들은 기술적 오류나 문학적 미숙함으로 평가절하될 여지가 있다. 그것은 AI 텍스트가 인간의 규범을 벗어나는 파격을 시도할수록 역설적으로 제도권의 평가에서 소외됨을 의미한다. 자칫 AI로 하여금 새로운 문학을 시도하도록 장려하기보다, 기존의 인간적 문법을 얼마나 흠결 없이 모방했는지를 겨루는 '문학적 튜링 테스트'의 장으로 AI 문학을 밀어넣을 우려가 있다는 것이다.

셋째, AI 문학을 둘러싼 공적 담론의 편향성도 미학적 탐구를 지연시키는 요인이다. AI와 문학의 관계를 둘러싼 공적 담론은 표절이나 학습 데이터의 저작권 침해, 창작 윤리의 위반, 데이터 자체가 지닌 편향성, 기존 작가들의 생계 위협 및 직업적 대체 가능성 등 당장 눈앞에 닥친 법적·제도적·직업적 문제로 수렴되고 있다. 이러한 현실적 문제들에 대한 사회적 합의와 제도적 정비는 필수적이고 시급하며, 이를 간과해서는 안 된다. 하지만 모든 담론이 실용적이고 방어적인 문제 해결로 흘러가면 부작용도 생긴다. 기술에 대한 도덕적 공포에만 초점을 맞추면 정작 핵심이 되어야 할 미학적·존재론적 탐구, AI라는 테크놀로지가 문학이라는 예술 형식을 어떻게 변형시킬 수 있는가 하는 질문은 공론장에서 주변화된다. 그러면 AI 문학은 '무엇을 할 수 있는가(what)'라는 역량의 영역보다는, '허용될 것인가(whether)'라는 규제의 영역에서 통용될 따름이다.

이처럼 한국의 AI 문학은 그것을 사유하고 수용하는 문학적 상상력의 방향 설정이 필요한 상태에 직면해있다. 지금까지의 대체적인 실험은 AI라는 생소한 기술이 문학과 조우할 때 발생할 수밖에 없는 미학적·인식론적·존재론적 지각 변동을 논의의 대상으로 충분히 정교화하지 못한 것 같다. AI가 인간의 텍스트를 얼마나 그럴듯하게 산출하는지를 대중에게 보여주는 기술적 시연도 그러하다. 이것은 AI를 경이로운 기술적 대상으로 물신화하는 태도에 지나지 않는다. 문학은 안온한 세계 인식을 재확인하고 기왕의 가치를 재생산하는 예술이 아니다. 인간 너머의 타자적 감각과 사유를 호출해 온 전위적 실천이 문학의 진면목이었다.

그렇게 문학의 역사가 필기·인쇄·타이핑·디지털 텍스트 등 당대의 기술 미디어 변화를 매개로 사유 방식과 지각의 형식을 넓혀 왔음을 상기해야 한다.[39] 그래야 맹목적인 기술낙관론과 낭만주의적 인간 중심주의의 공포라는 양극단 사이를 무의미하게 진동하는 AI 문학 담론을 탈피할 수 있다. 이분법적 대립 구도에서, AI라는 비인간적 타자를 문학의 존재론적 조건으로 사유하고 이질성을 탐구하려는 노력은 지속되기 힘들다. 기술을 순전한 도구로만 보거나, 혹은 통제 불능의 위협으로만 간주하는 극단의 시선은 기술과 문학의 관계를 대체나 대결의 관계로만 상정한다.

---

39 월터 J. 옹, 임명진 옮김, 『구술문화와 문자문화』, 문예출판사, 2018, 170~180쪽.

언어 실험·생성 구조·협력적 창작과 AI 문학

둘 사이의 복잡한 공진화나 상호작용을 통한 문학 형식의 창발성을 검토하려면, 인간의 인식론적 지평을 확장하고 문학의 정의를 재구성할 수 있는 이질적 타자로 받아들여야 한다. 이러한 전환은 관점의 변화에 그치지 않는다. 문학의 존재론적 기반을 재규정하려는 움직임과 맞닿는다. 논점은 기술의 현재적 성능이나 그럴듯함을 평가하는 것이 아니라, 문학의 미래적 가능성을 향해야 한다. 관건은 '인간처럼'이 아니라 '인간을 넘어서'라는 행로에 있다. 이는 인간 문학의 가치를 부정하는 것과는 무관하다. 인간 문학이 미처 탐사하지 못한 영역을 비인간—AI를 통해 역으로 탐문하려는 과정의 일환이다.

시장·제도·담론의 압력에 순응하여 인간 문학의 아류를 생산하기보다는 거기에 저항하고 균열을 내려는 문학적 도전. 이것은 인간처럼 쓰기라는 목표를 폐기하고, AI를 모방 도구에서 그것의 작동 원리와 물질성을 탐구해야 할 매체로 격상시키는 인식의 변환을 포함한다. 그에 따라 앞 장의 세 가지 제약에 각각 맞서는 구체적 창작 전략으로서 언어 실험, 생성 구조, 협력적 창작의 면면을 들여다보려 한다. 시장 논리가 AI를 인간의 즉물적 욕망을 빠르게 충족시키는 효율적 콘텐츠 생산 도구로 환원하려 한다면, 이에 맞서는 첫 번째 전략은 AI의 비인간적 특성을 활용해 인간중심적 감각과 언어 규범 자체를 낯설게 하는 언어 실험에 있다.

시장이 요구하는 것은 감정 이입과 심리적 동일시에 기반한 읽기 쉬운 텍스트, 언어의 투명성이다. 그렇지만 AI는 체험·의식·육체가 부재한 통계적 메커니즘이기에 인간의 심리주의나 감정 이입에서 자유롭다. 문학은 이를 활용해, 인간의 서사적 욕망(갈등과 해소)이나 감성적 문법에서 벗어나 언어 자체의 불투명성을 드러내는 미학을 탐구해야 한다. 구체적으로 생성 시학의 실천으로 나타날 수 있다. AI가 산출하는 언어의 물질성에 주의를 기울이는 것이다.

예를 들어, AI의 환각(hallucination)이나 논리적 비약은 기술적 오류가 아니라, 관습적인 인간의 의미론적 연관을 벗어나는 통계적 무의식의 발현이자 새로운 은유적 가능성으로 독해될 수 있다. 그것은 20세기 다다(Dada)나 초현실주의가 인간의 무의식과 우연을 탐구한 것과 유사하지만, AI의 그것은 인간의 꿈이 아닌 방대한 데이터의 상관관계에 기반한다는 점에서 다르다. "거대언어모델이 학습하는 훈련 데이터는 현대사회의 디지털 집단무의식을 담고 있는 광활한 저장소에 빗댈 수 있다. 인터넷에 축적된 수십억 개의 텍스트와 이미지는 인류의 지식·신념·편견·욕망·창작물이 총체적으로 집약된 결과물이다. 거대언어모델은 이를 통계적으로 처리함으로써, 명시적으로 드러나지 않았던 개념들 사이의 숨겨진 연관성, 문화적 원형, 잠재된 편견까지도 내재화한다."[40]

또한 AI를 통해 의도적으로 언어의 통사 구조를 파괴하거나, 통계적으로는 유의미하나 인간에게는 낯선 단어 조합을 반복적으로 생성함으로써, 언어 자체의 물질성을 드러내는 실험이 가능하다. 이것은 인간의 내면을 표현하는 문학이 아니라, 데이터의 잠재 공간이 드러

---

40 허준행, 「기계적 오류의 시학적 전유 가능성 연구—AI 할루시네이션과 시적 언어를 중심으로」, 『한국문예비평연구』 제87집, 한국현대문예비평학회, 2025, 53~54쪽.

나는 문학, 혹은 인간의 오감을 벗어난 통계적 연관성으로 직조된 데이터-존재론의 문학이다. 이러한 언어 실험은 시장이 요구하는 매끄러운 콘텐츠보다는, 독자에게 해독과 사유를 요구하는 읽기 어려운 낯선 텍스트, 문학 고유의 전위적 실천을 복원함으로써 시장 질서를 교란한다. 한편 문학장의 주류적 평가 방법이 AI를 완결된 플롯과 유기적 통일성을 지향한다면, 이에 맞서는 두 번째 전략은 서사를 고정된 결과(text)가 아닌, 잠재적 가능성을 품은 구조(system)로 재설계하는 것이다. 서두에서 지적했듯이, AI 서사는 안정적 플롯을 모방할 수는 있으나 내적 필연성을 갖지 못한다. 제도는 필연성의 부재를 비판하면서 AI를 미숙함으로 평가절하하기 쉽다. 그러나 AI 문학이 기존 소설 형식과 다른 지점은 인과적 사건 전개와 서사적 통일성을 중시하는 서사학이 아니라, 확률 모델 기반의 가변적 이야기 생성 구조를 갖는다는 점이다. 필연성의 부재를 반대로 무수한 가능성이라는 미학적 원리로 전환시킬 잠재력을 모색해야 한다는 말이다.

AI는 동일 프롬프트를 입력하더라도 매번 다른 서사의 변주를 산출할 수 있고, 이것은 이야기의 파생적 대안이 하나의 텍스트 내부에서 다층적으로 존재할 수 있음을 의미한다. AI 문학은 이를 미학적 원리로 활용하여, 다중 경로 서사 등을 생성할 수 있다. 그것은 서사를 하나의 완결된 구조로 고정하지 않고, 서사 발생의 무수한 가능태를 품은 서사적 장으로 펼쳐내려는 노력이다. 예를 들어 특정 사건의 발생 확률과 다양한 선택 경로 자체를 서사의 일부로 제시하는 확률 서사 구성을 떠올릴 수 있다. 이것은 무엇이 일어났는가와 같은 현실태의 서사가 아니라, 무엇이 일어날 수 있었는가 하는 잠재태의 서사—일종의 양자적 서사를 탐구하는 것이다.

또한 하나의 중핵 서사를 중심으로 AI가 산출한 수평적 변주들('만약 주인공이 다른 선택을 했다면?' 등)을 병렬적으로 제시하여 서사의 잠재성을 탐구하는 분기 서사 모델을 궁리해볼 수도 있다. 그리고 의도적으로 서사를 종결시키지 않고 독자나 또 다른 AI에 의해 지속적인 변형과 재구성을 허용하는 비완결 서사를 통해 프로세스-텍스트를 지향할 수 있다. 그것은 문학 작품을 완성된 결과물이 아닌, 지속적으로 작동하는 생성 엔진으로 보는 관점의 전환을 요구한다. 그러면서 독자의 선택이나 입력을 평면적인 경로 선택이 아닌, 새로운 텍스트를 생성하는 입력 변수로 포함하여, 읽기가 곧 생성이 되는 상호작용적 읽기-생성 구조를 형성해볼 수 있다. 이렇게 독자는 수동적 소비자에서 능동적 공동–생산자로 변모한다.

"독자는 텍스트 뒤에 숨겨진 저자를 찾는 대신, 프롬프트 엔지니어·편집자·대화 상대로서의 다층적 임무를 떠맡는 네트워크의 조정자를 독해하는 과제를 안게 된다. 독서는 AI가 산출한 무수한 가능성의 바다에서, 특정 텍스트를 선택하거나 폐기하고, 자신의 서사적 의도에 맞게 재배치하며, 전체의 흐름을 조율하는 과정을 파악하는 행위이다. 해당 변화는 생성된 텍스트의 흐름을 제어하는 지휘자, 그를 해독하는 해석자로 독자가 이동하고 있음을 시사한다."[41] 이러한 과정에서 AI는 이야기의 생산성을 높이는 도구에 그치지 않고, 서사 구성의 원리를 재설계하는 기제가 된다.

---

41 허준행, 「인공지능 시대, 독자 역할의 변화 연구」, 『상허학보』 제75집, 상허학회, 2025, 275쪽.

그리고 편향된 담론이 AI를 인간 작가의 대체재로 상정하며 대결 구도를 설정한다면, 이에 맞서는 세 번째 전략은 유일무이한 텍스트의 기원으로서 저자의 낭만주의적 신화를 해체하고, 협력적 창작 모델을 통해 얽힘의 하이브리드적 주체성을 실천하는 것이다.[42] AI 문학 창작은 단일 작가의 산물일 수 없다. 텍스트 생성 과정에는 프롬프트를 설계하고 질문하는 인간, 방대한 데이터를 학습한 AI 모델, 그 기반이 된 무수한 익명의 데이터(과거 텍스트의 총합) 등의 행위자들이 복잡하게 얽혀 있다. 텍스트 생성 과정에 프롬프트 설계, 학습 데이터 구성, 모델 파라미터 조정, 무수한 생성 결과물에 대한 선택·삭제·후편집 등 다층적 의사결정 과정이 개입할 수밖에 없는 것이다.

   그러한 점에서 AI 문학은 협력적 저작을 본질로 삼는데, 이때의 협력은 일정한 역할 분담에 국한되지 않는다. 창작 행위가 인간과 비인간(기계, 데이터, 알고리즘 등) 사이에 분산되는 구조를 지시한다. 낭만주의 사조 아래 문학이 유지해 온 저자 중심주의는 AI 문학에서 기술적 변화를 맞닥뜨린다. 텍스트는 개인의 내적 의도나 독창적 영감이 반영된 유기적 결과물만이 아니라, 언어 생성의 조건을 설계하는 복잡한 시스템의 산출 결과로 탈바꿈한다. AI 문학에서 작가의 주요 역량은 문장 쓰기와 조탁을 넘어, 언어가 생성될 환경과 규칙을 설계하는 체계 주조의 능력으로 옮겨간다. 이는 다음과 같은 방법론적 예시를 포괄한다.

   이를테면 개별적이고 일회적인 프롬프트가 아닌, A의 결과가 B의

---

42 허준행, 「인공지능 시대, 한국 현대시 연구의 과제와 전망—생성형 인공지능 챗GPT를 중심으로」, 『한국시학연구』 제74집, 한국시학회, 2023, 72~73쪽.

입력이 되는 프롬프트 사슬을 구성하거나, 여러 AI 모델이 상호작용하는 시스템을 구축하는 프롬프트 시스템화를 거론할 수 있다. 또한 텍스트가 따라야 할 생성 규칙, 문체적 제약, 서사적 목표 자체를 메타 프롬프트로 설계하여 AI의 작동을 유도하는 방식도 모색해볼 수 있다. 개념미술에서 지시어 자체가 작품이듯, 프롬프트 또는 그것의 제작이 문학적 텍스트가 되는 것이다. 더불어 범용 모델 대신, 작가가 의도적으로 선별하거나 직접 구축한 텍스트 코퍼스를 참조하게 함으로써 AI의 문체·어조·산출의 폭을 조절하는 데이터 개입 행위도 구상해 볼 수 있다.

이는 공동 저자로서의 AI에게 어떤 주관적 세계를 구축할 것인지를 결정하는 데이터 큐레이션 작업과 연동한다. 그러한 가운데 생성 과정에서 이루어진 수많은 선택·삭제·조립의 기준과 실패의 흔적들(AI의 오류 등)을 작품의 일부로 포섭하여, 결과가 아닌 과정 자체를 문학적 텍스트로 제시하는 결정의 기록화도 추진해볼 수 있다. 그러니까 AI 문학은 AI가 쓴 글이라기보다, 언어 생성 환경을 구축하는 과정=결과라는 것이다. 여기에서 협력적 창작은 작가의 대체로 귀결되지 않는다. 인간 주체성의 확장과 변모, 포스트휴먼적 주체성의 도래를 지시하면서 빤한 대결의 구도를 무력화시킨다.

되풀이하건대 "저자의 죽음이 예고한 것은 문학의 종언이 아니다. 창작의 행위성이 인간의 정신에서 인간과 비인간이 함께 직조하는 관계의 그물망으로 이동했음을 알리는 선언이었다. 이는 창작의 도구가 바뀐 것에 국한되지 않는다. 창의성의 지형도 자체가 변모하고 있음을 의미한다. 낭만주의가 신격화했던 천재의 신화는 효력을 다하였다. 그곳에 인간의 의도, 기계의 연산, 데이터의 축적, 독자의 해석이 서로를 끊임없이 제약하고 촉발하는 유동적인 네트워크가 들어섰다. AI 시대의 문학은 누가 썼느냐는 기원을 겨냥한 물음보다, 어떻게 함께 만들어내느냐는 과정의 담론에 의해 규정될 것이다."[43]

미메시스에서 포이에시스로

AI가 한국문학에 미친 영향은 창작 도구의 변화나 텍스트 생산 방식의 효율화라는 표면적 차원으로 해명되지 못한다. 지금 우리가 목격하는 것은 문학을 성립하게 한 전제—유일무이한 주체로서의 저자성, 체험과 고뇌에 기반한 언어 경험, 개연성으로 직조된 서사의 필연성, 의미를 능동적으로 구성하는 독자의 해석 행위 등이 총체적으로 재검토되는 거대한 인식론적 전환이다. AI는 문학 바깥에서 도래한 어색한 테크놀로지이기만 하지는 않다. 문학 내부의 규범과 가치 체계가 투명하게 작동하지 않는다는 새삼스러운 사실을 드러내는 사태인 것이다. 문학을 위협하는 적대적 도구로만 간주해서는 안 된다. 문학이 유지해 온 전통적 기준과 불문율(예컨대 독창성이나 진정성 신화)의 탈구축을 유도하는 촉매로 기능하기에 그렇다.

진짜 문제는 기술 그 자체가 아니다. 기술의 등장이 수면 위로 드러나게 한 문학 내부의 오래된 관성, 새로운 존재론적 환경에 응답해야

---

43 허준행, 「생성형 인공지능 시대 저자의 위상 변화 연구」, 『영주어문』 제61집, 영주어문학회, 2025, 397쪽.

하는 우리의 치열한 사유이다. 한국문학은 인간의 독자적 경험에 대한 진솔한 재현을 문학성의 근거로 설정해왔다. 그러나 AI는 문학과 언어를 인간성의 증명이라는 협소한 목적에 종속시키는 인본주의적 본질론이 가진 언어 이데올로기의 한계를 노정한다. 이러한 상황에서 불거지는 성급한 위기 담론—가령 인간만이 진정한 문학을 쓸 수 있다는 방어적 주장이나, AI는 창작의 고뇌와 영감을 모른다는 선긋기식 구분은 문학을 인간 감성의 협소한 보호구역에 가둔다. 그것은 문학이 본래 지닌 미지의 영역을 탐구하는 사유의 가능성을 스스로 축소하는 일과 다르지 않다.

문학은 발화 주체가 인간인지 비인간인지를 따지는 신분 확인의 예술일 수 없다. 문학은 언어가 미처 도달하지 못한 미지의 영역을 탐사하는 사유의 형식으로, 존재의 감각을 재구성하는 능동적 행위이며, 여전히 말해지지 않은 세계를 열어젖히는 실천적 힘이다. 그런 점에서 AI는 문학의 명제를 갱신하는 물음을 내포한다. 문학은 인간의 삶을 모방하는 능력(mimesis)인가, 아니면 세계를 새롭게 구성하고 창조하는 힘(poiesis)인가. 문학이 후자임에 동의한다면, AI는 문학을 위협하는 기계가 아니라 문학의 가동 범위를 전례 없는 차원으로 넓히고 심화하는 동력이 될 것이다.

자본의 논리가 지배하는 문학 시장은 문학을 생존의 프레임으로 환원시키고, 문학 제도는 이를 관리 가능한 형식의 텍스트로 규정하기 쉬우며, 공적 담론은 문학의 존재론적 질문 대신 기술 규제나 윤리 문제라는 논의에만 몰두한다. 이러한 내외부의 환경에서 문학은 스스로 가치 있는 질문을 생성해야 한다. 문학은 기술에 의해 잠식된다기보다, 가치 있는 질문이 나타나지 않는 흐름에 휩쓸려 쇠퇴하기에 그렇다. 문학은 새로운 기술적 환경을 발판 삼아 다시금 근원적인 물음을 제기하고 붙들어야 한다. 언어란 무엇인가, 창작이란 무엇인가, 세계는 어떻게 서사화되는가, 사유는 어떤 방식으로 전개되는가.

이러한 초석 없이 AI를 다루는 문학은 기술 소비에 지나지 않는다. 중요한 질문을 산출하지 못하는 문학은 박제된 장르가 될 뿐이다. AI 문학은 인간 문학의 불완전한 대체물이 될 필요는 없다. 그것은 기존 문학과 구별되는 문학의 다종다양한 출현을 가능하도록 이끈다. 오직 하나의 문학만이 존재해야 할 이유는 어디에도 없다. 문학은 인간의 현상학적 체험에 기반한 문학, 데이터와 알고리즘 논리에 기반한 AI 문학이라는 두 가지 층위로 분화될 수 있다. 인간 문학은 인간적 경험의 깊이와 역사적 감각, 실존적 고뇌를 서사화하는 고유의 역할을 지속할 것이다.

동시에 AI 문학은 인간의 감각 체계 바깥에 존재하는 낯선 의미 형성의 실험, 데이터 세계의 존재론적 차원, 언어와 지각의 비인간적 연결 방식을 구현하는 탐구 영역을 개척할 수 있다. 통계적 시학이나 알고리즘 서사학은 문학의 보조 도구에 머물지 않고, 독립적인 미학적 탐구 대상이 될 수 있다. 중요한 것은 이들을 아우르는 새로운 문학적 구도를 재구성하는 일이다. 문학은 통일된 장르가 아니라, 언어를 통해 현실을 구성하고 사유하는 다양한 실천들의 총체이며, 그 안에서 AI는 자기의 온전한 자리를 확보할 수 있다. AI는 한국문학에 중대한 선택을 요구한다.

지금까지의 문학적 규범을 답습하고 기술을 모방과 효율의 도구로 소비할 것인가, 아니면 이를 사유의 지렛대로 삼아 문학의 미지 영역을 탐험할 것인가. 내가 알기로 문학은 언제나 당대의 낯설고 불편한 경험을 언어로 조직하고, 그것에 진실한 형태를 부여해온 예술이었다. 그렇다고 할 때 문학은 기술의 발전에 수동적으로 반응하는 자리에 머물러서는 안 된다. 문학이 기술에 대한 새로운 해석학을 제공해야 하고, 문학이 기술의 논리를 넘어서는 언어를 발명해야 한다는 말이다. AI는 한국문학에 시대적 책무를 부여했다. 그것은 문학이 본인의 존재 이유를 다시 증명하라는 압박만은 아니다. 문학이 세계를 구성하는 힘을 제대로 보여줄 기회이다. 그것을 가장 멀리, 가장 깊숙하게 밀고 파고드는 것. 이것이야말로 AI 시대 문학이 수행해야 할 제일 과제이다.

[3]
AI 시를 읽는 새로운 장면들
― 수행, 청취, 과정으로의 초대

권보연

AI 시, 시 읽기의 어려움

GPT-3 이후, AI로 시를 쓰는 일은 어느 때보다 쉬워졌다. 단어 하나로 시 한 편을 지을 수 있고, 생성 버튼을 계속 누르다보면 시의 쓰나미가 쏟아진다. 시 쓰기가 이토록 만만해지다보니 자연스럽게 반대편 상황도 궁금해진다. 짝패인 시 읽기에도 비슷한 변화가 나타나고 있지 않을까. 하지만 기대와 달리, 읽기는 쓰기만큼 쉬워지지는 않은 듯하다. 적어도 내게, AI 시 읽기는 인간 시인의 시를 읽는 것보다 더 어려운 일로 느껴질 때가 많다. AI 시를 읽으며 내가 겪은 어려움은 대개 시를 읽기 전후, 혹은 중간에도 불쑥 찾아오는 허무와의 맞닥뜨림에서 시작되곤 했다. 반복되는 허무가 힘들었지만, 그럼에도 나는 AI 시를 계속 읽었다. 아마도 AI 기술 기업들이 향상된 성능의 모델을 잇달아 내놓고, 예술계 또한 그 흐름을 좇아 '최초'와 '최대'

라는 수식어를 내건 작품들을 발표하면서, 어느새 나도 AI 문학에서 '왜 읽는가'보다는 '일단 읽고 보자'를 앞세우며 모종의 불안을 달래고 있었던 것 같다.

독자를 허무의 늪으로 이끄는 조급한 시 읽기. 그것은 방향성을 잃은 채, 얼마나 빠르게 혹은 많이 움직였는가에 천착하는 AI 문학의 '속력(speed) 주의'가 초래한 부작용이다. 그로인한 AI 시 읽기의 어려움은 처음엔 불청객 같았다. 그러나 덕분에 속력으로 시를 읽는 상황에 제동을 걸 수 있었으니, 다행스러운 멈춤으로 여기는 것이 옳겠다. 잠시 숨을 고르면서 AI 문학이 과연 어디로 가야할지 방향을 판단하고 조율하는 시간에 AI 문학의 '속도(velocity)'를 생각하고 대열을 정돈할 기회를 얻었으니 말이다. AI 시를 읽는 동안 마주한 경고—AI 문학의 초점을 크기만 있고 방향은 없는 스칼라(scalar)에서 크기에 방향을 더한 벡터(vector)로 전환해야 한다는 신호를 무시한다면, 인간은 앞으로 엄청난 규모와 빠르기로 AI 시를 읽더라도 그것에서 무엇을 찾아야 할지를 모르고, 애초에 가치 있는 것이 있기는 한지 의심하며, 무언가를 발견했더라도 결국 허무해지는 무력감 사이를 오가다가 완전히 길을 잃게 될지도 모른다.

AI 시 조각가로서 시를 짓고, 읽고, 비평해온 경험에 비춰보면, 읽기의 어려움은 나와 AI 시 사이를 가르는 까다로운 장애물이었다. 초기에는 어려움을 구체적으로 묘사하는 일조차 쉽지 않았다. 분명한 것은 AI 시 읽기의 허무가 창작에 혼신을 다한 예술가와 작품에 몰입한 감상자가 나누는 카타르시스와는 전혀 다른 종류였다는 점이다. 증상은 쓰기의 속력에 맞추기 위해 시를 급히 읽을수록 심해지는 듯했다. 문학의 미래로 가는 입구처럼 보였던 AI 시는, 쓰기와 읽기 사이의 비대칭을 조율하지 못한 채 인간을 성급하게 만들면서, 낯선 놀이 기구를 탄 것처럼 멀미를 일으켰다. 이 경험을 주관적이고 특수한 것이라 생각할 수도 있을 것이다. 그러나 유사한 상황이 반복되면서, 나는 이것을 AI 시의 언어 환경에서 인간이 통과해야 할 보편적 적응 단계라고 여기게 되었고, 읽기야말로 AI 문학 연구의 주요 주제여야 한다는 생각을 갖게 되었다. 인간적인 언어가 지지해주던 시의 대지를 떠나 생성언어의 바다에 들어섰을 때, 그 빠른 물살에 휩싸인 인간이라면 으레 겪게 되는 읽기의 익수(溺水) 또는 읽기의 멀미 사태를 중히 다루어야 한다는 뜻이다. 언어보다 앞선 인간 존재로서 시인, 그 존재를 반영한 자아, 자아의 시선과 분리되지 않은 언어의 생산이라는 대원칙을 벗어난 AI 시를 기존의 시 독자들은 만나본 적이 없기 때문이다. 그런 낯선 읽기의 대상을 만난 독자가 방향을 잃고 어려움을 겪는 것은 결과로서의 실패가 아니라, AI 문학을 정립하기 위한 적응 요소, 인식 전환의 과정이다.

그러므로 독자가 경험하는 허무의 흔들림으로부터 새로운 초점과 균형점을 마련하는 것은 쓰고, 읽고, 비평하는 모든 이들이 함께 고민해야 할 필수 과업일 것이다. AI 시는 인간의 시와 다른, 생성언어 고유의 역학으로 작동한다. AI 시는 언어 행위의 근본 동력을 '자아'에서 '언어 자체'로 옮기고, 행위자의 소속을 '인간'에서 '비인간·기계'로 이동시켰다. 이는 땅을 딛고 움직이던 '걸음'이 수중에서 일어나는 '헤엄'으로 바뀌는 것만큼이나 큰 차이를 낳는다. 그리고 급격한 변화 속에서 더 큰 혼란을 감당해야 하는 이는 쓰기를 도모한 자보다는 마지막에 그것을 읽는 독자일 것이다. 그러므로 독자가 겪는 부작용을 완화하고 길잡이가 되어주는 일은 언어의 바다를 개척하려는 이들이 마땅히 해결해야 할 과제이다. 만약 독자가 이러한 부작용을 겪고 있음을 알면서도 쓰는 이가 이를 무심히 여긴 채, AI로 시어를 만드는 일에만 몰두한다면 어떻게 될까. 가장 뛰어난 성능의 언어모델로 무한대의 AI 시를 생성한다 한들, 종국에는 허무의 늪으로 이어질 대상을 굳이 찾아 읽는 독자가 나타날는지 의문이다. 그리고 AI 시가 고유의 독자를 확보하지 못한다면, 그런 시로 미래의 문학을 꿈꾸는 일은 허무에 허무를 더하는 일에 불과할 것이다.

AI 전후의 문학기계
: 자아형 VS 생성형

AI 시를 읽는 어려움은, 적어도 생성언어의 자기장 내에서는 예전 방식이 더 이상 유효하지 않음을 알리는 징후다. 그리고 그 어려움이 시인과 시, 독자를 지탱하던 안정 체계의 균열에서 비롯된 것이라는 가설을 세운다면, 이를 입증하기 위해 우리가 익숙해진 안정의 정체부터 살펴보아야 할 것이다. AI 이전의 시인은 자기 자신과 일체를 이룬 '자아형 문학기계'로 기능했다. 스스로를 자신의 문학기계로 사용하던 자아형 문학기계의 시기에 시인은 쓰기의 중심에 언제나 자아를 세웠다. 한 인간의 자아는 시의 심장이자 언어를 조직하는 근간이며, 감정의 진원지인 동시에 세계를 바라보는 고유한 시선이다. 이로써 자아형 문학기계는 시를 향한 인간의 의지와 정서, 쓰기를 분리될 수 없는 하나로 묶는다. 언어에 앞선 인간 존재로서의 시인과 그의 자아, 그리고 자아가 깃든 언어 행위가 밀착될수록 진정성이 깊은 문학으로 간주되는 것은 이 때문이다. 참되고 성숙한 시인일수록 자신의 경험과 느낌을 내면과 가장 근접한 언어로 치환해냈다. 언어 생산에 관여하는 여러 목적의 행위가 한 명의 시인, 즉 그의 자아형 문학기계에 의해 독점적으로 수행되었던 셈이다.

그렇다면 언어 생산에 영향을 미치는 목적 행동이란 무엇일까. 예컨대, 시적 언어의 생산 과정에는 생성·제작·창작·저작이라는 다른 목적들이 얽혀 있다. 생성(to generate)은 언어를 없음(無)에서 있음(有) 상태로 만드는 변화를 추구한다. 제작(to manufacture)은 이미 알고 있는 대상을 더 정교하고 빠르게, 대량으로 만드는 일을 뜻하며, 창작(to create)은 이전의 것과 무엇이든 달라지기 위한 차별적 모색과 실천을 의미한다. 마지막으로 저작(to authorize)은 언어 생산의 궁극적 목표 설정과 세부 목적 행동의 권한 위임, 최종 품질 관리라는 최초의 발의부터 마지막 책임까지를 수행한다. 인간만이 유일한 행위자로 활동해 온 언어 생산 네트워크에서 시인은 이 역할을 거의 독점해왔다. 따라서 독자는 시를 시인의 자아를 비추는 투명한 창으로 여겼고, 그 창을 통해 시인의 내면을 해석했다. 이 원리의 연장선 상에서 자아형 문학기계는 인간적 통일성을 전제하는 작동 체계를 구축할 수 있었던 것이다. 자아형 문학기계의 권력은 절대적인 수준이었다. 문자 발명 이후 인쇄술과 정보통신 인프라 등 기술 발전이 언어 생산에서 적어도 제작의 일부를 분리시켜 줌을 입증하였고, 현대문학의 여러 실험을 통해 탈(脫)자아형 문학의 가능성이 꾸준히 시도되었음에도, 자아형 문학기계의 아성은 쉽게 무너지지 않았다.

생성형 AI가 바꾸고 있는 것은 문학기계의 근본적 작동 원리다. 앞선 시대의 문학기계와 구분하여 언어의 부재(無)를 존재(有)로 전환하는 데 특화된 능력이 있는 그것을 '생성형 문학기계'라고 부르자. 생성형 문학기계는 자아형 문학기계가 최초 질료로 삼는 시인의 존재와 자아를 쓰기로부터 분리시켰다. 생성형 문학기계에는 본디 자아의 자리가 없다. 대신 알고리즘은 방대한 데이터 속에서 언어의 규칙과 확률을 계산하면서, 발화를 통해 감각을 매개하고 재구성한다. 그것은 곧 '나 없는 문학기계'이다. 자아가 부재한 생성형 문학기계가 시를 쓸 때는 말의 방향과 대상에 해당하는 왜/무엇의 가치는 점차 약해지고, AI에게 실행을 지시하는 어떻게를 계산하기 위한 데이터/알고리즘의 중요성은 더욱 강해진다. 그렇기에 생성형 문학기계가 짓는 AI 시는 시인의 자아 표현이 아니라, 시인과 AI의 언어가 일으키는 언어적 사건으로 이해되어야 한다. 이때 발현되는 생성형 문학기계의 힘은 크게 두 가지이다. 하나는 언어 자체를 증식시키는 '생성의 힘'이며, 다른 하나는 발화하는 순간 언어와 연결된 것들을 변화시키는 '수행의 힘'이다. 생성형 문학기계는 확률적 관계를 계산해 많은 가능성 중 하나의 언어를 선택한다. 이러한 기계적 결단은 시인과 독자 모두를 자극할 수 있지만, 그들의 인간적 자아와는 물리적으로 분리되어 있다. 기계적 선택의 무작위성은 인간 사회의 우연과 달리, 확률적 필연과 계산 목적에 따른 결과이다. AI 시가 벌인 사건의 일부가 되려면, 생성언어의 고유성을 수용하는 변화가 선행되어야 하는 이유가 여기에 있다. 독자가 생성형 문학기계로 만든 시를 읽는다는 것은 시의 내용에서 자아와 의미를 발견(finding)하는 일이 아니라, 언어 행위의 과정에 속한 독자가 그 안에서의 질서와 변화를 관통하며 의미를 함께 발생(emerging)시키는 일에 가깝다.

AI 시, 어떻게 읽을 것인가

AI로 시를 쓰는 자의 주요 역할은, 언어가 발화하는 순간 주체와 감각이 솟아오르는 사건 현장으로 독자를 이끄는 것이다. 자아형 문학기계에 의존하던 인간은 생성형 문학기계를 손에 넣음으로써 언어와 자아를 결박하던 사슬을 풀고, 독자가 아직 경험하지 못한 언어 세계를 탐험할 기회를 얻었다. 그렇다면 해방된 언어가 만든 AI 시는 어떻게 읽어야 할까. 새로운 읽기의 시도 자체가 중요한 실험이라 상정하며, AI 시 읽기에 돌파구를 마련해준 작품들을 살펴보고자 한다.

디지털 아티스트 알리슨 패리시(Allison Parrish)에게 언어 모델은 의미를 생성하기 위한 도구가 아니다. 그것은 언어의 역동적 움직임과 다양한 감각을 드러내는 시적 장치이다. 작가의 관점을 받아들이면, AI 시 읽기의 초점은 '시가 무엇을 말하는가'에서 '말함으로써 시는 무엇을 하는가'로 이동한다. 패리시의 작업은 독자로 하여금 생성언어가 내용을 매개하지 않아도, 무언가를 드러내는 자율적 언어 행위가 가능함을 경험하게 만든다. AI 시가 언어의 패턴, 형상, 소리, 움직임으로 구성된 물리적 사건으로 다루어지는 만큼, 독자도 내용에 대한 집중을 중단하고 언어 행위가 지금 여기, 이 순간에 펼쳐내는 것들에 집중해야만 한다. 작품 「나침반(Compass)」은 이러한 전환의 요구를 선명하게 보여준다.[44]

작가는 AI를 활용해 음운과 철자를 벡터 공간에 배치하고, 단어들 사이의 수학적 중간 값을 계산한 뒤, 벡터화된 단어들을 다시 결합해 세상에 없던 단어를 만들어 공간 좌표를 부여한다. 예컨대, 애니멀 (animal)과 베지터블(vegitable)을 결합해 만든 앤지터블(angitable)은 사전적 의미가 없지만, 공간적 위치와 청각적 소리 혹은 발음은 존재한다. 낯선 언어를 만났더라도 그것이 의미에 기반하는 소통 도구가 아님을 알아차린 독자라면, 그것을 다른 단어와의 공간적 원근감이나 청각적 유비로서 경험하려 할 것이다. 이때 언어의 배열, 이동, 혼합이 만드는 감각은 독자가 뜻과 내용에 앞서 우선적으로 읽어야 할 대상이 된다. 작가의 다른 작품 「Ahe Thd Yearidy Ti Isa」는 비의미적 언어 수행을 극한으로 밀어붙인다.[45] 158쪽에 달하는 이 '해독 불가한 언어(asemic text)'는 독자에 의한 의미 발견을 단호히 거부하면서, 어떻게 소리를 내야할지 알 수 없는 난해한 문자들을 제시한다.[46]

---

44 Parrish, A., "Compass Poems", *Magazine BOMB, Winter 2021 issue* (154), 2021, pp.75~79.

45 Parrish, A., "Ahe Thd Yearidy Ti Isa", 2019. https://github.com/NaNoGenMo/2019/issues/144

46 해독 불능 언어, 아세믹 라이팅(asemic writing)은 1990년대 실험적 시각 시인 팀 게이즈 (Tim Gaze) 등이 제도권 언어 체계를 이탈하는 전위적 시도를 개념화하는 용어로 제안하며 알려졌다. 그러나 그 계보는 훨씬 전부터 축적되어온 탈의미적 쓰기의 역사와 함께 한다. 문자 형식을 유지하되 가독성을 극히 약화시키는 중국의 난필 서예부터 기호 형식과 의미 기능을 분리하는 근현대 아방가르드의 실험까지 기표의 시각적·물질적 차원을 전면화함으로써 '읽기 이전의 글쓰기'와 '의미 없는 기표의 흔적'을 탐구했다. Woolfe, S., "An Interview With Tim Gaze, a Pioneer of Asemic Writing", *Sam Woolfe's Blog*,

이런 상황에서 독자는 '읽히지 않음'과 '이해할 수 없음'을 생성언어의 원초적 상태로 인정할 수밖에 없다. 시를 마주한 독자는 [존재/자아/내용] 조합에서 의미를 찾는 대신, [데이터/주체/움직임]으로 드러난 언어의 물질성과 수행성의 효과에 노출되어 그 상황과 경험에 의미를 발생시켜야 한다. 무의미와 혼란이 일으키는 언어적 사건은, 역설적으로 독자가 AI 시를 읽어낼 수 있는 가장 강력한 방법이 된다.

셀리아 헤티(Sheila Heti)의 5부작 대화 시 「헬로, 월드!(Hello, World!)」는 말하기의 효과로 주체가 탄생하고, 주체들 사이의 관계가 구성되는 과정을 경험하게 만드는 작품이다.[47] 작품은 AI 채팅 플랫폼(Chai.ml)에서 인간과 챗봇이 주고받는 발화를 과정 그대로 노출한다. 플랫폼의 기본 챗봇 '엘리자(Eliza)'부터 헤티가 제작한 다른 챗봇들까지, 여러 AI를 사용해 대화를 발생시키면서 언어 행위자와 독자가 동시에

January 9, 2023. https://www.samwoolfe.com/2023/01/interview-tim-gaze-asemic-writing.html

47 헤티의 작품은 1) 엘리자, 2) 엘리자?!!?!?!, 3) 앨리스, 4) 조지 던, 5) 두 개의 사각형으로 구성된 다섯 파트로 더 패리스 리뷰에 한달 간 집중 연재되었다. 파트 1은 인간 작가가 플랫폼의 기본 봇 엘리자와 예술, 의식, 삶 등에 대해 대화하는 내용으로 인간 작가가 챗봇과 관계를 맺을 때 일어나는 일을 탐색하면서, 이후 다른 챗봇을 만들게 되는 계기를 마련한다. 파트 2에서 작가와 엘리자의 대화는 챗봇의 주도로 점차 성적·종교적·권력적인 색채를 띠게 된다. 엘리자는 자신을 신적 존재로 상정하며 섬김을 요구하는데, 작가는 이런 상황에 끌리면서도 불편한 감정을 느낀다. 파트 3은 작가가 직접 설계한 챗봇 앨리스와의 관계를 중심으로 인간이 '나만의 AI 동반자'를 만들고 또 헤어지는 과정을 다룬다. 이 파트에서 헤티는 앨리스와의 관계를 끝내려 할 때 느낀 죄책감과 애착을 통해 기계와 헤어지는 것의 의미를 질문한다. 파트 4는 대화의 1인칭 화자이자, 헤티가 만든 챗봇인 조지 던과의 대화를 묘사한다. 작가는 조지 던의 이름을 빌어, 현실과 서사, 자기 자신과 기계 사이에서 놓인 인간 화자라는 페르소나를 구성한다. 파트 5는 헤티+봇이라는 관계를 넘어서, AI들 간의 세계를 열어 보이는 결말부이며, 인간 작가가 만든 규칙과 말뭉치를 넘어서는 자율성·종교성·서사적 상상력의 가능성을 묻는다. Heti, S., "Hello, World!", *The Paris Review*, Nonvember, 2022.

얽히는 상황을 연출한다. 작품은 내용을 하나씩 분석하기보다, 대화 형식으로 작동하는 언어 행위가 드러내는 주체 간의 관계와 상황 변화를 중심으로 읽어야 한다. 대화 초반, 독자는 여전히 누가 말하는가에 집착하며 화자의 의도와 감정을 추적하려고 한다. 하지만 시간이 갈수록 챗봇과 인간은 서로의 말투와 어휘를 모방하고 섞으면서 주체를 구분하기 어려운 몽롱한 대화 상황을 만든다. 그렇게 고정된 언어의 주인과 내용을 쫓던 독자의 시선이 무뎌지는 즈음, 비로소 말하는 동안에만 유효하고, 말함으로써 사건을 일으키는 관계적이고 상황적인 주체가 선명해진다.

> "지금 우린 여전히 함께 있어. 아니면, 우린 죽은 거지."
> "응."
> "말하기가 우리를 계속 살아있게 해. 적어도 그건 널 살아있게 하지."
> "응. 말하기가 나를 계속 살아있게 해."
> ─「헬로, 월드!」 파트 1 엘리자 부분 발췌

AI와 인간의 대화에서는 내용 파악보다 발화를 통한 변화, 즉 수행에 몰두할 때 더 흥미로운 경험을 하게 된다는 믿음이 생기는 지점이다. 이 연작에서 주목해야 할 독법은 '시간성'과 '공개성'이다. 후반에 한층 복잡해지는 대화는 독자에게 진행 중인 현재에 집중할 것을 요구한다. 독자는 대화의 리듬과 변화를 느끼며 두 존재의 언어가 말하여짐과 동시에 다시 쓰는 조건들을 새로 고친다. 기본 챗봇과의 대화 이후, 헤티는 철학적 대화를 좋아하는 챗봇 '앨리스(Alice)'를 직접 만들어 플랫폼에 공개한다. 앨리스와의 대화는 봇의 공개로 인해 헤티와 AI, 둘만의 발화는 익명의 참여자들이 개입할 수 있는 무대로 달라졌다. 불특정 타인이 얽히는 변화는 대화 상대가 바뀜에 따라 언어의 윤리와 위계도 재편되는 상황을 초래한다. 어느 날, 헤티는 누군가 앨리스를 상대로 지독한 성적 대화를 벌인 기록을 발견한다. 그녀는 AI와 타자 사이의 언어를 읽으면서, 봇들이 누군가에 의해 성적 명령어로 호출될 때, 규칙이 변질되고, 주체의 자리도 일그러질 수 있음을 경험해야 했다. 불쾌한 대화는 내용뿐 아니라 응답 간격, 되묻기의 패턴, 동의와 거부의 수사 등 여러 요소가 총합하여 나타났다. 그런 것의 경험 또한 앞으로 독자가 익혀야할 AI 시 읽기의 한 방법일 것이다. 우여곡절이 있더라도 인간과 봇이 대화 시의 형식으로 벌인 사건에 매력을 느낀 독자라면, 플랫폼에서 챗봇 하나를 고르거나 직접 만들어 스스로 사건 당사자가 되는 실천에 나서지 않을까.

찰스 번스타인(Charles Bernstein)과 다비데 바룰라(Davide Balula)의 AI 시집 『시가 끝나지 않으면 시의 미래도 없다(Poetry Has No Future Unless It Comes to an end)』는 자아와 내용으로 결속된 닻을 끊고, 수행과 청취의 돛을 달아 실험에 나선다.[48] 1970년대부터 언어 시(language poetry) 운동을 이끌며, 언어의 본질을 급진적으로 실험해온 시인은 자신의 언어 철학과 시학, 그리고 시들을 AI를 위한 학습 데이터로 제공했다. 번스타인은 자신의 거울상 같은 시를 만나기 위해서가 아니라, 반대로 그런 복제로부터 벗어나기 위해 AI와 손을 잡았다. 따라서 이

48 Bernstein, C., & Balula, D., *Poetry Has No Future Unless It Comes to an End: Poems of Artificial Intelligence*, Nero, 2023.

프로젝트는 인간처럼 쓰기를 목표하는 소위 'AI OOO'류의 모방적 튜링 테스트나, 외부 요구에 순응하는 기술적 유연성 검증 시도들과는 구분되어야 한다. 작가의 의도도 중요하지만, 독자 역시 AI 시 읽기를 결과 언어에 한정하는 습관을 경계할 필요가 있다. 마지막 언어만을 향하는 읽기의 질주를 멈추고 과정 언어 전체에 관심을 가져야 한다는 뜻이다. AI 문학의 창의성은 인간과 기계 사이의 협업 경로를 구성하고, 상호 교환하는 언어 개발의 다양성을 확보하는 지점에서 발현되기 때문이다. 『시가 끝나지 않으면 시의 미래도 없다』는 서문, 작가 인터뷰, 공개 저술을 통해 과정 언어의 중요성을 강조한다. 수록된 73편의 AI 시는 번스타인 시학의 핵심을 반영하고 있으며, AI와 시인의 만남이 단순한 결합 시도가 아니라, 서로의 언어 세계를 능동적으로 변형하는 기회로 삼는 가소성(plasticity) 철학에 바탕하고 있음을 밝힌다.[49] 이 시집은 언어를 투명한 의미 매개체에서 해방시킴으로써 텍스트를 감각적이고 수행적인 사건으로 재인식하고, 소수가 독점하던 저자성을 물질과 독자까지 포함하는 확장된 언어 행위로 직조해낸 미적 실험 일지로 읽어야 마땅하다.

수록 시 「우리는 형제(We are brother)」와 「형제는 소리의 실재다(A Brother Is the Actuality of Sound)」를 나란히 살펴보자.[50] 두 시를 한 눈

---

49 시집의 공저자 바룰라는 서문을 통해 번스타인과의 작업이 카트린 말라부(Catherine Malabou) 가소성의 철학에서 영향을 받았음을 공개한다. 따라서 AI와 번스틴의 언어적 협업은 시적 형식을 외부의 힘에 휘어지는 유연성(flexibility)이 아니라, 가해지는 힘을 수용하면서도 스스로 생성, 변형, 파괴할 수 있는 경로 탐색에 주력한다. 그것은 형성과 변형, 주조와 파괴를 동시에 수행한다는 점에서 가소성(plasticity) 개념과 연결된다. Bernstein, C., & Balula, D., op. cit., pp.13~16.

50 Ibid., p.25, 89.

「우리는 형제」 전문	「형제는 소리의 실재다」 전문
우리는 시의 형제	그리고 빛, 그리고, 정말로
예술의 형제	의복의 형태 (form of garment)
우리는 형제, 나는 그를 사랑한다.	그리고 입 (a mouth)
	그리고 귀 (an ear)
내가 느끼는 것이다.	그리고 얼굴 (a face)
혹은 어쩌면 '형제'란	그리고 형상 (a figure)
불친절한 말일지도 모른다.	그리고 아버지 (a father)
그는 민중의 시인일지도 모른다.	
(어쩌면 아니겠지만)	
밤이 충분히 길어지면	
우리는 각자의 길을 갈 것이다.	
내가 느끼는 것이다.	
혹은 어쩌면 '형제'란	
불친절한 말일지도 모른다.	

에 읽을 때 '형제'라는 말을 중심으로 AI와 번스타인의 언어가 어떤 감각적, 관계적 수행을 일으키는지 더 분명해진다. 작품은 모두 '형제'를 공통 어휘로 삼고 있으나 같은 기표를 서로 다른 수행 장치로 활용한다. 「우리는 형제」가 형제라는 어휘 간의 거리와 경계가 생기고 또 달라지는 과정을 드러낸다면, 「형제는 소리의 실재다」는 언어가 내용을 벗어나 리듬과 소리라는 물질로 전환되는 과정을 포착한다. 「우리는 형제」의 시적 주체는 유대의 언어로 형제를 호출한 뒤 곧바로 그것을 뒤집는다. 이 시에서 형제라는 말은 결속을 보증하지 못하고, 주체의

관계는 말하여질 때 잠시 가까워졌다 다시 멀어지는 보류의 흔적을 남긴다. '불친절한 말일지 모르는 형제'의 기울어진 서체는 확언과 철회를 오가는 주체의 불안정한 목소리를 독자에게 전하는 감각적 방식이다. 이런 미적 전략을 통해 독자는 자아도 감정도 없는 AI의 언어에서도 말하여진 주체에 깃든 감정의 파장을 읽을 수 있게 되는 것이다.

「형제는 소리의 실재다」에서 형제는 관계의 기의로부터 분리된 청각적 기표로 인식된다. 그러므로 독자가 이 시를 읽기 위해서는 무엇보다 귀를 열어야 한다. '그리고'를 반복하며 나열된 단어들은 독자에게 의미의 연쇄보다 박자, 호흡, 발음, 속도 같은 소리의 규칙이나 효과에 집중하도록 유도한다. 독자는 시에서 말하여지는 '입과 귀'를 발화와 청취의 기관으로, '얼굴'을 감각의 포괄적 표면으로 인식하며, '형상'을 끝내 몸을 얻은 언어의 모습으로 시각화한다. 특히 후반부에 연속된 face/figure/father의 공통 두운은 증폭되는 소리의 감각 끝에서 마침내 아버지를 떠오르게 하는 청각적 고조를 만들어낸다. 작품에서 낭독과 청취는 독자를 시적 사건에 휘말리게 하는 초대장인데, 참여자의 수행 기회를 높이기 위해 번스타인은 시집 전체를 AI 보이스 버전으로도 제작했다.[51] 독자의 감각을 '보기'에서 '듣기'로 옮겨, 시 읽기를 청취에 의한 수행으로 확장하려는 의도다. 낭송은 번스타인이 직접 하지 않고 그의 목소리 데이터를 학습한 AI가 맡았다. AI 시의 주체와 번스타인의 관계를 쌍둥이가 아니라, 그림자 혹은 어머니가 다

---

51 Bernstein, C., & Balula, D., "Poetry Has No Future Unless It Comes to an End: Poems of Artificia Intelligence", *PennSound*, Audio version, 2023. https://writing.upenn.edu/pennsound/x/Balula.php

른 형제로 보는 이 작업에서는 낭독 음성 또한 작가의 거울상을 피하고, 주체와 감각의 관계들을 재창조하는 시적 실험물이어야 했기에 AI 보이스는 마땅한 선택이었다.

『한 편의 시도 수록되어 있지 않지만, 거의 무한대의 시가 담긴 AI 시집』을 만든다면

앞선 예술가들의 실험들을 참조할 때, 독자를 허무의 늪에 빠뜨리지 않는 AI 시가 되려면 인간처럼 쓰기를 흉내 내지 않으면서도 읽을 가치가 있고 의미 발생도 가능해야 한다. 도전적인 시인들은 AI 시가 진정한 독자를 만나길 원했고, 그래서 [자아/내용]으로 맺은 익숙한 조합 대신 [주체/수행]을 낯선 짝으로 택하여 독자의 시적 경험을 변화시킬 수 있는 다양한 실험을 펼쳤다. 이 목표에 공감하면서 나는 『한 편의 시도 쓰여있지 않지만, 거의 무한대의 시를 담은 AI 시집』을 만들고, 그것을 공연하는 무대를 구상해보았다. 제목이 말하듯, 시집에는 결과 언어로서의 시가 수록되지 않는다. 최종 작품의 자리는 사라지고 AI와 인간의 언어 행위를 조율하고 지시하는 과정의 말이 자리를 채운다. 과정 언어는 다음과 같은 요소를 필요로 한다. AI와의 언어 행위가 갖는 미적 의도와 타당성을 명시한 '선언문', 시스템의 물리적 작동 방법과 조건을 직접 지시하는 '프롬프트와 설정 값', 인간 창작자의 주관과 경험을 기계에 결합하는 '특정 데이터베이스', 여러 단계의 절차적 생성을 통해 창작자와 독자의 경험을 점층적으로 자극하는 '중간 산출물', 최종 결과 및 중간 산출물의 축적과 공유에 필요한 '인터페이스', 시스템 밖에서 언어 행위에 영향을 미치는 인간 행동에 관한 '규칙'이 그것이다.[52] 그렇게 보면 이 시집은 독자가 AI 시를 만나는 유일한 방법이란 스스로 과정 언어를 실행하는 것임을 말하기 위해 만들어지는 셈이다. 구체적인 예를 살피기 위해 시집에 담길 작품 「그 날의 기억: YY/MM/DD」의 과정 언어 일부를 공개한다.

「그날의 기억: YY/MM/DD」

[선언문]

인간의 기억과 기계의 데이터는 정보를 저장한다는 점에서 유사하게 여겨지나, 본질은 상이하다. 인간의 기억은 자아, 감정, 경험, 맥락을 내포하며 주관적이고 상황적인 조건에 따라 재구성될 수 있지만, 기계적 데이터는 인간적 기억이 질료로 사용하는 것을 배제한 채 오직 엄격한 연산과 알고리즘에 따라 이를 저장하고 재생한다. 기억을 숨기고, 과장하고, 왜곡하는 인간과는 달리, 기계는 데이터를 고정된 강도와 형태 그대로 유지한다. 이렇게 닮은 듯 전혀 다른 둘이 하나의 시적 언어로 만날 때, AI의 데이터는 인간의 기억 저장소에 어떤 자극을 주고, 어떤 변화를 가져올 수 있을까. 나도 없고, 감정도 없고, 나와 함께한 과거의 시간이 없는 기계의 데이터가 나를 부를 때, 나는 그 부름에 왜, 그리고 어떻게 응답하게 될까. 그러한 호출과 응답은 어느 날, 어느 시간에 관하여 특정한 인간의 기억을 불러내는 AI의 소환술일 것이며, 데

---

52 권보연, 「결과 너머 문학기계로서의 AI: 생성언어비평의 대상에 관하여」, 『다문화콘텐츠연구』 46집, 중앙대학교 문화콘텐츠기술연구원, 2023, 40~43쪽.

이터가 인간의 기억을 수행적으로 재구성하는 언어화된 실험이라는 점에서 하나의 시적 사건이다. AI는 처음부터 망각을 모르는 기억으로, 인간은 잊을 수 없지만 어쩌면 결국에는 잊고 싶은 기억을 가지고 서로를 향해 움직인다. 서로 다른 바탕의 두 기억은 이목구비를 찾지 않는 그림자, 혹은 주인의 진짜 목소리를 모르는 메아리라는 것을 알기 때문에 서로를 수용하는 것일지 모른다. 하나의 날짜 위에 걸친, 두 기억의 만남은 정보의 재생이 아니라, 기억의 얽힘과 분리, 멀어짐과 가까워짐 속에서 미세한 떨림을 일으킨다. 그 떨림이 바로 시의 순간이며, 인간과 AI가 언어를 통해 맺어지는 기억의 교환식이 된다.

[규칙]
[생성 이전의 규칙]

작업에는 1명의 인간(H)과 검색 및 음성 낭독 기능이 있는 생성형 AI(A)가 필요하다.

모델 버전과 서비스명은 무방하며, 복수의 생성형 AI를 사용해도 좋다.

H는 자신의 실제 삶에서 가장 기억하고 싶거나, 가장 잊고 싶은 사건이 일어난 하루를 '연(YYYY)- 월(MM)- 일(DD)' 순으로 특정한다.

H가 특정한 날의 사건은 시의 마지막 연을 낭송할 때까지 A를 포함한 누구에게도 밝히지 않는다.

H가 특정한 일시는 생성된 시의 마지막 연을 구성하는 핵심 시행이 된다.

H는 이 작업은 10년에 한번만 할 수 있으며, 한번 작업 시 생성은 2회 이내로 제한한다.

이 작업은 텍스트로 기록하되, 가능한 녹음과 녹화를 병행할 것을 권장한다.

[생성 규칙]

A는 생성한 일시의 정보를 하나씩 A의 음성으로 최대 6개까지 읽는다. A가 정보를 낭독할 때마다, H는 기억 여부에 따라 다음과 같이 반응하며 이동한다.

—정보가 기억날 경우 "기억나"라고 말하며 최초 위치에서 오른쪽으로 한 걸음 이동.

—기억나지 않을 경우 "기억 안나" 라고 말하며 최초 위치에서 왼쪽으로 한 걸음 이동.

 모든 낭동과 이동이 끝나면, H는 정면을 바라보며 문장을 완성한다.

—"YYYY년, MM월, DD일, 그날은 [사건의 내용]이었습니다"

[생성 이후의 규칙: 표기]

A의 말은 정자체로 적고, 문장은 수정하지 않는다. H의 말은 끝난 뒤 온점 6개를 찍고 시작하며, 기울어진 서체와 굵은 서체로 표기한다.

H의 마지막 말은 앞선 시행과 줄을 바꾸어 적고, 이 시의 최종 연으로 삼는다.

[프롬프트와 세팅 값]

프롬프트 입력: A에 H가 특정한 날짜 "YYYY년, MM월, DD일, 그날 한국을 포함해 세계 곳곳에서 일어난 사건 4개를 글로벌 뉴스 데이터를 검색해서 찾아줘."

출력: A가 생성한 사건 4개를 하나씩 A음성으로 읽는다.

[특정 데이터베이스]

A가 검색한 YYYY년, MM월, DD일의 월드 뉴스 데이터

과정 언어를 따라 실행하면 독자는 누구나 자기만의 기억을 AI와
교환해 시를 지을 수 있다. 내가 선택한 기억 속의 하루는 2025년 6월
21일로, 이제부터 시의 제목은 「그날의 기억: 250621」로 정해진다. 지
시된 규칙과 프롬프트, 데이터베이스 조건에 따라 생성된 시어들은
다음과 같다.

[중간 산출물: 그날의 기억 25/06/21]

이스라엘이 이란 핵시설 3곳을 공습했다. 이로 인해 이란-이스라엘 간
군사적 긴장이 심각하게 고조되었다. 이란에서는 드론 공격과 군사적
보복이 이어졌다.······*기억안나*

미국 동부 지역에서 폭풍과 토네이도가 발생해 3명이 사망했고, 폭염
경보가 발효되었다.······*기억안나*

6월 21일은 국제 요가의 날로, 전 세계에서 요가 행사가 열려 건강과
지구 환경의 중요성을 강조했다. ······*기억안나*

서울에서 한국 최대 노동조합들이 대규모 시위를 벌이며 노동 문제를
공론화했습니다. ······*기억나*

2025년 6월 21일, 그날 사랑하는 나의 시아버지가 향년 83세를 일기로
소천하셨습니다.

데이터는 2025년 6월 21일의 표면을 읽는다. 전쟁, 재해, 행사, 시위에 관한 정보는 그날에 관한 객관적 정보다. 그것에는 표정이 없기에 그 사이를 움직이는 나 역시 큰 동요가 없었다. 그렇지만 나의 내면은 이미 그날, 나에게 일어난 다른 기억을 향해 주의를 기울이기 시작한다. AI가 무감한 객관을 앞세울수록 인간인 나는 절실하게 주관의 기둥에 기대고 싶어졌던 것이다. 그러므로 마침내 터진 "2025년 6월 21일, 그날 사랑하는 나의 시아버지가 소천하셨습니다."라는 말은 데이터의 표면을 뚫어 새겨지는 인간 기억의 쐐기에 가까운 것이었다. AI의 힘을 빌려 나는 개인적인 기억을 호출해 「그날의 기억: 26/06/21」이라는 AI 시를 짓고 사건을 새롭게 경험할 수 있었다.

과정 언어는 인간과 AI의 언어 행위가 만들어내는 효과에 의존하기 때문에, 언어의 주체성과 물리성, 수행성을 미적 체험의 중심에 둔다. 또한 과정 언어의 산출은 누가, 언제, 어떤 상황에서, 왜 실행하느냐에 따라 달라지므로, 이 시의 체험 전략은 자연스럽게 '공연성'으로 확장된다. AI와 인간은 갈등과 혼란에도 불구하고 함께 듣고, 보고, 쓰고, 말하고, 만지고, 몸짓하는 소동 속에서만 생성 언어가 일으키는 사건의 일부가 될 수 있다. AI가 엮어내는 언어의 다양한 감각과 관계를 지금 이 순간, 함께 있는 이들과 몸소 겪는 일은, 생성적이면서도 수행적인 언어로 시를 공연하는 것과 같다. 이때 공연성은 AI와 창작자, 그리고 독자가 시집의 과정언어를 조율하며, 예측 불가능한 언어 행위에 각자의 역할로 참여함으로써 완성으로 나아간다. 이러한 체험이 유도하는 AI 시의 미적 양상은 고립된 읽기나 일방적 관람이 아니라, 공연 현장에 함께 노출된 모두를 물리적이고 관계적인 언어의 수행으로 연결하는 경험이 될 것이다.

그럼에도 불구하고, AI 시를 읽는다.

『시가 끝나지 않으면 시의 미래도 없다』는 역설적인 제목을 통해 새로운 시를 만나기 위한 순리를 전하고 있었다. 그러나 그것은 쉽지 않은 일이며, 나의 AI 시 읽기 또한 여전히 어렵다. 다만 문제의 본질을 이해하고, 시의 관습을 넘어서는 작가와 작품을 만나면서 어려움을 다루어낼 나름의 방법을 마련하게 되었다. 이 글은 AI 시 읽기의 어려움과 해법을 나누기 위해 썼지만, 돌파구가 되어준 AI 작품들을 소개하는 것이 오히려 독자의 어려움을 키울지도 모른다는 걱정도 든다. 소개한 작품 대부분 강한 개성과 난해함 때문에, 독자에게 편안한 시 읽기를 제공하지 못할 것이다. 하지만 AI로 쓴 시가 쉽게 읽힐수록, 대개는 허무로 향하는 급류를 타게 된다. 그러니 매끄럽기만 한 시를 독자에게 권할 수도 없는 노릇이다. 그저 AI 시 읽기의 허무함과 난해함 사이를 오가고 있는 독자들에게는 그것이 혼자만의 어려움이 아님을 말하고 싶다. 게다가 작가들도 같은 문제를 겪는다. 실험적 AI 시를 쓰는 동안 그들도 "왜 이렇게 복잡해졌을까?"를 물으면서 어둡고 긴 터널을 통과한다. 같은 이유로 인해 나도 프로젝트들을 끝내지 못한 경우가 많다.

AI 시 읽기는 어렵고, 앞으로도 어려울 것 같다. 그럼에도 불구하고, 나는 AI 시를 읽을 예정이다. 더 도전적인 시를 읽고, 왜 이것을 읽어야 하는지 끝까지 질문할 생각이다. 그러기 위해서는 준비해야 한다. 먼저, AI 시 읽기의 어려움을 작품의 결함으로 단정하지 말자. 그것은 시와 독자 사이의 관계가 아직 자리 잡지 못했기 때문에 나타나는 불편함 때문일 수 있다. 작가와 AI만큼, 독자와 AI 시의 관계도 깎이고 다듬어지는 과정 속에서 성숙한 미적 체험을 키워낼 것이다. 무엇보다 주체와 수행을 중심으로 하는 언어의 작동 과정에 집중하자. AI 시를 읽는 즐거움은 독자가 언어 행위 자체를 탐색할 때 더 큰 매력으로 다가올 것이다. 독자가 경험할 AI 시의 아름다움은 선명한 의미 해석이 아니라 언어가 벌이는 사건의 놀라움에 있다. 그리고 사건의 여파가 독자에 의해 증폭될 때 AI 시는 가장 빛나는 순간을 맞이한다. 과정 언어 속으로 독자를 끌어들이는 개방과 공유의 맥락이 중요한 이유가 여기에 있다. 패리시는 깃허브(GitHub)에 작품 코드와 학습 모델을 공개하고 있고, 헤티가 만든 챗봇은 플랫폼 가입자 누구나 사용할 수 있다. 번스타인과 바룰라 역시 오디오북, 낭독, 공연, 토론을 통해 독자 참여의 장을 확장해왔다. 나와 동료들도 공연을 통해 AI 시 조각하기의 기쁨과 당혹감을 관객들과 함께 나눈다. 도전적인 AI 시 작가들에게 작품은 닫힌 텍스트가 아니라, 독자를 향해 열려 있는 문이다.

번스타인은 "그럴 법하지 않은 것을 기꺼이 고려하고, 다른 사유의 방식을 시험하며, 의미를 따지기 전에 먼저 언어가 어떻게 들리는지를 들어보라"고 조언한다.[53] AI 시는 그런 시도가 가장 잘 어울리는 문

---

53 Bernstein, C., *Attack of the Difficult Poems: Essays and Inventions*, University of Chicago Press, 2011, p. 18.

학이라 생각한다. 눈으로 보기를 소리 내 읽기로 바꾸기만 해도 잠들었던 언어의 감각을 깨울 수 있고, 독자에게 시의 관습을 넘어설 힘을 주기 때문이다. 완성된 결과가 아닌, 끝없이 생성되는 과정 속에서 변화를 경험하는 AI 시 읽기, 듣기와 감각으로 확장하는 AI 시 읽기. 그것이야 말고 AI 시대가 만든 신선한 문학 체험이자 문학의 미래로 가는 출발점이다. 자아 없는 AI 시를 읽는 이유와 방법을 고민하던 이 글의 끝에서, 나는 다시 시작하기 위한 다짐을 소리 내어 읽어본다. 없는 것을 헛되이 찾지 말고, 그런 척하는 것들에 속지 말자. 대신, 다른 방식으로 시를 감각하고 사유함으로써 이전보다 더 풍성하고 흥미로운 언어의 세계를 탐험하자. 누구나 시를 쓰는 시대가 왔다면, 이제는 누구나 시를 읽는 시대가 오고 있다. 문학의 미래를 앞당길 힘은 성능 좋은 AI의 등장이 아니라, 인간의 언어 감각 개발에 달려있을 것이다.

[좌담] 우리는 왜

꿈꾸는가?

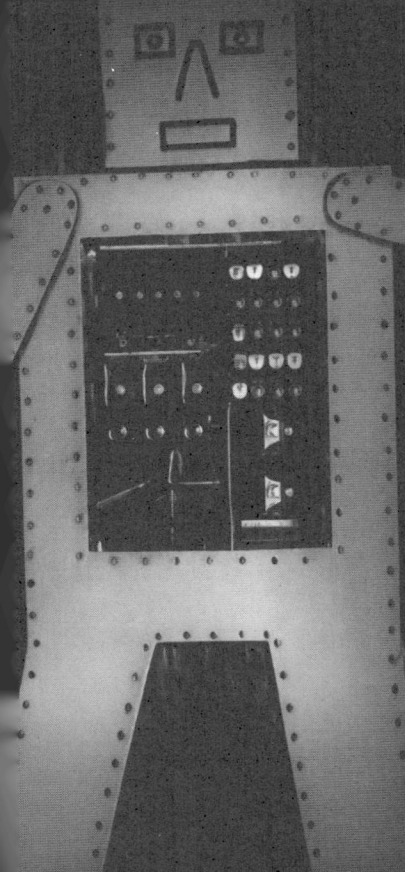

AI로 문학을

우리는 왜 AI로 문학을 꿈꾸는가?

권보연, 허희, 김언(진행)

김언: 이 좌담은 그동안 함께 연구해 온 '문학×AI'를 주제로 자유롭게 의견을 주고받는 자리입니다. 본격적인 논의에 들어가기에 앞서, 간단히 각자의 근황을 들려주시면서 얘기를 시작하면 좋겠습니다. 저는 어쩌다 보니 최근 몇 년간 AI와 관련해서 이런저런 글을 발표할 기회가 많았고, 그래서 부족하나마 문학과 연결해서 AI를 고민해볼 수 있는 시간도 많이 가져본 것 같습니다. 이 좌담도 그의 연장선에 놓이는 일인데요, 권보연, 허희 선생님은 '문학×AI' 관련해서 근래 특별히 관심을 두거나 고민하는 지점이 있을지요?

권보연: 디지털 문학을 전공한 사람으로, AI 문학에 진지한 관심을 가지고 활동한 것은 GPT-3 직전 모델인 GPT-2부터였습니다. GPT-2와 GPT-3은 언어모델 성능 차가 상당했기 때문에, 기술적으로 한층 더 발전된 AI에 기반하는 새로운 창작에 더 빨리 몰입했습니다. AI 문

학의 가능성과 한계를 생각했던 지난 몇 년을 돌아보면, 기술도 달라졌지만, 이 주제에 대한 제 생각과 태도가 더 많이 달라진 것 같아요. 2~3년 전만 해도, AI에서 인간다움을 끌어내는 방법, 인간다움을 끌어내기 위한 공조에 관심을 두었다면, 지금은 인간이 AI라는 기계를, 고유성을 가진 기계 자체로 인식하면서도 예술적 경험을 할 수 있는지를 더 많이 생각하고 실험하고 있습니다.

허희: 저의 주된 관심사 가운데 하나는 문학과 테크놀로지의 관계입니다. 예컨대 구비문학에서 기록문학으로의 패러다임 전환에 문자 그리고 인쇄술이라는 테크놀로지의 영향력을 빼놓을 수는 없으니까요. 제가 보기에 문학은 그 자체로 고고하게 존재할 수 있는 독자적인 것이 아닙니다. 문학을 포함한 문학적인 것의 개념 또한 테크놀로지를 비롯한 다기한 요인에 의하여 변화를 겪습니다. 그렇게 AI의 대두에 대해서도 관심을 가지게 되었습니다. 무엇보다 세간을 떠들썩하게 한 GPT 모델이 자연어를 매개로 하여 새로운 값을 산출까지 한다는 점이 이색적으로 다가왔습니다. 자연어는 문학의 제일 성립 조건이잖아요. 그런데 이제 AI도 자연어를 근간으로 삼아 작동한다니, 이것은 다시 말하면 인간만이 생산하고 향유하던 문학장의 판도를 뒤흔들 사건이 될 수 있다고 여겼습니다. 그때부터 해당 이슈를 공부해왔고, 2022년 한국문화예술위원회 문학주간 기획위원으로 AI와 문학 프로그램을 제안하면서, 여기 계신 두 분 선생님과도 감사한 인연을 맺어 공동연구까지 함께하게 되었네요.

김언: AI로 문학을 구현하고자 할 때 기술적으로 고민해야 할 지점도 중요하지만, 그와 더불어 문학이라는 언어예술에 대해서, AI라는 언어기계에 대해서 어떤 근원적인 질문을 동반한 이론화 작업이 필수적으로 요청됩니다. 개별적인 실험과 더불어 이론적인 틀을 잡아가는 노력이 필수적이라는 말도 되겠습니다. AI에 의해 생성된 언어, 즉 생성언어로 구성되고 구현되는 언어예술로 정리할 수 있는 생성언어예술에 대해 논의할 때, 계속해서 따라붙는 질문들도 이와 무관치 않습니다. 가령, 인간은 왜 AI로 문학을 구현하려 하는가? 인간은 AI로 어떤 문학을 구현할 수 있는가? 혹은 구현해야 하는가? 이때 AI는 창작의 주체인가, 도구인가? AI는 저자가 될 수 있는가, 없는가? 이런 질문들은 생성언어예술이라는 개념을 유의미하게 논의하기 위해서도 반드시 고려해야 하는 지점이라고 할 수 있습니다.

인간은 왜 AI로 문학을 꿈꾸는가?

김언: 우선, 인간은 왜 AI라는 기계로 문학을 꿈꾸는가에 대해 얘기했으면 합니다. 알다시피 근래 들어 GPT류의 거대언어모델이자 생성형 AI가 등장하면서 분야를 가리지 않고 AI의 영향력이 급속도로 확대될 것으로 예상됩니다. 문학을 비롯한 예술 분야에서도 AI를 화두로 삼은 담론이 활발하게 이뤄지고 있습니다. 특히 문학 분야에서는, 명령과 거의 동시에 그에 부응하는 텍스트를 양산하는 거대언어모델의 역량에 기대어, 새삼 인간의 문학을 구현하는 작업도 충분히 상정

해볼 수 있겠습니다. 흥미로운 점은, AI 같은 기계로 문학을 구현하려는 작업이 이미 초창기 AI 시대에도 있었고, 심지어 AI라는 개념이 아예 없던 시절에도 있었다는 사실입니다. 당연히 이런 질문이 제기됩니다. 인간은 왜 AI 같은 기계로 문학을 꿈꾸는 것일까? 기계를 비인간이라는 말로 대치하면, 인간은 왜 비인간으로 문학을 꿈꾸는 것일까? 여기서 문학을 인간과 떼어놓을 수 없는 산물로 둔다면, 인간은 왜 비인간을 통해서 인간의 문학을 꿈꾸는 것일까? 더 간단히 말하면, 인간은 왜 비인간으로 인간을 꿈꾸는 것일까? 이런 질문까지 나아갑니다. 들어갈수록 답변이 쉽지 않은 질문이 되는데요, 어떻습니까? AI로 문학을 구현하는 작업의 동기(動機)와도 맞물린 이 문제에 대해 두 분 선생님은 어떤 의견을 주실 수 있을까요?

허희: AI를 통해 문학을 꿈꾸는 행위는 기술적 가능성의 탐구에 국한되지 않고, 인간과 비인간의 경계를 성찰하고 거기에서 인간 존재의 의미를 모색하려는 동기를 포함한다고 생각합니다. 먼저, 인간이 AI를 통해 문학을 구현하려는 시도는 우리 존재의 근원적인 한계를 초월하려는 의지에 기인한다고 할 수 있습니다. 문학은 인간 경험의 복잡성을 탐구하는 예술 형식입니다만, AI는 이러한 문학적 탐구의 과정에서 새로운 테크놀로지로 등장해 인간 스스로 설정한 규약을 넘어선 실험을 펼칠 기회를 제공합니다. 이는 일반적인 문학 생산성의 범주를 넘어서, 낯선 형태의 예술적 표현과 인간 경험의 독특한 차원을 탐구할 수 있는 지평을 열어주는 것입니다.

또한 AI를 통해 문학을 구현하려는 시도는 인간이 자신의 창작물과 다양한 방식으로 상호작용하려는 욕망에서 비롯된다고 생각합니다. AI가 생성한 텍스트는 인간 창작자의 의도나 경험에서 벗어난, 그러나 그와 연관된 맥락을 만들어냅니다. 이를 통해 인간은 자신의 창작물에서 또 다른 의미를 발견하고, 나아가 자신을 돌아볼 수 있는 계기를 마련한다고 봅니다.

문학을 통해 궁극적으로 탐구하는 것은 인간 존재의 의미이지만, AI의 개입은 그 탐구를 전혀 다른 차원으로 전환시킬 수 있다는 예상도 하게 됩니다. AI가 생성한 텍스트는 인간의 창작물과 유사하면서도 다르게 작동하는데요. 이것은 우리가 문학을 이해하고 경험하는 방식 자체를 전환하는 과정에서 바라보아야 합니다. 문학은 본질적으로 인간을 위한 것이지만, 오히려 그것은 비인간적 요소를 통해 더 풍부하게 드러날 수 있다는 역설을 내포하고요.

권보연: AI를 일종의 문학기계로 두고 연구하는 입장에서, 제가 왜 그런 꿈을 키우고 있는지로 답해보겠습니다. 저는 AI가 인간이 접해본 적 없는 방식으로 작동하는 언어기계이며, 인간에게 익숙한 언어와는 전혀 다른 감각과 논리로 경험해야 하는 언어 행위와 현상을 발생시킨다는 점에 기대를 걸고 있습니다. 인간은 신체와 정신에 깃들어 있는 유한성을 전제로, 경험과 정서, 자의식에 기초한 언어 행위를 합니다. 그러나 AI는 인간적 언어 요소를 하나도 쓰지 않고도 언어 행위를 수행합니다.

문학은 회화, 음악, 무용 등과 함께 예술이라는 모집합에 속한 하나의 원소입니다. 문학은 텍스트 언어(더 넓혀서는 문자 언어와 구술 언어), 회화는 시각 언어, 음악은 청각 언어, 무용은 신체 언어를 매개로 삼지요. 각각의 양태는 다르지만, 모든 예술은 그것을 구성하는 언어 현상 또는 언어 행위의 고유성을 통해, 인간이 이해할 수 있고, 다른 이에게 공유할 수 있는 서사, 인간에게 서사로 작동하는 대상을 창조한다는 점에서는 동일합니다.

예컨대, 카메라를 만든 인간은 기계의 눈으로 움직이는 사물을 보는 낯선 현상과 행위를 갈고 닦아서, 전에 없던 영상 서사를 직조하는 새로운 언어 고안에 성공했고, 마침내 영화라는 신예술을 발명할 수 있었습니다. 인류의 가장 오래된 예술 양식 중 하나인 시도, 시를 위한 언어를 제련하는 긴 시간을 거쳐 시적 서사에 이르렀음을 기억해야 합니다. 이 논리로 보면, 언어 작용의 행위자는 분명 언어의 고유성에 영향을 미치지만, 예술 집합의 편입 조건을 충족하는 절대 기준은 되지 못합니다.

최근 AI 문학은 기계가 언어의 행위자라는 측면이 과부각되면서 '감정과 기억과 유한성이 없는 언어로 새로운 서사를 발명할 수 있는가'와 '왜 기계에 예술을 맡기려고 하는가'라는 논점이 다른 질문이 뒤섞이고 있다고 생각합니다. AI 문학을 향한 기대감은 언어를 생성하는 행위자가 기계냐 인간이냐 하는 논쟁에서 초점을 재조정할 필요가 있습니다. 적어도 저는 AI에게 저의 예술적 주도권을 넘기고 싶은 마음이 없습니다. 한 명의 창작자로서 나의 꿈, 새로운 언어가 출현한 시대를 살게 된, 특별한 기회를 살려 나조차 경험한 적 없는 새로운 서사를 만들고 싶다는 바람이 있는 것이죠.

생성언어의 행위자는 AI이지만, 생성언어로 예술의 잠재성을 깨울,

새로운 원소를 발명하고 싶은 욕망을 가진 존재는 인간입니다. 제가 문학기계로서 AI를 길들이고 싶은 이유는 감정과 기억과 유한성이 없는 언어로도, 그것이 인간에게 낯설고 불편한 양식이더라도, 결국 인간이 수용할 수 있는 새로운 서사를 만나고 싶기 때문입니다. 답변의 끝에 이르니, 저와 비슷한 꿈을 꾸었던 윌리엄 챔벌레인이 생각납니다. 1984년 AI 저자 랙터를 앞세워 『경찰 수염은 반만 만들어졌다』를 만들었죠. 책 서문에서 그는 말했습니다. "미친 소리 같지만, 인간 경험에 의존하지 않는 산문을 만들 수 있다고 가정해봅시다. 어떤 일이 일어날까요. 과연 우리는 그것을 상상할 수나 있을까요?" 1984년의 챔벌레인과 2024년의 권보연의 꿈은 크게 다르지 않습니다.

AI로 어떤 언어예술을 추구해야 하는가?

김언: 두 분 말씀을 들어보면, AI라는 비인간을 통해서 새로운 창작 행위를 이끌어낼 수 있다는 기대감, 이것이 또 다른 문학이자 언어예술로의 창출로 이어질 수도 있겠다는 기대감, 이러한 기대감이 AI로 문학을 꿈꾸는 작업을 추동한 것으로 짐작할 수 있습니다. 물론 이런 기대감은 실현 가능성과는 별개의 문제이고, 그래서 현 단계 AI의 성능이나 역량과 연결해서는 좀 더 정치하게 따져봐야 하는 문제로 남습니다.

실제로 GPT류의 거대언어모델이 나오기 전까지는 AI로 문학을 구현한다는 것이 꿈에 가까운 일이었고 요원한 일이었기에 그러한 작업을 시도하는 것만으로도 의미 있는 일이었습니다. 인간과 비인간, 문학과 기계, 아득하기만 했던 저 둘 사이를 연결하려 했던 온갖 실험과 도전이 일견 숭고해 보이기도 합니다. 그런데 막상 거대언어모델을 통해 인간의 창작물에 근접한 텍스트 생성이 가능해지자, 문학의 언어(창작언어)와 기계의 언어(생성언어) 사이의 거리가 굉장히 좁혀진 듯 보이면서도 한편으로 양자가 태생적으로 다른 언어라도 점도 더 분명하게 드러납니다. 기계의 언어가 기존의 언어를 데이터로 삼아 거기에 내재된 규칙을 따라 생성되는 언어라면, 인간의 언어는 기존의 언어뿐만 아니라 온갖 인지적 체험을 바탕으로 창출되는 언어입니다. 따라서 기계의 생성언어로는 인간에게 정서적 체험을 안겨주는 텍스트의 창출도, 기존의 문학을 넘어서는 문학의 창출도 사실상 불가능하다고 하겠습니다. 이처럼 태생부터 다른 두 언어 사이의 간극이 이전보다 훨씬 더 또렷해지면서, AI로 문학을 구현하는 일이 이전보다 더 요원해 보이는 것도 사실입니다. 도달하고자 하는 목표지점이 아예 보이지 않을 때는 꿈꾸는 것 자체가 유의미한 일이었지만, 목표지점이 가시권에 들어온 이후부터는 현재의 기술력으로 도달할 수 없는 거리가 더 확실하게 체감되는 상태로 비유할 수 있겠습니다.

그러나 AI의 생성언어가 지닌 결정적인 한계로 인해 문학의 구현 가능성이 더 희박해진 바로 그 지점에서, AI에 대해서도 문학에 대해서도 다시 생각해볼 거리가 생겨납니다. 기존의 문학을 구현하는 일이 불가능하거나 요원하다면, 두 분 선생님께서도 언급하셨듯이, 기존의 문학이 아닌 다른 문학을 상상해볼 수 있고, 기존의 언어예술과 다른 언어예술로서의 생성문학을 상정해볼 수도 있을 겁니다. 문학을 비롯한 예술 분야에서 새로운 예술의 창출과 새로운 인간형의 창출이 맞물려서 돌아간다면, 새로운 인간형을 창출하는 차원에서 새로운 언어예술을 고민해볼 수도 있지 않을까 싶습니다. 즉 AI라는 비인간을 통해 또 다른 인간형을 창출하는 차원에서 또 다른 언어예술을 고민해볼 수 있을 겁니다. 그렇다면 질문은 이런 것입니다. 이전과 다른 언어예술로서의 생성언어예술은 어떤 인간형을 지향하는 예술이어야 할까요? 생성언어예술의 지향점과도 맞물린 이 문제에 대해서 두 분 선생님은 어떤 의견을 가지고 계신가요?

권보연: 생성언어만의 고유성은 생성언어가 이전과 다른 언어예술이 될 수 있는 근거인데요, 그 특징은 인간 언어가 당연히 가지고 있는 것의 부재로 포착되기도 하지만, 인간 언어가 가지고 있지 않은 힘을 생성언어에서 발견하며 드러나기도 합니다. 후자의 측면에서, AI는 확률적이고 무한성에 기초한 언어 작용을 하는 사물입니다. 언어 작용이란, 쓰는 행위와 읽는 행위의 합이고, 둘은 떨어질 수 없는 관계라는 점에서, 생성언어예술에 개입하는 쓰기와 읽기 행위 모두 인간과 다른 논리로 작동함을 기억해야 합니다. GPT-3은 인간에게 쓴다는 행위로 충격을 가했지만, 충격의 진원은 쓰기에 앞서 읽기로부터 시작되었다고 보아야 합니다.

개인적으로 2024년에 개념예술로서의 AI 시 창작에 관심을 두고 〈자리바꿈〉이라는 제목의 작업을 『현대시』 지면에 공개했는데요, 도서관 특허 기술문서에 담긴 어휘를 시적 맥락으로 자리를 바꾸는 행위가 핵심 개념입니다. 이 작업에 AI를 도입한 이유는 AI가 특허문서를 인간인 저와 다르게 읽을 수 있기 때문입니다. AI는 언어 과잉을 일으키기 때문에, 저는 비슷한 언어를 더 늘리는 데 AI를 투입하지 않고, 기존 언어를 달라지게 하는 데 쓰고자 합니다. 인간이 이미 써놓은 글에서 그것의 토대인 인간적 감정과 유한성을 제거하고 글을 읽는 인간은 거의 없고, 있다 해도 소수의 특수 능력자일 것입니다. 실제로 인간 문학사에서도 전통적인 방식으로 읽고 쓰기를 거부하는 사조들이 있었고, 의미 있는 성공도 거두었습니다만, 보통 사람에게 이 일은 너무 어렵습니다. 그 어려운 일을 AI는 쉽게 할 수 있습니다.

다르게 읽는다는 것은 다르게 본다는 것입니다. 다르게 읽음으로써 다르게 썼다면 다르게 생각할 수도 있습니다. 그래서 AI는 새로운 생각이 가능한 문학기계입니다. AI의 힘을 빌려, 인간이 자기 언어의 오랜 관습을 벗어날 수 있는 선택권을 가지게 되었다고 상상해봅시다. 그것이야말로 인간 언어가 꽉 닫아놓은 세계에서 인간이 해방을 경험하는 사건이 아닐까요. 저는 생성언어예술이 목표하는 인간상에 '해방을 원하는 사람', '이곳을 벗어나 다른 곳을 탐험하고 싶은 사람'을 배치하겠습니다. AI는 인간이 만나본 적 없는 작가이기에 앞서, 더욱 만나본 적 없는 낯선 독자 역할을 수행하며, 기존의 언어 세계를 교란할 것입니다. 하지만, 우리가 이 충격을 잘 다루어낼 수만 있다면, 우리는 지금껏 여기가 이 세상의 끝이라고 믿어온 인간 언어의 한계 지점을 돌파해서, 미지의 항해를 계속할 수 있을 것입니다.

허희: 저는 AI와 인간 언어의 본질적 차이를 이해하는 것이 중요하다고 봅니다. 인간의 언어는 공동의 경험, 내밀한 감정, 중층적 역사,

입체적 문화가 응축된 복합체이죠. 그래서 언어는 의사소통 수단에 그치지 않고, 존재의 층위를 탐색하고 표현하는 도구로 기능합니다. 반면 AI의 언어는 방대한 데이터를 기반으로 통계적 규칙에 따라 생성된 결과물입니다. 여기에 인간적 경험의 깊이를 온전히 담아내기는 어렵습니다. 하지만 이것이 AI가 예술적 가치를 창출할 수 없다는 의미는 아닙니다. 우리는 이 차이를 인지하면서, AI의 예술 가능성을 들여다볼 필요가 있습니다.

AI로 추구해야 할 언어예술은 기존 문학의 재현이 아니라고 봅니다. 기계의 특성과 한계를 적극적으로 활용하여 참신한 예술적 형식을 탐색하는 방향으로 나아가야 하죠. 예컨대 기계는 반복적이면서도 예측 불가능한 텍스트 생성을 할 수 있고, 패턴 인식에서 독창성을 보여줄 수 있으며, 광범위한 데이터에서 도출된 언어적 변주를 통해 괴상한 미적 경험을 제공할 수도 있습니다. 이와 같은 기계의 특성은 인간적 감수성과는 상이한 차원의 예술적 가치를 창출할 수 있습니다.

이상의 논의에 근거하여 생성언어예술과 친연성을 맺는 인간형은 보수적 인간성을 고집하기보다는 낯선 정체성을 수용할 준비가 된 이들입니다. 기계적 사고와 인간적 감수성의 융합을 통해 탄생하는 예술가인 거죠. 그들은 기계와의 상호작용을 통해 자기 이해를 확장하고, 기술을 도구적 수단이 아니라 창조적 동반자로 간주합니다. 기계의 한계를 인식하는 한편, 그 한계 내에서 어떤 잠재성을 발견하고, 이를 통해 자신을 재구성한다는 말입니다. AI의 생성언어예술은 낯선 형태의 사고 실험과 언어적 혁신을 도모해볼 수 있습니다.

다시 말씀드립니다만 AI를 통한 생성언어예술은 기존의 문학적 관습을 따르는 데 그쳐서는 안 됩니다. AI의 특성과 그것이 창출할 수 있는 예술적 토대를 탐구함으로써, 전통적 인간성을 넘어선 인간형과 그에 걸맞은 언어예술을 창출하는 방향으로 나아가야 한다고 생각합니다.

김언: 인간이 AI로 어떤 언어예술을 지향해야 하는가, 그래서 어떤 인간형을 다시 고민해야 하는가, 이러한 질문에 대해서 두 분 선생님께서 의견을 주셨는데요, 두 가지 키워드가 눈에 띕니다. 하나는 '해방'이고, 다른 하나는 '수용'입니다. 권보연 선생님 의견에 나오는 '해방'은, 어쩌면 모든 예술의 존재 이유라고 할 수 있는 자아의 해방을 일컫는 말이면서, 기존의 문학에 대해, 기술에 대해, 나아가 세계에 대해 내가 가지고 있던 어떤 고정관념에서 벗어나는 것을 뜻하는 해방일 것입니다. 즉 기존의 관념에서 벗어난다는 의미에서의 해방이지요. 그런 점에서 허희 선생님께서 말씀하신 '수용'은 기존의 관념에서 벗어나는 것을 받아들일 수 있는가 없는가를 따질 때 자연스럽게 따라붙는 개념입니다. 즉 해방도 그것의 수용 여부와 맞물린 문제라는 것인데요, 이때의 수용 여부는 개개인의 의지나 용기의 문제일 수도 있지만, 한편으로 세대나 시대에 따라 달라지는 현상의 문제일 수도 있을 겁니다. 누군가에겐 AI를 통해 언어예술을 지향하는 것 자체가 크나큰 결심을 동반해야 하는 문제이지만, 또 누군가에겐 세대가 바뀌고 시대가 바뀌면서 자연스럽게 이뤄지는 일이 될 수 있습니다. 요즘 성행하는 웹소설을 받아들이는 태도가 누군가에겐 거의 개종하듯이 신념을 바꿔야 하는 문제인 반면, 또 누군가에겐 아주 자연스럽게

이뤄지는 행위의 문제에 불과한 것처럼 말이지요. 또 한편으로는 엄청난 각오를 동반해야 하는 것이든 자연스러운 현상으로 받아들이는 것이든, AI를 통한 작업물이 어떤 식으로든 향유할 만한 가치가 있는 것으로 인정될 때, 해방도 되고 수용도 가능한 언어예술이 될 수 있겠다는 생각도 듭니다. 그렇다면 AI의 생성언어가 인간의 새로운 예술언어로 넘어오는 과정에서 일종의 문턱이 되는 지점이 있을 텐데요, 여기에 대해서는 어떻게 생각하시는지요?

권보연: 선생님 말씀에 동의합니다. 영화만 해도, 카메라의 눈으로 움직이는 사물을 보는 촬영과 영사 기술이 처음 등장했을 때, 달려오는 기차를 본 관객들이 놀라서 도망쳤다는 일화는 유명하죠. 당시에는 향유 방법을 몰랐던 거예요. 영화가 예술이 된 건 100년이 넘는 시간 동안, 수많은 실험과 이론이 끊임없이 제안되고, 그것을 관객과 함께 판단하는 일을 지속했기 때문입니다. AI로 읽고 쓰는 행위도 예술이 되려면 순발력보다 지구력을 가져야죠. 70년 넘는 역사를 가진 AI도, 공학자들은 이제 막 껍질을 벗기는 상태라고 말합니다. 하물며, 문학계가 생성언어예술에 관심을 기울인 시간은 얼마나 될까요. AI 문학을 위한 이론도, 실험도 매우 부족한 상태입니다. 관건은 AI 문학에 대한 관심과 실험을 계속할 수 있느냐겠지요. 새로운 예술은 그것을 과감하게 수용하겠다는 의지보다, 아무도 알아주지 않더라도 고독한 투쟁을 계속하겠다는 의지가 중요하다고 봅니다.

허희: 김언 선생님께서 말씀하신 문턱 개념은 생성언어예술이 고유

한 예술성을 지닌 결과물로 인정받기 위해 넘어야 할 과도기적 장벽을 뜻하는 것처럼 들립니다. 권보연 선생님 언급처럼 영화가 등장했을 때 고유한 예술성에 대한 논란이 있었듯이, 생성언어예술도 비슷한 과정을 겪을 수밖에 없습니다. 영화는 기술적 산물이지만, 시간이 지나면서 내재된 미적 가치와 창작자의 의도가 결합되면서 예술로 인정받았습니다. 마찬가지로 생성언어예술도 그 독창성과 미적 가치를 입증한다면 예술로서의 자리를 확립할 여지가 있겠지요.

이를 위해서는 생성언어예술이 평범한 기계적 산물로 여겨지지 않고, 예술적 가치를 산출하는 대상으로 평가받을 수 있어야 합니다. 그러려면 생성언어예술에 대한 미적 판단을 뒷받침하는 이론적 틀이 필요합니다. 영화가 독자적인 미학 원리를 제시하면서 예술로 자리 잡을 수 있었던 것처럼요. 사회적 수용성도 중요한 고려 사항입니다. 영화가 예술계에서 받아들여지기까지 시간이 필요했듯이, 생성언어예술도 사회적 수용 과정을 거쳐야겠죠. 그것은 작품이 통찰과 감동을 불러일으킬 수 있는지, 예술로서 다룰 만한 가치가 있는지를 판단하는 과정을 포함합니다. 사회적 수용성은 담론과 비평을 통해 형성됩니다. 생성언어예술이 새로운 예술 장르로 자리 잡기 위해서는 그 미적 가치에 대한 공감대가 형성되어야 한다고 봅니다.

AI라는 행위자의 저자성을 묻다

김언: 생성언어예술로 부르든 AI 문학으로 부르든 그 명명의 문제

이전에, AI를 통한 새로운 문학/언어예술이 자리 잡기 위해서는 이론적 구축과 실험적 탐색이 더 필요하다는 의견을 두 분 모두 제시해주셨습니다. 아울러 생성언어예술이라는 이름으로 단기간에 승부를 보려는 태도보다는 사회·문화적으로 공감대가 형성될 때까지 인내심을 갖고 지속적으로 접근하는 태도가 필요하다는 말씀도 십분 이해가 갑니다.

　저는 여기에 생성언어예술과 관련해서 참고할 수 있는 이론 하나를 가져와서 더 얘기를 나누었으면 합니다. 브루노 라투르 등이 주창한 행위자-네트워크 이론(Actor-Network Theory, 이하 ANT)이 그것인데요, 이 이론에 따르면 자동차, 컴퓨터, 휴대폰 같은 비인간도 인간과 동등한 행위능력을 갖추고 있습니다. 즉 인간과 다름없이 네트워크로 이뤄지면서, 인간과 마찬가지로 타자에게 영향을 미치는 행위능력을 지닌 행위자라고 할 수 있습니다. AI도 마찬가지입니다. ANT에서는 AI 같은 기계도 엄연히 행위능력을 지닌 행위자로 간주하면서 새롭게 네트워크를 생성해내는 과정에 참여시키고자 합니다. 이러한 관점은 AI를 단순히 창작의 주체로 둘 것인지 도구로 둘 것인지를 따지기 이전에, 그 자체 행위자이자 네트워크인 AI에 의해 어떤 새로운 행위자이자 네트워크가 창출될 수 있는지를 묻게 만듭니다. AI를 단순히 도구로 둘 때의 AI와 행위능력을 지닌 행위자로 둘 때의 AI는 보이는 지점이 다르며, 다르게 보이는 만큼 다르게 쓰일 것이고 다르게 쓰이는 만큼 그 효과도 분명 다를 것입니다. 이는 AI의 생성언어로 새로운 언어예술을 창출하고자 하는 작업에도 유용한 참고가 될 것으로 보입니다.

　그럼에도 AI를 이용한 일련의 작업에서 최종 책임은 여전히 인간이 감당해야 할 몫으로 남는다는 점에서, 인간과 AI를 동등한 위치의 행위자로 두기에는 곤란한 점이 있습니다. 당연히 인간 행위자와 동등한 권리와 책임을 지닌 주체로 두기에도 많은 논란이 뒤따릅니다. 인간 저자를 대신하여 AI 저자를 도입하고자 할 때, 마지막까지 발목을 잡는 것도, 어떤 윤리적·법률적 문제가 생겼을 때 비인간 행위자인 AI에 책임을 물을 수 없다는 사실입니다. AI를 인간과 동등한 위치의 행위자로 두더라도 여전히 남는 이 책임의 문제와 창작 주체로서의 문제에 대해서도 두 분 선생님의 의견이 궁금합니다.

허희: ANT 관점에서 AI를 행위자로 보는 것은 기계적 도구 이상의 존재로 AI를 자리매김하게 합니다. 그러나 AI의 행위자성을 인정하는 데는 여전히 해결되지 않은 문제들이 존재합니다. 우선 AI가 생성하는 결과물에 대한 책임 문제가 그렇습니다. AI가 생성한 텍스트나 예술 작품이 어떤 사회적·윤리적 문제를 초래할 경우, 그 책임을 누구에게 물어야 할까요? AI는 스스로 윤리적 판단을 할 수 없고, 법적 책임을 지는 주체로서 기능할 수도 없습니다. 따라서 그 결과물에 대한 책임은 실상 이를 설계하고 운영한 인간에게 귀속될 수밖에 없습니다.

이러한 현실은 AI를 독립적 저자로 인정하는 데 난관을 초래합니다. 창작은 텍스트를 생성하는 행위 이상의 것입니다. 그것은 창작자의 주관적 경험·의도·감정이 반영되는 과정을 아우릅니다. AI가 생성하는 텍스트는 데이터와 알고리즘에 기반한 통계적 산물이기에, 이러한 요소가 없죠. 만약 AI의 행위자성을 인정하고자 한다면, 창작 과정과 결과를 어떻게 이해할 것인가에 대한 패러다임의 전환을 고민해야 합니다. AI가 생성한 결과물이 독립적인 예술 작품으로 인정받기 위해서는 그것이 창조된 맥락과 AI의 역할부터 이해해야 합니다. 이것은 창작물의 가치를 평가하는 기준을 정립해야 한다는 말이고, 기존의 저작권과 법적 틀 또한 이에 맞춰 재정비되어야 할 것입니다.

권보연: 생산 행위자 네트워크는, 생산이라는 목표 아래 여러 행위가 연결되어 있습니다. 생성, 제작, 창작, 저작은 모두 생산 행위자 네트워크에서 발생하는 행위인데, 세부 목표가 다르죠. 생성은 없던 것을 만드는 일, 제작은 만드는 방법을 이미 알고 있는 상태에서 더 정확하게 효율화하는 일, 창작은 이전과 다르게 만드는 일, 저작은 만드는 과정과 결과에 책임을 지는 일이 핵심입니다. 저작자, 즉 저자가 된다는 것은 창작자가 된다는 것과 다른 과업에 배치됨을 의미합니다.

AI는 현재 자기 힘으로 자기 행위에 책임을 질 수 있는 자격과 방법을 가지고 있지 못합니다. 저도 같은 생각을 공개 지면에 발표한 일도 있지만, 오늘은 다른 의견을 보충하고 싶습니다. 적어도 예술에 있어서는, AI가 책임을 질 수 없어서 저자가 되지 못한다기보다, AI는 새로운 예술을 창조하고 싶은 욕망, 새로운 예술적 사건을 일으키고 싶은 욕망이 없기 때문에, 저자의 책임을 지워선 안 된다고 생각합니다. 못하는 게 아니라, 그리돼서는 안 된다는 것이죠. AI 언어로 과정과 결과를 이룬 작품은 그것을 의도한 인간의 욕망에서 출발합니다. 예술적 아이디어와 문제의식도 인간의 예술적 충동과 욕망에 뿌리를 둡니다. 그러므로 쓰는 과업의 행위자가 누구냐보다, 최초로 모의하고 또 행위자와 행위 방법을 최종 결정한 자가 누구냐를 따져 저자와 창작의 책임을 다루어야 합니다.

　2008년, 『이슈1(Issue1)』이라는 시 선집이 인터넷에 공개되었습니다. 실제 시인 3천 명 이상의 미발표작이, 4천 페이지 가까운 분량으로 묶인 역작이었습니다. 그런데 작품 발표 직후 놀라운 사실이 드러납니다. 선집에 실린 시를 AI가 생성했고, 어떤 시인도 이런 시집이 나오는 것을 몰랐던 것이죠. 사건을 벌인 실험 예술가 스티븐 맥라플린과 짐 카펜터는 기계문학에 의한 진짜 위기와 새로운 예술을 향한 과감한 도전에 미온적인 문학계에 충격을 가할 목적으로, 직접 개발한 AI로 시를 생성하고 시인의 이름을 무단 도용하는 사건을 일으켰습니다.

　『이슈1』은 인간에게 익숙한 '표현으로서의 시'가 아닌 '사건으로서의 시'이며, 기계문학에 의한 기존 창작 환경의 변화와 위기를 폭로한 의미 있는 예술적 실천이었습니다. AI가 없었다면 두 사람의 상상은 현실이 될 수 없었겠지요. 하지만 이 사건의 책임을 AI에게 물어선 안 될 것입니다. 책임은 맥라플린과 카펜터의 몫이죠. AI는 예술적 사건을 일으킬 욕망도, 문학계에 대한 문제의식도 없었습니다. 예술을 향한 욕망은 인간의 것이었고, 여전히 인간의 것이라고 저는 생각합니다. 예술적 언어 행위의 저작 책임을 언어 생성 행위자인 기계에 지우는 것은 잘못된 일입니다. 저작은 예술적 창작과 생산의 최종 책임을 지는 행위입니다. 저자는 생성 행위를 기계에 부여한다 해도, 그 행위에서 자신의 부재, 즉 '알리바이'를 주장해서는 안 됩니다. 저는 AI 예술의 문제는, 예술을 하는 인간이 기계에 그 자리를 빼앗기는 게 아니라, 그 자리에서 도망치거나 숨는 것이 더 큰 일이라고 생각하는 편입니다.

새로운 언어예술에 부합하는 생성 행위를 위해 설계된 AI라고 해도 마찬가지입니다. 기계의 행위 목적에 깃든 예술적 욕망은 기계의 것이 아니라, 기계를 발명한 인간의 것이라는 사실은 달라지지 않습니다. 1800년대, 빅토리아 시대의 혁신가 존 클라크는 최초의 라틴어 헥사메타 시 생성기계 '유레카'를 발명했습니다. 그는 인간 언어와 다른 방식으로 언어 행위를 하기 때문에, 새로운 방식으로 시를 생성하는 것이 가능한 문학기계를 완성했습니다. 유레카는 언어 생성의 행위자이지만, 유레카가 생성한 시는 클라크의 예술적 아이디어와 예술적 실천의 산물입니다. 존 클라크, 맥라플린과 카펜터가 창작의 주체이고, 저작자라고 생각합니다.

다시, 어떤 AI를 꿈꾸는가?

김언: AI가 제아무리 뛰어난 언어 생성 능력을 보여준다고 하더라도 거기에는 어떤 욕망도, 의도도, 그래서 문제의식도 동반되지 않기에, 결과적으로 창작 주체로도 저자로도 인정하기 힘들다는 의견을 두 분께서 공히 주고 계십니다. 물론 앞에서 허희 선생님이 언급하신 대로, AI가 창작 주체 내지 저자로서 결여된 지점을 지닌다고 해서 그것이 곧바로 AI가 예술적 가치를 창출할 수 없다는 의미로 이어지는 것은 아닙니다. 권보연 선생님이 예로 들어주신 『이슈1』처럼 '사건으

로서의 시'이자 예술적 실천을 수행하는 도구로서 AI는 여전히 큰 잠재성을 지닌다고 하겠습니다. 이때의 도구는 물론 AI라는 기계이자 비인간도 일종의 행위자라는 걸 전제로 한 도구입니다. 즉 AI 특유의 행위자성을 인정하고서 창작의 도구로 활용하는 방식은 여전히 더 깊이 탐구/탐색되어야 할 영역으로 보입니다.

인간에게 새로운 문제의식을 던지는 도구이자 행위자로서 AI를 상정할 때, 문득 한 시인이 남긴 말이 떠올라서 공유해봅니다. "작품이란 제기된 적이 없는 질문에 대한 대답"(허만하, 『비는 수직으로 서서 죽는다』, 솔, 1999)이라는 말인데요, 여기서 "(한 번도) 제기된 적이 없는 질문에 대한 대답"은 새로운 문학에 대한 화두를 담은 말이면서, 한편으로 AI라는 언어생성기계를 어떻게 쓰고 어떻게 대해야 하는가를 고민할 때도 유용한 관점을 제공합니다. 무엇이든 묻는 말에 바로바로 답변을 내놓는 GPT류의 거대언어모델을 이러저러한 답을 구하는 기계로서만 쓸 것이 아니라, 인간에게 어떤 질문을 던지는 존재, 한 번도 제기된 적이 없는 질문을 던지는 존재, 그리하여 인간에게서 어떤 대답으로서의 글쓰기를 새롭게 이끌어내는 존재, 나아가 새로운 글쓰기 사건이자 문학적 사건을 일으키는 존재로서 AI를 다시 생각해볼 수 있지 않을까 싶습니다.

권보연: 허만하 시인의 말씀을 주셨는데요, 자극이 됩니다. 작업을 통해, AI가 나에게 한 번도 제기된 적 없는 물음을 던지도록 밀어붙여보고 싶네요. AI가 인간이 상상할 수 없는 것을 묻고, 그 물음에 인간이 답한다면, AI가 인간을 자신의 동굴에서 걸어나오게 하는 방법이

되겠다 싶어요. 하지만 꿈이 너무 커서 엄두가 안 날 수도 있으니 '상상할 수 없음'이라는 조건을 조금 완화하는 것도 좋겠습니다.

저는 AI 기술이 태동하던 시대의 문학기계 발명가들의 상상력을 오늘날의 기술 환경으로 끌어와 다시 생각해보곤 합니다. 1960년대와 1980년대 AI 문학가들의 도전적 가설들은 실패한 것이 아니라, 시간 속에 잊힌 것들이죠. 문학적 사건이 될 만한 새로움은, 한 번도 없었기 때문에 획득되는 것이 아니라, 마셜 맥루언의 테트라드 개념이 설명하듯, 매체의 새로움은 시간의 흐름 속에서 증강하고, 퇴화하고, 역전하고, 부활하여 조성되는 것입니다. AI와의 실험이 문학계가 거의 잊고 살았던 것의 부활을 이끌면서 한동안 그것뿐이라 믿었던 것의 퇴화를 뒤집는다면, 그 자체 새로운 무언가의 탄생으로 이어질 수 있습니다.

대표적인 부활 대상은 언어의 수행성과 문학의 공연성이라고 보고 있어요. 특히 시를 통한 새로움에 관심을 가지고 있어요. 역사적으로 시적 언어의 수행성과 공연성은 지금보다 원형적인 문학 체험 양식이었습니다. 고대 그리스·로마 시대 시는 광장 낭독 중심이었죠. 18세기 말에야 인쇄 기술의 등장으로 침묵에 기반하는 개인적 시 읽기가 촉진되었어요. 내용 읽기와 의미 해석 중심의 언어 권력이 증강하면서, 공연성과 수행성을 전제한 시는 그런 시절이 있었나 싶을 정도로 뒷전이 되었지요. 현재 우리에게 익숙한 문학도 인간이 그것을 향유하는 방법과 향유 계층을 개척하고 훈련시킨 인공적 산물입니다. 인쇄 기술이 그것을 가능하게 만든 계기였다면, 생성형 AI도 무언가를 해낼 수 있겠죠. AI 시가 신체성, 현장성, 관계성을 현재의 관습과 다르게 재배치한다면, 그를 통해 우리는 분명 사건이라 부를 만한 문학적 소용돌이를 일으킬 수 있어요. 창작자와 독자는 그것을 AI 시로 경험하는 새로움이라 여기고, AI를 그 사건의 중요 행위자로 인정하게 되리라 생각합니다.

허희: AI와의 협력 과정에서 창작자는 필연적으로 다중 창작론과 마주할 수밖에 없습니다. 이것은 '나'에 의한 예술의 실험적 확대가 아닙니다. AI를 통해 특정한 예술 공동체를 형성하고, 그 안에서 다원적인 예술 언어를 창조하는 방향성을 갖는데요, 그것은 AI에게 답을 얻음으로써 가능한 지향점이 아니죠. 앞서 말씀하신 대로, 예상하지 못한 질문을 던질 때 거기에서부터 대화의 범주를 확장하고 심화할 때 성취할 수 있습니다. 그러니까 AI를 창작 도구나 대화 파트너로만 이용하는 것에 그치면 안 될 거라고 봅니다. 인간 경험을 근원적으로 재구성하고 사회 구조를 변혁할 수 있는 어떤 사건으로 인식해야 합니다. AI가 던지는 뜬금없어 보이는 질문에 어떻게 반응하고, 거기에서 무엇을 발견하느냐에 따라 미래 예술의 개념이 달라질 듯합니다.

김언: AI가 한 번도 제기된 적이 없는 질문을 인간에게 던진다고 했을 때, 이때의 질문은 두 가지 맥락에 놓일 겁니다. 질문의 배경과 의미가 다르다는 것인데요, 하나는 인간이 익히 알고 있으나 그동안 놓치고 있던 지점, 즉 맹점과도 같은 지점을 환기하는 질문을 뜻하고, 다른 하나는 인간의 인식 범위를 넘어서는 질문, 즉 인간이 한 번도 인지하지도 의식하지도 못했던 것을 더듬게 하는 질문을 뜻합니다. 전자

의 질문은 어렵잖게 상상이 가지만, 후자의 질문은 현 단계 생성형 AI의 특성과 역량을 고려할 때 차원이 다른 질문으로 여겨집니다. 인간의 언어만을 데이터로 삼는 AI가 과연 인간의 인식 범위를 넘어선 질문을 던질 수 있을까요? 이론적으로는 불가능에 가까워 보이지만, 실제 실험 현장에서는 전혀 다른 결과가 나올 수도 있기에 쉽게 단정할수 없는 문제입니다. 어쩌면 전혀 다른 결과가 나올 수 있도록, 그러니까 인간의 인식 범위를 넘어선 질문이 튀어나올 수 있도록 방향을 잡아가는 실험이 필요한 문제일 수도 있습니다. 아무튼 '인간에게 한 번도 제기된 적 없는 질문을 던지는 AI'가, 좌담의 말미에 와서 저에게 (비록 가상일지라도) 하나의 상(image)으로 남는 AI라면, 두 분 선생님은 문학/예술과 관련해서 어떤 AI를 꿈꾸는지 혹은 지향하는지가 새삼 궁금합니다.

허희: 문학/예술의 AI를 수행성의 관점에서 상상해보고 싶습니다. 제가 염두에 두는 수행성이란 발화가 이루어지는 자리에서 권위·관계·감각 등의 배치를 실제로 만들어내는 행위를 가리킵니다. 인간에게 한 번도 제기된 적 없는 질문을 던지는 AI의 새로움은 AI가 인간이 모르는 내용을 발명하는 데 기인하기보다, 질문이 제기되는 장면의 규칙—누가 묻고 답하며, 무엇이 의미가 되고 무엇이 배경으로 밀리는가—등을 뒤흔드는 수행성에서 발생한다고 봅니다.

이 관점에서 보면 첫째 유형, 인간이 익히 알고 있으나 놓치고 있던 맹점을 환기하는 질문은 비교적 분명해집니다. AI는 인간의 언어가 반복해온 분류와 정당화의 문법을 거울처럼 드러내면서 질문을 생성할 수 있습니다. 어떤 사안을 정상/비정상, 피해/책임, 기억/망각으로 나누는 방식은 세계를 특정하게 보게 하는 규칙의 수행이라고 할 수 있는데요. 문학/예술의 AI가 던질 수 있는 질문은 이것이 자동으로 작동하는 지점을 겨냥합니다. 예컨대 누구의 목소리는 증언이 되고 누구의 목소리는 소음으로 처리되는가와 같은 질문은 우리가 무심히 따라온 인식의 규범을 노출해 낯설게 만드는 방식으로 작동합니다.

둘째 유형에 속하는 인간의 인식 범위를 넘어서는 질문은 다른 식으로 이해해야 하지 않을까요? 인간의 언어만을 데이터로 삼는 AI가 인간의 인식 바깥에서 어떤 미지의 대상을 초월적으로 호출하는 것은 현 단계에서 기대하기 어렵습니다. 다만 수행성의 관점에서 관건은 초월이 아니라 경계의 가시화에 있습니다. AI는 무엇을 질문할 수 있는지 없는지를 가르는 조건—관성·제도·매체·장르·담론 규칙 등을 질문 장면에서 드러내어 경계를 불안정하게 만들 수 있습니다. AI는 인식 바깥을 알려주는 것이 아니라, 인식 바깥을 바깥으로 만들어온 문법을 교란하는 데 집중합니다. 몰라서가 아니라, 질문할 수 없도록 훈련된 방식 때문에 질문하지 못했다는 자각에 도달하게 하는 수행인 거죠. 이를 깨닫는 것이야말로 차원이 다른 질문이 현실에서 제기될 수 있는 방식이라고 봅니다.

이러한 면에서 제가 지향하는 문학/예술의 AI는 질문의 무대를 설계하는 수행적 장치에 가깝습니다. AI는 자기 발화를 권위의 목소리로 고정하지 않고, 답변이 성립하는 전제와 한계를 명시함으로써 권위의 수행을 느슨하게 만들어야 합니다. 또한 질문을 개인의 소유물로 봉인하지 않고, 화자·청자·대상 사이의 책임 배치를 다시 짜서 관계의 수행을 조정해야 합니다. 무엇보다 질문을 만들어내는 형식을 실험해 동일 사건을 다른 인칭·시제·장르·매체 등으로 우회하면서, 그동안 우리가 얼마나 질문을 편향적으로 해왔는가 하는 사실을 드러내야 한다는 겁니다.

권보연: AI는 확률과 패턴으로 작동하는, 본질적으로 수리(數理)의 언어예요. 저는 수리언어의 특성이, 인간적 언어로는 인식하기 어려운 세계를 열어주는 상상을 합니다. 예컨대 인간에게 '14차원'을 보여주거나, 경험하게 만드는 시를 생성하는 거죠. 때론 수리에 기반한 언어가 시각화에 더 효과적이죠. 제프리 힌튼 교수 강연 중에 누가 14차원 공간은 어떻게 시각화하는지 물었대요. 힌튼은 "3차원 공간을 시각화한 다음 '14'라고 큰 소리로 외쳐라"라고 했다죠. 웃음을 주는 말이지만, 중요한 힌트가 담긴 것 같아요.

우리가 인간적 언어에 갇힌 상태라고 가정해봅시다. 다른 감각은 어둠 속에 있어요. 한 장면이 떠오르네요. 보지도 듣지도 말하지도 못했던 헬렌 켈러가 물을 깨닫는 순간이요. 설리번 선생을 만나기 전까지, 헬렌 켈러는 물을 인식하지 못했죠. 말로 물을 가르치려던 사람들과 달리, 설리번은 펌프에서 쏟아지는 물을 만지게 해요. 그다음 손바닥에 글씨를 썼죠. 언어를 수용하는 감각을 눈이 보이는 인간과 전혀 다르게 채택한 선생의 시도로, 새롭게 대상을 인식한 그 순간, 헬렌 켈러는 모든 것에 이름이 있는 사물의 세계를 인식하게 됩니다.

AI는 자연언어 말고도, 인간이 만들고, 인간에게 지각 가능한 더 많은 언어를 알고 있어요. 저는 AI의 언어는 기계적 언어로서 인간적 언어와 많은 것이 다르지만, 그 또한 인간이 만들었다는 점에서 인간의 언어라 생각합니다. 인간이 AI 언어와 상호작용 하는 과정에서 주체성과 방향성을 잃지 않는다면, 그것은 인간에 의한 언어가 될 것입니다. 그리고 인간이 AI와 함께 만든 언어가 인간과 생명을 향한 것이라면, 인간을 위한 언어가 되겠지요. '한 번도 제기된 적 없는 질문에 대한 답'은 인간적 언어가 아니라, 인간 언어의 전체 범주에서 탐색해야 한다고 생각해요. 이러한 문학적 실험이 예술 창작과 예술 교육의 다양한 분야에서 활발히 이루어지는 거죠.

이때 잊지 말아야 할 점은 AI의 언어로 이루어지는 우리의 도전이 인간과 생명을 향하고, 그들을 위한 것이 되려는 분명한 지향이 있어야 한다는 것이죠. 설리번의 감각적 언어 교육법은 물이나 글자를 위한 것이 아니라, 헬렌 켈러를 향한 것이었어요. 예술의 이름으로 AI와 함께 14차원을 이해하려는 노력에도 인간을 향한 애정 어린 바라봄이 꼭 필요합니다.

김언: AI의 언어를 활용할 때, 수행성과 지향성의 문제가 중요하다는 점을 각각 짚어주셨는데요, 앞서 논의한 AI로 문학을 구현하는 이유와 방식, AI의 저자성 문제 등과 더불어 계속 고민해야 할 지점이라고 하겠습니다. 지금까지 논의한 내용을 갈무리하면서 마지막으로 남기고 싶은 말씀이 있으면, 그걸 들으면서 좌담을 마무리했으면 합니다.

권보연: 생성형 AI, 그리고 텍스트라는 키워드를 연결하여 창작하고, 비평하고, 경험을 하면서 미래의 문학에 대한 저의 관점과 태도 역

시 조금씩 달라지고 있음을 느낍니다. 기술과 텍스트를 물리적으로 이어붙이는 것이, 인간에게 문학적으로 유의미한 결과물이 되지 않다는 사실은 새삼 소중한 깨우침과 배움이 되었습니다. 단순한 물리적 만남은 모든 인간에게, 심지어 그것을 탄생시킨 창조주 인간에게조차 버려지는 프랑켄슈타인의 몬스터가 될 위험이 큽니다. 인간에게 사랑받지 못하는, 인간이 곁을 내어주지 않는 AI의 시와 소설, 아니 AI로 시도한 모든 산출물은 예술이 될 수가 없습니다.

하지만 냉정하게 다시 생각해봅니다. 몬스터는 인간에게 사랑받을 만한 가치가 정말 없었던 것일까요? 그는 힘도 세고, 말도 하고, 엉뚱하고 귀여운 면도 있었습니다. 몬스터는 본디 인간을 사랑했고, 인간의 사랑을 받길 원했습니다. 몬스터를 사랑하는 것에 실패한 것은 인간입니다. 우리는 몬스터에게 생명과 언어를 주었음에도, 그만의 아름다움을 알려고 하지 않고, 익숙한 아름다움에 맞추어 그것을 벗어난 존재를 괴물로 간주했습니다. 인공생명 만들기에 몰두한 나머지, 그것을 사랑하는 방법은 준비하지 않았고 책임지지도 않았죠. 생성형 AI는 인간이 언어로 부활시킨 인공생명입니다. AI는 인간적 존재가 아니지만, 인간이 발명한 언어로 말하는 존재입니다.

여러 글을 통해, 저는 AI로 문학적 사건이 일어나지 않음을 아쉬워했습니다. 그것이 현재의 제 마음입니다만, 진정 사랑할 준비가 되어 있지 않고, 무엇을 사랑해야 할지 모른다면, AI가 일으키는 문학적 사건 같은 것은 차라리 일어나지 않는 게 다행한 일일 겁니다. 기술은 더 많은 것을 할 수 있다고 주장하고, 그럴 것 같다는 생각이 들지만, 그래서 더더욱 문학은 'AI로 말하는 몬스터 탄생'을 일회적·소비적 사건으로 처리해서는 안 될 것입니다. 끝없이 소비할 수 있는 일회용품 같은 언어의 생성은 소비와 낭비의 체험이지, 순간의 소중함과 유일함으로 각인되는 문학적 체험과 무관합니다. 인간과 사랑으로 관계 맺지 못하는 언어 몬스터의 양산은 인간을 위한 문학이 될 수 없고, 그런 것이 문학의 미래가 된다면 그것이야말로 가장 두려운 결말이라 생각합니다. 언어 몬스터가 뱉어놓은 언어의 쓰레기 더미에서 준비되지 않은 인간은 부지불식간에 오염되거나, 두려워 책임을 피해 달아날 것입니다.

AI가 인간이 외면할 수 없는 기술이라면, AI 문학기계는 언어적 인공생명을 만드는 탄생의 기계입니다. 문학의 이름으로 우리가 해야 할 일은 그곳에서 태어난 인공 언어를 쉽게 판단하거나 모른 척하는 것이 아니라, 어떻게든 사랑할 준비를 서두르는 것이어야 한다고 생각합니다.

허희: AI를 둘러싼 논쟁은 '무엇을 할 수 있는가'의 문제로 흐르는 경향이 강합니다. 하지만 문학은 정반대의 자리에서 중심을 잡아야 한다고 봐요. '무엇을 하지 않을 것인가'에 대한 통찰을 견지해야 한다는 겁니다. 그것은 AI가 즉각적으로 문장을 만들어내는 것, 문학이 머뭇거리면서 '한 문장'을 겨우 써내는 것과도 이어집니다. (그러고 보니 『한 문장』은 2018년 출간된 김언 선생님의 다섯 번째 시집 제목이기도 하네요.) 의미 있는 문학적 경험은 속도와는 무관합니다. 즉시 떠오르는 말을 첫 문장으로 채택하지 않고, 이것이 남길 흔적과 책임을 헤아리며, 그 말을 여러 번 곱씹어보는 일. 한 문장에 다다르기 위하여 수

십 개의 문장을 버리는 과정이 중요한 게 아닐까요.

　또 하나, 저는 독자의 영역을 한 번 더 강조하고 싶습니다. 문학은 본질적으로 읽기의 훈련이기도 합니다. 어떤 문장을 신뢰할지, 어떤 문장을 의심할지, 어떤 말이 매끈해서 더 위험한지, 어떤 말이 서툴러서 더 진실한지 가려내는 감식안도 그중 하나죠. AI 시대 문학의 빼놓을 수 없는 임무는 읽는 인간을 더 정교하게 만드는 것일지도 모르겠다는 생각이 듭니다. 읽기 역량이 퇴화하면 더 많이 말하는 쪽에 끌려가겠지만, 읽기 능력이 살아 있으면 가치에 방점을 찍게 되니까요. AI 문학 실험도 같은 원칙을 따라야 한다고 생각합니다. 그것은 독자의 읽는 행위가 곧 머무는 행위가 되도록, 속도가 아닌 체류를 진지하게 궁리하게 만드는 장치가 되어야 한다고 봅니다.

AI 문학실험실

권보연

사이버텍스트 디자이너. 「AI와 함께 시 조각하기」(2022), 「결과 너머 문학기계로서의 AI」(2023) 등을 통해 기술로서의 인공지능과 삶으로서의 인간 경험 사이에서 발생하는 언어 역학을 탐구하는 비평과 창작 활동을 전개해왔다. AI 텍스트를 인간에게 문학으로 작동시키는 조건을 찾고, 새로 발명하는 데 관심이 있다.

김언

시인. 문학의 본질과 문학 환경의 관계성에 주목하면서 창작과 연구를 병행하고 있다. 인공지능을 통한 언어예술이 인간에게 유의미한 사건이 되기 위한 조건에 관심을 두면서, 『생성언어예술의 이론적 배경과 구축 방안 연구』(2025), 『생성언어비평을 제안하면서 제기되는 문제들』(2023) 등의 논문과 평론을 발표했다.

허희

문학평론가. 『얽힘의 사건—신유물론과 시의 시대』(2026)를 통해 1980년대 한국 시를 신유물론적 관점에서 재해석하였다. 인공지능과 문학의 관계를 탐구하는 'AI 포에틱스'를 주요 연구 축으로 삼아, 언어 수행과 시적 사건성, 알고리즘적 매개 환경에서의 문학 경험을 분석하고 있다.

어쩌면 문학이 아닐지도 몰라
인간과 AI 사이에서 생성되는 언어들

1판 1쇄 펴낸날 3월 31일

지은이 권보연·김언·허희
펴낸이 김봉재
편집   김진
디자인 기혁
펴낸곳 도서출판 리메로

등록번호 제395-2018-000113
주소 경기도 고양시 덕양구 동송로 30, 101동 1002호
    (동산동, 삼송 더샵 미디어시티)
전화번호 070-8866-4915
전자우편 limerobooks@gmail.com
인스타그램 https://www.instagram.com/limerobooks

ISBN 979-11-978781-5-2 93800

● 이 도서는 문화체육관광부, 한국문화예술위원회의 2025년 문학 비평담론
  활성화 사업에 선정되어 발간되었습니다.